无憾人生

王照敏

著

华龄出版社
HUALING PRESS

图书在版编目（CIP）数据

无憾人生 / 王照敏著. -- 北京：华龄出版社，
2023.5

ISBN 978-7-5169-2498-3

Ⅰ.①无… Ⅱ.①王… Ⅲ.①长篇小说-中国-当代
Ⅳ.①I247.5

中国国家版本馆 CIP 数据核字（2023）第 048886 号

| 责任编辑 | 陈 馨 彭 博 | 责任印制 | 李末圻 |
| 责任校对 | 张春燕 | 装帧设计 | 书香力扬 |

书　　名	无憾人生	作　　者	王照敏
出　　版	华龄出版社 HUALING PRESS		
发　　行			
社　　址	北京市东城区安定门外大街甲 57 号	邮　　编	100011
发　　行	(010)58122255	传　　真	(010)84049572
承　　印	成都兴怡包装装潢有限公司		
版　　次	2023 年 5 月第 1 版	印　　次	2023 年 5 月第 1 次印刷
规　　格	710mm×1000mm	开　　本	1/16
印　　张	20.5	字　　数	430 千字
书　　号	ISBN 978-7-5169-2498-3		
定　　价	88.00 元		

王照敏

民营企业家、作家、诗人。旅行、绘画、摄影爱好者。1954年出生于上海一个普通工人家庭，1970年毕业于上海朝阳三中。1971年参加工作，分配在国企的铁匠铺子打工15年，任行政工作3年。1988年辞职下海经商，做过园林绿化、餐饮行业、宾馆酒店、电器厂建筑承包商。

2000年起筹建自己的置业公司。

2014年开始发表作品，《无憾人生》是继《碎片人生》《创造人生》出版后的第三部长篇小说。

著有：

诗集《夜行者》

摄影作品集《行走·感悟》《王照敏作品选——胡杨组曲》《王照敏作品选——天伦2019》《王照敏作品选——魂系天涯》《王照敏作品选——陌上之恋》

油画　我家孙女不是人，疑似天女下凡尘　王照敏／绘

目录
／CONTENTS

引 子

:

年迈的王小鹏，从表象上看似乎理想地完成了儿童时代的脱贫梦想，但他内心深处却敏锐地感觉到，商场上那些暗中窥视他的对手，时有时无，似有似无。飘忽不定的局面总让他琢磨不透，本可安享晚年幸福人生的他，面对摇摆不定的走向，总感忐忑不安。

王小鹏在冥冥之中感觉他的生命，他余生的旅途，必定还隐藏着什么诡秘玄机，只是目前还看不清楚，这让他很是无奈。然而就他个人而言，究竟担忧些什么，连自己也说不清、道不明，或者说正因为自己看不清楚，所以才感到烦恼焦躁。也许对手最可怕的伎俩都隐藏在那些探不到的诡秘之处，不然为什么长久以来许多明明白白的正经事儿，都被一股无穷强大的能量扭曲到让人啼笑皆非的程度呢？

原本他的人生可以高枕无忧了，骤雨仿佛停顿了，而风却在暗暗蓄了劲势，龇牙咧嘴地围着他旋转……

——可不是吗？

如同生长在戈壁滩石头缝底下的一棵小草，穷得叮当响的少年，通过自身的努力过上小康生活，还有什么不满足呢？该有的都有了，家庭和睦，儿孙满堂，王小鹏知足。但历史车轮前进的节奏并不以他个人愿景得以满足而停顿。这几年来，跌宕起伏的滔滔洪水又把他卷进旋涡之中，而且比以往任何时候来得更迅猛、更激荡。该怎么来表述他老年时代的心情呢，是退缩？是放弃？还是横刀跃马？反正，王小鹏的人生到了老年阶段，竟然什么样的心绪他都有……

油画　觉悟那刻在珠峰　王照敏／绘

油画 远山灵性绕心襄 王照敏 / 绘

第一章

:

心　绪

　　放眼望去，上海浦东国际机场偌大的停机坪上空呈现出一片模糊不清的灰褐色。天阴沉沉的，也不下雨，刚哭泣过似的，罩满愁云。低低的色块压着机场跑道，仿佛一群灰色妖魔在肆意乱舞，企图把机场吞噬。不一会儿，片片乌云从天际线上席卷而来，扫荡了天空，吞没了光亮，把深邃的苍穹和大地抹成一片朦胧，更显洪荒和凄楚。这番景象，仿佛王小鹏此时此刻的心绪写照，既说不清，也道不明他究竟在想些什么。即将起飞那一刻，王小鹏倚靠在舒软的椅背上，两眼迷茫地望着窗外，沉沉地想着自己的心事……

　　这是 SQ831 航班，由新加坡航空公司执行地从上海飞往新加坡，转机 SQ452 航班，飞往马尔代夫首都马累国际机场。

　　就为转机这事儿，王小鹏整整纠结了几天。他几乎览遍世界所有名胜古迹，但从未有过自由出行。因为英语一窍不通，所以他每次出国云游都跟团走，自己优哉游哉，不去操心一路上大小琐事。身处异域，不懂英语，他连个问询都无法在异国他乡与老外沟通。有那么一次，在法国"老佛爷"商场购物，为解手找卫生间，竟跑上跑下兜了几圈，愣是摸不着头绪。没法了，只能求助于法国售货女郎，且在纸上写了"WC"两字母，偏偏法国人并不把厕所称作 WC，双方难以沟通。

　　但是这猴急的事儿又不能做肢体动作来描述，憋死人呐！

　　王小鹏灵机一动，在纸上画一马桶，边上的人正在解手，顿时法国女郎脸色绯红：

原来是这么回事啊！

由此，王小鹏身在异国最怕走散迷路，对他而言这是致命弱点。为解困窘，稍能掌握基本英语对话，他竟然跑到上海书城买了本《中老年从零开始学英语》，死记硬背……

王小鹏就是这么个狂人！

他最乐意去做常人以为是不可能做到的事，而且像人来疯似的越做越来劲。

话说王小鹏这种人来疯劲头还真够让人玩味的。一次，他跟团出游捷克和奥地利，团队中有位老先生，退休前曾是中学语文教师，是一个文化底蕴深厚的老者，笔名为西子湖。

老先生虽然长得瘦骨嶙峋，但脸色红润，富有光泽，在阳光下笑起来十分生动，眼尾纹在眼角两边欢乐地游动，很显然那是愉悦的心态留下的印痕。老先生那一对耳朵薄得出奇，甚至让王小鹏感觉有点儿蜷缩着，可眉毛清秀，弯弯的像柳叶，眉宇间流落出一派书生意气。

他是一位标准的独行侠，游遍天下不厌倦。其间最长的旅行竟然历时三个月出头，走遍欧亚三十多国家，且满腹经纶，潇洒自如，边走边创作诗词。在这次旅途中，他把以前创作的诗册送与王小鹏一本。王小鹏异常兴奋，当晚便在宾馆拜读至深夜。

阅读完毕，感慨万千。他略作思考，掏出笔，抽出纸，随性作诗，一挥而就：

水调歌头·感悟

灵魂深处　那份诗的情怀

在东欧旅途被激发　崭露头角

那份涌动　从生命里出来

漫过心海　让我整个儿醉了

翩然而至　在我灵魂深处呐喊

没有了肢体　只有灵魂

诗意　诗情　倾注身心

时空之外的我　在羽化　在蜕变

成了一缕彩云　一腔火焰

感悟消融于诗韵　这种享受微妙无穷

欣喜若狂　把旅行概念颠覆

感知曾经的行　走得太没诗意

离当下的醒悟　实在苍白

神圣的诗情　让我战栗

居然穿心而过　赐予我灵感

我哪里知道　在遥远的国度

诗意如排山倒海　激励我一往无前

幸福人生　羽化了我的诗意

仿佛在一阵旋转的交响乐中

牵手我的诗情　蹁跹起舞

这是我的骄傲　一种说不出的觉悟

未来的旅途　波澜壮阔

生命的脉搏　将和诗的情感一起跳动

诗词创作完毕，天蒙蒙泛白。王小鹏着实得意，随手便把这首诗发到朋友圈。

王小鹏就是这样子的狂人，连发朋友圈也是一副玩世不恭的样子。

哪里想到，西子湖立马发来评论："你家孙子以为这诗写得如何？"

王小鹏一愣：什么意思？

他心里暗自嘀咕，不明不白，褒贬难分。

"你孙子是不是很佩服他爷爷的才华？"西子湖又发来评论。

王小鹏看出来了：这老先生是在讥讽我。

于是他一不做二不休，干脆反击："才开始学，胡乱凑合，不怕被人笑话。"

西子湖这人挺讲究，随后潜水进入私聊。

"你这首诗抬头挂牌水调歌头，即为格律诗。既然是格律诗，必须按照诗词的格式以及平仄来押韵，不然就是打油诗。"

王小鹏看了这评论，没有回话。

这个，这个？他不懂！

"随心所欲创作的诗就是打油诗，如果是打油诗，就不能挂词牌为水调歌头。"西子湖显然是在乘胜追击：

锄禾日当午（平平仄平仄）

汗滴禾下土（仄仄平仄平）

谁知盘中餐（平平平平平）

粒粒皆辛苦（仄仄平平仄）

"这平仄押韵是格律词牌诗必须严格遵守的，王小鹏你懂吗？！"

这一锤砸下来，把王小鹏彻底打懵，因为他根本不懂什么叫格律诗，更不懂什么平仄押韵。所以他无法反击，只能低头称臣："好吧，听您的指正，全部改头换面，推倒重来。"

这下子西子湖很是得意，开始给王小鹏上课：

平仄，是中国诗词中用字的声调。"平"指平直，"仄"指曲折。根据隋朝时期修订的韵书，如《切韵》《广韵》等，中古汉语有四种声调，称为平、上、去、入。除了平声，其余三种声调有高低的变化，故统称为仄声。诗词中平仄的运用有一定格式，称为格律。平声和仄声，代指由平仄构成的诗文韵律。平仄是四声二元化的尝试。四声是古代汉语的四种声调。所谓声调，指语音的高低、升降、长短。平仄是在四声基础上，用不完全归纳法归纳出来的，平指平直，仄指曲折。上声、去声、入声为仄，剩下的是平声。普通话入声消失，入声归入仄声的上去两声和平声中的阴平、阳平，这导致用普通话判别诗词平仄会有错误。

"这似乎很深奥的，以后得一边写一边学。"王小鹏听得云里雾里。

"外行人不懂格律诗没关系，但你白纸黑字地胡乱发在朋友圈，是要给人家看的。科班出身的都懂什么叫格律诗，不然就是打油诗。"

王小鹏感觉到了西子湖在那边"嘿嘿"偷笑。

"我呢，实话实说，别见怪。"西子湖口吻有点婉转。

"好吧，我把词牌拿掉，改成打油诗。"没办法，王小鹏不服也得服。

"改叫打油诗，就对了。"

"明白，谢谢。"

人家把格律诗的规范要求讲得明明白白，王小鹏很是无奈。

"写格律诗，如戴着镣铐跳舞。"西子湖继续开导。

"语文老师大概都这样唠叨。"王小鹏心里嘀咕着，没有回复。

"每个字都要讲究平仄。"

"每个字都要讲究？"王小鹏真有点吃惊。

"我虽然是学师范出身，但我从来都是说自己是写打油诗的，因为平仄不对仗。"

"如今听您说了，我似乎有点明白，这个平仄对仗确实难弄。"

"古汉语我也只学点皮毛。"

"明白了，我会重新来过，谢谢老师。"

"不客气。"西子湖回复的语调倏然变得很是温和。

自那次东欧归来，王小鹏的人来疯劲头又上来了，常人以为做不到的事，他王小鹏偏偏喜欢撸起袖子干，而且越干越来劲，一挥手便又来一首：

清平乐·笨鸟

三更词步，踏往情深处。室外临西湖畔树，精神抖擞护卫。

诗句坠入灵感，瞌睡虫在天涯。仿佛不到凌晨，耕耘我就不停。

写完之后，王小鹏不但把这首诗发在朋友圈，还单独发给西子湖，并附上自己的创意，"我想出了一个好方法，把自己写的格律诗和辛弃疾所作词牌相同的诗词对照押韵。这基本不会有错吧？即使有错也不会太离谱。"

"你太聪明了，我书白读了。"西子湖竟然如此回复。

"什么意思？说明白点。"

"你差不多快六十了吧，看不出来，心理状态不但年轻还很幽默。哈哈，哈哈哈！"

从文字判断，西子湖在那一头肯定是扭着腰，摇头晃脑地乱笑。

"我得说明白，如果平仄押韵又错了，那就是辛弃疾的诗词押韵也错了。你胆敢用这样子的态度来做评论？"

"呵呵，呵呵。我哪里做过评论啊？"

"如此这番对照着辛弃疾诗词的拼音字母，换成另外的词句，平仄对仗工整，我看写词牌格律诗也是一点问题都没有的。"

"对！你说得太对了！"

"我以为不难的，对照着诗词，参照着平仄对仗，依葫芦画瓢。"王小鹏自作聪明地把西子湖送给他的讥讽当作补药。

西子湖老先生，此时此刻正在杭州西湖边林荫道上健身跑步，见王小鹏如此这番的回复言语，笑得五脏六腑都在打滚，"真逗！王小鹏，你这大诗人属于天下第一憨豆先生。"

突然机舱内一阵强烈的涡轮轰鸣声响起。

王小鹏一个激灵过后，终于从回味往事的那番似梦非梦中清醒过来。此时，飞机已从跑道上腾空跃起，刺向苍穹。王小鹏抬手看看腕表，起飞按预定时间足足延误了半个多小时。

"怎么回事啊，说空中管制，难不成空中还有交通警察？"他似乎还没完全从迷糊中清醒过来。原本在新加坡转机时间就紧张得要命，这下可好，不是难上加难吗？

他眉毛紧凑，有点花白的头发下面，额头仍然是那么宽大。由于长期的纠结，眼角，包括额头，都微微出现了几条细细的皱纹。博弈在商场的人眼睛是不会老的，王小鹏眼睛虽小，却黑白分明，炯炯有神。正因为这双黑白分明的小眼睛以及鼻孔下那两片宽厚的嘴唇，使这张老辣的脸庞流露出来的气场除了几丝狡猾的智慧，更蕴含着那几缕似乎不太讲道理的豪横劲头。

王小鹏喜欢大笑或暴怒。文质彬彬的轻声细语，不是他的个性。与人理论他口若悬河、滔滔不绝、一泻千里，从来容不得也不愿意给他人留有辩解的机会。在他异常兴奋地高谈阔论时的那副腔调，充分显示出来的就是他毫不忌讳地张扬个性，他才不讲究什么亿万富翁的所言所语以及肢体动作都必须彬彬有礼。

"王小鹏为人聪明，但缺少的就是绅士格调。"友人时常如此这番评论他。

"哪来那么多绅士？都是装的。"王小鹏说。

他认为绅士风度是家族中的几代人不断进取，在经济利益获得充分保障后才能修养出来的一种精神层面上的气质。而他这个闹翻身的穷光蛋或者说才进入小康水平的人，即使风度再怎么翩翩也只是表演伎俩高超而已，而本质上就是两个字，俗套。他才不喜欢装腔作势呢。

王小鹏贵在有自知之明，他对于自我个性的描述这样的：

只有像我这种实实在在地爱生活、爱员工、爱家人，珍惜朋友之间的情谊，踏踏实实地去干实在的事情，才是生命的全部含义。我身上体现出来的博弈精神，只要有机会，哪怕只有一点机会我就不言放弃。我的生命赋予我的责任，就是让身边的每一个人都有一份工作，都有安逸的生活保障。那种风度翩翩的绅士格调根本解不开我所遇到的难题，那是丰衣足食的上流社会的雅士格调。我王小鹏不属于上流社会，我是戈壁滩上一棵野生小草，我的人性来自荒漠中的劣根，是洪荒世界里一匹自生自灭的野狼。

所以他的做事风格时常不按常理出牌，然而他的那些出人意料之外的决断又往往在社会前进的历程中，不但被证明是明智的，而且是抓住机遇与时俱进的。在他那些商业行为中体现出来的成效，除了源于本能的智慧，更多的是源于他对艺术的追求以及博览群书和云游天下的回报。

自从东欧之行激发了王小鹏的诗情，回国后便一发不可收，他昼夜不分地学写诗词，不停地把那些自以为是的格律诗词发给西子湖，并理直气壮地纠缠着与其讨论心得体会和人性感悟。

终于有一天老先生火了，扔过来一句似真似假的话："诗人先要有灵感，有了灵感才有诗意，有了诗意才能创作诗词。诗词创作不是闭门造车，不是凭空想象，是源于生活而高于生活的一种艺术，要懂得敬畏诗词的庄严。"

"这不是吗？我找你，就是为了讨论诗词的格调和庄严。"王小鹏就喜欢死缠烂打。

"我看，你还是去额济纳旗，去感悟，去体会诗词的庄严。"

"这话是什么意思？"

"你也是个有头有脸的人，诗词创作必须要有灵感。"

"额济纳旗有灵感？"

"额济纳旗有胡杨。"

"扯上胡杨干什么？"王小鹏不明白。

"干什么？去了你就懂了。"

"额济纳旗在哪里？"

"在内蒙古边境。"

"哈哈哈。"

"笑什么?"

"笑你个诗痴,还想忽悠我?"

"去年,我去了胡杨林。"

"你去过?真有诗的灵感?"

"你要十月初去,才会有诗的灵感。"

"十月初,那时我在意大利西西里岛。"

"我是想了三年以后才去的,明年我还会再去。"

"十月十五日去可以吗?"

"可能不行。到时看看天气,冷得晚可以去。"

随即西子湖发过来一长溜图片,"这些景色是去年在额济纳旗拍摄的古木参天的胡杨林。"

"哇……太壮观啦!"

"看看,你灵感立刻就上来了吧。"

"一定要去!如此恢宏的场面,是创作油画最好不过的题材。由于你的推荐,回来送你一幅胡杨林油画创作小品。"

"这主意不错,我笑纳。"

"我喜欢金色的树林,画出来一定漂亮。"

"我跟你学画油画,可好?"

"这个?这个嘛,咱可不敢当。"

西子湖把话题转回来,说:"飞机到银川,再包一辆车去额济纳旗。"

"定了,肯定去。"

"再过三十天到了秋天去额济纳旗,换作其他地方都成了将就。这不是忽悠,去过的人都夸口点赞。那时候你就懂了什么叫诗魂,什么叫灵感。"

王小鹏就是这样的狂人。

为了诗魂,为了词的灵感,为了取得油画作品的创作素材,他撸起袖子说干就干。随即他便放弃了原先设想去意大利西西里岛的行程,竟然一个念头转过来,在网上订了飞往西安,然后转乘56座的小飞机,直扑内蒙古额济纳旗的联程机票。

一年三百六十五天,额济纳旗的秋天,最美也不过十五天,错过好时光便要再等一年。

当飞机降落离地面还有几千米时王小鹏便疯了,从额济纳旗上空俯瞰,整个大漠一片金黄，再苛刻的旅行者也无法对它无动于衷，那简直就是诗人和画家以及摄影大师必须要去游览的胜景。

那里有世界最勾魂的灵感：

诗人也好，画家也好，所有人都将被活着三千年不死，死后三千年不倒，倒后三千年不朽的金色胡杨所迷住。

当天下午，王小鹏一行便来到死寂悲壮的怪树林，额济纳旗胡杨古木的英灵和不朽的傲骨，足以让他吃惊不已。他的人性犹似倔强的古木，没有什么能阻挡他对自由的向往。从商三十多年来，他下海经历的那番犹如天马行空的生涯，让其内心充满了孤傲，犹如古木的风采。

冥冥之中，似乎真有灵感，他体内所有的器官，确实感受到了胡杨默默无声地对他心灵的召唤：

我等你来

把傲气尽赏

不管是你一生

还是我三千年

我知道你会来

所以我在这里

苦苦等待着你

我离你很远

远到天涯海角

我离你很近

近到咫尺之间

生命在世

说长也长

说短也短

芳华终究要告别

古来多少离人意

悬心且安然

人生，我给你悟性

除了努力还要感恩

旅途，我给你灵感

除了庄严还要敬畏

对王小鹏来说这是一场远足他乡、受益匪浅的觉悟。

额济纳旗隶属内蒙古自治区阿拉善盟的一个旗，行政区类别为旗或特小城市。

额旗政府驻地达来呼布镇，距离内蒙古自治区首府呼和浩特市 1398 千米，距离阿拉善盟府所在地巴彦浩特 640 千米。地处中国北部边疆，位于内蒙古最西端，面积 11 万多平方千米，而常住人口只有 3 万多。那是一个荒芜而少有人烟的沙漠区域，日常少有外省市人员往来。只因后来古老的遗树种胡杨出了名，才带动了如今的旅游业。每逢国庆佳节额济纳旗便车水马龙，交通堵塞，人山人海地大呼小叫。

不得了！

一个黄金周额济纳胡杨林区域便入账十个多亿。一个摆地摊卖哈密瓜的小贩，一天营业额两万多，还供不应求，卖到断货为止。大自然的奇迹就是这样，戈壁虽蛮岂知荒漠有美景。想一睹金色胡杨，只能在国庆佳节前后去观赏。胡杨林的秋景令人印象深刻，这是每位游客的共同感受，似乎这就是上帝恩赐于人类天堂般的仙境。额济纳旗的胡杨古木，生如傲骨，雄姿绽放，死如忠良，亘古不变，这是一处今生今世有机会一定要去涉足的地方。

王小鹏到达额济纳旗正是胡杨树冠全盛时段，这是可遇不可求的金色秋意最浓烈的时候。去早了，一片绿叶葳蕤。去晚了，谁也不知道什么时候突然来了一场大风夹霜降，一夜之间，金色秋景死如秋叶之静美，只剩下光秃秃的枝干和密密匝匝的枝条，美景一夜之间全玩完。

话说古木胡杨还真有篇章可研究。

根据考古发现的胡杨化石，科学家估算胡杨树生存于地球至少有 6500 万年。由于它具有惊人的抗旱，耐盐碱以及抵御风沙的能力，所以它才能顽强地生存于贫瘠的荒漠之中。生存的本能使得胡杨的根系深入地下 30 多米吸收水分。因而胡杨被人们赞誉为"沙漠英雄树"。

胡杨树长得并不是十分高大，却非常壮实，枝干异常扭曲，苍劲有力，仿佛一个个挣扎着奋力向上的汉子，一身傲骨，正气凛然，这让王小鹏感动到热泪盈眶。

"Please fasten your seat belt. "

"Hello! Hello!"

"Wake up, Wake up. "

正当王小鹏为额济纳旗胡杨林的诗韵和灵感异常兴奋的时候，一阵叽里呱啦的语音把他从美梦中拉回到现实世界。

终于，他从迷糊的梦中醒过来，睁开朦胧的双眼，愣怔怔地瞧着眼前腰如柳条细的高个子空姐。她手势迅速地比划，两片薄薄的粉色嘴唇微微颤着，发出叽里咕噜的语音，"Please fasten your seat belt. "

没一阵子，王小鹏在迷糊中明白了空姐的意思：让他扣好安全带。

"I'm sorry. I'm sorry. "梦中才醒过来的他有点措手不及。一边忙不迭地用才学了几天的"洋泾浜英语"礼貌地打着招呼，一边手忙脚乱地插好座椅上的安全带对扣。

飞机从高空中开始缓缓降落。

王小鹏马尔代夫之行的第一中转站，新加坡国际机场快到了，这是他此次自由行中最大风险的关口考试。他抬腕看看手表，粗略估算一下转机过程还剩多少时间。

妈呀！还真是不看不知道，一看吓一跳，完成整个转机过程，只剩下不到一小时。

真正考验王小鹏英语实战水平的关键时刻到了。这个，这个！这个转机过程，一点弄虚作假的法子都没得想。

不一会儿，飞机平稳地降落在新加坡国际机场跑道上。当机体靠近廊桥舱口停稳，机舱门打开对接后，王小鹏抬手高举转乘下一航班去马尔代夫首都马累国际机场的登机牌，嘴里大声嚷嚷着，"The waves. The waves. "

冲出廊桥，他目光往周边横扫一圈，只见右前方一位黑色肤种，身穿墨绿色制服的年轻小伙，瞧模样，像是机场转机处的引导人员。

他未敢拔出喉咙呼唤，只是急吼吼地跑到黑小伙近旁，站定。随后用他格外灵敏的眼睛，准确地说是用他厚实的人生履历，把这小伙上下来回打量一番，基本判定，这小子大有利用价值。

"l want a transfer. "

"Terminal 2."黑小伙说话时的眼珠黑得发亮，而眼白却白得很有光泽，但看上去似乎有点假，假得就像有机玻璃。他那牙齿特别白，白得就像白塑料铸就。

黑小伙用黑白分明的眼球盯着王小鹏手中捏着的登机牌，嘴里轻轻嘀咕着王小鹏一点都听不懂的言语，更不明白其人所说的那些话里包含的是什么内容。当他全神贯注地凝视着黑小伙那一张一合的嘴巴时，心里一下有了谱。

"Will you take me there?"王小鹏露出来的是满脸诚恳。

"No，no！"黑小伙口吻毫不犹豫地坚定，"There are only two of us."

"Is this OK？"王小鹏像变魔术似的在蓝色风衣袖口处露出一张崭新的十美元纸币。

黑小伙脸色突变，犹豫片刻，咬咬厚厚的黑得发亮的嘴皮肉，斜过脖子使劲咳嗽了下，咽了口唾沫，"No，no！"

王小鹏富有魔幻色彩的嘴，贴近黑小伙耳朵根子，"Don't make any noise."他边说边侧过身去，从裤兜里掏出一叠早已准备好的美元，神速地数了二十张，夹进袖口那张十美元之中，随手一转，瞬间变成一筒相当厚实的美元。

站在侧边的黑小伙，斜着眼白瞪起黑眼珠：看清了。

他十二分地看清王小鹏整整数了二十张美元纸币。但王小鹏可以百分之百确认，他绝对没看清那二十张美元纸币都是一美元的。

这下子，黑小伙来劲了，精神头儿立刻涌上油光的脸面。他激动地哑哑厚厚的嘴唇，两眼贪婪地看着王小鹏诚恳而迫切的目光，下意识地点点头，慢步绕到右侧柱子边站着，面对王小鹏龇牙咧嘴地憨笑。

王小鹏看到了，也看出来了：他太佩服自己预先设计好的伎俩了！

"吱溜"一声，王小鹏蹿到黑小伙身边，迅速地把那厚厚一卷美元愣是塞进黑小伙裤兜。

黑小伙笑了，笑得脸面油光四射，"OK，OK！"

世界上没有十全十美的人，人总是优点与缺点并存的，思维敏捷的人往往不拘小节，会走出千奇百怪的路子。王小鹏对自己设计的瞒天过海的数钱伎俩，并没有什么内疚感，他感觉自己做得坦坦荡荡，干净利索地数出的是二十美元。他可没说自己数出来的是二百美元啊，至于他人怎样理解，那是他人自个儿的事，他既无法了解他人内心世界的想法，也不想去了解他人是怎样想的。

从某种意义上来说，智慧是天生的个性体现。手段和伎俩是一股潜在的暗流，遇到外界的诱因，便转化为做事的方式方法。没有经过高等文化教育的王小鹏，在商海中沉沉浮浮，他接触的人物形形色色，如此，便造就了他处理事态应变的能力和胆魄，锻炼出他遇事机巧，临危总能随机应变，生出百般伎俩。

如此这番的所作所为，算不算作是他智慧生存的习性呢？这是难以用三言两语就能表达出来的人性理念。

王小鹏长久地在商海博弈，碰到尔虞我诈的事情多得去了。他并不会感到有些上不了台面的伎俩会给自己带来多少锥心的痛楚，反而领会到一种发泄胸中郁闷的快感。

如此这番心绪，也往往导致他的超人胆魄：

人生在世，草木一秋，怕什么呢？正因如此，所以他做事从不计较过程，在不触犯法律层面的前提下，既可以这样做，也可以那样做，只要不超出人品道德范围，他执着追求的便是结果。

果不其然，结果让他满意：

黑小伙手段迅猛，伸出两手，夺过王小鹏一行四人中两只沉重的挎包，挺起胸，仰起头，咧开硕大的嘴巴，眼珠眼白齐放光。

他怯怯地憨笑着说："Hurry up! It's too late."

王小鹏乐得摇头晃脑，那个得意到极致的劲头就甭提了！原本提心吊胆的转机程序，一下子解决了。他们一行四人，眼睛像钉子那样钉在黑小伙肥厚敦实的臀部上，只管迈开腿奔跑。他一路跑一路咒骂，早知道转机时能抓个向导，何必费尽心机去学什么英语呢，真是开老子个天大的玩笑，把心纠结得几天几夜没睡个囫囵觉。

使劲奔跑的他们穿越一号航站楼，跨进转运有轨列车时已大汗淋漓，脊梁背上湿漉漉的。当再次转换有轨列车到达第二航站楼时，王小鹏体质似乎有点力不从心了。他的喉管突然痉得笔直坚硬，连连嗝呃几声，吞咽了几口苦涩的唾沫后，才感觉恢复到正常状态。但他内心还是有一种舒适的快感，真是天无绝人之路，要不是这黑小伙领路奔跑，还真不知道能不能赶上SQ452直飞马累的航班呢。

这让他感到得意非凡，非凡得意。

"船到桥头自会直，人生没有过不去的河。"他想。

斜目看去，那黑小伙倒是累得满不在乎，黑色脸面涂满笑容。他左手拉着列车顶上的吊环，右手缓缓地揉搓着裤兜里那厚厚的一卷美金。

王小鹏知道他可真不敢拿出来欣赏，新加坡政府对这种行为抓得很紧，一旦暴露，完全有被警局拘押的可能。

下了机场内部的轻轨列车，接下去离登机口还有 2000 米的奔跑运动。

二号航站楼候机的旅客们看着这些飞人，惊得傻愣愣的，莫名其妙他们为什么要那样子剧烈飞奔。这使他们心头阵阵发紧，难不成又出什么祸事了？究竟出什么事，谁也不知道。有的窃窃私语，有的相互探询，有的甚至提起挎包准备撤离。

不管怎么说，转眼之间，一切都过去了。

王小鹏一行四人冲进廊桥跨入机舱时，猛然响起一片唏嘘声。有人在叫好，有人在咒骂，更有几片稀稀拉拉的掌声响起。

王小鹏趔趔趄趄地走近座椅，双膝弯曲着，两手紧紧拉住航空椅背，伸出长长的颈，像一匹疾驶奔跑后的老马，呼哧呼哧地喘着粗气。他抬起倔强的头颅，使劲甩甩，把额头上挂着的大小不一的汗珠，一下子全甩了出去，手臂像死蛇那样直直地垂着，再也无力抬起。

"坐下吧，扣好安全带。"崔晓娣关切地说，"马上要起飞了。"

王小鹏点点头，瘫坐在航空椅上，闭起眼睛……往事历历在目。

这些年，过得像几十年那么长，那么久，那么让他日夜揪心。反思之却又像一枕噩梦似的那么短，短得那么不可思议，"哗啦啦"一声，他那独立王国的自由梦被彻底捣毁……

"轻敌，还是太轻敌，小瞧了对手。"这足以让他郁闷一辈子。

后悔也晚了，推翻脱口而出的承诺不是王小鹏的性格，他对自己的所作所为从来不出尔反尔。

"有本事、有能量，我也给上眼药，挖坑下套，只要他们一不留神陷进我设下的套里，那么，我所有的承诺就自然而然地被废除。"

"这个套不但要有理有据，而且要有棱有角。"他想。

至于他能设下些什么套头呢，这就让他琢磨不透，纠结得心绪折腾到萎靡不振。

王小鹏的心头郁闷，像压着一块千斤巨石，整个人，仿佛都在重压之下战栗。

"得让他们在谈定的框架内先期违约。"他心里恶狠狠地想,"只要他们违约在先,哪怕只是一丁点儿,咱就可以撕开裂口,毫不留情地胡搅蛮缠,推翻所有预先约定的口头协议。只要理由充分,事实存在,哪怕你有天大的权势,我也不怕!"

王小鹏沉沉地想着自己的心事。

他已经感觉不到自己的心在何处,只是凭着一股劣根的意念,一种胡杨古木不屈不挠的顽强精神,在僵硬的思路里,艰难地挣扎着自己烦躁不安的心绪。倚靠在座椅上,他有意无意地倾听着涡轮发动机轰鸣的同时,思想却在寻找着自己心绪的出路。眼前一阵迷雾,一阵清晰,一阵金星星。迷蒙时,只见天兵天将腾云驾雾,抖擞着满身金甲索落落地响,他根本看不清对阵的是哪方面军队……

恍然间电闪雷鸣,武装警察成群结队地压过来,他的心绪开始慌乱,慌乱得就像被针锥扎着,疼痛得难以自拔。

"老天爷,保佑我啊。"王小鹏杂乱的心绪又把自信的理念竖起,他命令自己,没什么了不起,总会有办法的,事在人为。愚昧的人为自己的心绪制造痛苦,智慧的人为自己的心绪制造解脱,创造机遇寻求出路。

他只是觉得委屈,觉得前途险恶,觉得终身难逃茫茫苦海。这让他心里纠结得难受,总感觉不是滋味……

恍惚之中他仿佛听到了死亡的声音,仿佛嗅到了死的气息,仿佛看到了死神的目光和它那油尜豆瓣般金黄色的笑脸。

突然一道电弧在脑海里闪过!

一瞬间,他心里无形之中有了主意,一个天衣无缝的诡秘圈套在他心绪里闪亮登场。

人呐,往往就是这样,绝处逢生。

他的心绪仿佛因为有了新的思路顿时开朗起来,脸面上那些忧郁的色块似乎被一阵风吹得无影无踪。

那么究竟王小鹏那繁杂的心绪中突然间闪亮登场的思路有些什么新的内涵呢,他又能设计出什么样个新鲜说法而让自己能够名正言顺地死缠烂打呢?

他"嗤嗤"地笑了起来……

有的人在心绪的痛苦中绝望,有的人在心绪的痛苦中解脱,有的人在心绪的痛苦中丧身。

然而王小鹏则在心绪流泪的时候寻找反击，撒出旗帜鲜明、无可挑剔的手腕和伎俩。

"你们等着瞧吧，够你们喝一壶的。"他想。

人生最大的悲哀不是旅途坎坷而是坎坷中形成的心绪无法释放，生命的过程中遇到坎坷是难免的，心绪的纠结也是不可避免的。难解的心绪是痛苦，不解的心绪是毁灭，一个人的失败往往不是因为心绪的存在，而是解不开自己的心结。

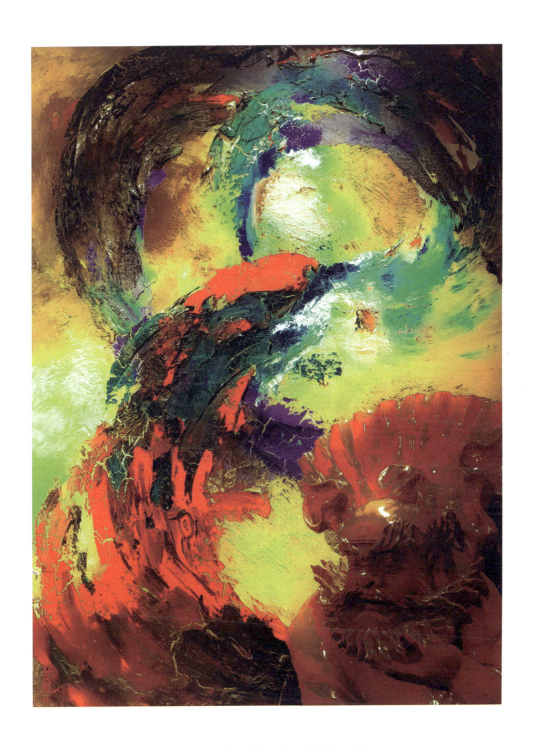

油画　人在做呀天在看　王照敏／绘

油画　金秋胡杨天地黄　王照敏／绘

第二章

泰姬珊瑚岛

马尔代夫共和国实行的是总统制，它是印度洋上的一个群岛国，是由1192个岛屿组成的千岛之国，也是亚洲最小的国家，却名气在外，号称蓝色世外桃源。

它位于南亚的赤道附近，气候条件具有明显的热带雨林特征，四季如春，没有明显温差起伏，平均气温28摄氏度，雨量充沛，年降水量1900毫米。去马尔代夫旅行的最佳月份在十月至次年四月。

这是个伊斯兰国家，禁食猪肉，但盛产海货，海洋里有的鱼类市场上几乎应有尽有。

王小鹏一行抵达马尔代夫，首先去了首都马累闲逛。

马累是全世界最小的首都，骑自行车懒散地兜一圈，估计最长也花不了两个小时便能走遍全城。马路两边跟国内的小城镇相差不太多，拥挤着各种餐厅小吃和零售百货，抬头举目，看不到一座高楼大厦和现代化百货商场。

马尔代夫作为印度洋上的一个群岛国家，海洋是这里原著民族生存的依靠，因此传统的海洋文化便是这里最为普遍的文化基础。马累城市沿海的堤岸几乎都成了泊船停靠码头，五花八门的游艇替代了所有交通工具，来回穿梭于各岛屿之间，或运送物资，或运送人员。

马尔代夫人民一般都居住在首都马累，即马累岛。其余岛屿面向全球旅游业销售，只要你有大把大把的美金，便可以私人拥有印度洋上最美丽的岛屿。

　　王小鹏一行参观了马尔代夫的独立广场、国家博物馆、星期五清真寺。让王小鹏忍俊不禁的是，马尔代夫现任总统的总统府，从外观上看，竟然还没他公司总部大楼来得雄伟壮观。他这个判定只是从建筑物外观面貌上来参照比对，至于内部装饰以及设施配备如何，他们不得入内参观，故也无法判定其奢华程度。

　　这是一个长年都比较适合旅游的国家，蓝天、白云、海洋、沙滩在国际上都是赫赫有名。它最大的特点就是一岛一酒店，酒店与海景融为一体，让游人时刻沉浸在美景之中。

　　王小鹏一踏上泰姬珊瑚岛就向崔晓娣洋洋自得地介绍着说："这里是全球顶级的海岛度假胜地。"

　　"哪怕只是惊鸿一瞥，它都令人难忘，来过了还想再来。"李经理学说着王小鹏的赞美词语跟进话题。

　　马尔代夫的海岛，她已经来过一次了。

　　"我坚信，这里就是天堂，是一片充满罗曼蒂克梦想的岛屿。"王小鹏说。

　　"也正因为这些岛屿被赋予了罗曼蒂克的浪漫诗意，这才有了天堂的说辞。"崔晓娣也掺和着说笑。

　　"岛上风景宜人，让人怡然自得。"李经理说。

　　"更有热带植物以及密布的棕榈。"崔晓娣说。

　　"所谓人间天堂，竟在此处。"王小鹏推开水上木屋的落地玻璃移门，两眼眯缝着眺望海天一色的朦胧。

　　"你以前却浑然不知。"崔晓娣打着哈哈嬉笑着说。

　　"是啊，待察觉时，不甚喜欢。"王小鹏话语透出无限感慨。

　　"在这里，有一种人与心绪共舞的欢乐。"李经理毕竟来过，所以实际经历的体会更加深刻。

　　"充满生机。"王小鹏说。

　　"设计玄机，构思套路。"李经理开始打起哈哈，"你还惦记着心绪中的那些耿耿吧？"

　　"十分惬意，"王小鹏说，"设套是必须的。"

　　"在这里，畅享的是种不一样的奢华。"李经理说，"你是不是感觉设套的格调也会有种别样的风采？"

　　"这里有难以媲美的胜景，"崔晓娣说，"好好享受人生。小鹏，我看你也就别想那么多了。"

"更有良好的配套服务。"李经理呵呵笑起来，说，"服务好了，感觉舒服了，老板设计的五星级套头，档次也高。虽然身在此处，却仿佛感觉是在地球赤道线上谋划圈套，自然称得上是豪华型套头。"

"这岛屿不仅保留着热带雨林的原始风貌，也不失现代文明的自然格调。"崔晓娣说。

"这里不仅风光旖旎，且美食种类也相当丰富。许多钟爱美食的游客，便是闻名而来享受岛屿上美味的世界餐和亚洲餐。"李经理说。

"我更喜欢的是岛上的幽然宁静，有种别样的感受。"王小鹏嬉笑着说，"似天堂后花园，一切都美得那么自然，美得无法形容，足以让我愚笨的智商发挥到极致。"

崔晓娣说："什么都别想了，好好善待自己，好好放松度假。"

"确实如此，我喜欢这里的海上木屋，别有一番情趣。"王小鹏痴迷的眼神中透出无限的期盼，说，"观望海水中游鱼穿梭而过，让人心绪腾飞，异想天开。头枕着波涛，倾听海水潮来潮去的声音，也或许多阴谋阳谋便油然而生。"

"在美丽的印度洋怀抱里，过几天你便会淡然地看待身外所发生的一切。"崔晓娣说话的语调相当自信。

"这话靠谱，在这里将会忘却一切烦恼，抛弃一切纠结心绪，尽情享受大自然赐予我们这人间天堂的安逸。世外桃源将会让人的心灵更加阳光。"李经理说。

"我得说清楚，你们可记住了。"王小鹏眼眶有点泛红，懒懒地说，"关键问题是我恨自己。我这么个久经沙场的商人，历练三十多年的老手，还没搞清楚怎么回事，便被花言巧语、七哄八哄，一时激动，没几回合就松了口，一瞬间被拿下。让我怨愤的是至今还找不出反悔理由来发难，来翻案。无论我怎么胡搅蛮缠，他们都视若无睹，其实他们心里乐着呢，就是不让我得到反击的理由。"

王小鹏两手撑在露台栏杆上，仰天长叹："罢罢罢，薅去这把烦恼的心绪吧。"

随后，他猛一挥手，将木栏杆上的一盆无名花草撸进露台下清澈见底的海水里。盆花在海水中接连翻滚，不一会儿便沉入海底，默默地躺在珊瑚的夹缝之中。

"小鹏，何必呢，不是说好来马尔代夫度假，创作你的《无憾人生》书稿吗？"崔晓娣说话脸色温和。

王小鹏眯缝着眼睛，神情似乎有点讶异，仿佛是怨愤，仿佛是茫然。对于他老婆的劝说，他似乎想说什么，结果什么也没说。

"高手……"他的眼眶溢出了难言之隐的苦涩泪花。

"好了，老板，"李经理低沉地说，"谁人都有难处，也不要太过分要求他人……"

王小鹏怔了怔，满脸忧伤："我过分？我容易吗？"

李经理靠在露台的沙滩椅上，目不转睛地凝视着老板蛮横无理的脸庞，其心绪也无奈得很。

崔晓娣犹豫片刻，她看到了王小鹏涨红的脸皮和那两只细小的几乎要淌血的眼睛。她从这双熟悉的小眼里，看到了他的劣根和倔强。想当年，王小鹏还是个穷得叮当响的青年小伙时，她就是被这双炯炯有神的小眼给迷住了心扉，爱上了这蛮不讲理的混蛋。

一转眼三十多年过去了……人生能有几个三十年呢？

这让她想起自己应该说几句不要忘记过去那种艰难困苦的日子，如今子孙满堂，生活小康，该知足了。但她随即见到王小鹏眼里露出来的两道杀气腾腾的绿光时，突然感到嘴唇被一种黏稠的物质给粘住了。

她明白她老公就是个人来疯，越是这时候，你越劝他，他越来劲。干脆甭理他，他也就没了发泄对象，不一会儿就过去了，什么事都没了。

"李经理，咱俩回屋去吧，外面有点冷。"崔晓娣岔开话题，她说话的语音有点沮丧。

王小鹏愣怔着不断喘着粗气，抿住嘴唇一声不吭。

李经理笑眯眯站起来，说："我们说了不算，老板说了算，你想做什么，咱们就跟着干。我们是你坚定不移的敢死队，老板有事，两肋插刀。还有，强盛老板说了，他可以拉出二百人的民工队伍。再说，加上我们下面公司的人员，咱们组织几百人，这是一点儿问题都没有的。"

王小鹏低下头，默默地看着蔚蓝色的海水，深深的皱纹和白皙的耳朵翅儿不停地颤着。他感到心中升腾起一股比痛苦还要深刻的感情，几滴沉重的眼泪跌进海里，顷刻之间化成无垠的海水。他脸部看上去有些浮肿，脖颈上几根青筋像蚯蚓似的慢慢蠕动着。

然而他的精神头看上去还算不错，也许他在女人面前有意抖擞精神，器宇虽算不上轩昂却也有几分了得。

"也没什么了不起，你们进去吧，我喜欢独自一人看大海落日。"王小鹏不屑地说。

"是这样啊，"李经理站起来说，"你过会儿也进屋吧，该去吃晚餐了。"她抬手看看表，说，"喔，还有半个多小时呢。"

她说话的口吻和语调似乎像在征求王小鹏的意见，他微微点点头，示意知道了。

木雕似的伫立在露台上的王小鹏，两眼直直地远眺着海天一色的景观。水灵灵的天空，碧波荡漾的海水是那么洁净，就连柔和的白云也像曾钻到海水里洗过那样洁白如玉。

不多会儿，一轮红日渐渐下沉，浑然间变得又大、又圆、又红。

啊，泰姬珊瑚岛上的晚霞是多么旖旎！原本如玉的白云，瞬间成了五颜六色的彩带，慢悠悠地漂浮着，时而像羽毛，时而像绸缎。稍过些许，大片晚霞似乎在海面上燃烧起来，天空与大海融成一片火海，就如王小鹏非洲之行创作的油画《赞比西河落日》，有一种述说不尽的壮观和魅力诱惑。正视着印度洋落日的恢宏景观，他无限感慨，霞光啊，你可知道我的心绪有多么忧伤……

感慨之余，默默掏出纸笔，借着霞光，在泰姬珊瑚岛上写下了一首打油诗篇，发朋友圈：

心　绪

晚霞送灵感
暮色迎智慧
已是黄昏心绪愁
时光催人烦

凡事不等人
只把乾坤翻
待到返程回家时
是否愁上愁

让他怎么也没料到的是，立马发评论过来的竟然是蒋豪，"最末一句，改作'是否喜上喜'为更妥，请君斟酌。"

王小鹏疑心疑惑地推敲着"是否喜上喜"诗句中的含义，这让他内心深处既很不爽，也很郁闷。

"干吗？有什么可喜的？"他愤愤不平地想。

这是个挺了不起的故事。

王小鹏凭着学了三天的英语基础知识，便盲目地和随行人员开启了马尔代夫自由行的旅程。尤其在新加坡转机，那个情景足以让人听了窒息，由于飞机延时起飞造成中途转机时间紧张到极限。当飞机平稳降落马尔代夫首都马累国际机场时，取行李、办入境、逛大街、入住酒店、吃夜宵……竟然都有惊无险地成为过往的履历。

其人的大智大愚且不用细说，大概可想而知他是个什么样子的怪才了吧。这样的人生旅途让他很是得意。得意至极后为证实他切切实实只学了三天英语，便把《中老年，从零开始学英语》的书籍封面也晒在了朋友圈，以示炫耀。

夜幕下的海岛，西式烛光晚餐正在上演。

王小鹏一边吃着大餐一边对随员们哈哈大笑着说："看看、看看，都被唬住了吧。三天，谁敢？仅仅学了三天英语，便敢出国自由行，我行我素，随便自如。谁能？非我王老爷莫属。"

他把这话儿说得很有派头，口气似挥斥方遒那般的豪迈，无论如何他也未曾料到，手机屏幕一闪，蒋豪竟发来一句这样子的评论：

UR VERY GOOD!

这让他两眼发直，惊了半天，呆了半天，愣了半天。

随后他还是把手机递给众人看，这蝌蚪文字啥意思。

"GOOD！是好的意思，这不会有错。"公司主管小郭说。

"我明白了，蒋某人赞老板好酷。"李经理开始忽悠。

"我分析，似乎，好像，应该是夸老板智商好。"小郭语调吞吞吐吐，犹豫不决地发表评判。

"不不，我看，他在说你肚皮囊好大。"崔晓娣边说边笑得弯下腰，搓揉着肚子。

王小鹏很是疑惑："不会吧，他这么无礼？"

"蒋豪夸老板肚皮好大，这种话他肯定不会说，明摆着是讥讽嘲笑。这不是他为人风格。"李经理说话时显得很严肃，有点一本正经，"他这人喜欢送别人好话，让人听了舒服，这是他的工作习性。我估计，这段英语的大概意思，估摸着，不是夸老板长得漂亮，那就肯定是夸老板长得美丽。"

这话说完，众人都笑瘫在藤椅上了。只剩下王小鹏一人，昂首挺胸，对着黑幕笼罩下的大海，痴痴地想着：

这？

UR VERY GOOD，究竟啥意思呢？

他细细琢磨半天，还是没弄明白。最终，只能无奈地回复评论，非常谦虚地说：

这样的宇宙天文咱肯定看不懂，不过看懂了我也不表态。

其实他心里明白，蒋豪这家伙肯定是在委婉地拆穿他王小鹏吹牛的把戏。学三天英语就能出国自由行，他才不信。故此特意发一段英语评论过来：

就是玩我个看不懂！

正在王小鹏琢磨不透时，又发过来的评论是蒋豪大言不惭的套头话："不要为人生旅途的纠结烦恼，只要你心中充满人性的宽容和大海的浩荡，你就会愉快地接受面对的现实，含笑走向更加灿烂的明天，且喜上加喜。祝君马代心绪安宁，欢乐度假。"

王小鹏略作思考，回复评论："人生多愁事，洒泪写心绪。不是人间喜事少，只是眼前愁绪多。"

商人必须讲究眼光、谋略和决断，这是一门技术活，博大精深，依靠的是自身履历和文化来分析大局走向趋势。

"商人伐谋"，似乎成了常人判断人世间相互交往的定义取向。

商海生涯沉浮历练久了的人或者说正在初始经历商海生涯的人，基本都有失眠症状，夜不能寐。

商人伐谋，他深有体会，说起来话就长了……就在泰姬珊瑚岛上的第一晚，他便失眠了。

原本王小鹏设想好来马尔代夫休闲度假，著书立说写文章，畅游大海闹个欢，其他揪心闹腑的繁杂心绪一概抛弃，不再去想。

然而深夜，当他头枕着海涛，真是要命，脑子越来越亢奋……他似乎感觉到他的心声和大海的涛声交汇融合……他的灵魂与海魂糅合在一起，缠缠绵绵，难分难舍。他似乎有点儿郁闷，两眼睛直勾勾地盯着海上木屋的横梁发愣……朦胧中，眼前出现的是沿着大海堤下，一望无际的农田变成了一片杂草丛生的土地，那是上海边缘地域的前海镇政府新近获得市府相关部门批准开发的工业用地，当地政府为了招商引资，引凤筑巢，急不可耐地等待投资者来开发的工业园区。

这事儿发生在 2002 年的早春三月。

王小鹏犹如雕像似的伫立在这片荒芜农田的田埂上，他板着如同冰霜的脸，沉思着。

初春的这一天，大雾竟然这样浓烈。

王小鹏用手往脸上一抹，似乎有水渗出。更奇怪的是那大雾说来就来，瞬间便使人的双眼迷蒙。

雾一会儿分散，一会儿聚拢，一会儿徐徐升腾，一会儿朝着他的身子汹涌澎湃地杀了过来。它变幻莫测，千姿百态的魔影，让王小鹏产生一种莫名的心绪，感觉这并不是个投资的好兆头，似乎凶吉难辨。

"水不急不跃，人不激不奋。王小鹏，你创造人生的激情感人肺腑，但是你用全家的性命来博弈，我看有点悬。你把所有的住宅都卖了，家人住哪去呢？万一有个失误，今后怎么办？"

这是陪同他一起来考察的锡平贵的劝说。

他们一行三人，另一位是辛松区委某办事处殷主任，他是个厚道的实在人，本科大学毕业，前程无量，眼看年底就要坐上副局宝座了。

此时殷主任满脸流露出诚恳的表情，叹息道："王小鹏，说起来，就这年代，你所有固定资产合起来，也够得上称作亿万富翁了吧。你完全可以过上锦衣玉食的富贵生活，却好像不幸中了什么邪，偏要抛售全部家产来投资，你岂能不知天有不测风云吗？万一项目失败，家人咋办，王小鹏，是不是这个理。"

"万一项目流产，即使肠子悔青，这么大笔资金也没人帮你。"锡平贵神秘兮兮地缩着脖子说话，两手不停地来回揉搓着取暖。

王小鹏脸面似乎有些肿，色泽发黄，好像为防冻涂了一层蜡。他那两小眼睛微微眯着，时不时地眨巴几下。两缕冷冷的光束，从眼缝里笔直地射出来，说话的语音有点颤："生命经历的最终都是一场悲剧，因为没有一段生命是永恒的。每个人都要遇到亘古不变的痛苦；去死。或许也有人抱着没有希望的希望抗拒过死，但最终还是不得不去死……"

"王小鹏，你这乌七八糟的理论跟投资有什么依据关联？我看似乎有点邪，属于奇谈怪论。"锡平贵插话进来打岔。

"依据关联就在这里。是的,当人们面临死亡时,才最大限度地发现了活着时候存在的意义。没有死亡的生,如行尸走肉,也就失去了生的意义。就你这般活着的锡董事长,有生的意义吗?"王小鹏讥讽得很是得意,"伟人说,与天斗,其乐无穷。与地斗,其乐无穷。与人斗,其乐无穷。我说,为事业斗,更是其乐无穷,这个理念你懂吗?"

"哪个伟人说的?"锡平贵没听说过这番斗争的理论。

"你呐,丘吉尔知道不?"王小鹏点燃叼在嘴里的雪茄,挺挺胸,猛吸了一口。

"知道,是那个叼着雪茄,鼓着大肚皮囊的英国佬说的?"锡平贵还是没弄明白怎么个说法。

"不,不!我的意思是要表达,我喜欢模仿丘吉尔的腔调,叼着雪茄,凸起大肚皮,要多酷有多酷。"王小鹏随即哈哈大笑。

"如果你一定要折腾,要扩张财富,要雄心勃勃地投入巨额资金,我们也只能表示遗憾罢了。"殷主任没有跟随着瞎胡闹,只是把话儿拉到正题,微笑着摇摇头,很是无奈地说。

王小鹏昂起头,小眼眶里泪花闪闪:"财富如露水,皆身外之物,即使枯竭了,明天还会聚有。可人的青春芳华一旦逝去,还有归来的可能吗?无论伟人也或百姓都无奈逝水如斯乎。人的体质博弈时段有限,不可能无限长久,如此便有了少壮不努力,老来徒伤悲之说。每个人的生命随着岁月的流逝都会渐渐变老,当你在年迈时仍在为当年岁月无所造就或哀叹上帝不公或哀叹贫穷是命运欠佳,那才叫人生旅途真正的悲催呢,早干吗去了?"

"求索青春以及壮年时段有所作为,是每个人都具有的一种本能,但你似乎已超越理性本能,甚而追踪人类为何留恋青春壮年而惧怕老化。更多的时候我们会发现,我们留恋的不是财富而是一种精神层面的享受,是一种生命对于生活的珍惜,也就是说人类留恋青春壮年,更应当说是为了让生命具有丰富多彩的诗意。"殷主任理直气壮地驳斥王小鹏似真也非的生命概念。

"我以为书读多了的知识分子,基本上都属于在你这种生命理念范畴内的诗意,少壮时期追求的是一种精神层面的享受,难不成老年人便没了生活乐趣,难不成年迈了就不能让生活具有丰富多彩?反过来问一句,那些两袖清风,一身傲骨,视金钱如粪土的老年知识分子,为何在菜市场里因买几棵白菜,买几根小葱而与小贩讨价还价,甚至争得面红耳赤。按他们的知识个性是多么崇尚周游世界,可没钱财支撑,只能周游家门口的小公园,走棋、打牌，消磨时光。"王小鹏龇牙咧嘴的话语滔滔不绝。

"每个人都有每个人的精神活法，人家觉得逛逛公园，走走棋、打打牌，这样的生活无忧无虑，无须操心、无须纠结、温馨逸情、安享清风朗月的晚年生活，这属于每个人自己选择的生命价值观。"锡平贵口喷白沫，说话毫无忌讳。他原本就没多少文化，虽然学历程度与王小鹏扯平，但底蕴还差三个半档次。

"依我看，你王小鹏即便六十岁出头，他人退休享清福了，你还得折腾。那时候你骑在虎背上则心有余而力不足，欲罢不能，想下也下不来，人到老年也够你喝一大壶的。"

锡平贵这张嘴！

当年在前海田埂上就这么随便一说，王小鹏年迈岁月不幸被这欠抽嘴巴的家伙言中……

如今前海镇中心区域正如当年招商部门张主任说的那样，"这靠海土地资源，或许将来可能开发为国家级旅游度假区，如果这项目一旦成立，那么这片国有工业用地便会被纳入变性范围。到那时，还有什么比这更为可观的增值潜力呢？"

按照市府最新的规划调控，前海镇中心区域所有工业厂房必须迁移，地面建筑物全部推倒。建成高标准、严要求、超前化的世界级国际旅游度假区。

这就要王小鹏命了！

当年王小鹏抛售所有财产，不是为了追求土地增值，他曾对张主任明确表态，"对于我来说投资如此巨大的项目，你们是无法感知我心里的煎熬，或许我在制造对于我的家庭来说可能是一场灾难，我体验到了前所未有的痛苦。"

王小鹏的人性使得他原本就不想靠时运发迹，凡具有赌博性质的事他坚决不干。确切地说，他挣来的财富都是靠自己发奋努力，靠自己明锐决断，靠自己脚踏实地，一步一个脚印走过来的，既干净又阳光。

时到如今，他王小鹏历经的坎坷和风雨多得去了，却还仍保全须全尾。究其原因，一是做事小心谨慎；二是生命不息，梦想不止，进取不断；三是王小鹏过亿身价是用智慧和汗水挣来的。

金钱对于现在的他来说不再是幸福人生的追求目标，如今他所追求的是要有一个稳定的大家园，永久不息，能冒出钱来维持他的家人以及员工的生活质量稳定，这就是王小鹏余生的梦想。其余的，他无所谓，也无所求。

故此，当年他投巨资于前海是为将来企业可能的发展夯实基础，拥有自己的固定资产。这既是为了企业生生不息，也是为自己长远考虑，晚年生活无忧无虑，不再折腾。

王小鹏明白地告诉过张主任，"我在这片荒芜土地上办实业，不是为了虚晃一枪搞投机取巧，不管将来土地变性以及发展前景如何，我企业所使用的土地政府不能说收回就收回。当然我也懂得国家发展是硬道理，无论如何都必须小局服从大局。但真到了将来，政府为发展不能把我们在艰难困苦中建立起来的合法企业给点补偿就消灭了，那可不行。"

"这个自然。"张主任当时就这样说的。

"什么叫自然，自然是什么？"王小鹏咬住关键问题不放。

他毕竟已经下海十多年，掐指算来也算是个老辣的商人了。

当时张主任"呵呵，呵呵"地憨笑，只顾着用手捏住鼻翼拼命擤鼻涕，那天张主任似乎好像感冒了。

"最起码，政府在收回土地使用权时，必须妥善解决和安置我们企业继续生存下去的活路。张主任，我的要求必须在合约里白纸黑字地写进条款。"

张主任被王小鹏具有前瞻性的问题逼到了墙角，无路可退。

王小鹏记得清楚，当时张主任说，"王小鹏，你这个说法没有先例，没有先例的事我做不了主。至于我这个主任工作职责是招商引资，你这个问题是以后动迁组的事，动迁组的事我更做不了主。再说了，这些问题是很遥远的事，将来的事谁都说不清楚。但是，我们应该坚决相信党和政府是讲道理的，你们艰苦创业不容易，政府绝对不会说收回就收回土地，这点是不容置疑的。"

这种模棱两可的话王小鹏没作什么洽谈录音，如今一晃十多年过去，当事人都不知去向。他只记得因贪污案窝里斗，张主任被他副手宝强揭发，最终俩人被捕，各判近十年徒刑。

呜呼哀哉，时过境迁，王小鹏再找谁去翻老账呢。

三十多年前，王小鹏离开体制下海经商后，每当碰到棘手难题，即使在大领导面前他最彬彬有礼的客套话便是，"这个问题很有趣，我要研究研究本企业的利益得失。"他对自己的评语是，"我生来就是匹洪荒世界里自生自灭的野狼，没人疼、没人爱、更没人怜悯。我生命的本质一直是在流浪，这是一种内心世界的悲催，感受着永无宁日的痛楚。"

然而他人都不解其"流浪"之说为何意，只认为是"最奢华的低调"，将个人厚实的履历视为流浪。

但是由此推理，谁打破了他呕心沥血建立起来的鸟巢，他肯定是抱着抵触、反感、仇视的情绪。如今他不稀罕钱，他对现在的小康生活已经满足。他没有花天酒地的开销，过安逸的布衣生活他不差钱。他需要的是一种稳定的企业、稳定的家园、稳定的生活环境，他再也经不起折腾，也不想再折腾了。

确切地说，这么多年来，王小鹏根据自己的决策和努力，完全为晚年的安逸生活夯实了基础，建立起自己的独立王国。他只需要精耕细作好一亩三分田，其他什么天要下雨，娘要嫁人，都与他无关，王小鹏就是个这么自私的人。

不过反视他过往的人生履历，成也自私，功也自私，他兢兢业业埋头耕耘的就是那一亩三分田。

黎明时分，东方破晓。

一夜未眠的王小鹏心里很是烦躁，他狠命地抽着烟卷，一阵酸溜的涎水从舌根下冒出来，和着嘴里的烟雾发出吱扭吱扭的响声。这瘆人的声响使他的小眼球震颤，黄色眼屎便唧哝唧哝地聚集在眼角。

擦掉眼屎，然后把脑门磕在桌面上，他乏透了。人虽疲惫不堪，心绪却依然在疲倦中异常亢奋。于是干脆站起来走进卫生间洗把脸，随后推开玻璃移门，他似乎含泪出现在露台上，独自品尝着梦幻海景。

墨绿色的大海，皎洁的月光从天空中洒下来，照出大海那一片美丽的朦胧。露台下面似乎有潮汐上涨的澎湃声，偶尔有几只鸥鸟在远处飞翔着穿越而过。

他伫立着，双手叉腰，抬头远眺。单从这背影气壮如牛的样子看，似乎再沉重的担子也压不垮他的肩膀。他做人的理念，没事不惹事，有事不怕事，天大的事最了不起的也不过一个死。他对于自己的死亡开朗得很，也不过是早晚必定会发生的事。

王小鹏对于死亡的理念有着别样的风采：

白求恩走了，焦裕禄走了，就连我亲生父母也走了，甚而连我最喜欢的隔壁和蔼可亲的老爷子前几天也走了……这说明再崇高的人、再伟大的人以及再渺小的人，早晚都得走。早晚都得给他们开个追悼会，已表活人怀念之情。只是我始终不明白的是，开这种追悼会是让谁感受他死亡的真情流露呢，人死了还有感受吗？既然没感受，那这种追悼会就他本人而言已经毫无意义，一点意思都没有，都是做给活人看的。看什么呢，看死人？死人有什么好看的，我不知道这些人在死亡之前想过这个问题没有。由此联想到我自己将来的追悼会，我立志必须是在生命还存在的时候开。简言之，我将来的追悼会就是在我还活着的时候开，开得像真的一样。我坐在太师椅上闭目养神，买哭人号啕，奏哀乐，致悼词，三鞠躬。还得像模像样地有司仪，弄一帮和尚念经诵佛超度生灵。参会众人围着太师椅绕一圈后入座，大碗喝酒，大块吃肉，高朋满座。礼品和礼金免收，参加追悼会的人购买我生前创作出版的长篇小说——王小鹏的生命三部曲《碎片人生》《创造人生》《无憾人生》，想想，要多美有多美。自己能看到自己的追悼会，生命的句号太完美。最后的遗愿就是我的墓地要安装太阳能灯光；晚上写诗绘画做文章，也或约几位天堂麻友打麻将，黑咕隆咚的怎么玩？

终于有一天，友人在酒宴上驳斥了他的死亡论，"生命在死亡之后是有灵魂的，灵魂可以看到活人，而活人却看不见灵魂。我父亲去世的追悼会，冥冥之中，我就听见父亲的嘱托：'我走了，你一定要照顾好你妈，服侍她一辈子。'这是千真万确，一点不掺假。"

友人痴痴地抽了口烟，说话神态似乎还很是迷茫，"王小鹏你懂不懂，现代社会的科学文明让我们看世界万物只是三维立体法则，而自然界肯定还存着四维、五维或者说还存在着十维立体法则。我这样说你或许还不明白。打个比方，从一数到十，而我们人类的现代科学知识甚至连一都没数到。"

"这个我坚决相信！"友人的友人插嘴进来说话，"王小鹏，你懂摸顶吗？"

摸顶？王小鹏还真不懂这个摸顶是什么路道。

"我就被摸过顶。有一位高人法师在我头颅顶部轻轻地抚摸，也就是说……"友人的友人脸色挺严谨，说话一本正经。

王小鹏赶紧插话，说："哎呀呀，是这个呀，这个我太懂。"突然他幽幽的脸色开始泛出点蜡黄："那次我去清东陵慈禧太后墓穴，走近幽暗深处，只觉头顶一阵阴风掠过，头路发丝顿时蓬起，脑袋感觉晕晕乎乎。哪知道当晚便梦见慈禧，感觉浑身酥软，惊醒时大汗淋漓。立马测量血糖，指数竟然高达22，吓得我魂飞魄散。立刻订购返程机票，一早回到上海。再次测量血糖，一切恢复正常。这事千真万确，本人保证，一点都没添油加醋。"

王小鹏说话语音像一梭子子弹，打在墙上又弹了回来，激起在座女性一波接一波的恐怖涟漪。

"如果说上帝安排人世间真有阴魂，那么我们活着的人真应该少栽刺，多栽花，能行善时则行善。"王小鹏脸部表情凝重地说。

"你王小鹏还懂得能行善时则行善？上次那蓝天下的爱心赞助，你捐了没有？"友人哈哈大笑着讥讽。

王小鹏摇摇头，盯着他，说道："精耕细作好自家一亩三分田，求得我们一帮人的生活稳定，秩序井然，我不说贡献有多大，但至少可以说国库税赋里有我几滴汗吧？"

"我们这些人多么渴望……又多么希望也能有你这种爱心，但是现实社会……"友人说话时看着王小鹏渐渐拉长的马脸，忍不住哈哈大笑起来，不说了。

突然手机叽咕叽咕地震动，猛然把王小鹏从遥远的遐想中拉回到现实世界，打开一看，是锡平贵发来的微信：你这小子，惹人羡慕嫉妒恨，只顾自己玩。

以往人们想要表达对远方之人的思念，通常会向对方寄赠些物品或信件。而今远隔千万里，手指一按，微信传递思念，距离被缩短，仿佛地球是个村，人类同住一个庄。相互间没了距离，只要你愿意发朋友圈，友人随时随地了解你的所作所为。

王小鹏爱玩朋友圈，玩得上瘾，并以此为乐，乐此不疲。所以他朋友圈粉丝也多，都赞美他周游世界所见、所闻、所发的图片，给人带来美丽的视觉分享。

锡平贵是他当年的老友，也是个乱发朋友圈的网虫。如今他俩都挤入老年人行列且相互间也没什么业务往来，自然而然私聊也变少了，仅限于点赞，发表评论。

油画　醉翁之意不在酒　王照敏／绘

油画　大山深处有灵性　王照敏／绘

第三章

辗转回梦

再现那一幕

"天下没有不散的筵席。"只要有团聚，就必定有分离。

记得那是一年的夏天，我那亲爱的太太还如同四五十岁似的在外散步、聊天，脸上神采奕奕的。可不知怎么，突然有一天，她竟然倒在床上不省人事了，就算再怎么叫她，推她，也无济于事。

太太就这样进了医院。过了很长一段时间，不知怎的，对太太的思念越来越严重。想着小时候太太对我无微不至的关爱，就算是我倒在地上滚来滚去玩，太太也只是笑笑，然后把我从地上拉起来，并为我掸掸灰尘。长大之后，每天放学回家，都能看见太太站在门口，微笑着迎接我。想到这，我的眼角不禁渐渐湿润了。

那天，爷爷带着我去看望太太，到了那之后，我们径直走向了重症监护室。我终于看到了我日夜思念的太太，可她却已昏迷不醒了。她仿佛是睡着了似的，表情慈祥、和善，双手轻放在被褥上，只不过不同的是，她的鼻子上插着呼吸管，嘴上套着呼吸机。这一幕，深深地刻在了我的脑海之中。

就这样过了两个月，当医生说太太已经不行了的时候，我在一旁默默地祈祷。

最终太太还是没摆脱这个命运，离我们而去了。在太太的葬礼上，我看见太太安静地躺在棺材里，表情依旧是那么安详，手依旧轻放着，只不过脸色早已苍白。看着太太的遗体送进了火化炉时，我的眼泪如断了线的珍珠般掉落，心如刀割一样痛。

那一幕，直到现在也深深地刻在我的脑海之中，但太太留下的爱却又那么让我深深地怀念。

作者：王天佑

这篇文章表达了大孙子在人生成长的旅途中，那种中国传统的纯朴和孝道以及人性觉悟。

读这篇文章时，王小鹏感动到热泪盈眶，喉管哽咽。

其一，大孙子有才，是块可以锤炼成钢的好料，将来成人之后文采和能量潜力无限，长江后浪推前浪，一代更比一代强。

其二，这篇文章引申出王小鹏对母亲的思念之情，有感恩，有内疚，有欠愧。如今母亲走了，即使想再尽一份孝心或者对她说些甜言蜜语的话来哄她开心，这一切的一切设想，都已成为虚无缥缈的泡影。

如今，王小鹏也老了。

老了老了，就明白了老人的心理活动和思想动态。这时他才真正了解了母亲最大的乐趣，其实就是王小鹏能安心坐着，听她絮叨。也或她听王小鹏唠叨，哪怕唠些无聊题材，母亲都会认认真真地听得津津有味。这种场景应该是年迈母亲最为开心也最为快乐的时光。

母亲活着的时候虽然衣食无忧，物质条件以及生活照料也得到他的充分保障，但精神界面肯定寂寞孤独。有时母亲对王小鹏倾诉些事情，说话时还轻声细语，谨小慎微。偏偏王小鹏在家里不太爱说话，有时在生意场上受了气，心情烦躁，回到家还会怒目圆睁，或大吼或大骂，发泄自己低声下气，看人脸色办事的满腔愤慨。

母亲走了之后，这才让王小鹏幡然醒悟，号啕大哭。虽然他在自己家中专辟一间小屋作为父母的永久灵堂，但这不足以弥补他内心深处的遗憾和伤感……

人走了，一切一切的孝敬都已时过境迁，毫无意义，这仅仅是给自己留个念想或敬重生身父母而已。人生是一场没有彩排的话剧，更没有再来重演一次的机会，演好了，演砸了，都是自作自受。

就这！让王小鹏时常内疚！

就这！让王小鹏遗恨千古！

由此而发的是每当王小鹏在朋友圈看见孝顺的子女推着轮椅陪伴病态的父亲溜达或陪健康的父母行走、旅行，他必定点赞。这些子女是幸运的，他们趁父母生命还存在的时候尽一份孝顺之心，这是实实在在的孝敬。每每点赞之后，王小鹏自己便唏嘘不已，后悔不迭。母亲活着的时候，不珍惜这时光荏苒的岁月尽孝，如今再想弥补，那是不可能再有机会了……

每当此时，他便会老泪纵横，就想大哭一场！

更让他十万八千个没想到的是，平时少言寡语的大孙子，内心世界竟然具有如此潜在的感恩之情，且深藏不露。如果不是读了这篇《再现那一幕》的短文，他还真不知道这孙子小小年纪竟然还具有这番古朴的人性情怀。

这对于王小鹏来说，实在是羞愧难当，还他爷爷呢！

"对于死去的亡灵，我们的态度应是不信奉迷信但不妨恭敬。人的亡灵是否存在于阴阳之间，各种信仰具有各种理念的说法，现代科学解不开这个谜谜点。"王小鹏想："佛教传导，人有德行，死后才能转生为神、为天人。天人是不是就是死亡之人的灵魂？既然我们现在解不开人死亡之后是不是还有灵魂存在之谜，那不妨试试以恭敬一切众生的心态去对待死亡者的灵魂。"

每当深夜，王小鹏在书房创作编写长篇小说《无憾人生》书稿时，总是会怀想起过往的那些岁月。现在的他似乎有些不再自信了，时常一口接一口地猛吸捏在手里的 COHIBA 雪茄。但一抬头就犯傻，隐隐约约地似乎会听见他母亲的灵魂在呢呢喃喃地絮叨。这让他或许可以改变自身理念的轨迹：与母亲的灵魂彼此间还有机会感情交流。

到底是什么力量发动了他信仰的觉悟？

是《再现那一幕》的短文篇章，还是那次他与友人在酒宴上探讨人在死亡之后灵魂是否存在于世间的伦理？

他时常在半夜三更或者在黎明时分产生出一种幻觉：

夜幕低垂下，他乘风破浪在黑波荡漾的海面上，独木舟剧烈摇晃。王小鹏进入了那个迷幻的三维空间，听到了母亲喃喃地轻唤，"哎，哎，鹏儿，快抱着我，我冷，我的鹏儿，抱着……"

独木舟竭尽全力，冲破浪涛，在漆黑的海面上往来穿梭，他一边瞪眼寻找着母亲的身影，一边展开想象：

总想对你表白，
我的心情是多么愧疚。

总想对你倾诉，

我对妈妈是多么依恋……

但是沉沉的夜幕并没有把机会给他。

王小鹏时常在母亲走了之后的深夜书房，独自一人处于半梦半醒之中，"我觉得很对不起，对不起妈妈……"

独木舟放慢速度，他强悍与虚弱的人性，徜徉于温柔的波涛，海上夜色有一种神秘而危险的魅力……王小鹏冥冥之中，最难战胜的往往是他自己的灵魂：

没有人能打败他，除了他自己。

社会群体中，人可以是指人的本身，也可以说是你看到的人，想到的人以及是想象中的人。或者说是你、我、他。也或许可以说成是你们、我们、他们。

人生旅途通过许多经历，可以在生活的瞬间转换角色，而角色的转换皆具有内心的活动而形成。可以是单一的，或者说是交叠相互作用的，抑或是多层次的因素所造成的。

人的那些跳动性角色变换，在改革开放初期的那些年代，大多数的人又成了流动性的。个人的作为在他的生活履历中记载的都是个体人员的读白，有的是无奈的，有的是被迫的，也有的是感知意识流而心甘情愿的，而其中心绪部分担当了个体动向的引导作用。

心绪它既可以与人的行为以及所处的角色交融，也可以单独成为你埋在心底的永恒秘密。

而正当锡平贵的生命对事业和前途万念俱灰时——骆驼回来了！

时隔八年之后，骆驼又回到了锡平贵身边，跟随着他，仍看着他脸色行事而无怨无悔。这一对青梅竹马的人生旅途；其实就是一场时分时合、时合时分的虚实相间、梦魂与现实的相处。

俩人昔日的芳华虽然不再，老了，老了，生命的创意却更为活跃，更加自由，更为无忌。日常时光，俩人除了去农家乐欢愉，更爱好的是去歌厅唱歌。可骆驼现在不再喜欢唱昔日的那首《心语》，如今她更喜欢唱的是王菲演唱的那首歌：

红　豆

还没好好的感受

雪花绽放的气候

我们一起颤抖

会更明白　什么是温柔

还没跟你牵着手

走过荒芜的沙丘

可能从此以后　学会珍惜

天长和地久

有时候　有时候

我会相信一切有尽头

相聚离开　都有时候

没有什么会永垂不朽

……

可是我　有时候

宁愿选择留恋不放手

等到风景都看透

也许你会陪我看细水长流

　　骆驼在歌厅放声演唱这首歌的时候，词的内容恰恰是俩人当时的心情写照。往日单一的自闭以及各自呆板的生活状态，一去不复返，相互交融的再次磨合与过往的心态迥然不同。以前来不及想的东西，如今聊起来俩人津津乐道。

　　往事的回顾，那些有关现实与历史碎片的记忆，脑海里的爱恋纠缠又重新组合着锡平贵和骆驼这些人，这些事，这些岁月。

　　骆驼对锡平贵叙述当初为什么走了，她直接把自己称作"我"，把锡平贵称作"你"，而把镇里的大头领称呼为"他"。

　　锡平贵老了，雄性激素渐渐退化，但他那种扭曲的心态就是愿意听骆驼叙述她那种无人知晓的与大头领的情史。如此他有种别样的酸酸的滋味体验，刺激着他的神经系统……

而骆驼为人坦率，毫无保留地在锡平贵面前坦露所有隐私。每当锡平贵紧追不舍地追问细节时，总惹起骆驼的反感和愤怒，"有的就是有的，我直说。没有的事情就是没有！"骆驼义愤填膺地说，"你逼着我说没有的事，就是精神暴力、就是虐待，我可以上法院告你！"

"那你第一次和他在哪？"锡平贵转过话题，千方百计地像当年调查组查账那样，无休无止地刨根究底骆驼的私密。

"那时候，调查组来人找我，死缠烂打地要我交代你的腐败生活及财务方面的问题。一天好几次像你这番刨根究底地追着我，问这问那，问你的那些烂事。"

骆驼脸色沉重，犹豫着岔开话题，说："回顾起当年离你而去的根本原因。"她语调显示出来的是一种复杂的心绪："假如需要我来选择一个比较贴近的词来描述那时我的精神状态，那就是彻底崩溃！"

"商人的最高境界是游戏，贪官的最高境界是演技。"锡平贵这话指东说西，含义深邃。推而广之的内容便是指向那位镇里面的大头领，"一切生命都可以说是在游戏中演戏，演得是否逼真，能否让人信服，那就看他演戏的伎俩是否高超。"

骆驼面对这一位已经跨入老年队伍的锡平贵，其怪异的思想状态以及反应、追问，她很是无奈，头脑里混合着复杂的思想，有时感到自己借助想象的翅膀在广阔的天空中翱翔，有时则郁闷到如在地狱中煎熬。她苦思冥想着，心绪的波涛随意狂荡。她想编个故事来哄他开心，但没有定向目标和题材，且编故事也会越编越离奇，设想出一个情节又拐过去寻觅另一情节，直到自己的脑袋彻底疯癫。

"编故事，编到最后总有对不上号的节点。"骆驼想。

"解决实质问题的智慧，是不装蒜的聪明人戳穿装蒜的自以为聪明人的技术活儿。"锡平贵竟然莫名其妙地把这些刨根究底的追问，提高到这种思想境界。

问题似乎严重了，大气的骆驼，才不想跟他闹情绪。锡平贵身患绝症，哄着他高兴是她的根本想法。她此刻真想编些似真似假的故事来说给他听听，逗他的雄性激素荡漾起来。

"这有益于活力和身心健康。"她想，"只要他开心就好。"

骆驼心态豁然开朗，无论怎样，他身体患过癌症，既然曾经我们在生命中相遇，就要把珍惜埋在心底，让我们的生命在往后岁月那短暂的相处中爱意永恒。

犹豫片刻，骆驼说："也许是前生有缘，我俩来践行一个约定。也许是今生有梦，我心甘情愿地回来和你来圆一个情缘，曾经发生的一切似乎就在眼前。你得明白，当初是世尘的喧嚣淹没了我对你的深情，还是你那忙碌的身影给他趁机而入？好了，这些都不必再去探讨，那时候摆在我面前的就是一个生死离别的选择；要么让你锒铛入狱，要么我委身于他。二选一，没第三条路可走。"

"当初我不知道你去了哪里，我只知道社会上流传着你随他而去，有人在虹桥宾馆西餐厅看见你俩共进晚餐。"

"是的，就在虹桥宾馆，那是第一次约见，调查组入驻查账后的第三天，他给我摊牌了。你知道的，咱这账目要认真地追查起来不可能没有问题。然而我心知肚明，这不是账目问题，即使账目做得再好，鸡蛋里他也能给你挑出几根骨头来。"

"那是什么问题？"

"醉翁之意不在酒。"

"什么意思？"

"什么意思还不明白？你的那些臭事、烂事、腐败事，行贿、受贿事，账面上虽查不出，但当时他手里捏着举报信，举报你拿人钱财却不替人消灾。那几封举报信他当场在餐桌上扔给我看了。还有那黄之种掉了的小本子，被人捡到后交了上去，上面记载着某年某月某日送你多少钱！那些材料啊，我一看都魂飞魄散，不说砍你的脑袋，判你个无期或二十年牢狱之灾肯定逃脱不了。你心知肚明，自己掐着手指算算，就按贪污受贿一万元坐一年牢来累计，你得被枪毙几回？"

"那当时怎么没找我约谈？"

"没找你吗？他明确地说，材料压在他手上，还没上交。"

"嘿嘿，那肯定是我每年给他烧香送礼起作用了。"锡平贵松松地笑笑，"所以吗，有钱大家赚，朋友多了路好走。"

骆驼怒目圆睁，咬住嘴皮未作声。

"走过的路回头看看，每逢佳节，咱们哪座庙里哪座菩萨没去烧香拜佛？"锡平贵欣慰地开始扬扬得意。

"他会看上我们送去的这点葱花钱？"骆驼的黑眼珠顿时露出些鄙视的蓝光。

"那？他怎么放过我了？"

"难不成你不知道他那时能一手遮天蔽日的权势？"

"当然知道，所以我没出事啊。"

"可他出事的时候，查出来的烂账一亿多！"

"啊？一亿多？"锡平贵愣得目瞪口呆。

"这一亿多我只是听说而已，可他挪用公款两亿，划入私人账户却是实实在在的，但他一分钱都没动用。"

"你怎么知道这么清楚？"

"我不是被他调去镇财务科做主管吗？"

"那些烂账是你做的？"

骆驼双手托住下颌，微微摇头，说："什么烂账呀，所谓的烂账是在我去以前拉下的账目。"她使劲甩了下头发，说："我看主要问题还是他在市里面跟错了领导，领导出事，他不出事，那才叫怪呢。欲加之罪何愁找不出理由？"

"他出事，拔出萝卜带出泥，那我怎么安然无恙？"

"其实……他的为人你应该也知道。他把举报信和黄之种的小本子在手里压着，给我指了两条路；要么把材料递交上去，要么我随了他心愿，你屁股上的那些尿屎由他来抹干净。"

锡平贵愣着，只是轻轻哼出一声："你同意了。"

"是他在我同意之后才去前台开房的，事前他没这个企图策划，并非你想象的那样。当时我就看出来了，他是成心帮你的。"

"你那时怎么想？"

"权衡利弊关系，我别无选择。"

"你心甘情愿，没有被他强迫吧？"

"你指的是我当时的心念吧，有无奈的成分，有一份好奇心。"

"什么好奇心？"

"我那时的体验只有你和我老公啊，你对女人的体验有多少只有你自己知道了。"骆驼说完，脸色徒然绯红，"女性对男性角色的转换皆由内心的活动而形成的作为。当时的感觉，自己抖落的是一身风尘，留下的是从容和恬淡。"

"你爱上他了？"

"哪里会，我不是说了，只是好奇。这一切已成过往，似乎又在朦胧，我只是对你做个交代，实质上我根本不想让记忆回到从前。"

"当晚，你随他入了房？"

骆驼思索片刻："人生百态私密处，爱恨情愁自己知。"

"你随他进房，他怎么样威胁你？"

"没有威胁，他只是抱着我，说，爱我，喜欢我。"

"只是抱抱你？"

"不！先是接吻了，他没有你那么冲动。"

"男人都一样。"

"不！不一样。"

"怎么不一样了。"

"他知道你的许多事情，但他在我面前从不说你一句坏话。"

"我指的是男人对性的态度都一样。"

"也不一样！"

"奇怪！"锡平贵有点纳闷。

"当时我也觉得奇怪，他只是隔着衣服抚摸我。"

"你挺喜欢？"

"谈不上喜欢，我说了只是好奇。再说他的长相你也知道，看起来一表人才，文质彬彬，否则也不会坐上头把交椅。上面领导也不会这样器重他、信任他。"

"简直不可思议，他开房的目的，仅仅只是为了抚摸你？"

"没有，是我提出让他先去洗澡。洗澡的意思他懂了，就自个儿进浴室去了。"

"你没帮他洗澡？"锡平贵惊愕地睁大眼睛发愣，"我俩第一次是你帮我洗的，那种温柔细腻的感受足以让我终生难忘。"

"他不是你。"

"你不是说，灯一关都一百分吗？"

这话逗得骆驼咯咯地笑了起来，嘴一撇，说："女人和男人的感受是不一样的，那种没有感情基础的事情，即使做了也只是为满足需求或别有目的。"

"你想升官发财？"

"什么话啊，我怎么可能眼看着你受牢狱之灾。"

"为我？"

"为你，我可以做出一切愿意的和不愿意的或者说是违背自己良知的事情。反正一句话，只要是为你，我愿意付出一切。"

"你为我给他付出了一切？"

"其实，说白了也就那么回事。"骆驼脸色显出点尴尬，说，"他洗完澡，裹着条浴巾出来。随后我进去洗澡，洗完后也裹着浴巾出来。"

"就此完事了？"

"没想到，他竟然也是位快枪手！"骆驼说得兴起时哈哈大笑，笑得有点淫荡，"我一点感觉都没有，他就躺下了。"

"他没说什么？"

"他也和你第一次说了差不多同样意思的话，不一样，和其他女人不一样，太性感了。"

"你和他就这一次？"

骆驼莞尔一笑，说："总共六次吧。"

"你怎么记得那么清楚？"

"每次我当着他面都有记录。他看我在记录，还问过我，你这记录是什么意思？"

"啊？"这话让锡平贵惊诧万分。

"我不是说了吗，女人为此付出都是有目的的，除非是为了真正的爱情，那另当别论。"

"这么多年就六次？"

"后来调查组不是撤了吗，你的案子也就不了了之了。"

"你和他断了，他没翻脸？"

"没有，一切都在默默无言中了断的。"

"怎么可能呢？"

"他懂的，我对他说白了，我除了老公还有人的。"

"他知道是我？"

"我想他肯定知道的。但我必须对他说明白，我对青梅竹马的爱恋，亘古不变，一时的付出就是六次而已。你的案子熄火，我便与他一了百了了。"

"以后他没再纠缠你？"

"以后他不是进去了吗，好像是无期徒刑吧。"

锡平贵痴痴地想，"人世间的事就这么稀奇古怪。"

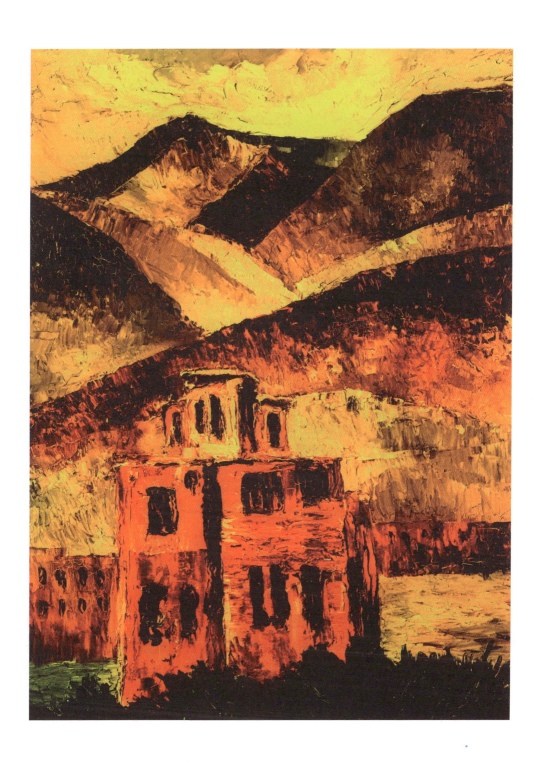

油画　远近高低各不同　王照敏／绘

油画　潭水无风平如镜　王照敏／绘

第四章

·
·
·

旋　涡

　　王小鹏从马尔代夫回来后变得更加潦倒和失意，总是愁眉不展。那天，他顶着满头的霜露，裹挟着一身寒意，带着满腔的幽怨，悻悻地走进办公室。

　　偌大的董事长办公室空无一人。

　　他独自倚靠在柔软的布艺沙发里恹恹地闭上眼睛，脑子里杂乱无章，理不出个头绪。他似乎想得很多也想得很遥远，但又设计不出一个什么办法来解开眼前的纠结，他只感觉有一种说不出来的空蒙，恍惚之中，王小鹏的神思仿佛在宇宙间飘荡……

　　这一天，雨下得已经很久，说不上大，也说不上小，只是孜孜地落不停歇。时而就着邪风、细雨扑打，时而直直降下，扑簌扑簌的是水珠落在窗台上发出的声音。雨点虽然小而轻飘，似无重量，但连绵不断形成的雨帘是那样密，到处湿漉漉的，满世界迷蒙。天阴闷闷的，湿而生凉，凉趋冷意，虽不至于寒，却让王小鹏心寒。

　　霎时天暗了下来，秋日里的苍穹竟响起几声惊天炸雷，过后暴雨来了，开始像筛豆子似的雨点，但不一会儿，哗哗哗……瓢泼似的人雨，不期而至。在那个急雨如箭的下午，王小鹏的灵魂在天地之间翻滚，他仿佛在唇枪舌剑地大发厥词，又好似跟神圣相逢在耶路撒冷。终于他发现了一望无际的绿色草原，林林总总的各色野花展露出笑容迎接着他的生灵。疲惫的他仿佛又回到了他儿童时代仰卧在泰丰新村铁道边上的那条清澈见底的小河边。那条小河，像少女般那么文静，在绿色的丛林中，在粗壮的梧桐树下，潺潺水波闪烁着无数珍珠般的光亮，那温情脉脉的幽静处是他童年的最爱。周边万籁俱寂，他儿童时代那小小的心灵便喜欢躺在那草地上做他人生的大头梦：

怎样让自己强大起来，怎样改变贫穷面貌，怎样找回自己尊严而不被人瞧不起？

尽管如此，王小鹏那时也只能是年少气盛凭空想象而已，现实生活中，他根本改变不了那种贫穷困苦的呻吟。

思着过往的童年，他的心绪倏地开启了一道缝隙：

心情顿时敞亮起来，如今还纠结什么呢，儿童时代的梦想早已实现，难不成我现在的钱不够用？难不成我的人性尊严还受人歧视？往低处想，我经商理念循规蹈矩，财务账目清清楚楚，偷税漏税的事，打死我也不干。我堂堂正正经营我的业务，光明正大，我怕个啥？

想到这里，他站起来走到办公桌边的老板椅上坐下，手指"啪啪啪"地按着黄花梨木壳的打火机，点燃他嘴里含着的那支粗大的古巴雪茄。他抽雪茄并不在于借助浓烈烟雾用于思考，他认为抽雪茄能提高自己的庄严和气势，要不然丘吉尔在谈判以及会见客人时，为什么总叼着那只粗粗的雪茄？

"不过，最好的结果还是息事宁人，行不行呢？"随着他的遐思，脑海里又出现了他在去马尔代夫旅行之前发生的那些让他郁闷的事情。

那些场景，如今他仍记忆犹新……

天空仿佛也是下着蒙蒙细雨，他在办公室里聚精会神地看着当月的财务报表。走廊传来滞重的脚步声，王小鹏用眼角的余光瞄一眼推门而入的李经理以及他身后一高一矮俩瘦子。傲慢无礼的他只是自顾自地继续抽着雪茄，在烟雾弥漫的遮掩下他一丝不动地坐在皮椅内，视而不见迈步入门之人。但他的思想飞快地转动，他要从这转动的思想中理出一个态度，是横得蛮不讲理呢，还是软得点头哈腰。

两种不同的肢体动作和神态，代表两种不同的人性和态度，他必须立刻做出选择而有所相对反应。

李经理站在一边，她实在看不下去王小鹏这种让他人尴尬的处境。于是乎前来解围，拉过椅子请两位来客坐下，并沏了两杯热茶，让他们暖暖冰凉的双手。进门坐下的俩人，惊愕得半张着嘴，正揣摩着这家伙摆出这副毫无礼貌的腔调是什么意思。

实质上倘若王小鹏没摆出这副蛮横腔调，他们之间的洽谈没准会保持一种不冷不热没结果的状态，当然也不排除或许可能有比较圆满的成效。但是正因为王小鹏摆出这副爱搭不理的腔调，这才从根本上改变了来人的态度。结果是祸从根起，王小鹏是祸源，接下去三人话语开始激烈起来，火药味也越来越浓。

然而王小鹏的言语在企业迁址的问题上，表现出来的态度是出人意料之外的狂癫，但每当王小鹏出言不逊的时候，来人总是笑而不语。

王小鹏的准则是，有生之年绝不能让已经建立起来，而且越来越稳固的企业说倒闭关门就倒闭关门了。基于这种考虑，他专门咨询过有关人士以及法律顾问。最终他的决定便是动迁可以，但政府必须落实我们企业有落脚点而不至于被消亡。

王小鹏依稀记得，那天来人的开场白是那高个子起头说话："我们是代表前海区人民政府来的，也是动迁你这国家征用土地具体措施落实人。我们已来过两次，拜访你，据说你都在国外。今天有幸遇上，是缘分，证明我们还是有缘的。"

"知道你们是动迁组的，也知道你们来过两次，但是……"王小鹏话锋一转，口吻开始蛮横，"我已经宣布咱公司门卫室老高，现已提升为本公司总经理，担任公司动迁谈判首席代表，难不成他没告诉过你们？"

随后他傲慢无礼地喷了口浓浓的烟雾，说："我公司其余谈判代表皆为清洁工人。"

"王总，你如此随意安排，可好？"来人中的矮个子话语呢喃着，听上去口吻很是犹豫不决。

"公司人员升职谁说了算？我提升老高为全权代表，关你们啥事。总经理职务由谁担任是我的权利，你们有事找老高去就是了。"说完，他对李经理补充追加一句，"给我把门卫室牌子摘下来，换成总经理办公室。"语毕，便起身准备走人。

在想象中，王小鹏的决断肃穆庄严得一塌糊涂。其实动迁组来人原本是想与他好好商量的，就看他撅出点什么要求，回去好向领导汇报后尽量满足他。

但王小鹏把自己的生命和企业的存在连接在一起，看上去，他是铁了心肠要来个你死我活、鱼死网破。所谓把总经理办公室设置在门卫处，显然就是无理取闹的行为之一，而不是唯一。对于一个准备好胡搅蛮缠的人来说，还有什么事可让他感到惧怕的呢？

不知王小鹏当时是否曾想过有没有起死回生的方法，其实，他也没去想过什么起死回生的出路。于他而言，动迁可以，补偿款坚决不要。动迁组由于政府发展需要而消灭他的企业，他坚决不答应，也坚决不执行任何部门下达的任何命令。哪怕最终是法院的裁判决议！

王小鹏作为一个创业者，或者说他作为一个大家庭的掌舵人，这个思路和想法对他的行为产生了深远的影响。就他个人和企业以及员工们来说，他必须要寻求继续生存下去的空间。

王小鹏善于发现人和事物的关联作用，一个人的思维常会被称之为定式，如果没有正当理由，他王小鹏绝对不会蛮横无理。如果他以为自己理念是错误的，他便会颠覆自己的行为。现在他除了要求企业安置，没有其他任何非分之想。

"我唯一对前海区政府和前海动迁组的要求，就是动迁的同时请政府安排好我们企业的活路和搬迁地址。"王小鹏语调耿耿地说。

矮个子脸一阵红、一阵白，确切地说他本来已经对王小鹏动了点恻隐，还有一种以和为贵的心理。

沉吟片刻，他说："王总，我们也找过你好几次，出于双方完美的目的和结局。今天咱们能见面坐下来洽谈，这看起来，我们和你之间还确实是挺有缘的。"

"什么缘？我遇上你，倒了十八辈子的血霉！"

矮个子顿时站起来，义正词严地说："王小鹏，我明明白白地告诉你，我们代表的是前海区人民政府以及人民政府的动迁组，请你说话给我放尊重点！"

"什——么？"

王小鹏站了起来，怒不可遏地说："我代表的是我企业的全体员工，我个人没什么利益需求，我也不需要钱财，我需要的是小民百姓的生活安置以及活下去的空间！这有错？"

瘦高个子板着脸，也站起身来，一脸怒气地说："我们今天是来解决问题的。"

高个子的态度让王小鹏心里有了底。

他决定调转枪口对着火暴脾气的瘦高个子猛力开火，挑逗他不但动嘴还得让他动手。

王小鹏心里有谱，于是他机械地张嘴，机械地闭嘴，只顾着一口接一口地抽吸着雪茄，保持沉默。

来人中的那矮个子站起来。

王小鹏瞧见了他左手捏着一方盖着大红印章的单位介绍信，同时王小鹏也发现了他脸上露出一些慈祥的表情，便温和地说："依我看，你们还是从哪里来回哪里去为妥。把你手里捏着的纸片儿带回贵公司，跟你们头领去说，这玩意儿在我这边不管用。"

"你真要对着干？"高个子似乎感到不可思议，"你这种态度究竟是什么意思？"

王小鹏最吸引人的是他那放荡不羁的气场，他那不寻常的高大身材把论理说道演绎得太不寻常：

手持雪茄，收臀挺胸，眉目传神。凸起大肚，一起一伏，言语之间，极度情绪化。他的文化和艺术修养使得他智慧的想象力极其滑稽，但他往往又具备不失理性的严谨和行为的力度。他把博览群书得到的文化知识和绘画艺术融入他的处事决断中，由此形成了他独特的商人格调。

"对着干，那是以后的事。先给你们点时间，回去好好让你们头领仔细琢磨琢磨怎么来对付我。"王小鹏开始把雪茄斜着叼在嘴里，摆出的腔调就像是美军五星上将巴顿的模样。

这种姿态表明，他那要无赖的劲头即将开始上演。

"人什么时候都要懂规矩，不懂规矩，吃苦在后头。"高个子说话开始带有点火药味了。

这让王小鹏心里很是得意，他索要的就是让你上火。他知道，动迁组的人手里握着大把资金，给被动迁者多少补偿款，基本由他们基层工作人员向上级领导汇报后作出决定。然而，具体给多给少基本上由他们说了算。可他们哪里知道，这个混蛋王小鹏根本不把补偿款或多或少放在眼里，因此，他怎么可能把这些人放在眼里当回事呢？

此时王小鹏脸色徒然大变，似乎有点惊慌失措的样子："吃苦在后头，这话什么意思？"

矮个子说话尽管小心翼翼，但他也是个人。是人，总归也有点脾气，此时他感觉有一种被侮辱的感受涌上喉管。他搞动迁工作十多年了，一般来说，被动迁户都对他们笑脸相迎，说话分寸小心翼翼，满脸挂着恭敬从命的姿势，只是为了能让他们松口，多给予点补偿款。

"我们的意思就是双赢，你的心理价位需要多少补偿款来摆平动迁事宜。你要明白，我们之间没有利益冲突，补偿款也是由政府支出，不是我们个人掏腰包，只要在合理范围内，符合政府的规范要求，我们尽量满足你。否则两败俱伤，吃苦在后头就这意思。"

"吃苦在后头是什么意思，难道你不懂？"高个儿拉长面孔，虎着脸，开始进一步发挥他的理念，"最终如果谈不拢，经过诉讼，法院裁判，政府执法部门有权强制执行拆除你的物业。王老板，你不要不信，这是社会主义体制内法理上有明确定义的。"

"喔，是这样子的呀。"王小鹏把叼在嘴边的雪茄拿在手里捏来捏去地揉搓着，弯腰俯身过去，聚精会神地看着高个的脸，说，"我怯怯地问一声，动迁大人，您尊姓大名？"

这话语明显带着讥讽，但不回答又不行。

紧接着，高个儿喉咙里发出一阵呼噜呼噜的声响……他极力睁开那两只黑蝌蚪般眼睛，努力看着王小鹏，目光冷漠，"本人姓李，你可以直接称我为老李。"

王小鹏已经站起来的身子，倒退着走了三步。随后，眯缝起眼睛，上下打量了老李几眼。

再随后，又转到他身后，弯下腰，眼睛直直地盯着他似乎少肉的臀部，发出轻轻的语音："老李。"

"咋的？"老李转过身去，瞧见王小鹏两眼又开始盯着他的胯下，左顾右盼，不禁好生诧异。

"老李同志，能不能问您一个我不明白的小问题？"王小鹏说话时满脸虔诚。

"请问吧，我们来就是和你沟通的。您有什么不明白的问题，尽管问我就是了。"老李笑得眼睛儿像弯弯的月牙。

"您真能回答我问题？"

"回答你的问题是我们的义务和职责，这肯定没问题。"矮个子也跟着笑了起来，话语柔和。

顿时，洽谈气氛开始活跃起来。

王小鹏微笑着回坐到他皮座椅，猛猛抽了几大口雪茄，美美地吞云吐雾几个来回，说："还是那句话，从哪来，回哪去！"

果不然，俩人脸色突变，变得像熟食店铺里的酱猪肝那般紫里透红。

双方似乎严阵以待，空气蓦然间变得格外紧张。

这是他俩从搞动迁工作以来最为气愤的一次，手脚冰凉，脑子一片空白，空白得莫名其妙。

"册那，王总，你这话是什么意思？"高个子怒不可遏之下，情不自禁地口头禅忍不住露了出来。

"很——好！"王小鹏又站了起来。

老李心脏倏忽抽紧，他明白自己一时失控，出言不逊。停顿会儿，冷汗一股脑儿往外冒：他左侧心肌原本就缺血。

"你会说人话吗？"王小鹏言辞犀利。

老李没吭声。

王小鹏随手扔了手中雪茄，说："来，你过来，给我再说一遍试试，让我听个明白。"

他笑了——仿佛幻想着一瞬间开打上演！

老李慢慢站起来，他真不知道还应该再解释些什么。

"王老板，别误会……我，我只是顺口一说。"他听到他的心在怦怦地跳。

他这句憋了好久的话，当着王小鹏面就像弹簧压缩回来似的十分不惯，他那原本流利的口才变得吞吞吐吐。

"噢，原来是这样子啊。"对于老李的回话王小鹏很满意。

老李对着王小鹏集中在他脸上的目光，事先烂熟于心的话题到了这节骨眼上全给蒙了。

他总觉得像什么东西在喉咙里梗死着。

愣了半天，竟再没有吐出一个字来。只是对着王小鹏两小眼睛一看，哎哟，不看不要紧，这一看，老李更慌了。

王小鹏那一双野狼似的眯细眼，射出来的光竟然是蓝色的。

老李两手不知所措地朝天摊开，他眼睛也不知道往哪里看才合适，他的头嗡嗡地响起来，最可恨的是那不争气的脚脖子颤得厉害。在老李的记忆中，似乎动迁组人员辱骂和殴打被动迁户是要受处分的。他尴尬地站在那里，不停地咳嗽，可是喉咙里没痰，只能是干咳。

"你咳什么呢，想装蒜是吧？"王小鹏喝了口茶水，不紧不慢地说，"老李，我看呐，你才真是没事找事，对吧？"

王小鹏要的就是让你动迁组开口骂人，如此，他便可以借题发挥，演绎他那滔滔不绝的辱骂口才。此时，他还得把证据落到实处，让骂人的语句铁板钉钉，让对方再也改不了口，翻不了案，这是关键。

于是他温和地笑了，说："咱们都这把年纪了，洽谈可不带骂脏字的，对吧？老李同志。"

"对对，您说得太对了，我一时口语，口语失误，王老板，我向您道歉。"老李忙不迭地向王小鹏赔礼道歉，感谢王小鹏的宽宏大量。

王小鹏微笑着站起来，扭头对坐在办公室一角落的李经理伸出大拇指，打着往下摁的手势。

李经理会意地点点头，轻轻地说："好了，录音机已关闭。"

这？这！

动迁组来的俩人惊得目瞪口呆，这哪跟哪呀？从头至尾的谈话，都没听说你王小鹏要录音的。

"老李，你骂了我，对吧？还有说什么政府部门可以强制执行拆除我的私有物业，对吧？"

晕头晕脑的俩人，木楞楞地傻笑着，细声细气地说："那不是无意之间的口头语嘛。"

"我们相见，都是有缘分的，咱们可以好好商量的嘛。"矮个子说话几乎带着点哭腔，眼眶里已经有泪花闪闪。

"缘分？碰到你们这些人，我简直就是倒了十八辈子血霉！商量什么？"接下去，王小鹏每一句出口的话都是在恶狠狠地开骂。

骂完后，他瞪起两眼，一大跨步冲了上去……

——准备开打！

他有录音在手，这是铁证。其次，他巴不得被对方打伤，打得他头破血流，满脸挂花，那最好。最好是他的腿啊，他的手啊，无论在他身上什么地方，稍许被他们打出点残废样来，则更好，那就是取得完胜！

但是对手并不傻，见谈话发展到如此地步，也无话可说，夹起皮包，立马就撤！

此后，动迁工作似乎进入休战期近两个月了。

那次王小鹏的火药桶差不一点爆炸后动迁组便再没人烦他，公司业务一切处于常态，表象上什么事都已结束，到此为止。就目前而言，他不清楚，也不了解对方究竟在蓄意谋划着什么企图。

一般来说，大战来临前，战场上几乎都是寂静无声的，一切谋划的策略都在平静的表象里潜伏着，暗暗视机，等待绞杀的命令下达。这就是王小鹏纠结的因素所在……他不知彼处如何运筹于帷幕。

他只能用拼命抽烟的嗜好来解脱自己内心的烦躁。浓烈烟雾呛得他两眼直淌眼泪。他的十八个点子黑白相交地在脑子里抽搐着蠕动，无数的可行性方案在虚空里碰撞着、交叉着，生出了无数定义和定律以及事实和理由。

他一口接一口地把烟雾吞进肺里，愣愣地把大量的烟雾屏住闷在器官内，似乎在强力感受烟魔给他带来的苦涩。猛然间，他突然张嘴，一下子把肺腑里的烟雾全喷了出来。浓烈的烟雾，固执地在屋子里上下翻滚，飘绕在他额头周围旋转，像勾引他的灵魂坠落到深渊……他神色淡漠，发出几声或许是幸灾乐祸的，也或许不是幸灾乐祸的冷笑，随后便痛苦地摇摇头。

王小鹏脸色不但疲惫，而且苍白中略显干枯，神态宛如一潭死水，目光是那么的阴沉、那么的抑郁。头脑一阵咔嚓嚓地转，心猿意马，走火入魔。他强力支撑着，精神犹如一个滑溜的圆球，旋转着滚动。双眉紧凑，眉宇间印出来的皱纹既粗犷又凄楚。与其疲惫的体力相反，他的斗志却像滑溜的圆球，越旋转滚动却越来越亢奋。虽然他心烦意乱，却邪气盎然。他的心肌由于缺血而痉挛、抽搐，急一阵慢一阵地跳动。生与死的欲望熊熊燃烧，他在为两种截然相悖的筹划做选择，选择一个为共同的目标作出义无反顾的决断。

一种是金黄的收获……

一种是灰白的死亡……

这两种截然不同的选择在他脑子里，在他血液里，灼热地绞杀着。生命是具有思想的，思想是生命存在的先决条件，人的生存权利不能被随意宰割，获得生存空间是法律给予生命的合法权益。王小鹏的思绪如一团熊熊燃烧着永不熄灭的活火……

由于狂热的心绪几近于沸腾的铁水，这让他孤傲的内心世界除了充满勃勃生机之外，同时也造就了他灵感之中的能量和胆魄，他的人生旅途一直是孤独无助的。

其实他还是不了解，孤独并不可怕。人呐，只有在孤独时或许才有可能悟出点一如既往的博弈精神，直至九死不悔。

他作为个体单身，没有智囊团队，没有参谋军师，遇到棘手难题只有自个儿苦思冥想，寻觅出路。

天长日久，造就了他孤僻、倔强的个人性格。这种个性流入他的血管与热血汇合后融化在一起，使他生出些邪念也属于正常。但是，这种念头又竭力促使他酝酿、炮制一起流血事件，便似乎有点出格了。

"人一生，未必时刻都西装笔挺，道貌岸然。其实，每个人身上或多或少都有不同程度的猥琐和丑陋，不要老是标榜自己是如何清高、神圣。越是标榜自己的人，其内心肯定相伴着丑陋的意念和自私的目的。"王小鹏说话态度明确，旗帜鲜明，"故此，我就这副草根样，不装绅士，该说就说明白，该骂就骂痛快。对于动迁，我唯一的要求就是给予我们全体员工生存空间，维持家庭的生活安定。"

这些话语，事后王小鹏就是如此这般地对他公司的工作人员情真意切地说的。

他认为，坦率、诚信乃是商人的明智，没必要装绅士，装文雅。想要得到震撼的效应，只有引发轰轰烈烈的舆论支撑：

他是个无辜的弱者，是一个被动迁组工作人员打压、蹂躏的弱势群体之中的一个悲剧人物。

王小鹏依稀记得那是一个晴朗的冬天，太阳暖烘烘的模样，天空也挺干净，湛蓝湛蓝的。

"王总，您好。有关前海区域土地收储工作已经正式启动，贵公司土地和房屋纳入收储范围内。您指定贵公司老高办理此事，我们同他交谈过有关事项，他是否向您汇报过了？王总，请您对此事给予关心。谢谢了！"

这是前海动迁组老李，在这个暖乎乎的日子里发过来的一条足以又开始让王小鹏揪心的短信。

王小鹏思索片刻，推敲了一下用词，恶狠狠地回复："你们当初为什么骂人，你们动迁组必须先作出书面的赔礼道歉。"

短信发出去后，他觉得还不够火药味，继续再次回复："你骂我册那，册什么，甬来册我。"

这一次老李回复的言语似乎比较理性，毕竟他也是个老谋深算，搞过多年动迁工作的老人了。

"王总，我再次声明那是一时口误，我有什么理由骂人呢？我向你赔礼道歉，望原谅。"王小鹏见此短信，呵呵笑起来。

"还是够嫩，这不是明摆着再次承认你骂过我吗？什么口误不口误，骂就是骂！你动迁组工作人员开口骂人，说到天边去也没个理由。"王小鹏很是得意。

接着，他便乘胜追击，"你仗势欺人太甚。什么叫作经过评估以后可以强拆，想强拆是吧，那你过来试试看啊。"

老李无语……

　　"公民、法人的合法民事权益受法律保护。你懂吗？"王小鹏见老李无回复，便开始给他上课，"作为动迁组的工作人员，首先要对被动迁户晓之以理，动之以情，这种工作理念你懂不懂？"

　　"当然，"王小鹏尖锐地质问，"你是不是以为自己很牛，以为牛性就是你的人性？你去看看大哲学家黑格尔的辩证唯物论是怎么说的，狗性与牛性是同一概念，都属于畜生的属性，你懂吗？"

　　老李不懂，他根本不知道黑格尔是谁。

　　但他凭直觉这痞子王小鹏对于属性观点的论述，实际上就是寻衅滋事。如何反驳，他似乎没太多的理论依据。

　　他已经领教过王小鹏千奇百怪的魔鬼手段，这家伙老是用类似形式逻辑的论述把自己莫名其妙地引入一个看似并不复杂的迷阵，陷入他预先挖好的坑里，随后不是埋土就是死缠烂打。老李更明白即使他再有理，也玩不过王小鹏肚子里藏着的那么多明里暗里的套头和绳子。确切地说，老李对事物的概念辩驳不清，其自信力度不够。他在根本不了解对手是何等人物时便盲目上阵，自以为逮住王小鹏便是逮住了核心人物，一切问题便能迎刃而解。或许老李这种工作方式方法，对一般动迁户来说也可能行得通，软硬兼施，再给些额外甜头予被动迁户，便万事大吉了。

　　他哪里知道，前海路210号，这座庙里的王小鹏，这条劣根小葱，是久经考验的沙场老将，什么东西他没见过？

　　他如此这番仓促上阵的行为动作哪有不惨败之理。

　　老李说道论理，似乎并没太大学问，狡辩口才与王小鹏相比对，差太远。他对可行性运作的本质属性少有思路，对付特殊对象采用特殊的辩证手段，从根本上来说他是多么的一窍不通，他更不懂得什么叫作谈判的辩证属性。

　　所谓对决谈判，前期必须全面考察对手的属性，了解对手的精神性属于哪种类型，这是谈判之前必须要做好的功课，否则你根本不知道对手的指导思想以及他力争目标何在，更无从知道对手软肋在哪里。只有在谈判之前做足功课，全方位了解问题将会向哪方面发展，有的放矢，换位思考，如此才有取得优势可能。

　　随后，趁势拿下对手，这才是上等级的谈判高手。

　　所谓谈判，每个人都独有其精神性，这就是个人的特殊性，即个人性格的基本特征，而"心性"大抵就是精神。故此，心性即为精神性。了解谈判对手的心性，懂得知己知彼的重要性，制造攻克对手的撒手锏，这是智慧的上策。就老李的精神属性，从劣根上来分析，他也不是王小鹏对手，王小鹏比老李高明很多，两人思路不在同一个层面。

王小鹏在谈判中能清晰地辨别出对手的心性，即精神性。他从来不打无心理准备之战，有准备与无准备，其最终结果在许多情况下是不一样的。尤其是高手对决谈判，失去与赢得同在，稍有不慎，便可能在不知不觉中陷入对手设计的圈套而难以自拔。过后再痛定思痛，企图亡羊补牢，则已没有任何可能。

王小鹏三十多年的经商履历告诉他，有备才能降低失手的风险可能。

"事先要有准备，就可以避免祸患。"这是王小鹏在厚厚的哲学书本里面总结出来的经验，用在棋逢对手的洽谈中，他常常收获到许多有效成果，他骨子里其实很明白：

真正的高手对决，不怕嘴上喊得凶，就怕其人功夫深。

如果把吼叫与功夫分割出来看，嘴上凶狠的，似乎很有底气，大道理一套一套的，引经据典，似有理论的支撑。不过更多的时候，往往也只是仅此而已，拿不出具有足够分量的撒手锏来让对手屈从于自己。然而功夫深的，则有长期实践经验的依托，每当进入棘手的谈判时，高手都会品貌看相，默默无语地倾听对方谈吐，这是高手的基本功夫，他不声不响不说话，并不代表他不谋划，他只是在运作平时点点滴滴积累的手段，如何浸润在事先准备好的进攻中去。且从对方滔滔不绝的谈吐中，察觉对手的弱点和软肋，攻其不备，亮出手段，在无意之间赐予宽容，在有意之中达到预想效果。

"重量级谈判高手人物，如周恩来，如基辛格，如丘吉尔，如老李身后的影子人物……"王小鹏想。

王小鹏明白自己不是高手，但他明确感知老李也不是他真正对手。他真正的对手还未亮相，只是派出些小人物来和他周旋，试探性地摸他底牌究竟是个什么料。

"嘿嘿，嘿，"王小鹏冷笑着思想，"你摸我底牌，可以。同时，我是不是也试探着在摸你的底牌。我有我的理论，我有我三十多年经商履历垫底，把我的理论和丰厚的阅历集合起来，事先做好准备，扫除我各种潜在的风险可能。"他通过平时积累的经验教训得出的概念"不管你手段如何高明，但动迁事宜必定会按照其特有的规律运行。"

有准备与没准备是一道"分水岭"，折射出王小鹏其人的超前智慧。其实，他心里明白得很，与老李的交锋只是战前的双方试探摸底，瞎胡闹着而已，玩几下便够了，玩久了，便腻味透了，那才叫悲催呢。他明白，真正的策划对手只是隐藏在豪华的高楼大厦里，在无形的幕布后面，窥视、摸底、估算、谋划、预后。

其人至今还没登场亮相。

这点王小鹏心里透亮，但是，他已经做好一切准备，设计了无数套头，无数条大怪路子。

如今他只是等待，等待真正的对手闪亮登场。他人生有幸和智慧的高手对决，那才够味，那才叫爽！

斗智、斗勇、斗胆量，他喜欢！

定义何为谈判高手时，很多人喜欢引用"温和而坚定"这个词。所谓温和，是指态度上温和地尊重对方，自己不轻易被对方带入情绪中。所谓坚定，是指谈判底线有明确的界定，既所谓的核心利益不容侵犯，不会因对手的纠缠不清、无理取闹而朝令夕改。

那么，什么叫温和地尊重对手呢？

王小鹏用其特有的哲学辩证理论评议，"打个比方，我开着车，远远看到一位行人在过马路。为了不让他看到车来而必须加快速度走路，所以我在很远的地方就降低了速度，虽然他永远不会知道我的好意，这就是温和地尊重对方。"

其实就王小鹏本人而言，他确实拥有许多好朋友。好朋友之间日常交往虽淡如水，心里却你中有我，我中有你，或许这就是温和尊重的结果中看不到的谦让吧。能拥有这种理念的处世者，心里一定有很多这类看不见的温和。尽管高傲蛮横如王小鹏之类，却深藏不露其内心世界的善良与温和。他之所以在事业上有所成就，既有其天赋的智商，也有与其后天发奋努力学习的精神性相关。同时，他也非常感谢在他人生旅途中所遇到的那些智慧的高手们。

"是他们历练和造就了我的智慧和内在能量。"他说。

真是一语点醒梦中人，如果王小鹏的对手都如老李这般人物之辈，王小鹏可能连写长篇小说故事的素材都枯燥无味。毕竟在谈判对局与苦战阶段，双方个人魅力和自我能量过于悬殊，即使取得完胜，也是胜得苍白，苍白得没一点韧劲嚼头。一般来说，如王小鹏这类人已经属于跨入老年人行列，有躯体的衰老和心理的衰老。躯体的衰老容易发现，但发现心理衰老就不那么容易了，心理衰老的表现是心理活动退缩的缘故，原先很精明的王小鹏近段时间却时常干出些糊涂事来。

比如说，他买了辆"JMC"房车。某天，他拿着钥匙打算去试车兜风，鼓捣了半天，就是打不开车门。

最后他确认，新买的车子没电。

新买的车才不到两个月，怎么说没电就没电了呢？他拿起手机拨通了车行主管电话，把人家骂得狗血喷头，什么脏话他都敢从肚子里拿出来恶狠狠地骂。

无奈之下，车行经理立马派维修工人带着工具赶来抢修，只因为他们也搞不明白，崭新的车辆不应该两个月就没电了啊。所以带足各式各样的维修工具，这就叫有备无患，不会有错。

不一会儿，过了二十多分钟吧，兴师动众的车行特地派来一个维修工人，外加一个工程师。

"把车钥匙给我。"带着深度近视眼镜的工程师说话声音毫无底气，他也闹不清崭新的车辆怎么就没电了呢。

王小鹏俯身把车钥匙递给正弯着腰在研究哪里出了问题的近视眼工程师。

近视眼一看，差点气得没晕过去！

明明是"JMC"车辆，王小鹏递过去的却是标志着"奔驰"商标的车钥匙。要不是看在王小鹏已经是上了年纪的份上，那顿臭打肯定是会让他永远长记性的。

王小鹏如此行为以及经常性因外出而不认识回家路，且言语啰唆，脾气急躁，为点小事常常是闹得不可开交，等等。他甚至连自家的电视机怎么打开都不知道！这让人值得怀疑他王小鹏是否有心理或者精神异常的可能了。他医学界好友，东斌先生曾建议，必要时可以去咨询一下心理医生。

可他却是哈哈笑着，说："丘吉尔连自己怎么穿鞋都不会哩。大嘴川普，出门在两千米之外，就找不到北，回不了家。"

王小鹏就是这种狂热人物。

其实王小鹏身体状况良好，每年都去东斌医生那里体检，且每天坚持走路一万步。家人、朋友，都羡慕王小鹏，夸他不但事业有成，更主要是身体好，吃得香、睡得着、走得动、玩得起、冲得出、拿得起、放得下，千般赞美祝词合并为一句：

"杠杠的身板不差钱——好一个幸福人生！"

其实王小鹏对于前海镇中心区域的动迁事宜，他心底早已做好思想准备。如他这般道行深邃，资历多彩，阅历丰厚的性情中人，实质上他已全盘做好设计以及前进的目标，后退的底线，过程的伎俩。

对他而言，胸有成竹。

根据市政府的要求，前海区重新规划，对照新标杆，奋进新时代……要用高标准、高水平来打造国际旅游度假胜地，这是市政府总体开发的指引思想。集商务、住宅、教育、文化、旅游于一体的新型城区，这是前海历史进程的大趋势。

在社会主义国家体制内，谁也改变和动摇不了国家政府的决策。王小鹏认为，既然不能改变和动摇这种大势所趋，那么你只能去迎合它，适合它。

这一点，王小鹏心里明镜似的那般透亮。

只有在迎合潮流的趋势中逐渐缩小和政府之间的角度差距，缩小各自的分歧，求大同存小异，让最终谈判结果在预定的范围内成色更足，质量更高，这才是真正地对双方都为有利的双赢成果。作为社会主义制度下的公民，要把国家利益放在心中的首要位置，这是必需的，小局服从大局。利用各种可能的因素，不断补齐因动迁而造成的企业不足之处的短板，还给员工们一种获得感、幸福感、安全感，他就心满意足了。

这就是王小鹏的核心利益和最终目标。

人生在世，他该有的都已经拥有，如今什么都不缺。他不需要更多的钱，钱对于他来说，已经不是稀罕物件。况且他本人并不贪钱财，他认为，过分贪婪钱财，其人的生命最终不得善终。

不知道那是熄火了多长时间，王小鹏已经记不得了，动迁组终于屏不住了。针对前海路 210 号的动迁任务，已经火烧眉毛，必须尽快落实解决。只因为前海区都在传说：

这块土地的规划运作已经开始启动，届时将建设成为最超前、最现代化的商务大楼。

根据王小鹏所见所闻，他的这块地皮似乎好像还是什么中美合资开发的项目。究竟搞什么名堂，这和王小鹏一点关系都没有，所以他没心思去打探究竟怎么回事。

那天，他主动打电话给老李，义正词严地指出，"无论怎么说，此地出让的使用权还是属于本公司所有，如果你们已经把土地和他人签约出让，那是违法行为。"

老李不吱声。

"我强烈抗议！"

老李现出一种荒凉的口吻，好似额济纳旗沙漠中老迈的骆驼哀叹。待了好长一阵，他才如梦初醒，说："没有，肯定没有。"

他语音寥落单调，透出来的是一股无可奈何的底气不足。

"你能确保？"

老李仍不吱声。

王小鹏默默地不再回话，也不挂断电话。

"我确保没这回事！"老李这次是昧着良心吼叫，回答既干净又利落。他似乎想明白了，他怕什么？他这是在为政府工作，他的背后支撑的力量足够强大，是国家、是政府，他是前海地区政府动迁工作组成员，是在为国家和政府打工，他没什么可怕的。

王小鹏昂起头，眼里滚着混浊的泪花，凄凉地说："你真是闭着眼睛说瞎话。"

"王老板，我向你保证，没这回事！"

王小鹏没再搭理他，默默地挂了电话。

他慢慢地站起来，背过身，走了六七步，突然一种异样的感觉涌上心头。

猛地转身，脸上布满褐色的云，对天长叹："竟敢如此信口雌黄，但我又能奈他如何。"

王小鹏两只尖头辣椒般的小红眼火辣辣地惶恐，他后退三步，拐到桌子另一边，脸上冷汗像透明的露珠，扑簌簌地往下淌，他还真有点怕这老李也开始蛮不讲理地把枪口对准他胸腔。

"来吧，大不了一个死！"

就在那一天，王小鹏心里默默地埋下了去死的种子。

摄影　泱泱中华谁能敌　王照敏／摄

摄影　羞涩如同初之恋　王照敏／摄

人生绕梦里

前海国际旅游度假新区成立之时，百废待兴……

当年喧嚣尘上，轰轰烈烈的招商引资工作，掀起了前海镇工业高速发展，资本裹着拔地而起的建筑以及设备和人员，迅速登陆被荒芜的大片土地。一时间，村一级、镇一级，国内外大小投资项目星罗棋布，化肥厂、化工厂、塑料制品厂、大理石加工厂，等等。这些高污染、低效益的劳动密集型企业单位星罗棋布，各树一帜，密密匝匝地充盈其间，经济态势展现出一片莺歌燕舞的虚假繁荣。

如此产业发展的格局导致大气层雾霾重重，与国际大都市蓝天白云的形象和环境要求不相匹配。由此上海市政府下决心调整规划布局，把发展工业造成的环境污染以及被毒化了的工业土地进行彻底地翻盘、整顿和改造。清退所有被纳入规划区中的企业，所有厂房一律推倒……

思路决定出路，角度改变高度。

前海区动迁组在市府直接领导指挥下，先后推出了一系列重大举措来推进土地储备需求。在紧迫形势下，动迁组工作人员不得不硬着头皮再去找王小鹏做思想说服动员工作。

跟王小鹏洽谈，高个子老李和矮个子老罗太清楚结果是什么了，但不去又不行，只是踩这门槛让人尴尬，让人头痛。这是一种无奈的痛，折磨神经的痛，直面这种痛就想吼叫，就想骂人！

但有着市政府背景的动迁组，既不能吼也不能骂。他俩人坐在王小鹏办公室里，屁股火烧火燎似的难受，面对王小鹏这混蛋，他们心在颤却还不得不往脸上堆笑。

他们太懂王小鹏这家伙亮出来的"支持政府动迁，小局服从大局"的旗帜，居心是何其叵测也。

这老小子举旗比谁都高，然而，一旦被他抓住把柄，骂出的脏话比谁都难听，什么话都敢骂，唯恐天下不乱。然而老李老罗就怕一时不慎，出口失误，立马又会被这混蛋逮住话柄，随后就装疯卖傻地乘机开打。

他俩更懂好汉不吃眼前亏。

与王小鹏抬杠、耍赖，那肯定是玩不过他的，到时候谁先动手，谁是谁非，谁又能说得清楚。他办公室手下那么多人一时兴起，肯定会帮着这混蛋吼叫：

政府打人——动迁组打人啦！

所以动迁组上门做思想工作都是俩人相伴而行，虽然这也是组织上的规矩和制度。但他俩非常清楚，两嘴合一嘴也理论不过王小鹏这人精。

其实他们也明白，就他俩四只眼睛两张嘴，四只拳头四条腿，真动起武来对付王小鹏这混蛋，力量绰绰有余，决不会吃亏。但他们更明白，王小鹏太希望自己被他俩揍了，这老小子迫切希望被他俩打得遍体鳞伤。

真到了那地步，他们知道王小鹏可真有戏唱了。这一点，他们通过几个来回折腾之后心里透亮。他们明白这老小子的心事，这混蛋凭着倚老卖老的岁数以及装疯卖傻的伎俩，才不管什么君子动口不动手，一时性起触动，便会产生出胡搅蛮缠的一阵乱打，最终的说法就是动迁组为了压服被动迁户，残酷殴打老人。

这个新闻爆出去，还不是他俩吃不了兜着走！

难不成还有其他说辞？

只要开打形成，随后这老家伙必然会倒下晕过去，后面的活儿就是什么李经理、什么主任、什么财务等一帮子人就会像真的一样涌过来"抢救"这混蛋"奄奄一息"的生命。

再接下去，就是救护车、警车，全来了，他俩清醒得很，没人能玩过王小鹏这混蛋的伎俩。

就这次而言，老李、老罗商量好跟王小鹏玩闷的，玩不吱声。既不与他拗手劲，也不与他掰道理，让王小鹏这家伙自个儿去猜，这不是也挺好玩的吗？

于是他俩客客气气地坐在王小鹏办公室，抽烟，喝茶，天马行空，虚无缥缈地好话说尽，随后便算彻底完成上级交代的任务。再随后，就打道回府，向上级汇报这老顽石如何蛮横无理。

时至今日，他俩人已无所谓什么结果不结果，他们知道再怎么努力也是白费蜡烛。就凭他俩这点蜡烛头上的小火焰，怎么可能融化得了王小鹏这块顽固不化的花岗岩。

什么话不说就是本事，让你王小鹏自个儿绞尽脑汁去瞎琢磨，就玩你个丈二和尚——摸不着头脑。

话说当时这有备而来的俩人，落座不多一会儿趁王小鹏上厕所时便夹起挎包开路走人，连个招呼都不打，省得找麻烦，多一事不如少一事。

返回路上，老李哈哈笑着对老罗说，"抽空儿，咱俩想起他了，再跟他玩不吱声。哪怕他是神仙，也拿我没法子，就跟他闹逗闷玩。"

但是，这个前海国际旅游度假区规划发展趋势，并不是以他俩人设想的愿景来求得生存空间。

没过一阵子，王小鹏手机铃声猛然响起。

"喂，喂！"

王小鹏听出来了，是老李急吼吼的声音。

他故意无语一阵，只管眯着眼睛抽烟。

"喂喂，是王总吗？"对方的话语显得有点急躁。

"啊呀！又是你这家伙，天知道你又为了啥事来烦我。"王小鹏哼哼着说，"你不是才走人吗？"

老李倏忽间神秘地说，"王总，我跟你说，天无绝人之路，你猜猜，现在是谁要找你谈话？"

"够了够了，老李呀，你也别给我耍贫嘴了。我算计着，你已经被批得丧魂落魄，好像只有无可奈何地靠边站了吧。"

"你见到啦？"

"我猜到了！"

"说出来，惊死你！咱动迁组大领导要找你谈话！"

王小鹏笑了，笑得无声无息无语。

"王总，你这是多大的面子，多大的福分啊。"见话筒没声音，老李估计座机听筒出了问题。

于是，他拎起话筒对着桌子"砰砰砰"敲了三下。

猛烈的敲击声把王小鹏耳膜都差不点震破！

"喂喂，喂喂，王总，您能听见吗？"

无语，他绝对保持无语。

随即，便挂了电话。

王小鹏活像个大人物，他已经算是个大人物了，对不对？

你这幕后的影子，弄出点虾兵蟹将来跟我玩，都快玩一年出头了吧，玩得我晕头转向后才转出你这位真神。难不成我王老爷就这样子被你玩？大势所趋，你这位大神是不是也开始屏不住，猴急了？

"可以啊，咱继续玩儿。你急，我不急！我这尊菩萨也不是随随便便能请出来的。"

王小鹏想，你躲着玩我一年，接下去我也躲着你，咱吃点亏，但至少玩你个半年猫捉老鼠。

当他正痴呆地想着时，忽然办公桌上的座机铃声骤然响起，愣愣神之后，他最终还是拿起听筒，问道，"喂，你好，找谁啊？"

"请问，贵公司王小鹏先生在吗？"话筒里的女声，语音清雅。

"哦，就是，我是王小鹏。"对待女生，王小鹏说话语调历来就是那么的彬彬有礼。

"喔，王先生您好，请稍等，"

这让王小鹏莫名其妙。

请稍等，等什么哇，他冷冰冰地问，"你是谁？"

"我是老李呀，王总，您好！"

——这话说得？

王小鹏就差那么一丁点便闷过去了。也是无奈，他不可能立马挂了电话，这不但太没理由也太没礼貌。没理由的事，王小鹏从来不干。他要干的事，不但理由要充分而且立意要清晰。哪怕是歪理，凭他三寸不烂之舌也可以堂而皇之地把歪理说成为真理。

王小鹏苦笑着，冷冷地说道，"啊呀呀，怎么还是你这家伙，咋就没完没了的呢？"

"别误会，王总，是我们公司的蒋总，想见见您，和您聊聊。"

"哪位蒋总啊，我可没听说过贵公司还有什么蒋总。"

"是蒋豪老总！"

"够了，什么老总不老总，你们公司的老总跟我有什么关系？"

"王总，您别搞错，蒋总是……"

"打住，你给我打住。对于我来说，区长又能咋地？在我眼里再大的职务跟我一毛钱关系都没有。"

"王总，据我所知，你有好多朋友，他们跟我们蒋总都是很熟悉的好朋友呀。"

"噢，这倒没听说过。"王小鹏淡淡地说。

"您别说外行话了，你都跟谁，谁，打探过蒋总的来路和为人，这些我们都知道得清清楚楚。"

王小鹏说："你也不要说外行话了，蒋总跟谁，谁，打探过我王小鹏的来路和为人，我也清清楚楚。"

"不不！我们蒋总做事为人都很讲规矩的。"

"我可没说他不讲规矩啊。"

王小鹏说这话时，那眯缝的两小眼在日光灯的照射下黑得发亮。也许是初春季节，天气还是有些凉，但不是冷，他的脸或许因为终于寻觅到与对手主力作战而泛出些金子般的光亮。

那边的老李似乎愣在那里发了呆。

待不了一会，忽然说："王总，那您就过来坐一会儿，好吗？蒋总此时此刻恰好在办公室，你们聊聊，怎么样？"

说到底，还是王小鹏有胆魄。

也真不知道他是从哪里生出来的这股底气，脱口便说，"老李啊，"他口吻装得很沉重。

"嗯，我在。"

"你得先给我说清楚，是你们公司蒋总要找我呢，还是我要找你们公司蒋总。"

王小鹏这话问得老李啼笑皆非。

"自然自然，是我们公司蒋总提出来，要接见您。"

"接见我？呵呵，呵呵呵……老李啊，太嫩，你都这把年纪了，还是太嫩。我可有提出过要求蒋总接见我吗？现在我可以跟你说白了，你公司董事长徐杰也是我多年认识的老熟人，徐杰的领导韩勋也是我老熟人，我对你说过没有？我有说过让你们公司董事长接见我没有？咱都这把年纪了，你说话用词可得长点记性。"

这一锤子软硬兼施的话把老李一下砸蒙住，他肚子里暗暗揣摩，可从没听王小鹏提起过关于董事长徐杰的人和事呀。由此可见，王小鹏这混蛋城府很深，太深。

"王总，不管怎么说，算我求您了，求您来一下好吗，我谢谢您了！"老李话语里带着明显的哭腔，听起来似乎还夹杂着几丝抽泣声。

老李玩出这一手，一下子王小鹏便没了方向，他就是这么个贱骨头，吃软不吃硬。

"这样吧，老李，既然是贵公司蒋总找我论理，从道理上来说呢，应该是他来我公司找我。我现在明确给你表态，我愿意接见他。老李，你说，我这话在不在理上。"

"对对！王总，您说的都对。"

"哪里的话，我可没你说的那样，都对。"

"那，王总，我们现在过来，您可千万别走开。"

王小鹏沉默了一会儿，梳理了一下思路，觉得对付蒋总，不能仓促上阵，他事前已经做了调研，并完全了解对方的能量。

蒋豪其人在上海滩也算是赫赫有名的动迁专家，他是一位在谈判桌上解决棘手问题的高人。如果王小鹏没有足够的思想准备以及策略和谋划，根本没资格与蒋豪对决……

即刻，王小鹏便毅然决定，就目前而言他还是以静制动，以不变应万变为妥。

于是，王小鹏还是客客气气地说，"今天我有事，改天再约吧。"

说完，他立马挂了电话。

再稀里糊涂地搭讪下去，他就怕老李一不罢二不休地缠着他，随后，再来几下凄凄惨惨的哭泣，那他王小鹏就没戏唱了。

——可不是吗？

还没等王小鹏站起身子，老李的短信随即发了过来。

王总您好：4月11日（星期一）中午12：00点，我们蒋总会准时到达前海路210号，在贵公司拜访您。谢谢您！

那天晚上，夜幕低垂，一轮明月却高高挂在海平面上方，不一会儿，一片片透明飘摇的灰云渐渐地从西边飘来，慢慢地聚拢，淡淡地遮住了明亮的月光。

远处，墨绿色的海际线上笼罩着一团团似有似无的轻烟，朦朦胧胧地飘忽不定。

近处。土黄色的海水依旧是滔滔不绝，不知疲倦地前赴后继冲击着滩涂，发出一阵阵轻微悦耳的海涛声⋯⋯

四周静悄悄的。

高高的天空，低低的星星清晰地闪烁着，一颗一颗，那么多，那么亮，那么的无穷无尽，仿佛近在咫尺，又仿佛远在天边。

水色、明月、涛声、沙滩，点缀在宽大无比的夜幕里，格调是那么的高雅，宁静致远，让人心旷神怡。

啊，前海区域的大海，朦胧的夜色是多么温馨迷人。

王小鹏坐在办公室外露台的藤椅上，斜靠着椅背，抽着他那古巴大雪茄，眼睛扑朔迷离地遥望着大海深处⋯⋯

海的涛声犹如清泉，滋润着他由于狂热而几近枯涸的心田，使它充满生机。海涛声声，犹如瀑布阵阵，冲刷着他日常积淀的纠结和烦恼，使他的思想渐渐地澄澈透明。王小鹏酷爱大海，他喜欢一个人静静地倾听大海的涛声。只要在大海边，他就像对着神父祷告那般，心地坦荡无杂尘，感悟体会命运内涵的实际意义。只有在此时此刻，他才能倍加珍视那些过往的一串串风轻云淡的日子，这使他整个心灵都会盈满清雅与纯净⋯⋯眺望夜幕中的大海，他得到了一时的欢愉之情，如野狼在荒漠中寻觅到果腹的猎物那般兴奋。

忽然间他的心灵深处不知怎么袭来了一阵惶恐不安，把他的思想一脚踹进深不可测的沼泽中。他感觉自己虽不是荒漠中孤寂的胡杨，但自己似乎比古木胡杨更加孤凄，虽不是秋风霜打的胡杨落叶，心底却比满地的枯叶更加寂寥。

此时，他呆滞浑浊的目光里，似乎涂满了那一片渴求生存而失望的泪花……

他长久以来企盼的对决终于即将展开，经过一年多的迂回周旋，只在一瞬间，撕开帷幕，决战在即。王小鹏感觉自己仿佛引领着千军万马，终于寻觅到对方的主力部队。

一股热血在他心头沸腾，跌宕起伏，荒芜的泪水模糊了他的眼睛，整个身心激荡不已，两手微微颤抖着，脉搏一阵一阵乱跳，两侧面颊涌上灼人的潮热。

至今，他还清晰地记得自己在那一场会战中先声夺人的匪气。

那时的王小鹏，蓄意把自己的着装以及角色表演和伎俩，处心积虑地设计了一番：

上身，着一款时髦的 BOOS 蓝色皮夹克，右手套一枚十克拉钻戒，左手套八克拉蓝宝石，伸出三指捏大雪茄。飞流直下的大背头，丝路必须清晰、发亮、发光。而脸上则挂出妖怪般的脸谱，必须显出冷冷的青色。他设计的这副形象，预先经过反复推敲。

首次与对方高等级正面人物交锋，他得扮演一个反面角色，给对手留下一个很不好的无赖、霸道、无知妄说的印象。那才叫玩起来不但有嚼头，似乎还有劲头。

他王小鹏就是个暴发户，没知识，没文化，没思想，甭跟我讲什么大道理。咱大老粗，你给我来实在的，虚头滑脑的漂亮话，少来。

他要的就是给对手产生一种错觉，让对方小瞧了他。如此，对手就会轻敌，就会麻痹大意，就会以为他王小鹏也只不过是一座歪庙里的一根歪脖子青葱而已。

——这就对了！

王小鹏蓄意谋划的就是要给对方造成这样的印象，趁对手疏忽大意之间突然发起放肆攻击，竭力激怒对方，刺激对手，从对手露出失误的档口找到事实和理由，做实证据链。

他甚至设计好，豁出去，在混乱之中采取自残手段……这一次，他甚至连摄像机都备上了，且分工明确，录音、摄像、助阵、劝架，等等。他对手下的那些贴心贴肺的亲兵们，做了任务分配，各司其职，不穿插，不搅和，以免局势失控。就凭这点，便可看出王小鹏高明之处，心机非等闲之辈可攀比。

其实也确实如此，自他下海从商以来，每次由他炮制的闹事案例，都是在事前经过精心策划，重点他是主宰，过程必须在可控范围，一旦局势有利，便见好就收。即便事态发生严重变故，他也做好最坏打算以及处置预案。策划的要点是，整个运作过程由他亲自指挥，公司下属的任何人不得变更他策划好的程序。

这些布置他在与蒋豪对决前便与部下们郑重其事地交代过，"谁也不得超越他谋划设定的操作底线。"

王小鹏把双方即将对决的态势状况列表作出预案、分析、比对，与蒋豪交锋前，他切切实实地把这些应对措施落到实处，各方面的关联人物都做了具体应对安排。他甚至胆大包天地找了市新闻媒体界老朋友高副书记，大胆策划……

这一切谋划，他琢磨研究了 365 天，所牵涉的细节，他与汪大律师也探讨了好多次。

最好的成果是什么？最坏的结局又如何？什么行为触犯法律？什么行为在法律底线上能行得通？在什么状态下他能把动迁之事拖上几年？以静制动，以不变应万变！

有了准备，底气十足，他怕什么？

王小鹏每每做事能获得成功，就是心细如发丝，认真和踏实以及吃苦耐劳的精神是他一贯的工作作风。这些作风来源于他对大海的感悟，他爱大海，他更爱大海一望无垠的浩然景象。由此引发的是他砸锅卖铁创造了这片在前海大堤前的投资，他认定这里是他的风水宝地，必定会带给他创造人生的勃勃生机。

在这块临海的宝地上他创造了上海光明置业有限公司，曾经有多少老板要高价收买他的这片物业，他死活就是不卖，如有卖的心思他早就赚一大把钱了。

王小鹏的创业思维不但敏捷而且实在，他对那些曾经希望收购他企业的大亨说，"我不需要太多的钱，我也不会为了钱而卖掉自己的大家园。你们也不想想，作为一个父亲，他会舍得卖掉自己的亲生儿子吗？"

所以确切地说，王小鹏准备和蒋豪死磕的目的，并不是为了钱财，实质上他也并没有什么非分之想。

所谓的"支持政府动迁，小局服从大局"，确实是他发自肺腑的真情流露。

说白了，他最终目标只是想不要因为动迁而把自己辛辛苦苦创造出来的家园给彻底消亡了。他的要求既不复杂也不过分，所有的谋虑只是为了取得生存空间，为了跟随他几十年的员工们有工作岗位来养家糊口，平安生活，收入稳定就可以了。说到底，王小鹏就是舍不得扔下这批生死相随，铁杆铜枝的员工——兄弟姐妹们。

随着岁月的流逝以及年龄的增长，王小鹏体质已经明显地不能和过往的岁月相比了，他少壮时代健康体征的质量渐渐衰退，开始老化。也许是缺乏体力劳动的锻炼，如今他做几下激烈运动或者奔跑一段路程便会气喘吁吁，给他的感觉不是这边酸来就是那边痛。

无奈的现实是，在不经意间他人生大半辈子便过去了。

按老话说："人心本无染，心静自然凉。"如果没有动迁这码事，自己将那一亩三分田好好地精耕细作，在纷繁杂乱的商业活动中，他既可以淡泊明志，又可以宁静致远。

绿水青山，细水长流，多好。

蒋豪按约定的日期和标准时间出现在王小鹏办公室，幕后操纵的影子终于亮相登场。

蒋豪，这个市级模子的动迁专家，40 岁左右的少壮汉子，深幽色的脸庞上写满对党的忠诚。从他面相上露出来给人的印象，便是柔和中不缺乏震撼的豪气。他个子虽不高大，但身板敦厚结实，且又略带点书生文气。

王小鹏信任这样的脸面长相。

他眼毒，看人准，他从小就尊敬这种文气的脸上涂点豪气的男性。他以为，豪气是一个男人长相不可或缺的气场，没有豪气的脸庞就是奶油小生。

奶油面相的漂亮帅哥，让王小鹏十足瞧不起。

王小鹏这种面相理念也或是一种对人的智慧与能量的敬畏，智慧与智慧的对局以及气场与气场在相通的理念里，才会撞击出洽谈中有和谐相处的可能：两者皆安。

事后，王小鹏对于这场首次对决的场景描述，作为当事人的他，确实是感慨万千。他事先"运筹帷幄"策划的一切谋略皆化为泡影，"英雄"根本无用武之地。

当时，双方坐下来以后，他面对蒋豪，霸气冲天的第一句话，"请问，这片土地的使用权，是不是还属于我光明公司所有？"

"是的。"蒋豪惜语如金。

"那你们是不是已经与他人签约再次出让这块土地？"

"是的。"蒋豪竟敢如此毫无遮掩的淡定和坦率表白。

王小鹏顿时愕然，目瞪口呆。

"这，这！你们竟然在没有和我解除土地出让使用权的前提下与他人签约，一女二嫁，这不符合法理程序！"

王小鹏说话论理的口吻，开始提升分贝力度。

"这不属于我和你今天讨论的课题，我谨代表前海区人民政府动迁组和你约谈动迁事宜，你有什么想法可以提出来。"

"谈啥？先得谈谈你们现在凭什么法律条款，随随便便就剥夺了我合法取得的国有土地出让使用权。"

"不存在你说的这个问题。"

"我问你是否已签约，你说了，是的。"

"我现在还是依旧对你说，是的。"

"我现在想问您一句，你是不是可以站起来，从我这消失？"

"可以！"蒋豪嘴里虽这么讲，身板却笔直地挺挺，说，"但我在临走之前必须告诉你，那是意向签约。意向签约，仅仅是代表双方的意向，从法律层面上来解释，这个签约对你目前土地的使用权不成在任何的干扰和影响。这点我必须向你明确告知：这不违法！"

"不要跟我来什么明确，你也可以明确地告诉我，政府可以采取强拆行动，也或可以查我的财务账目。"

"这不是我的工作作风。"蒋豪深幽色的脸庞开始泛出青光，"我40岁了，我没有子女！"

这话的内在含义让王小鹏摸不着边际。

"既然不知其话语指向，那我也可以无所指向地乱说。"王小鹏想。

"他是不是你们动迁组的人。"他抬手指着落座对面那一声不响的老李，"你问问他说没说过政府可以强拆！"

蒋豪肃穆的脸庞顿时由青泛出些紫色，"他这话没错，但政府在强拆之前，必须要走法律程序。"

"哈哈，哈哈哈！"王小鹏大笑着开始手舞足蹈起来，举起手中的大雪茄像挥舞他那面古旧的战旗，"来吧！来吧！我就喜欢做暴风骤雨下不屈不挠的汉子，希望你给我创造机会。牺牲我一个，幸福一家人！"

"社会上的暴发户就你这副痞子样。"蒋豪看着王小鹏手指上套着的闪闪烁烁的大钻戒，心里恨恨地想。

"我明白地告诉你，我没有子女！"蒋豪嘴里突然冒出来的竟然是再次重复这句话。

王小鹏理解的是：我蒋豪没有子女，为了革命工作我无牵无挂，我不怕痞子、不怕死！

他立刻作出相对反应，大声吼起来，"我王小鹏已过半截人生，土埋胸口。咱是铁匠铺子里通红的铁板上滚出来的臭铁匠，从地狱一路走来，还没见过能让我怕的。可以，咱俩就拗拗手劲，死磕！你为革命事业死得重于泰山，我为小民百姓求得生存空间死而无憾，我怕你个啥！"

蒋豪挺直腰板，摆出个军人的坐态姿势，一丝不动，一声不响，炯炯有神的两黑眼珠放出野狼似的绿光。

"好啊，来吧！这就是我所需要的姿势！"王小鹏邪念顿生，"挨了刀的肥猪——不怕开水烫。只要你蒋豪胆敢动手，我就叫你动迁组名誉扫地，脸面丢尽！"

对于蒋豪来说，王小鹏的内心动态他一目了然，但他却摆出一副"挨揍打呼噜——假装不知道"的腔调。

其实他心里透亮，自己手里目前抓的是一副烂牌，他也明白这王小鹏之所以蛮横无理，其人也知道我手里抓得是几张什么样的牌。他必须选择，矮个子跟着高个子走路——多跑几步。

"我才不会怕你呢，人到老年，什么都无所谓了。你还是少壮，你不懂我们这一代人的心啊。"王小鹏脑子里虽然这样想着，但喉咙不免有点哽咽，眼睛溢出几滴冰凉的泪水，这泪水流过了他的脸颊，流到了他的心里……

如今，他的须发已经斑白，但精神闪烁，红润的面庞上散发着光华，曾经流露出来的那种庄严和幸福满足感已经不再，透出来的净是唯恐生人进入自己家园的怔怔神态。

他愤愤地吼叫一阵后似乎感觉有点力不从心，便坐下来倚靠在沙发上沉沉地思索着，额头和眼角的皱纹牵坳凝结着一股再不更改主意的心念，微微张开的嘴唇，似乎在呢喃着，"君要臣死，臣不得不死"的言语。

他此时一点不像刚才那般疯癫的样子，仿佛他已经做出了最后决断，可以安心地去死了。于是他整个脸盘就像灰蒙的夜幕笼罩，眼帘慢慢地垂下，安详地合着。这使他脸上凄凉的表情变得十分恬静，似乎这一次洽谈该结束了。

接下去便是法院的裁判，他不服，坚决不服。

他要申诉，或者再抗诉至中级人民法院，再被裁判抗诉无效……几个轮回下来，直至画上生命的句号。

他想，原本就是个穷小子，赤条条来，赤条条去。为了求得家人以及铁杆铜枝的员工们有生存空间，他死而无憾……

王小鹏对于他的人生理念，就是不留遗憾在人间。如此，他为了大家园努力过了，也尽力了，面对死亡他毫无惧色。

两行泪水从王小鹏眼睛里扑簌簌地流出来……

人生到了老年阶段，又与如此强势的力量碰撞，总觉得自己是生活的弃儿，过往的一切努力被置于安享晚年幸福之门外。

他一生的奋斗目标，就是为了建设自己的家园，让生命具有生存空间。现在，当他确切地感受到自己的人生旅途竟然是如此坎坷的时候，多年来埋在心底的那种委屈以及看人脸色讨饭吃的郁闷，便化作颗颗晶莹的泪珠。他再也抑制不住自己的感情外露，闭上眼，不再搭理蒋豪。

忽然在无语间他仰起头颅，任那冰凉的泪水直直地淌落面颊，他感觉弥留在人间的灵魂似乎腾空而起：

风在耳边呼呼地响，蒋豪在远处得意地笑，一群天兵天将嗦啰啰地抖着银盔金甲，跟随着嘻嘻哈哈地对着自己摇。而这时的蒋豪比公鸡还要得意，比天兵天将还要快乐，乐得简直就要飞起来……

"王总，王总！"

"王小鹏，王小鹏！"

一阵急促的呼叫，把王小鹏从迷糊的幻觉中拉出来。

蒋豪可吓坏了！

他心想，这老家伙要出来的是什么大怪路子？万一在谈判桌上这老迈的身子骨真出了问题，自己或多或少都有推卸不了的责任。真不知道这老家伙玩的是哪一套，是真是假还真让人琢磨不透，他会不会是凭着年事已高而装疯卖傻？

可他心里却暗暗动了恻隐之心，即使他是假的、装的，我也必须把这假戏当作真的，毕竟他王小鹏已经属于老年人行列中的一分子，他的年龄与自己父母都相当了，如果他是我的长辈，我又会怎样对待他呢？

其实王小鹏就是一个外表强悍，而内心深处却异常脆弱的性情中人。他人性厚道，视诚信、人品为生命。在商场上不贪、不婪，不做违法事情是他人性的根本理念。

他认定的理，宁死不屈！

同理，蒋豪也是一个表象震撼他人而其内心则是一个孝子贤孙，对长辈更是敬重有加。他既是一个讲原则有底线的政府工作者，也是一位具有浪漫主义情怀的性情中人，人性厚道。

他认定的理，宁死不屈！

两人既有着如此相似的人性理念，接下来就应该是怎样去磨合智慧的碰撞了。

"王总，我认为，你的想法我完全能够理解。你的履历和岁月的年份摆在那里，完全是我的长辈，换位思考，我和你一样，看着自己的家园被破坏也会具有同样的抵触情绪。"蒋豪说。

他这一夸奖，王小鹏浑身舒服，脑袋顿时清醒。

"这就是说，你有土地置换给我？"

"没有！"

"有厂房置换给我？"

"也没有。"

"那同情有啥用？"

"我们政府方面可以想方设法地寻觅被你认可的物业跟你置换，这既保留了你的家园也不影响你现在的经营收入。"

"这主意和设想可以，简直就是妙不可言。"王小鹏说，他仿佛看到了黎明前的曙光。

他开始亢奋起来，突然站起，来回走动着，说："作为一个公民，我对于小局服从大局的观念是非常清楚的，并举起双手十指点赞。国家的需要就是我的需要，没有国家哪来我们小家，国家强大了，我们小家必定也富裕了。我生是中国人，死是中国魂，祖国是母亲，做儿子的能不尽忠吗？"

坐在一边的老李，肚子里暗暗嘀咕，"唉！这老小子又开始亮起高调扬国旗了。"

可他表象上只是默默地微笑，眼角扫向蒋豪，心想，领导，您也甭骂我们无能，现在您自己也看清了王小鹏这混蛋，东一榔头，西一锤子的伎俩了吧。我倒要看看领导您对这信口雌黄的混蛋，又有什么样的说法。

蒋豪端坐在那里，昔日深幽色的脸庞上的光彩似乎被他现在的思想吸空了，此时此刻，即使在不露声色的强烈碰撞中，闪现出来的依然是对党的忠诚。

他那双黑眼珠射出来的光线还是那样肃穆，他眉毛严谨地皱起，眉宇间形成一个问号，时而又慢慢地舒展，像个感叹号。

他犀利的目光直勾勾地盯着王小鹏，打量着王小鹏肆意发挥的喜怒哀乐的表情，仿佛要把其人刺穿似的。紧紧抿着的两片嘴唇，透出一股无所畏惧的英气。

蒋豪其人善于透讨现象看本质，他心里暗暗揣摩，这王小鹏夸夸其谈的话中究竟想达到什么目的。

他看见了王小鹏的脖子又粗又红，湿漉漉的，肌肉紧紧地绷着，让人难以形容其间意味着什么。

"也许是狡诈，也许是真诚。"他想。

最琢磨不透的是王小鹏那副惊人的小眼睛，原本是乌黑发亮的眼珠现在射出来的却是深灰色冷光。这种发射灰色光亮的眼珠蒋豪还真没见过，它是那样地在悲哀中夹杂着些许凄凉，但似乎又包含着一种神圣不可侵犯的矜持和智慧，深不可见底。

这双凄楚的深灰色小眼似乎感动了蒋豪，他内心升起一股伤感的情怀，退一万步说，对方毕竟是高龄老人了。

"王总，"蒋豪在同情之余想说几句安慰王小鹏的话，"根据当下无人可挡的趋向，你必将会失去眼前的家园，我知道也理解你爱自己的家园，相依相伴十几年了，你对它的钟情就像对自己的孩子那样呵护。它对你的后半生起着至关重要的经济来源和生活保障，留给你的人生念想刻骨铭心，甚至于说，这种念想永远不会失去。"

蒋豪说完深深吸了口气。

他眼光瞄到了王小鹏脸色一片苍白，于是叹了口气，继续说道，"拥有和失去，是一对矛盾体，但就看你怎么去理解了。"

"失去就是失去，还怎么可能再拥有。"王小鹏说。

"不，我不这样认为。"

"那你是什么意思？"

"我以为，拥有和失去是相辅相成的。"

"夸夸其谈。"王小鹏哼了一句，露出点蔑视的目光。

"能不能可以这样理解，本次动迁或许说也是你创造人生的一个拐点，"蒋豪根本不搭理王小鹏的眼光，继续发挥他的理论，"换句话说，人这一生拥有的东西都是暂时的，也是有限的，如果明白了这一点，我们就不会把已经拥有的东西看得那么重。有些东西我们现在已经拥有，但在党和国家需要的时候，你付出了，坦率地说，也就是你失去了。但是，党和人民政府会记住你，感谢你。"

"你不要给我灌输大道理。"

"大道理内含小道理。"蒋豪一本正经地说。

"我不需要你说党和人民政府会记住或者感谢我之类的话，我只要党和人民政府给予我们一条活路，让我们小民百姓有生存空间，有饭吃，生活质量稳定，就够了。"

"这我能理解，也坚决支持你这种观点和想法。"

"理解和行动必须相辅相成。"王小鹏把蒋豪理论过的辩证法，毫不犹豫地一把甩过去，并继续补充说道，"这意味着我们要珍惜当下已经拥有的而且是实实在在的东西，你以为呢?"

"用唯物辩证法来看问题，固定下来的物质并不一定说可以不变的。不破不立，破中含立，破字当头，立也就在其中了。"蒋豪竟然搬出伟人的辩证法来说道。

"实实在在地说，我也明白，你对现在拥有的物质相当知足，比如你现在的家园，你的家庭，你的员工以及美好的晚年生活，等等。当然，这世界上也肯定有着谁都不愿意拥有的，比如伤痛，更比如说，你自己一手创建起来的家园被推倒、被铲除。但是，"蒋豪把头一仰，口吻异常坚定地说，"还有些东西，似乎你顽固地滞留在今天，就可能无法再拥有更加灿烂的明天，这就是所谓的鱼和熊掌不能兼得也。所以，我们要学会思考，要用智慧去作出选择。有时候捡了芝麻丢了西瓜，这并不是一件好事，而是一种愚昧。"

蒋豪话说多了，似乎口渴，端起瓶矿泉水，"咕咚咕咚"喝了个大满贯，随后迅速地抹了抹嘴唇。

他继续说道："我们都明白，贫穷不是好东西。但是，弯着腰捡芝麻是目光短浅，绝不是企业家的大手笔。事实上，当你抛弃或者理智地舍下芝麻的同时，却让你拥有了更美好的明天。"

蒋豪的话很励志，既有原则，也有理性的暗示。

不过王小鹏愿意从另一个角度去解读，那就是蒋豪的表态当我们舍去已经拥有的物业出让给动迁组，动迁组将会让我拥有另外一片更为广阔的天地。

"泛泛之谈地画太阳，这套我肚子里不见得比你少!"王小鹏眯着小眼自顾抽他的雪茄，默默地思想着，没吱声。

"其实，有些拥有，"蒋豪见王小鹏继续沉默，便继续发挥他在动迁工作实践中整理出来的经验，说，"有些拥有的东西是看得见，摸得着，如您这一片实体物业，带给您实实在在的满足和安宁。但作为一个人，有些拥有的应该是精神的，诸如你说的；你是中国人，死是中国魂。这种理念在你的眼神里，在你的一举一动中，我看出来了。它带给你的就是精神的慰藉和自豪，一旦拥有这种理念，人生旅途的人性会更豁达，更大度，这种豁达会相伴你一生。"

"很好，很好。蒋总，您自个儿回去既豁达又大度吧，我看你的细胞里含有类似我这般的绝活——画太阳。"

"画太阳?"蒋豪不明白其中的内涵。

"我可是画太阳的高手。"

"呵呵,画太阳。"蒋豪无奈地摇摇头。

"我个小民百姓,无法拥有更多的财富,也不想去拥有。我知足,我原本就是在一个贫困家庭出生的,穷得叮当响的小人物,不懂太多的大道理和硬道理。"

"你们那个年代走过来的人,有你这般作为已经是很不容易了。"蒋豪说话语调诚恳而实在。

"我送你一本我的著作《碎片人生》,请您现在打道回府,去仔细研究一下,我个人对于人生旅途的观点和理念。"

"啊?"蒋豪顿时愣住,"难不成这是您亲自操刀创作的著作?"

"那自然,我从来不愿意别人来代写或修改我的作品,《碎片人生》这本书尽管写得不咋样,但毕竟是我自己写的。"

这下子轮到蒋豪愕然,大吃一惊!

他两眼瞪着王小鹏那蛮横的脸谱,手里却在暗自掂量着这本厚厚的长篇小说《碎片人生》的分量。

蒋豪似乎有点发愣,愣得不可思议。难不成这老家伙,真如社会上所传说的那样,是个怪才!

摄影 行走大漠踹魔鬼 王照敏 / 摄

摄影 举头遥看雪峰低 王照敏 / 摄

第六章

铁打的意志

　　前海区的前海镇，这是一片滋生奇迹的沿海区域，上海国际旅游度假新区筹建办公室，坐落在东滩海边的一栋高层楼里。对比前几年的状况已经面目全非，原本海边沿岸线上那些林林总总的工厂、仓库、堆场，一家挨着一家，各自为政，闲杂人等不得入内。

　　然而，现在几乎又恢复到二十多年前未曾开发的原始状态，杂草丛生，荒无人烟，纵然毫无一点繁盛时期遗留下来的痕迹，真是让人感慨万千，既有今天规划局势，当初又何必兴师动众地招商引资？

　　但历史在改革过程中谁也无法预料到今天的前海行政区域，会规划出如此巨大的远景宏愿。

　　这一大片工业用地，在多年前已被前海区人民政府调控规划，不被允许发展工业，所有企业的营业执照以及相关生产许可证，政府部门也不再接受办理。这或许堪称智慧的壮举，由此决策带给本届前海区人民政府在当下的土地储备征收工作中，减少了许多不必要的麻烦。

　　"当初如果没有严格的规划调控，工业污染必定会更加泛滥成灾。多了几块类似王小鹏这类顽固的花岗岩，那我可麻烦大了。"蒋豪面对大海，心潮起伏地想。

　　蒋豪既是一位严谨的政府工作者，也是一位具有浪漫主义情怀的思想者。他喜欢前海那一望无垠的大海以及蓝天白云下那宽阔的海面，透亮如镜，时常令他神往并产生出无穷无尽的思路。

此时此刻的他，无意欣赏奇异海景以及被他动迁后所储备起来的大片土地，他的心思只是在思想着如何解决王小鹏这个企业的动迁问题。当然，他更明白王小鹏提出的被动迁后的要求和理由，既实在，又充分，所提条件并不算苛刻。他没有充分的理由来完全拒绝这位老人的心愿，也不忍心拒绝。

可是，究竟到哪里去寻找土地资源呢？

如今工业土地稀缺，尤其是政府在一线城市内确保蓝天白云下的环保要求越来越高，严格控制工业用地。

一般来说，从今往后的日子里，政府部门批准工业用地的可能性几乎为零。他的部下长途跋涉，东奔西颠地寻觅了近两个多月，仍没弄到什么拿得出手的置换物业。他心知肚明，王小鹏这老家伙肯定看不上眼，接着不是扯皮就是对着干。

"王小鹏想对着我们人民政府干？啊？也可以啊。"主管旅游度假新区开发的葛副区长在每周召开的例会上如似这般说。

会务中，曾有人提出建议，"查账，不怕查不出王小鹏财务上没漏洞，他不可能做到一点问题都不存在。"

有人还提出，"先拆除他企业内部的违章建筑。王小鹏如抗拒，就把他逮起来，关他几天再说。"

甚至还有高人出谋划策，"走法律程序，按法院裁判强制执行拆除他的物业。这样做，一点后遗症都没有。"

例会上，七嘴八舌，穷追不舍地要弄倒王小鹏的提议多多，葛副区长真有点吃不准定哪个方案来对付王小鹏比较妥当。

"你看呢，哪种办法既恰当又稳妥。"葛副区长侧过头，用征求意见的目光注视着蒋豪。

"王小鹏不是一个简单的商人，"蒋豪把那本厚厚的《碎片人生》著作扔在桌面上，说，"这是他创作的，具有40多万字的长篇小说，其中的主人公似乎是在阐述他自己人生旅途的经历、阅历和人生理念。但我花了一个多月时间从头至尾通读了一遍，研究了一番，这才了解其人并不是你们所想象的那样容易对付。"

众人惊愕不已，"这是王小鹏亲笔操刀的著作，这有可能吗？"

"是他本人创作的，这点我不怀疑。因为其中有些情节符合当时的历史状况。而且他在书中描写的许多曾经由他承包主持的绿化建设项目，也是被我本人搞动迁时给铲除的。"

"那你说说，对于动迁他的物业，你有什么看法和建议？"葛副区长脸色严峻，语调沉沉地说。

"首先，我认为没有必要去查他的财务账本，这家伙精着呢。早在前海镇地块被冻结的时候就料到我们今天或许会查他财务账本这一手，预先早有防备。而且我接触过他企业的财务、出纳，都是循规蹈矩地干了几十年的专业人员，即使被我们查出几张假发票，那或许也就是财务上的疏漏，与王小鹏本人一毛钱关系都没有。"停顿片刻，蒋豪继续说道，"因此，我们查账的行为反倒会引得他激烈冲动和反感，且再也不会配合我们的工作开展。他说了，他可以长期躲到国外去溜达，玩失踪。如此，我们能耐他何？"

蒋豪说话间又停顿了下，目光扫视了一圈所有参会人员。随后将桌面上的那本《碎片人生》撸过来，随便翻了几页，稍做沉思，说："这家伙有点法律意识，也或者可以说他懂得那么一点法律框架。他曾经明确对我表态，我们如果组织力量去拆除他的那么点违章建筑，他坚决支持，但不配合，不参与。这话意味着什么含义？意味着他或许会暗地里或鼓动或组织那些租赁户来对付我们。然后呢？即使违章建筑被我们强制性拆除，可他那些具有产权的物业依旧矗立在那里，我们又能耐他何？"

蒋豪毕竟是市级模子的动迁专家，分析事态思路清晰，语句表达出来的问题简洁明了。

会议室里鸦雀无声，众人默默无语得像听长篇小说那样倾听着他的精辟分析。

"退一步来说，我们走法律程序，那似乎合情合理。但我几次接触后了解这家伙的套路，我们一审的法院裁判对他来说根本不起法律效力，接下去他会上诉、败诉、再上诉、再败诉。虽然他知道自己最终会败诉，可他在法律的范围内跟我们死磕、死拖。几个轮回下来，得用几年时间才能解决实质性的问题，这个他比我们还清楚，我们急，他不急。那次，我提出在他厂区的土地上打几个洞，勘探地质指标。你们猜猜，他竟然对我怎么说？"

"他怎么说？"葛副区长听得入神，挺好奇。

"王小鹏当时说，可以啊。政府的需要就是他的需要。"

众人稀稀拉拉地鼓起掌来，"姿态高！"

"高姿态吗，啊？可你们知道吗，他接下去说出来的是什么话？"蒋豪紧绷着脸，目光炯炯地扫视着众人。

"他还能说什么？"葛副区长越听越觉得有味道。

"他说，作为一种态度或者说作为一种回报，赶明儿，你也该让我到你家里地面上打几个洞，你可不能拒绝啊。"

葛副区长听了竟然哈哈大笑。

"最奇葩的，他还给我指了两条出路，供我选择。"

"什么？"葛副区长愕然，"他竟敢指两条路供你选择？"

"对！他说，要么以后甭再提打洞勘探这码事。要么打洞勘探可以，给五万元补偿干扰他的企业正常运作费。"

葛副区长兀然站起，说："就给他五万！"

"可是他不开发票，这款子财务账面上没法支出。他这是故意给我出难题，我们国资委属下的企业，他不开发票，咱根本不可能出账这五万元。其实，我心里明白，他根本不在乎这五万，而是故意用冠冕堂皇的理由来拖延时间，抗拒我们。"蒋豪无奈地叹口气，又道，"他说，现在社会，还有不付钱就想得到回报的吗？"

"这浑球！"葛副区长一边骂一边笑。

显然他对王小鹏并没太多恶感。

"处于这种状态，眼看着建筑设计前先要拿出地质勘探数据，我们如果走法律程序，那后面我们要干的活儿，全成泡影。"蒋豪说。

坐在葛副区长边上的开发区董事长徐杰，开口问蒋豪："这老小子承诺过给他五万，就同意让我们入内进行地质勘探？"

"是的，他精着哩，知道不开发票我们公司没法支付。"

"我知道，这小子是人精。但他人品还可以的，我的老领导韩勋也非常赏识他，还说他有颗菩萨心肠呢。"徐杰说这话时忍不住大笑起来，"首先，他做事认真、踏实，这是无可挑剔的。话说这人，艺术天赋也确实有两把刷子，喜欢旅行、感悟，且爱好摄影、绘画。至于人品嘛，宁可砸锅卖铁、卖家产，也不愿拖欠他人债务以及员工工资。一般情况下，他不会轻易通过他的人脉关系托人办事。"

徐杰一边说一边回顾着过往的事情："当初，他在建造这片土地上的物业时资金链断了，竟然把自己居住的房子也给卖了，一大家子人去租赁房子蜗居。哎，提起他，动迁他，似乎也让我觉得有点伤感。"

略做思考，徐杰继续说道："我以前曾和他打过交道，对他也比较熟悉。你们看，就这次动迁过程，时间已经拖延了这么久，他自己不但没找到我门上而且也没托任何人前来打招呼，这就是他为人的劣根性所在。所以我认为，既然他出口要五万，我也知道他这是故意刁难，但我们给他来个回马枪，杀他个哑巴吃黄连——有苦说不出。"

"回马枪是啥意思？"蒋豪有点不明白徐杰说的是什么套路。

"王小鹏这人，我了解，既然他话出口，决不会再出尔反尔。他是个把信誉和人品看作比生命还重要的家伙。"

"咋个回马枪？"葛副区长也不明白，微笑着问。

"对于我们即将启动的项目来说，前期勘探再也经不起这样子拖延下去，就干脆答应给他五万。"

"你的意思，让我签白条？"葛副区长满脸疑惑。

"不是这意思。"徐杰说。

"那你打算怎么走账？"

"我们可以租赁他的物业啊，哪怕我只租他一个停车位，他胆敢不开发票给我，那他还想不想活了？呵呵，我让他这鬼把戏如似米筛子打水——一场空，妄想得逞！"徐杰说完，愤怒地把拳头"咚"一下子捶在桌面上，愤愤地说，"这老小子，欠揍！"

"许董，这老家伙还真揍不得。"蒋豪说。

徐杰又呵呵笑起来，说："才不呢，哪会真对他动武。这老小子我知道，他才巴不得我们对他动手动脚呢。"

蒋豪也呵呵笑着说："什么高血压、糖尿病、心肌缺血，等等。这鬼精灵把他那医疗保健卡以及病历记录都摊在我面前，故意让我过目，还让他的那些手下在我过目的时候用手机拍照。当时我也没理由不让拍，王小鹏的意图摆在那里，他已告知我，身体欠佳，状况不良，万一引起激烈冲突造成他的伤害，我们有推卸不了的责任。"蒋豪很无奈地摊开两手，说："还更有奇葩的套路呢。这家伙告知我，如果再对他纠缠不清，他就出让股份，搞出个什么中德合资企业，以后有什么事让我到德国去搞动迁，有什么难题找默克尔论理。"

"哈哈，哈哈！"众人捧腹大笑。

"你们还真别笑，"蒋豪一本正经地说，"这老家伙如果似真似假地搞出一个股权转让，然而自己去国外溜达，这倒是真麻烦了。"

"这种情况有发生的可能吗？"徐杰严肃地问。

"在他身上，什么事情都有可能发生。"

蒋豪和王小鹏经过几个回合的博弈，对其人有着彻底的认知度，"如果我们采取猛将军上阵——勇往直前，而他可是个猛张飞绣花——粗中有细。一旦被他抓住把柄或者说机会，他必定死缠烂打，搅得唯恐天下不乱。"

"那你这位大将，没办法对付他了？"葛副区长问道。

"是人，皆有弱点，包括他王小鹏。"蒋豪说。

"你这话听起来很有嚼头。"葛副区长开心地笑起来，露出来的表情含义是，他的手下无弱兵。

"有种拳，讲究刚柔并济，后发制人。据我父亲说，这叫绵拳。"蒋豪神秘兮兮地说。

"呵呵，你不会说，这就是太极拳吧？"徐杰也被逗乐了，"王小鹏现在是跟我们打太极拳，他知道我们迫在眉睫，经不起时间上的拖延。"

"我这不是太极拳。绵拳因为其动作圆活连贯，形意相随，连绵不断出软招而得名。这绵拳是当今中国最为完整的古拳法之一，起源于同治、光绪年间。这套拳路讲究的是一个柔字，无论在动作上和发力间，都要先吞后吐。吞有纳的意思，是守，即守住我们的底线。放，即发，是攻。绵拳讲究柔韧性，手法上是先收后放，因此套路中有许多随机应变的平衡动作以及收和放的对应动作，即柔中寓刚的含义。"

"这么复杂啊？"葛区长话语内涵深刻。

"有时候对付复杂的人，我们可以采取简单的策略。"蒋豪说，"可有时候对付简单的人，我们必须要采用复杂的动作。"

"什么叫简单，王小鹏不是够复杂了吗？"葛副区长问道。

"不，其实王小鹏并不复杂。"蒋豪说。

"他这人，还不复杂？我听了都烦。"

"其实，他这种人就是铁打的意志，一根筋。"蒋豪说。

"他这么复杂的人怎么又成铁打的一根筋了？"

"其实，他的内心只是想请我们用一个物业跟他置换光明公司所使用的土地，而且他对钱财没有什么太过分的要求。"

"现在哪来土地和物业跟他置换。"徐杰说话满腹狐疑。

"呵呵，嘿嘿，"蒋豪忍不住张嘴坏笑起来，说，"我已经答应满足他的要求，也坚决支持他的要求。"

葛副区长、许杰、老李、老罗，在座的所有人，顿时愣住。

"这就是我所说的绵拳套路中的收，也即守。我们不采取过激行动，以柔克刚。"蒋豪喝口水，润润嗓子眼，继续解释道，"对付王小鹏这种上了年纪的老人，且又是铁打的意志，一根筋。所以在前期我们绝对不能对他来刚的那一套。"

"为什么？"葛副区长有点好奇，"什么理由？"

"我曾经意味深长地对他说，我是'丁克'家庭，我没子女。其实，我的含义带有一种威胁他的意思，我蒋豪无牵无挂不怕死。"

"是吗？连我都不知道你是'丁克'家庭呢。"葛副区长笑起来有点意味深长，"他怎么个说法？"

"他说，他年过半百，黄土埋至胸口，对生死轮回已经看淡。"

"这么样子，他视死如归？"葛副区长满脸挂着惊讶。

"就是就是，所以咱就跟他来玩障眼法那种套路。"蒋豪笑着说。

"绵拳里还有障眼法套路？"葛副区长听得津津有味。

"障眼法套路是我自创的。"蒋豪说完嘿嘿地又坏笑，说，"我已经落实了三块物业供他选择。"

"你手里还有三块物业？"葛副区长听得入神。

"哪里会有，"蒋豪忍不住又笑起来，说，"我在网上搜索了一下，选择了三个项目。其一，松江的独栋别墅，正在销售。其二，内环边上有一家网上挂牌出售的二层楼街面商铺。其三，干脆让他去外省市，眼不见为净，给他选了块太仓那里的一家倒闭企业的彩钢板厂房。此三处物业供他任选一处。"

"那价格呢，会不会超越我们划定的底线？"徐杰问道。

"哪里会呢，我预先都电话联系过，远远低于我们控制的付款红线标准。"蒋豪眯起眼，显然很是得意他的构思。

"那他都不要，咋办？"徐杰有点狐疑，"王小鹏是个鬼精灵，估计他不会陷入你这套头。"

"那自然，他是什么人，我现在知道得非常清楚。咱不跟他直接玩刚的，就玩收的那一套，这就叫柔中带刚。"蒋豪说。

"呵呵，也真有你的套路。"葛副区长大笑起来，频频点头。

"所谓刚的意思，我知道他根本不会要这三块物业。但是，我必须跟他表明我们的态度，我们动迁组已经按他提出的要求努力了，也尽力了，他看中看不中是他的事情。难不成他看中了天安门城楼，我也去买下来跟他置换？"

"哈哈哈哈。"会议室在座的所有人，咧开嘴巴发出一阵开怀大笑，夸蒋豪就是有办法，点子超前。

"不不，"徐杰摇摇头，板着脸沉思片刻，说，"王小鹏这怪才，不是你现在说的这样子好对付。"

"是的，许董说得对，我也明白。"蒋豪说。

"那你又有什么办法？"葛副区长问道。

"我认为，从王小鹏谈吐言语间，我看出来了，他是不想与我们势不两立，他是个明智的商人。所以接下去的问题该怎么处理、解决，我也考虑过了。"蒋豪说。

葛副区长由衷地感到高兴。

他的部下们，件件事情都替他考虑得不但周密而且周全，他很是好奇地问道："蒋豪，你打算怎么处理解决。"

"很简单啊，我让他自己去找呗。他如果找到满意的，看中的，我们付款与他，这样不就两全其美了嘛。"

"这个解决的方案有点问题。"葛副区长皱起眉头沉思着说。

"什么问题？"蒋豪问道。

"他如果选中的物业价款超越我们划定的规范底线呢。"

"这个问题不是问题，我已经采取措施了。"蒋豪信誓旦旦地说。

"什么措施？"徐杰问道。

"王小鹏现有的企业主要经营的是工业地产物业租赁业务。我让公司的财务顾问去王小鹏企业收集了他与客户签订的所有租赁合同。根据所签订的合同，计算出他企业一个年度的总收入除以12，随后取一个平均值作为标准的月收入。再随后，他所购置的物业，根据市场行情也评估出租赁一个月收入的标准值。比方说，他付款一个亿购置的物业一万平方米，则一万平方米出租的月收入比对现在企业的月收入，即为我们付款的总额度，如有超出购置物业的部分款子，则由他企业自己承担。"

"他会同意吗？"葛副区长疑惑地问道。

"我们这样做已经是很人性化了，既满足了他想继续拥有自己家园的提请和需求，我们所支付的动迁补偿款也合情合理合法。"

"如果他就是不同意，怎么办？我们事先也要考虑到这个问题。"葛副区长忧心忡忡地说。

"那或许我也会考虑给他稍微来点刚性的。"蒋豪说。

"刚性的是咋回事？"徐杰说。

"刚性的嘛，我还没考虑周全。我以为最好还是以柔克刚，或许我会建议在核算以后的价位上再加几个百分点给他。"

葛副区长沉思着，默不作声。

蒋豪见状，便温和地说："对于这种有铁打的意志且处事一根筋的老人，我还是认为以柔克刚比较稳妥。我曾经对他承诺，君不负我，我不负君。君若负我，我仍不负君。他听了这话，很感动，眼眶红红的，那时弄得我也挺伤感的，毕竟他老人家已经年迈，而且已经完整安排好了他晚年的幸福生活。如今他也明白，动迁势在必行，总体来说他毫无对抗的意图，只要我们这边不采取过激行动，他也绝对不会采取抗拒行为。他的人性表明了，他说话做事，一是一，二是二。表象上看起来他说话粗糙，或许也可以说是在胡搅蛮缠。但他老人家有时候说的话，既有道理也有哲理内涵，我们只要以诚相待，估计拿下他不会有太大问题。"

"蒋豪，有你这番话，太好了，我回家可以安心睡觉了。我说这话，你们可不要以为我是在逼你们呀。"顿了顿，葛副区长又委婉地说，"我也是被我的领导批评得像过河的卒子——只能进不能退。唉，人人都有本难念的经。"

说完这话，他便站起身来，说，"今天探讨的主要问题基本有了思路，你们加快推进速度。"

"我们会尽力而行！"徐杰也跟着他站起来说。

"不是尽力而行，是时不我待。你们必须要全力以赴地给我把王小鹏快速拿下！"

秋天来临了，秋天把凉丝丝的风穿过微开的窗户，吹进了屋子，吹到了王小鹏脸上。

树叶落了，枫叶红了，庭院内姹紫嫣红的兔子花儿却在怒放。高大的银杏树叶泛起一片金黄，把王小鹏宅子外墙绘成金色。

啊，金色的秋天，滋润心田的秋天，仿佛把王小鹏心怀揽进一片好宽广、好舒坦的天地。天籁之音似乎在轻轻告诉他，收获吧，收获吧，收获你长久以来辛勤耕耘的成果吧。

这一年秋天的成果，足以让王小鹏铁打的意志不但如愿以偿，且心满意足地感到幸福快乐。大孙女王天来九年级即将毕业，按其父母的意愿想进入外国语学校就读。

王小鹏费尽心机，拜托多位友人为其寻求入学通道，他就怕大孙女考核成绩分数线不达标而不能入学。或许他老了，心绪始终摆脱不了为此事纠结而烦躁。

但是，无论如何都没让他料到的事情发生了，这俩孙辈一起去考试，就凭着实打实的考核成绩，竟然一起进入英国百年老校上海分校就读。

他这孙子王天佑比孙女王天来小一岁，低一个年级读书。十七八万个没想到的是，这孙子天佑竟然似如上天保佑，考核成绩特优秀，被学校破格录取，跳一年级，与其孙女天来在同一年级就读。

这让王小鹏真是无限感叹：

苍天有眼，老天厚道。
后代可畏，前程似锦。

凭王小鹏的天赋以及他从小的智慧和能量，他童年时代的梦想就是进入高等学府深造。可他这辈子由于"文化大革命"的原因，无缘进入高等学府就读，这次竟然在孙辈们身上实现了他梦寐以求的愿望。

学校在征询家长意见时问道，是否直接去英国百年老校读书，还是留在国内上海分校就读？

王小鹏对他儿子和儿媳妇提议，"还是国内先读两年，随后再转去英国深造，剑锋所向不是牛津就是剑桥，培养出一代绅士的人性格调，所以起点必须要高。什么叫绅士，绅士是靠英雄本色一代一代造就出来的人生气质和文明格调。"

理念意犹未尽的王小鹏，随后添加补充了他的理论依据，"草莽英雄传基因，这只是人的内在元素。内在元素必须通过外在因素而起作用，这外因就是金钱物质必须要有保障，有了财富支撑，这才有可能进入高等学府就读深造。如此，或许还只能说是未来一代绅士刚刚起步。"

王小鹏虽然年迈，但他是一位非常开明的人士。

他创作的一首打油诗，特地请人雕刻在竹片帘子上挂在书房，时常面对诗词鞭策自己，以此励志，以此铭心：

人老心不老

人生原本一场梦，因为有梦才有缘
凡尘世间再热闹，只是匆匆一场戏
争名夺利是虚无，贪婪成性有恶报

金银财宝堆成山，一瞬之间全泡汤

人生旅途皆沧桑，珍惜当下才是真

富贵贫贱不攀比，子女儿孙由他去

老夫老妻老来伴，老了老了心态宽

一生一世古来稀，苦尽甘来勿忘根

心平气和在夕阳，夕阳更比朝阳好

眼看两个孙辈的就读问题已解决，他心中泛起阵阵安宁的喜悦之情。可正在他愉悦之时，突然手机震动，抬手一看是蒋豪发来的微信："王总，最近身体还好吧，想找您汇报下工作。"

"您一汇报工作，我就有一种被扔进油锅、炸至金黄后被捞出、沥干、备用的感受。不知道您打算是把我清蒸了呢，还是红烧？"

想了想，他感觉这话仍刺得不过瘾，继续码字，"动迁这码事，势在必行。也是没法子可以抗拒的事。但是再怎么说，如果没你这档事，我晚年幸福生活的小日子过得太太平平，多美好。眼前这档事，来回闹心、折腾、扯皮、折寿……我厌烦透了。"

"给您添麻烦了，也知道您病了。您看，我们来你家探望你，祝您早日康复，可以吗？"蒋豪回信说。

"不不，我血压指数上达 220 毫米汞柱，下处 180 毫米汞柱，且又在感冒阶段，病弱体态，不宜接待来客。"

"从朋友圈看到，您不是刚从四姑娘山回来吗？我们来拜访您，一是探望您，其实还真想听你讲四姑娘山历险记呢。您说，好吗？"

"提起四姑娘山就憋屈，直挺挺的好汉上去，灰不溜丢的老黄瓜条儿耷拉着脑袋下山……嗷嗷哭啊，高原反应。咱老了，就不提当年勇了……你是不是还想用什么样子的手段来对付我？"

随后蒋豪无语，只发了一个"龇牙"表情。

王小鹏和蒋豪之间似乎"友谊"还存在，但俩人谈吐举止距离却拉长了。他现在思考的并不是与动迁组洽谈，而是准备住进医院。他已经与他老友苏东斌医师落实了"高级病房"，或许也可以说是"重症病房"，闲杂人等一律不得入内。

"嘿嘿"，王小鹏想的就是拖死你。

当然，被动迁必定是早晚的事，他不想走最终还是得走，这点他清楚，胳膊肘子终究是拗不过大腿的。

原本他和蒋豪就动迁事宜你来我往地谈得倒也投机，可不曾想到过后老李和老罗拿来一份评估公司对他王小鹏企业资产的综合性价款评估：

总金额——七千五百万元人民币。

更让他怒不可遏的是，费用分项明细列表中，企业资产设备搬迁费用价款，竟然标明：两千元！

王小鹏当场翻脸！

"你们把这评估公司给我叫来，搬迁费两千元？让他立个字据，承诺以后搬迁由他们负责，我给他两万！"

说完甩手走人，把老李、老罗扔在空荡荡的办公室。临出门时还甩过去一句，"我办公桌抽屉里有两千元，没了，就是你俩偷的！"

更有让他哭笑不得的事情：

前段时间，蒋豪亲自拿了一张五万元支票过来，对着他豪迈地说，"地质勘探费，你说五万，咱给你五万五，多出来的五千就算你开票的税费，咱一分钱不少地给你。你开张房屋租赁发票给我，哪怕你发票上写'厂内厕所使用租赁费'，也可以，没问题！"

"这？这！"

王小鹏当时差不点就气晕过去。没法子啊，他说出去的话就如泼出去的水，再收回来，那就是耍无赖了。耍无赖可以，但也要摆出充分的理由和事实，没理由的事他不干。

当时蒋豪把支票留下，说有事得先走了。临出门时回头再次甩给他一句嘹亮的话，"君不负我，我不负君。"

接下去，传来"噔，噔，噔，噔，"由重而轻直至消失的脚步声。再接下去，地质勘探设备进场，地质勘探人员进场。

弄得王小鹏仿佛像周瑜被诸葛亮草船借了剑，心里憋屈，难受了两个多月。再后来，动迁组竟然拿出了这一份评估报告。

其实当时王小鹏表象上愤怒至极，可肚子里却开心死了，开心得就想在地上打滚儿玩。

他告诉自己，一定要把这茬戏演下去，一定！

他开始扯皮，开始对动迁组来人只提一个要求，让评估公司过来，先签订这个企业搬迁费两千元的约定：我支付两万！

他也像蒋豪那般挺起胸，豪迈地说，"君不负我，我不负君！"

抓住了把柄，他不死磕才怪哩。

他急什么啊，他矗在那里的房子每天都在给他不停地印人民币，他拖一天，就能多印一天人民币！

"这次再不能软了，他不仁，就甭怪我不义。"他想。

内心的坚定让他又竖起巨大的勇气和信心，"谁也甭想战胜我，除了我自己。"他想，"这次发力，不但是要战胜对手，而且是要战胜自我。迈出这一步，占领高地，连续发力，这个力量来自我心中的舞台。"

——对抗开始了。

他告诉自己，沉下心来，坚持到最后倒下。

——挑战的帷幕已经拉开。

他现在必须努力控制住自己，把自己当作一位观众，看着舞台上的一切表演，哪怕视线上的舞台动作不再亮丽多彩，他都会异常兴奋地关注着，生怕漏掉一个微小的细节而导致他没看清舞台上的主角，王小鹏是怎么轰然倒下去的。

他最后探寻的是，自己生命终结的最后那一抹。在他身上演出的这一幕舞台戏剧，仿佛就是他生死存亡的危急关头，体内本能地散发出抗拒能量。在经过对生命的沉重思索后，他甘愿把生命的希望留给家园，留给后代。

这种铁打的意志是如何造就的呢？是打小的贫困，是浮躁的凡尘，是商海的沉浮。

"记住，在这场生与死的搏斗面前，我把生献给了我的家园，让给了我那一亩三分田，让给了在田里辛勤耕耘的员工们，把危险留给自己。无论最终结果怎样，我还是胜利者，我对我生命还存在的时候，可以自豪地说，未有遗憾在人间。"王小鹏想。

此时，他脑子快速运转。

他正在考虑如何化解危机，化解这份评估报告给他带来什么样的严重后果。他心里非常清楚，这份评估报告是对方的合作单位作出的评估，胳膊肘不可能朝他这边弯，这是必然的。

这样对自己非常不利，动迁组凭着这份报告，堂而皇之地说他们的出价是有理论和规则依据的。那么我王某人呢，理论和事实依据是什么？

他必须也要寻找出一个堂而皇之的理由和事实依据来推翻这份评估报告的价值结论。

后来，他干脆依旧让门卫室老高接待动迁组人员，再后来他就隐隐约约地开始犯病了。

再后来，蒋豪和他通了个电话，说："王总，我是蒋豪。如果你有什么委屈或不满，尽管说出来。如果我蒋某人能为你们企业解决一些实际问题，心里会好受一些。我大事办不了，在机关里，我自然有我自己的生存空间和活法。哪怕给您办点小事，我也是很欣慰的。"顿了顿后又继续说："您是我的长辈，个子相貌像我舅舅，他也是一个文艺爱好者，喜欢绘画。所以无论怎么说，无论你怎么做，我都会像尊敬我自己的长辈那样尊敬您。要不这样，我去你办公室，咱俩好好谈谈，人民政府就是为人民群众利益着想的，没什么解决不了的难题。"

"我们要生存，我们要吃饭。"王小鹏冷冷地说。

他知道自己玩不过蒋豪，先是地质勘探上吃了个哑巴亏，接下来就是这份资产评估报告。

蒋豪能说你不知道？你没看过？打死我也不相信，把我往坑里引，我怎么可能再上你的当。

"你有本事，先把我抓起来再说。"王小鹏愤怒地说。

"王总，任何时候，老百姓要求具有生存空间的理由都是充分的，政府不可以动用国家机器来对付。实话实说，把你抓起来容易，放出来难呐。这样的案子教训在过往的动迁工作中不是没有先例，我蒋某人怎么可能做这样的蠢事？"

王小鹏笑了笑，不吭声了。

他知道，他面对的是国家运转的机器，蒋豪再怎么辩白和说明，终归也是机器上的操作者。而且王小鹏更明白自己是孤家寡人，对方不但是一个整体团队，更是由具有高等学历组成的超级智囊团。

王小鹏这会儿不着急了。

他心里有底了，你蒋豪是不是被上面头领逼急了，好啊，我不声不响，我当观众，我看你在台上怎么样把王小鹏给砍了。

那边的蒋豪倒是真急了，毅然把电话直接打给了葛副区长，口气强硬地说："都是房管处干的好事，给他出个什么评估报告。我不是说了吗，一定要把王小鹏的情绪给稳住，不能给他找到任何理由和借口，不要做出什么节外生枝的动作。"说完就把电话给挂了。

他心里想，例会上我已明明白白地交代过，对付王小鹏这种铁打的意志，一根筋，必须采用复杂的绵拳来对付。而你们偏偏按常规出牌，用简单的做法去对付这位老人，而且还瞒着我去做。

这让他愤怒、让他上火，他不能对葛副区长发火，但他才不怕那房管处处长老洛呢。

于是，他直接挂通房屋管理处处长办公室电话。

"你好，哪位？"老洛问道。

"好你个鬼！"

"你是蒋总吧？"

"我是你大爷！"

"蒋总，您这话什么意思？"

"什么意思你心知肚明！"

"我哪里又得罪您了。蒋总，我不明白。"

"那好，我明明白白地告诉你。"

"好的，我死也要死个明白啊。"

"我会让你去死的！"

"蒋总，您今天怎么啦？"

"我问你，那天在例会上，我提出对王小鹏物业估价的方案，你不是也同意的吗，还鼓掌呢。"

"我至今也没反对您的方案啊。"

"那你们给他送什么评估报告？"

"那是……"

"我不要听你那是谁指使你的。"

"你明白就好，这也是惯例。"

"好，好！"蒋豪讥讽连连地冷笑。

"好什么呀，领导指示，我们必须要服从的。"

"好好，我现在明明白白地告诉你，以后王小鹏那边的动迁扯皮事，老子不管了，由你房管处去解决。"

"那不行，这不是组织决定，不是你说了算！"

"你等着，我会给你点颜色看的。"

"别别，蒋总，我跟你是一点过节都没有的，那是……"

"那是你个头，四肢发达，脑子简单！"

说完之后便挂了电话，仍气呼呼地坐在那里想，怎么才能打破这僵持的局面呢？

他完全明白王小鹏说什么身体状况不佳含义所在。

"啊，呸！身体不佳你还上稻城亚丁？还上四姑娘山？就知道你在跟我玩捉迷藏。"蒋豪怒不可遏地想。

他什么都不担心，就担心王小鹏玩入住"重症病房"蜗居隔离，那一来，全玩完。

即使去医院找他，他给你装昏迷……

"这老小子什么狗屁事情做不出来？"蒋豪想，这个躲进病房的策划，在以前两人说话谈吐投机的时候，王小鹏曾透露过，他甚至还说躲到国外去溜达呢，还有……

蒋豪想着想着就头大。

虽然他嘴上说以后不管了，但只是说说气话而已，实际上根本办不到，而且他本人也肯定不会对组织上说，"光明置业有限公司的动迁事宜，我没法管，也不管了。"

这是因为他在党旗下举起拳头宣过誓，"对党、对国家保持绝对忠诚。"

为了党，为了国家，他可以付出一切，甚至付出自己生命。

他清晰地知道，动迁工作面对的是社会上形形色色的人员，其中不缺乏亡命之徒，有威胁他生命安全的可能。所以他的家庭始终保持"丁克"状态，目前他不想有子女。

这时候王小鹏一改往日乱发朋友圈图片的习惯，时时处处格外小心，不留自己在哪里的痕迹。

一段时间后，动迁组再没人找他了。

蒋豪也不给他发什么洽谈之类的微信，他也就觉得没什么事了，偶尔手痒痒，随便发几张图片在朋友圈，写点诗词、短文之类的玩玩……

可有一天晚餐后，王小鹏突然接到蒋豪电话，"王总，一直听说您身体欠佳，早就想过来看看你……"

"啊，蒋总吗，我，我住医院了。"

"哪里会啊，呵呵，我都看见你了。"

"你，你怎么看见我了？"王小鹏忍不住地惊叹。

"我就在你家门口啊。"

"什么？"

"呵呵，怪不得不缺钱呢。大富翁哇，院子里那辆劳斯莱斯幻影加长版有气派。还有这辆JMC房车，我也挺喜欢的。"

这，王小鹏还有什么话好说呢？

惊慌失措的他，赶紧布置一番，让他老婆崔晓娣接待一下，把他们堵在底层客厅。自己则赶紧乘电梯躲到四楼画室边的小客厅，躺在紫红色羽绒芯子的布艺沙发上，头上敷了一块白毛巾……

"纵然你有天大本事，躲你远远的，让你见不着我，你又能奈我何？"他想。

可没想到仅过了十分钟不到，"叮咚"一声电梯铃声响起，"嚓嚓嚓"的是电梯轮子上升时与轨道摩擦发出来的声音。

王小鹏很是得意：自家老婆还真有点小本事，这么快就把蒋豪给打发走人了。

这让他很是开心，也很兴奋，"明天必须入住医院了。"他想。

此时，他快乐地笑着站起来，想夸老婆几句。可是，当电梯门打开，他瞄到了崔晓娣身后的蒋豪和老李，老李手里竟然还提着一篮满满的五颜六色的水果。

王小鹏顿时愣住，愣得脑子里一片空白。

"这，这……"

他一时竟然不知道说"这"的意思是啥意思了。

摄影　欢乐本根在中华　王照敏 / 摄

摄影　疯马巨石留个念　王照敏／摄

以柔克刚

走出电梯的三人，话说得倍儿热闹，如似原本就很熟。王小鹏感觉蒋豪真不是一般能耐，自己虽然是仓促设计布局，却也费尽心机，但没几分钟便被蒋豪彻底瓦解。

"是厉害角色。"他想。

崔晓娣微笑着对王小鹏说："蒋总此来心诚意切，人家知道你不但身体欠佳，且又怕你年事已高，还有心病，那就不妙了。他说，自己是法律系本科毕业，懂一点心理学，把你的心病治好是他应尽的义务和责任。治不好，他也没资格吃这碗动迁饭，所以……"

"不不，王总，无论在什么时候，在什么情况下，我始终视您如我舅舅般的长辈。您生病了，我能不见您一面就走人吗，于情于理都说不过去。我上楼来，只想探望您一下，见一面，便走人。"

王小鹏说："我是把灵魂抵押给魔鬼的人。"说完话便斜靠在沙发上微微闭眼，不再言语。

"王总，您是一位具有高智商的成功人士，咱不谈您有多少财富，就凭你这满屋子的书香气息就足以让我陶醉，更让我敬佩的是您的才华。您可不是一位普通的商人啊。"蒋豪说话间，不请自便地落座在王小鹏左侧边的高背沙发里。

王小鹏知道，他现在是肯定不会走人了。

环顾一下四周，蒋豪目光落在茶几上那块饱含水分的毛巾，顿时憨笑起来，说："王总，假如您现在感觉不舒服，可以平躺，我把那块湿漉漉的毛巾仍敷在您额头上。"

毫无反应，斜靠在沙发上的王小鹏似昏昏欲睡。

"其实呀，灵魂抵押给什么人，这个说法得不到广泛的认同。你我之间应该是共同举杯，洽谈不成，情谊仍在。人生难得几回醉，总有一醉在知音嘛。"蒋豪情真意切地说。

老李坐一旁，不便插嘴，闲着无聊，只是好奇地欣赏着这楼顶上布置舒适，呈现一片宁静雅致的客厅。透过明亮的落地玻璃，可以清晰地远眺夜幕低垂下那远处高低起伏的建筑物轮廓线。

情不自禁地，他脱口来了一句醉话，"王总，能拥有您这般奢华的生活，如似我，一切烦恼和纠结，还不如一只小屁。"

"老李哇，你五十出头了吧，你懂什么叫老年时代的幸福人生吗？"王小鹏毫无征兆地一下坐起来说话。

随后，他干脆也不装了。

兀地站起，走到前露台。只见明月清风，翠色葳蕤如海潮，密密匝匝的树叶在微风吹拂下，一半是滔滔，一半是稀疏的呻吟。

"因为近在咫尺，我心中的不安和痛楚谁能理解。"他想。

由此引申到眼前的残局，推论到以后的结果，至今一片模糊，没有一个定局说法，胸口有说不出的憋屈。

他明白，动迁程序才刚刚启程，往后事态发展更难预测，这些在体制内的人士根本不可能体会到其间的难言之隐。动迁以后，谁陪他往下走，市政府？区政府？动迁组？想到此处，心情一落千丈。

他的人生真乃是注定一世冷清和孤独。

幸福人生这四个字言简意赅，但不同的人对幸福人生的理解和感受都不尽相同。

蒋豪此时也慢步走到露台，说："夜晚了，外面凉，王总，您也上了岁数，得小心感冒。"边说边扶着王小鹏进屋，说："您这模样，和我首次见到您时感受真的大不相同。现在我也难受，我叫您一声舅舅，我和您同样难过。"

"你这人啊，说话有水平，让人感受舒服。"王小鹏说。

"那趁您这舒服的时候，我给您说说让您感觉更舒服的东西。"蒋豪呵呵笑起来，满面春风地说。

"什么东西？"

"为了解决您的需求，我们在例会上专题讨论了光明公司的案例。在例会上有人说风凉话，王小鹏捏着我们软肋，不就是想榨国家的钱吗。现在我认为这不是事实，您老不缺钱，这我看出来了。就算你掐我们时间紧迫，闹别扭，这也情有可原，要换位思考，相互理解嘛。有些事情你确实是有理由，而且理由充分，提出理由总比不明事理强吧。你手里抓的牌，有炸弹，那不能叫讹诈，那叫您心里有底。"

"呵呵，你真会说话。来，老婆，上茶！"

不一会儿，崔晓娣端上茶来，微笑着点点头，便下楼去了。她老公跟人谈事，她从来不插嘴也不发表意见。一般情况下，她默不作声地陪坐几分钟后便悄悄避开了。

"蒋总，你看，一不留神我又被你感化了不是。可我知道，庙最终还是会被你拆除，我再留神也没用。"

"哎，我也很无奈啊，即使我一心为公，可机关里说风凉话的人大有人在，闭眼的闭眼，扯淡的扯淡，说什么被动迁户都有一种恶俗。何谓恶俗，按我的理解，意思就是狮子大开口，死皮赖脸地漫天要价。但我以为，用辩证唯物主义观点来解析矛盾，任何事物都具有两面性，把被动迁户提出的合理要求，看作势利小人的非分之想，在我看来这也是一种恶俗。"蒋豪横脸怒斥。

"打个比方说，评估报告中提及的贵司搬迁费两千元，还不是闭着眼睛说瞎话吗，看问题和解决问题不实事求是。依我估算，二十万、四十万都搞不定，不是吗？这是明摆着的事，所以你的事实和理由，依据充分，应该予以首肯。不过，话说回来，体制内有体制内的法理和法规，执行法规的人是不可能去操办违规的事情。明文条款规定两千元，他凭什么理由要为你去做超越国家明文规定的条款呢，你又不是他亲爹。即使你是亲爹，也没人敢干，这是违法的，违法的事情谁都不会去干，您说对吗，是不是这个理？"

"你说这些套话毫无实际意义，"王小鹏愤愤地说，"毫无实际意义的解释对我来说就是：臭眉眼做给瞎子看——莫名其妙。"

"对头！咱就来一锅臭豆腐——闻着臭，吃着香。"蒋豪满脸神秘兮兮地说。

"春梦虽好一场空啊。"王小鹏说。

"岂不知，聪明偏受聪明苦，痴呆越享痴呆福。"蒋豪目不斜视地加重语气，说，"所以呀，您就装傻充愣呗，傻人自有傻人福，这个说法您能听明白吗？"

"不明白，你的意思让我充当傻瓜，任你们宰割？"

"非也，其实说白了，我们都是来自五湖四海，为了一个共同的目标坐到一起来了。而且这个目标和任务也是国家大事，无论如何，我们也是必须要去完成的。至于怎么妥善地去完成，那全靠我们之间的理智和智慧了。"

"对牛弹琴，牛不入耳。"

"多个朋友多条路，少个对头少堵墙，您王总是个聪明人。"蒋豪仰着脸，呼出一口长气，对着王小鹏微微一笑。

这一笑，神秘莫测。这一笑，像烙铁一样，在王小鹏的心坎里烫出一个永恒的记忆。

"弓是弯的，理是直的，不明白你的意思是弯还是直。"王小鹏说。

"不明白是吧，我给你解释一下，体制内的制度就是规矩，规矩是死的，是直线，任何人既不能违规，也不能超越直线。所以说，他们对你物业资产做出评估报告是原则，是制度的红线。"

"如此，那还不是春梦虽好一场空吗？"王小鹏说。

"那可以来个此处无声胜有声啊，"蒋豪笑笑说，"王总啊，您真是聪明一世，糊涂一时。"

"那又能是个什么说法？"王小鹏满脸涂着讶异。

"刚才您自个儿不是说弓是弯的吗？看来啊，您最多也不过是，只识弯弓射大雕而已。"蒋豪说话时，奇异的仿佛来自天国的智慧在他的眼里闪烁，"此处不留人，自有留人处，活人总不能让尿给憋死吧。"

蒋豪的话真诚感动了王小鹏，他的干涸的眼睛里又滋出了新鲜的津液，他嘴唇合动着，说："这话听起来有点嚼劲，但我想最终结果还是，豆腐多了一包水，空话多了无人信。"

"花开两朵，各表一枝。那我就专题剪下搬迁费两千元这一枝来说事。咱先不去管它多少，就算设定为两千元准确，咱吃亏了，是吧？但也认了。您不是常说，我生是中国人，死是中国魂，祖国是母亲。儿子给母亲做点贡献，还有什么吃不吃亏的说法，对吧？"蒋豪把王小鹏的旗帜，瞬间哗啦啦地给他高高举起，迎风飘扬。

他就看你王小鹏还有几种说法？

"你好一个，马蹄刀瓢里切菜，滴水不漏。"王小鹏脸上顿时露出点愠怒表情。

"不不，常言道，麻雀飞过也有影子。您老人家坚定不移地爱党、爱国的精神，这崇高的印象让我始终挥之不去，让我非常敬佩和感动。"

"给我戴高帽子，一看就看出来了!"

"我以为，帽子该戴的时候还真必须要戴，有了高帽子，再扬起您那面经过荒火燎原的战旗，横刀立马、拿衣捉领，张网提纲，不在话下。"蒋豪闷在肚子里的笑，显然一时不敢喷出来，但他脸色却异常平静地说，"谋大事者不惜小费。"

"啊，小费给谁? 你这话胆够大。"王小鹏忍不住也想喷笑。

"王总，您理解错了。我这谚语的比喻是，谋划大事的人，不在小的付出上斤斤计较。"

"你还有潜在的大事名堂?"

"那自然，哪个腹中无算盘?"蒋豪说。

"啥意思?"王小鹏顿时两眼放光，精神头一下上来。

"男子汉头上三把火，应有一股刚烈的火性，该舍的就毫不犹豫地舍去，没什么了不起的。"

——啊?!

王小鹏顿时有愣住!

"接下去就是，山重水复疑无路，柳暗花明又一村。"

"咋个说法?"

蒋豪凑过头挺神秘地说："舅舅，你这么聪明的人，我跟你说半天，咋还不明白呢? 你现在就应该毫不犹豫地同意这搬迁费两千元，接下去，我给你一种后面的说法。"

"咋说法?"

蒋豪的绵拳，东一挥，西一劈，舞得王小鹏眼花缭乱。

"君不负我，我不负君。明白不?"蒋豪哈哈地笑。

"不明白。"

"堤内损失堤外补，这明白不?"

"啊，这好像明白。"王小鹏似乎有点恍然大悟，脸上灿烂得似乎露出了万丈光芒。

蒋豪冲着王小鹏竖起大拇指，点赞。

随后转过身朝着在露台上优哉游哉抽着烟卷的老李，说："哎，你在外干吗呀，怪冷的，进来抽啊，王总这里又不是公共场所禁止吸烟。"

哎呀，"抽烟"两字，一下子提醒了王小鹏。这才突然感觉烟瘾冲上脑门，赶紧点起支大雪茄，连连猛吸几口，顿时浑身上下舒坦。

此时他还真没闹明白，到底是蒋豪的话说得让他心坎舒服呢，还是大雪茄的烟雾让他心扉舒畅？

"王小鹏，我现在必须告诉您，这两千元搬迁费，您同意也得同意，不同意也得同意。我今天给你说白了，您不同意，我立马站起，走人。老李，你把我这原话记录在案，并且把王小鹏的答复也给我记录下来。这是组织上的制度和纪律，不是菜市场作交易，可以讨价还价的。"

"好吧。"王小鹏回答的口吻很是无奈。

他的话语间，似乎也夹杂着模棱两可的态度。好吧，什么叫好吧，好吧是指什么意思？

他不知道蒋豪接下去要耍的是什么套路，所以这个好吧的意思，既可以理解为他同意蒋豪的说法，也可以理解为"好吧，你现在就走人"。

"老李，你现在把我的话完整地记录在案。"蒋豪再次重复一遍指示后亮眼挥手，信誓旦旦地说，"王总，我谨代表前海区人民政府动迁组，明确表态，对于王小鹏同志积极支持，配合政府动迁组开展动迁工作表示感谢，并对这种高风亮节的行为表示敬重。由此，我认为对于王小鹏提请动迁组以物业置换其土地使用权的要求，我们必须加大力度积极推进。"

轻微的"沙沙"声，是老李埋头笔录时，笔在纸上迅速行走时发出来的声音。

王小鹏抽着雪茄，眯睎着眼，吞云吐雾，心里在想，"套头，都是套头。哼，跟我玩这一手，还嫩。你的记录关我啥事，我几时同意两千元搬迁费能作数的。"

蒋豪瞄到了王小鹏脸上泛起的青涩，立马转换了一种温和的口气，说："王小鹏是一位民营企业家，无论什么样的条条框框摆在那里，首先绝对不能让王小鹏公司吃亏，这动迁补偿款又不是从我们自己口袋里掏出来的。我不喜欢多说那种套头话，那得多假？我现在的决定，并没期望讨全体领导欢心。我说到的就是口碑两极，爱憎分明；王小鹏动迁后所购置物业的租赁月收入不低于现在企业的租赁月收入作为动迁补偿款支付总额，其经济效益基本扯平。这是纲，纲举目张，补偿款或多或少，一切难题不就迎刃而解了吗？"

"我还是没听明白。"王小鹏说。

"这是支付给你动迁补偿款总额度的大概框架，这您能听明白吗？"

"这个明白。"

"我的态度明确，按你企业目前的收入，动迁后不让你往后的经济收入吃亏，在效益方面达到同等水平。或许，可能，您如果能积极配合动迁组的工作，我还会在公司例会上全力争取再给你于总额度上加几个百分点作为奖励资金，如此合计，那不是快接近一亿元了吗？"

王小鹏抓着头皮，满脸疑惑地问道："有这等好事？"

"我以我的党性和人性保证，我会全力以赴地去力争。"蒋豪挺起胸，嘴里吐出来的全部都是豪言壮语。

这！能不让王小鹏感动吗？

"这份评估报告的估价总额七千五百万元摆在那里，怎么办？"王小鹏很是担忧那份评估报告。

"评估报告必须要做的，那是程序。可你也不仔细看看，那里面有没有你们企业积极配合政府动迁工作而设置的奖励费？"蒋豪再次挺起胸膛，一字一句说得铿锵有力，"评估报告中也没有注明遣散租赁客户时必须支付的补偿款啊。你这么智慧的人，怎么脑子也就是那么被一根筋黏着呢，我实在是弄不懂。"

——王小鹏茅塞顿开！

他兀地站起，一下子感觉非常兴奋，他终于占领了高地，荒火燎原过的战旗在山巅上哗啦啦地迎风招展。

他不露声色地来回踱了几步，假装特冷静，特矜持，目的是继续迷惑对手。

实质上他觉得自己已经是很牛了。但没走几步，突然想起什么似的，这才恍然大悟：

——套子！

王小鹏似乎闻到了一股菜市场里那般的鱼腥味，他的脸部表情顿时严肃，话语一句一顿，"蒋豪，你太聪明了。原来你说的这个概念其实就是偷梁换柱。我几时说过要过多少钱，我要的是物业置换！"

"这，您不必担心，一点问题都没有。党和人民政府说支持你就支持你，说话是算数的。况且你的理由和依据无可非议，我们尽一切最大努力为您提供配套服务。"

说话间，蒋豪迅速从挎包里掏出厚厚一叠资料，说："王总，您自己看，随便挑哪一处，都会让您高兴得飞起来。只要你喜欢，你选中，就买下，购买款子作为补偿款，政府来替您支付，所付款子总额度就按我刚才那种计算方式。"

——有这等好事？！

王小鹏又开始兴奋，俯过身去接过资料，大致翻了下，突然间勃然大怒，"什么东西，商铺？商铺现在被搞得七歪八倒。别墅？天价泡沫漂亮到极致。工业厂房？不但是彩钢板房而且还在外省市。这些你从哪捡来的？"

王小鹏脸色铁青，义愤填膺地大声吼叫着，蒋豪脸色尴尬，似乎显出点郁闷……

老李闷声不响地"吱吱"抽烟，那支水笔丝毫不动地停留在纸面上呆愣着。

过了好久，蒋豪似乎这才从迷糊的梦幻泡影中慢慢清醒过来……

他满脸涂着犹豫不决的表情，窃窃地问道："王总，难不成这三处物业，您老一处都看不中，不会这样子吧？"

"全是烂货！"

三人闷坐着，谁都不出声。

闷坐了好一阵子，从不抽烟的蒋豪，突然伸手抓过摆在茶几上的软壳中华纸烟，默默地点燃一支，猛猛地吸了两口。

突然间，他爆发出来的是一连串震天动地的强烈咳嗽声，咳得脸色苍白，咳得脖颈上暴起来的肌肉青紫带红。

"王总，直到现在，我才终于明白了什么叫作瘌痢头儿子自己喜欢。"蒋豪说完之后，仰起头颅，朝天"哎——"地长叹一声，音调的余音绕梁而转，意味深长。

他斜眼看到了呆愣着的王小鹏对他蒋豪费尽心机发出的"余音绕梁"竟然没一丝反应。

便又说道，"王总，您的意见，我仔细斟酌并考虑了下，确实感到您说的也有道理，首先我必须认定您的想法是对的。然后嘛，我现在才明白，我们看中的、喜欢的，并不代表您看中或者说您也喜欢，对不对？我是不是可以这样理解，在我们眼里看来属于挺优秀的物业资产，在您老的法眼里就是烂货一堆。为此，您大可不必生气呀，恼一恼，三分老；笑一笑，三分少。您有什么不满意，我们还可以继续商量的嘛。我有这个决心，咱一直商量到您满意为止，怎么样？王总。"

停顿一下，蒋豪继续说道，"每个人的眼光和理念是不一样的。如像您，能坐上大老板宝座，成为亿万富翁，这样子的幸福人生，我可一辈子都不敢去做这个梦。我也看出来了，王总，就凭您一双火力十足的眼光，自己满世界去挑，看中哪里，就买下来属于你自己公司的物业。也可以说成是我们双方的物业置换。只要您喜欢，您开心，我们也喜欢，也开心。这样子总可以了吧。总结一下我的意思，能言者不必能行，能行者不必能干。要不，大家如果都具有您这双火力十足的眼光，不就满世界的人都可以做大老板了，对吧？"

"你有你的佛法，我有我的道行，只要你不给我挖坑下套，我就心满意足了。"王小鹏说话的语调充满无可奈何的口吻。

"来来，舅舅，我跟您拉钩上吊一百年不变。"蒋豪开始呵呵笑着逗起乐子来了。

"有点疑惑，您提议的方案，让我感觉似乎太美好了，难不成天上掉下馅饼来。"

"我才不信天上会掉馅什么饼呢，但我相信事在人为，什么事情都有可能发生。您这么个有智慧的商人，曾经有过惨败的经历吗？"

"那倒没有，我是处处小心谨慎。"

"知道您原本就是个小心驶得万年船的掌舵人。"

"又戴高帽子！"

"哪里哪里，谁不知道你是位赫赫有名的怪才啊。"

"谁说我是怪才？"

"说这话的人多得去了，但我认为，这话的含义绝对是褒义性质。"

"嘿嘿，嘿嘿！"王小鹏被人一夸，就来劲。

"王总，在前海，我蒋某人如果再碰到像您这样的第二个王小鹏，我这个动迁组组长走得远了。"

就在这天晚上，王小鹏的中枢神经一直摆脱不了思绪的纠缠，命运多舛的他，有时候想到蒋豪说的那些话儿，便会怦然心动，一阵激动从心里往外抖。

但当他想到初次见到蒋豪时那副横眉立目的样子说"我没有子女"这话时，他又疑惑不定，百思不得其解。

他是什么人？他要干什么？

王小鹏想，自己和这个强悍的少壮以前素不相识，而且带有刻骨铭心的仇视。但现在却似鱼水相融，一场一场又一场的遭遇战，来也匆匆，去也匆匆，似赢非赢，似败非败，似梦非梦，似醒非醒。每一次在谈判桌上的激烈交锋，仿佛最后都是他全胜。然而，过后仔细斟酌一下，自己似乎什么都没得到，至今两手空空。

听天由命吧，王小鹏想着，不由长叹一声。

天蒙蒙亮时，蒋豪也没睡着，他绞尽脑汁，费尽心机终于扳回局面，把王小鹏这老家伙一把拉下马，反手擒拿。这让他很是兴奋！

王小鹏自从与蒋豪这次不温不火的洽谈以后，那小盘一样的脸上时常覆盖着一种似笑非笑的怪异。

但是这不尴不尬的日子没过多久，王小鹏便后悔了。因为后悔，他才觉得落入了蒋豪下的套子，感觉自己被这人给忽悠了。因为悔恨莫及，所以他才决定抛弃一切杂念和想法，先去马尔代夫休闲度假，理清心绪，解开郁闷心结……

这才有了王小鹏学习英语仅三天，便从浦东机场经新加坡转机，飞往马尔代夫的那场精彩纷呈的，自由行的话剧。在马尔代夫海岛，当他回顾自己与蒋豪的每次对局，王小鹏总感觉蒋豪给他设计的动迁方案，看起来就像一个童话或者说更像是一个谎言：

仿佛蒋豪对着他吹口气，他便会跑出庙堂去手舞足蹈。

更让他耿耿于怀的是，从马尔代夫度假回来之后的一段日子，他的心结不但没解开而且噩梦连连，梦中的感受就是难忍的饥饿，饿得他灵魂出窍，饿得他浑身战栗。

但是每当他惊醒过来，却没一丁点的饥饿感。孤独一人的时候，挥之不去的念想：

蒋豪代表的是政府，既然已经对蒋豪承诺和答应的事，那是不能反悔的，反悔不是他王小鹏的人性。现在倒是必须先要弄明白，就目前而言，自己的主题目标到底是什么？

他明锐地判断，现在唯一的目标是猎取公司搬迁以后的基地，或物业或土地。他清醒地知道，今后一线城市的稀缺资源就是土地。随着环境保护意识的推进和加强，工业土地会越来越稀有，越来越紧缺，物以稀为贵……然而要实现光明置业公司消亡以后的光复，首先他就必须要寻觅到今后迁移的地方，这才是他眼前真正的燃眉之急。

他明确了主题目标，便意识到现在不能再和政府动迁组打太极拳了，他眼前的主要课题是如何解决废除与四十多家承租企业签订的房屋租赁协议，这是首要问题。

他与动迁组组长蒋豪最终达成的补偿款总额度是，王小鹏购置的物业，月平均收入与现在物业平均收入扯平。更为重要的条款是，六个月期限，在期限内如能把所有租赁户迅速遣散，动迁组便另外支付补偿款总额度的百分之十作为快速搬迁奖励费。

王小鹏估摸地算了一下，总金额快接近一亿了吧。如此，一个愿打，一个愿挨，自己也只能按照蒋豪设计的套路走了。他明白，胳膊最终肯定是拗不过大腿的，见好就收吧。

由此，蒋豪轻松地释放了组织上给予他施加的压力。

由此，王小鹏这边的公司主体却成了变相的动迁组。

他仔细筹划了一下，首先成立了公司内部动迁工作小组，随后便展开了具体对被动迁户的遣散工作。他想方设法把自己在其他区域的物业腾出些空房子，以备安置一部分租赁客户。

同时，他给蒋豪发了一条微信，"蒋总，如果你们能有什么良策和建议，请指教一二。如今，我们的目标是一致的，我尽可能不给政府添麻烦，顺潮流而动，不做逆潮流而上的事，以此来顺利完成政府布置给我公司的动迁作业……谢谢。王小鹏。"

蒋豪回信，"好的，我会尽力，目标一致。"

"欢迎来我司指导工作，努力完成目标任务，除非可能有几家钉子户冒出来，但我会用上一些手段。其他客户，我宁可自己吃点亏，也尽力不影响政府后期开发工作的进程。我说话算数，并以此短信为凭。"

"谢谢，突然发现做老板很累。"蒋豪回信说。

"好汉流血不流泪，我不会对你们动迁组再提任何要求，面对你们，好合不如好散……"

"谢，与您交流以来，您的坦诚一直未变。向您好好学习。谈判，我不如您。"

王小鹏说不出的郁闷，他后怕，也后悔，他好像看到公司被动迁以后的复兴事业就如墨赤乌黑的漫漫长夜。

"自己的苦，自己知道。走上这凶险莫测的迤逦路，没五年时间解决不了我们公司的光复问题。如今，连个回头余地都没有……天天提心吊胆，欲哭无泪。"王小鹏无聊地发信息给蒋豪。

　　蒋豪回复："确实如此，也无奈。下次给我看看继《碎片人生》之后您创作的《创造人生》好吗？"

　　"你的诚信打动了我，你为人也可以的，话就不多说了，君子之交淡如水，一切尽在无言中，再见。"

　　从此往后，王小鹏全身心地投入遣散工作中，他没几天便转换了角色，接替了原属于动迁组的工作任务。但对于动迁工作，他毕竟是外行，于是他又微信联系了蒋豪：

　　"遵照贵公司指示精神，为了不延误政府下一步发展需要，我司内部租赁户遣散工作全面铺开……我，言必行，行必果。如今我司与遣散租赁户签订的协议文本如下，是否有漏洞，请指教。"

动迁协议

　　甲方：上海光明置业有限公司

　　乙方：上海伟业食品有限公司

　　甲乙双方经友好协商，一致同意，乙方租赁甲方的物业（上海市前海区前海路210号）房屋租赁协议废止。

　　甲方一次性补偿乙方人民币贰拾万元整。

　　乙方同意在　　年　　月　　日内搬迁。

　　如逾期没有搬离，乙方租赁物业内的所有物品，甲方视作为乙方的丢弃物，可随意处理。

　　本协议一经签订，即具有法律效力制约。

　　甲乙双方均须遵照执行。

甲方：上海光明置业有限公司（盖章）

乙方：上海伟业食品有限公司（盖章）

日期：

　　"稍简单了些。"蒋豪回信说，"法律效力，不是效率。"又补充道，"但简单实用即可。"

　　"明白了，你有规范的文本吗？我们照你的样本签约。"

　　"没有，我帮您写个草稿，供参考，可以吗？"蒋豪回信说。

"好的，谢谢。另，一些相识你和我的朋友们，得知我们和平解决冲突，达成动迁共识后非常高兴，特打电话给我表示祝贺。因为他们也不希望看到我与政府之间产生非常尴尬的局面……王。"

"谢谢您。"

"你口碑不错，都说你为人正直、善良。我们之间一旦陷入僵局，其实大家都很难堪。还好，我们基本达成共识，携手同行，为政府排忧解难，尽快完成动迁工作。我会不惜代价，全力以赴配合你速战速决前期工作……不完成预定目标不罢休。王。"

"感谢，您那协议我明天上午写。我决不负君，不到之处还望您多担待。"蒋豪回信说。

"朋友之间不言谢，不管最终是什么结局，我都愿意认可您这位友人，朋友之间需要的就是信任。"

蒋豪是个守信人，第二天就把协议文稿发给王小鹏：

租赁合同解除协议

甲方（出租方）：上海光明置业有限公司

乙方（承租方）：

因甲方物业前海区前海路 210 号地块动迁，须解除双方已经签订的《租赁合同》，经甲、乙双方协商一致签订本协议，以资信守执行。

一、双方协商一致，甲乙双方签订的《房屋租赁协议》自本协议签订之日起解除。

二、考虑到乙方的实际困难，甲方同意一次性补偿乙方人民币　　万元。（其中补偿款　　万元，退还押金　　万元。）除上述款项外，乙方不得再向甲方提出任何其他要求。

三、乙方同意，于　年　月　日前搬离前海路 210 号内所租借的物业（以下简称"该物业"）。乙方搬离后三个工作日内，甲方将上述补偿款支付给乙方。

四、违约条款，乙方逾期未搬离该房屋的，每逾期一天，乙方应向甲方缴纳　　元/天的滞纳金。同时，乙方滞留在现场的所有物品作为乙方的遗弃物，可由甲方随意处置。

五、本协议一式贰份，甲、乙双方各执一份，具同等法律效力。

甲方（出租方）：上海光明置业有限公司
乙方（承租方）：

　　　　　　　　　　　　年　　　月　　　日

　　王小鹏回信说，"谢谢你，辛苦了。就目前而言，我在外四处寻觅工业用地，结果为零，目前看来只能回收购置二手旧厂房。我儿子负责在公司与承租方继续洽谈签订的租赁合同解除事宜，接下去用你的文本签约。目前关键问题是收购二手旧厂房没一点眉目，急死人。我与你之间约定的口头协议抓紧落实于文本，以期盼贵司早日支付点款子给予我公司，我这边遣散工作都已开始出账付款。"

　　"好。"蒋豪回信说。

　　"我司现已停止租赁收入。凡愿意签约客户已收取租金给予退还，就此一项，我损失二百多万，心疼也没办法，只是为抓紧落实遣散任务。目前我司只支出，没收入……你那边锁定我交付物业期限尽可能宽松点，以免交付节点产生延误。"

　　"我明天上会，争取下周能与你公司签个意向协议，先打一笔钱给你公司。"

　　"好吧，听你安排，我这里软硬兼施攻克堡垒，力争早日完成作业。哎，也无奈，也痛苦。"

　　"互相支持。我这边也热闹非凡，舌战群儒。我脾气也不太好，像律师一样逼领导表态。徐杰帮了很大忙，他很重视，一起参加会议，本来这事他不用出面的，怕我激动，领导反而举棋不定。"

　　话说蒋豪这言语之间，也很无奈。体制内的制度、规定、限制，几乎都很难突破。

　　"其实，到我这个年纪不应该再折腾了。"王小鹏回信说。

　　"是的。"蒋豪回信说，"我也只是前海过客。我的梦想是，好好干活，好好休息，春节去耶路撒冷。"

　　"我春节前后也是不敢出去了，努力完成你布置的作业，把去美国的旅行也退了……现在不敢安排出游。"

　　"给您添麻烦了。"

　　"必须要去做的事情，晚做不如早做，大家都说得过去……对政府方面也有个交代。就目前而言我已经啃掉了三分之一的骨头，对于蛮横的租赁户，我也不怕。"

王小鹏接下去想了想，也该把自己的困难亮一亮，"另外，我公司在紧锣密鼓地洽谈购买二手厂房时，遇到了许多难题，牵涉卖方要买方承担的款子。一、土地增值税。二、营业税。三、企业所得税。四、个人所得税。我弄不清这些税费怎么计算以及合起来究竟有多少。所以想请教一下，你们政府应该有这方面的相关文件和资料。如果有，能不能提供给我一些复印件。"

"呵呵，这说起来就复杂了，本人愿意暂时做一下您的法律顾问。"蒋豪乐呵呵地开起玩笑。

"那好，如能见面，向你汇报目前整个收购过程，虽然有多方面人士出谋划策，但总让我觉得提心吊胆……"

"好的，我安排个时间和您探讨并向您学习和建言。"蒋豪最后的微信如此这般回复。

屋漏偏逢下大雨，房檐头上的泥娃娃——没路可走……出于意料之外的事情还是发生了。王小鹏在东桥工业园区腾出来的空闲厂房在跨年度时被区拆违办责令：属于违章建筑，必须拆除。

这个突如其来的晴天霹雳，对于王小鹏来说，简直就是往创口抹盐，痛到眼睛泛白。

"蒋总，方便时来个电话。有关拆除违章建筑方面的事宜，想请教相关政策。"王小鹏发微信咨询蒋豪。

"我现在在耶路撒冷，你不是知道我春节要度假吗，能微信说一下吗？"

"这预料不到会发生的事情，本不想麻烦你。我大致叙述，你简单明了回复。"

"好。"

"东桥工业园区腾出来安置动迁户的彩钢板厂房，建造历史近十多年。因没产权证，现被区拆违办定性为违章建筑。日前拆违力度强，据说如我不签约就会采取强制行动。我的回答是，我不可能签约，我不配合，但也不反对，目前这房子还空置着，我也不敢盲目安置前海动迁户入驻。我想听听你这动迁专家能提供给我点什么建议，采取什么行为属于比较明智。你简单说，我能明白你的意思就可以了。"

"首先确认下有没有租户清退费，其次还有补偿款，一般来说每平方米

400 元左右。"

"我不在乎钱，我想知道有什么对抗措施，对抗以后最坏结果可能是什么？"

"最后么，强拆呀，拆的钱也由你承担。"

"明白了。"

"这个因为你将来在东桥的物业还要经营下去，所以他们是不怕你的，你还要混的呀。如果房子拆了以后你不在东桥混了，那或许还可以另当别论。所以说，他们最终的办法，先进来，把租赁客户赶走，再然后把你房子拆掉，拆房子的钱还要你支付。我认为，最终结果必将导致强拆，这样的结局是没有意思的。"

"好吧，明白了。"

蒋豪把话已经说到这份儿上，说白了，还是那句话，胳膊终究拗不过大腿。

王小鹏脑袋"嗡嗡嗡"地旋转，仿佛要炸开来似的。他皱着眉头静静地坐在那里，开始声讨老天对他的不公，光明公司的动迁工作似乎都安排得差不多了，怎么又恶狠狠地追加给他一榔头。

哎，王小鹏轻叹一声，命运不济啊，都这把年纪了，还总是有一种感觉，逃荒的落户——举目无亲。

周边一双双眼睛仿佛都在注视着他的一举一动，他更像孙猴子的筋斗云——跳不出如来佛的手掌。

作为遣散工作主要责任人的他，如果延误了动迁规定期限，后果是不堪设想的。超前完成作业，则取得双赢局面。这真让他又恼又恨，有苦没处说，一言难尽。

"既然丧失了安置去处，那我们使用强硬措施来遣散租赁户，好，还是不好？"王小鹏询问他的部下。

关于这一点，众说纷纭。

支持者认为，人难免会有贪婪和错判，我们必须要给遣散的企业赋予优惠待遇的同时，还要做些扼杀他们贪婪的期望值，阻止他们打算与我们死磕的企图，必要时采取强硬态度也是不得已而为之。

反对者则认为，遣散工作还是应该"晓之以理，动之以情"为主题思想。不要把事情搞得支离破碎，把充满人性的说服工作扭曲成无情的木棍行为，那样不好。因为一旦使用木棍手段，任何一个微小的流血事件都有可能被别有用心者放大到无边无际。这不但对我们企业形象不利，更会对政府后期开展工作带来不利因素。

最后结论，木棍手段是一步臭棋，其中关键是，谁能判断，一旦对峙成僵局，这遣散工作何时完成便没了界定期限。

综上分析，王小鹏心里有了谱，"我不能伤害别人，但是，我可以伤害自己呀。"

众人吃了一惊！

"为了显示我们的威慑力量，我们首先就是——自残！"王小鹏脸上闪烁着古怪的冷光。

"何谓自残呢？"梅会计满腹狐疑地问，"即使你采取个体自残行为，何人惧怕，甚至还有人讥讽你自作自受。"

"我以为这思路值得考虑。"王小鹏儿子王剑说，"所谓自残，应该就是断电、断水，使我们目前还在企业内正常运转的那些承租户处于生产瘫痪状态，逼迫那些顽固的家伙无法在此生存下去。"

王小鹏懒洋洋地打了一个响亮的喷嚏，抬手擦擦嘴角口水。然后点燃一支烟，猛猛吸了口，浑身一摇，似乎是抖擞了下精神，把一张粗糙的脸转向他儿子。

他儿子与王小鹏的脸型和眉眼果然相似，俩人鼻头都厚实，耳垂肉质浓烈，尤其嘴巴更相似，敦实得很有味道。

唯一不相近似的就是气质，王小鹏满脸涂着狡诈和霸气。因为在商海博弈三十多年，什么黑白事儿没经历过，不说其人浑身是胆，但至少可以说，一旦道理在他手中掌握，便什么都不怕，豁出去也就是条命。

儿子王剑，浑身上下透出来的都是实实在在的军人气息。他是当过三年兵的武警战士，经历过部队的红色熏陶，凭着吃苦耐劳的精神，退伍时获得部队首长颁发的"优秀士兵"勋章。

父子俩人所受的教育和环境迥然不同，所以两人身上显示出来的人性也不尽相同。

"孩儿忘了一件要事，"王小鹏抬手弯臂，咧开嘴，好像是故意炫耀他吸烟时翘着的兰花指以及他那口虽然不白，却也十分齐整的淡黄色的牙齿。

他微笑着说，"你们听明白了没有，王剑说的意思咱进一步理解，即把所有建筑物可以砸烂的地方通通砸烂，捣毁公共场所门窗，拆除厂区大门，推倒围墙，所有墙面统统涂上大大的红字——拆！"

　　"老板不愧是掌舵人，这样的自残既不犯法也没任何人可以阻止。我们这样破坏和造势，必将给他人一种势在必行的搬迁压力。"李经理激动得一边说一边两手不断地使劲揉搓，显出一副跃跃欲试的神态。

　　"听着，"王小鹏用指尖使劲弹去烟头上那弯曲的烟灰，说，"这还不够，我们必须在厂区内广贴告知函'接上级部门通知，春节后一个月为期限，之后，本厂区将被迫停电、停水'。"

　　"这是必须的！"王剑说。

　　王小鹏板着铁青的脸盘，口吻恶狠狠地说，"再加上一条，节后一个月，这是搬迁最后期限。届时，本公司所有管理人员撤离本厂区。凡不离开者，后果自负！"

摄影　总统山前存芳华　王照敏／摄

摄影　任性云游天地间　王照敏／摄

第八章

龙门阵

整一排银色不锈钢伸缩门歪斜着瘫倒在厂区入口，厂区内矗立的建筑物像几只烤焦糊的馒头愣在那里发呆，偶尔传来的几声机器轰鸣声，听起来仿佛就像是墓穴里几个精灵发出来的哀号。上海光明置业有限公司偌大片厂房没了往日熙熙攘攘的人影，乍一看，没有工人的工厂就像死气沉沉的墓地。

正是农历正月初八的早春二月，上午时分，肃杀的春寒虽算不得让人冻得瑟瑟发抖，却也够使人缩头缩脑了。

徐杰和蒋豪陪着葛副区长乘坐一辆别克商务车在前海区域四处奔波，实地视察整个国际度假城目前土地储备状态，目光炯炯注视着前方的是，坐在副驾驶位上的甘副市长。

商务车有快，有慢，有停地来回转了几圈，市领导一路上未曾开口说话。蒋豪吃不准领导对他主持的动迁工作是否满意，只觉得浑身有点燥热。他拉开窗户，迎面让冷风一吹，却又觉得有点凉意，情不自禁地抖擞了下精神，牙子咯咯响了几声，于是赶紧拉上窗户，随后靠在椅背上静待领导发问。

他不习惯在领导面前滔滔不绝地抢先说话表功，他的作风是，领导问什么他汇报什么。领导不问，他保持沉默而不吭声，不卑不亢是他的人性。

已过了晌午时分，阳光并不强烈却也柔和，天色悠远，巨大的蓝色衬垫着明朗的云朵，神秘的苍穹显示出一片苍茫本色。

突然，葛副区长一边好奇地张望着窗外，一边连连摆手，说，"停，停，停一下。"

"嘎吱"一声划过耳膜，黑色别克商务车在前海路 210 号厂门口骤然刹车停下。

"蒋豪，难不成这就是光明置业有限公司？"葛副区长急不可耐地问道，"好像就是那个，那个叫什么王小鹏的公司吧。"

"就是了，这才叫是个鬼精灵呢，"蒋豪不屑地耸耸肩膀，说，"他现在跟我玩的是大路朝天，各走半边。"

"这话怎么说？"葛副区长一边翕动着鼻翼，一边眯缝着眼凝视着光明置业的厂区，问道，"你不是说，这块地皮还没拿下吗？"

"是的，您别以为这老小子可以轻易被我拿下的。"

"可这些厂房怎么就给捣毁了呢？"葛副区长满腹狐疑地问。

"是不是像抽羊角风那样，"蒋豪呵呵笑道，"他这才叫作老谋深算哩，我看在他一把年纪的份儿上，也不跟他一般见识。"

"这又怎么啦，这墙面上大大的'拆'字，难不成不是你们动迁组派人刷上去的吗。"

"才不呢，是他自己弄的。我当时也有点莫名其妙，至今还不知道这老家伙肚子里捣的究竟是什么鬼名堂。"

"动迁合约签署了没有？"

"只是签了个框架意向协议。"

"那他，他想干吗？"

"抽羊角风呗。"蒋豪说

车厢里所有人都友好地笑了起来。

蒋豪有点尴尬，自寻台阶下驴，幽幽地说，"就目前而言，我还真不知道他下一轮会打出什么样的怪牌。"

"不管他出什么牌，总而言之，他积极主动在先，就该值得我们表扬。这也说明了你们动迁工作以及储备土地的成效还是显著的，有目共睹，值得表彰。"坐在前面一直沉默不语的甘副市长，终于明确表态了。

蒋豪拿起瓶矿泉水，扬嘴贴在瓶口，喝了几口，说："王小鹏这套路是在跟我摊牌，把被动转为主动，他是个人生难得糊涂的人。"

"这算什么话，他主动拆毁厂房不是很好吗，哪来什么被动与主动？"葛副区长满脸笑容，低声说。

蒋豪像聋了似的一声不吭。

"问题是光明公司提出物业置换物业的要求，我们没法解决。"徐杰看蒋豪不语，主动上来帮腔，"王小鹏再怎么主动，产权证在他手里，我们依旧解决不了根本问题。他把红旗高高举起，把姿态高高亮出，说得比做得还漂亮。接下去他便高枕无忧了，把皮球踢给了我们蒋豪，就坐等我们这边拿行动了。可是，我们哪有什么地皮或者说是物业跟他置换呢？"

"这鬼头！"葛副区长也无奈地喝一声。

众人也纷纷议论起来，"这小子尽干些有的没的事儿。但话说回来，他胆敢亮出这活儿，也算是有点魄力。"

"是不是连我们也跟着沾光，受甘副市长表彰呢？"葛副区长眼光在众人脸上游来游去，带着点自嘲的趣味说话。

"嗨，不管怎么说，原本难以撼动的顽石，就这个光明公司的物业，几个回合下来便已捣毁，这说明我们蒋总的动迁工作还是有成效的。"徐杰竭力给蒋豪撑腰说话。

"路漫漫，总有坎坷。动迁工作是一门学科，逆风还能闻得到焦煳味呢。所以我们还是要对动迁户以礼相待，情真意切地做好说服动员工作。你们不但要把活儿做细还要把思想工作做透。"甘副市长满面春风，兴趣盎然地转过头来说了些宽慰话，并且表示理解动迁工作的难度所在。

蒋豪看着众人纷纷议论的这一幕，脸上露出些极为复杂的表情，他双眼直直地盯着徐杰憨厚的书生脸面，低声说，"好心的领导，我的工作也多亏有了你的支持和理解。"

作为市级项目开发的动迁组长蒋豪，其职位官衔也不算小了。一般来说，坐在这个位置上的人总有那么点虎视眈眈的霸道。然而蒋豪日常总是笑呵呵地说话，让人感觉他不但有一种谦虚谨慎的工作作风，而且会使他人产生出一种愉快的心情来接纳于他。

蒋豪所动迁的企业不计其数，面对社会上的各种角色他都有独特的应对办法。他的个性属于那种在动迁工作中表现自我人性，在与对手磨合中往往把厚道的人性展示得淋漓尽致。他从不在洽谈中成为话语中心，面对动迁户他总是安静地倾听对方诉求，就算话题涉及不合理也不合法的要挟时，他依然是耐心听取那些无理要求和外行话语。

但是他的静听，并不代表他赞成对方的要求，也不是他藐视对方的分量。当你直接问到他一些具体问题，无论是相关国家政策或者是动迁对抗到底的结果是什么，等等，他既不回避，又会给你明确答复，并且实事求是地对你说出真相以及如何处置的方式方法。

王小鹏有一个在位置上的少壮派朋友，多少年前和蒋豪共过事，当他向友人摸底这位强势对手时，朋友正色说，"蒋豪，我当然熟，这是个油盐不浸的角色。对付蒋豪，你必须拿出点实际行动，有什么，说什么，千万不要拐弯抹角地请托关系走后门，如此做法，适得其反。"

王小鹏听了这话足足沉闷了许久，面部表情神秘莫测。再后来，当他与蒋豪通过几个来回折腾之后，看出来了，对手有着深厚的文化修养，从其人只言片语以及待人接物中，可以感受到那种传统的儒家风范和为人格调。蒋豪的谈吐以及所作所为让人觉得轻松，没有被压迫感。

王小鹏从蒋豪发在朋友圈里的图片中可以悟出其人在生活中如行云流水，没有丝毫的矫揉造作，更没有那种让人感觉夹生的烟火气。对于朋友圈里发表的正能量文章和图片，该点赞的蒋豪都会毫无忌讳地给他人点赞，时而还会添加几句幽默评论，在他身上根本看不出个别领导干部的那种矜持和装腔作势的熊样。

蒋豪在动迁工作中的行为与他在生活中的浪漫情怀一脉相承，他既是位现实主义者，但又是位不缺乏采取机动灵活手段的人。在王小鹏看来，蒋豪的言行举止是鲜亮的，是充满人性的。爱憎分明，个性十足，真诚以及厚道是他的本性。这让王小鹏体会到，一个动迁专家的能量，并不在于他动迁了多少企业单位，也不在于他对付了多少各类角色，而在于他是否给动迁对象解决了多少困难，在于他是否给他所从事的政府部门提供了多少独特贡献。

有一次王小鹏请蒋豪谈谈对于动迁工作的思想理念，蒋豪只是说了一句，"动迁工作需要的是和谐而不是生硬。"

——蒋豪说得很简单。

在动迁工作中要达到不生硬的和谐，不仅需要有深厚的文化底蕴以及履历积淀，还要有坚韧不拔的信念以及反复的努力。

讲积淀，蒋豪从事这项工作屈指算来也有十多年了，他早年以法律为专业毕业，误打误撞地干上了动迁工作。说努力，这期间又含有多少憋屈与辛劳！

蒋豪话说得谦虚，这含着他人性的厚道与情感，也合着他一贯的人品风貌。他虽然干的是严峻复杂的动迁工作，整天忙得晕头转向，却依然迷恋于读万卷书，行万里路，有山有水处便有他的身影。他发在朋友圈里的图片，景色迭出，精致入微，微妙无穷，表述出来的是他胸中的浪漫情怀和无穷山水。

王小鹏面对这样的动迁高人，采用什么样的策略来对局，这是他绞尽脑汁也必须寻求出来的一道解题。虽然他并非那种，九寸想十寸——得寸进尺之徒。

确切地说，王小鹏属于那种稍有见好，便收帆靠岸的那种人。

他明白，认字，一般稍有点文化的人都能行。识人，就要有点文化底蕴以及人生阅历来垫底了。

认字，只是一种常识。但知道一个字的来源、内涵以及深处寓意将其转化为识人，这就不是那么简单的认字概念了。

怎么识人⁈

王小鹏有着别样的理念和锐利的眼光，他的人生座右铭始终记载着他父亲的教诲，"不认字不要紧，不识人害死人"。

何谓"认"，何谓"识"？

王小鹏的理念直接明了，简单为认，复杂为识。所以他采取应对蒋豪的策略也旗帜鲜明，君子之交，以诚相待。

他主动捣毁光明置业有限公司厂房的目的，从根本上来说，思绪和动机并不那么复杂。他认为大势所趋的事情没必要逆流而上，晚做的功课不如早做。目前他迫在眉睫要解决的问题是，企业被动迁以后，他最终所追求的目标究竟是什么。

定位要明确——这是主体思想！

在这种思想主导下，王小鹏明白，他不能耿耿地纠结于眼前的动迁事宜，他必须拿出快刀斩乱麻的劲头来解决当下所有问题，从而全神贯注地投入和追求企业被动迁以后的走向——选址。

智慧创造财富，理智改变命运。

这是王小鹏面对企业被动迁以后的策略。作为企业掌门人，他有着一种微妙的心理，那就是，钱不是主要的，主要的还是如何去寻求今后的生存空间。他所期盼的是所有的员工不被失业，能继续有自己的工作岗位，继续有稳定的经济收入来保障家庭生活需求。

如何面对和服从政府的发展需要，如何处理好公司职工的再就业安排，这就是王小鹏首要解决的实际问题。

阳光肆意地充斥着整个金色海面，梭巡过后，又将海风激起的一棱棱翻滚着的浪花染成一片绯红。初春清纯的空气四处飘荡，上海光明置业有限公司厂区前那些树木稀疏的绿荫，遮住了似倒非倒的围墙上稀松斑驳的墙皮，呈现出一片惹人遐思的梦幻……这一切，都未能抹去王小鹏心里焦躁不安的情绪。

他体内充盈的是一腔耿耿怨气，通红的瞳仁分明有只火烈鸟在折腾，孜孜不倦地犹如一抹明焰。

如何选址寻觅光明公司的复兴，这是一场大起大落的生与死的前奏。对王小鹏来说，前程就像一张白纸，怎样去设计，怎样去描绘，既有未知的诡秘，也有无尽的魅力。

他满脑子装着忐忑不安的焦虑，一口一口猛抽着烟卷，一遍一遍梳理着自己繁杂的思绪。作为疆土的开拓者，他虽不乏智慧和拼命三郎的精神，但他也知道，企业要想进取，要想求得生存空间，必须打破以往故步自封的思想束缚，直面迎接新的未知和挑战。

——可不是吗？

这个里程必须要有勇气和智慧，才能铸就成功的丰碑。

王小鹏追随改革开放的步伐已有三十多个年头，凭着创造人生的恒心，这个曾经穷得叮当响的草民，经历了脱胎换骨的巨变后才刚刚走上小康道路，便被一阵暴风骤雨撂倒在地。想站起来再创成功，时代不同了，年纪也上去了，理想的未来不是单靠勇气便能一挥而就的。

是醉死梦生地躲一隅做舒适的寓公呢，还是面对商海继续折腾自己老迈的腿脚，对王小鹏来说确实是一个难以拒之门外的选择。选择前者或许他晚年的生活会很平静，可以心安理得享受晚年幸福人生，一切危机，一切烦恼和纠结都抛到九霄云外，与他本人一点关系都没有。

他知道，如果选择企业光复，不见得一定能找到光明公司继续生存下去的空间。但是，如果安心埋首做一寓公，这不是他的人性，无论如何，成与不成他总得试试，摸着石头过河是走向可能成功的唯一法则。过往的经验证明，面对窘境，披荆斩棘，迎头而上者大多可能会迎来光明；缺乏勇气，畏缩规避而不思进取者，必然落伍倒退，必定被不断前进的历史车轮碾压得粉身碎骨。

一次饭局中，老友问王小鹏，"明知前程艰险莫测，有导致惨败的可能，可你却迎难而上，仍然孜孜不倦地去追求，何苦呢？你现在即不差钱，也没勃勃野心，完全可以安心做一个晚年寓公，享受幸福人生。如今你这般苦恼地纠结，来回折腾，究竟是为什么？"

王小鹏的回答极为辩证，"那是因为政府给我补偿一大把纸币有何用？说白了，纸币不用就是废纸，所以我必须要把这些废纸转化为可持续性生存空间。解决这个转化问题，成功总是隐藏在未知以及不可预测之中，毕竟很多藏在迷雾里的结果前期是看不到的。倘若我要等到云散雾开后才去选择进退，那恐怕必定会失去企业可能光复的机遇。"

"机遇难以琢磨，谁又能看得准，摸得着呢？你王小鹏能料事如神，揣摩清楚？"友人满脸疑惑。

"所谓的机遇是在没人愿意去做的时候，你去做了，并且后来历史证明你现在是做对了，成功了，这才叫抓住了机遇。说实话，我王小鹏现在也难以参透那重重迷雾，但我对未来有一种坚定的信念，这就是生命不息，进取不止。"

王小鹏明白，光复事业也许他一事无成，也许他一败涂地。但是反过来看，也许他将成为时代宠儿，也许他梦想成真。对于这一切，现在说来都是一个未知数。不过，纵有千般万般难度，终不如现在行动起来，认真地去干，或许还有干成功的可能。关键是先要撸起袖子去争取，不去努力，一切都是泡影：

　　每一个年代都有追梦人
　　追逐自己儿童时代的理想
　　用生命谱写理想的乐章
　　这是幸福人生的全部内涵

好长时间以来，王小鹏脸上一直没有笑容，他的大脑时刻在运转，每天针对遣散户提出的五花八门的条件，他必须明确答复。而当这些答复无法满足对方时，这些人便起哄，便骚动，更有谩骂和抗拒者，烦躁的情绪简直让他崩溃。

王小鹏坦言，"我似乎真的崩溃过，简直就想豁出去骂娘，不顾一切打架、揍人。"

然而理智还是让他克制了自己，由于安排妥善，处置得当，事情最后结果还是比较理想的。

虽然王小鹏为此花了许多冤枉钱，但花钱能解决的问题就不是问题，遣散工作最终提前三个月完成作业。

原本约定交房节点为五月底，但在早春二月末，光明公司物业便移交出去。

此时的王小鹏与动迁组房屋管理处，连补偿合同都没签订。

就凭这一招棋以及所作所为，让所有认识他的人和不认识他的人，都百般猜测着，吃不准其人究竟是什么策略。

"这期间，我的角色很像一幕话剧导演，事无巨细都要考虑周到。手段既不能软弱也不能过狠。过狠了适得其反，会引起社会不稳定，最终酿成的苦酒还是由自己吞咽。"王小鹏事后还心有余悸地说，"那个阶段，手脚和大脑几乎都异常亢奋，人感觉不到疲惫。"

光明公司租赁客户遣散工作圆满落幕，一切都干得非常漂亮。员工们向他热烈祝贺，然而王小鹏却忧心忡忡，他根本开心不起来，他非常明白，这仅仅是噩梦开始。

他知道，遣散后的物业移交并不代表光明公司任务完成，革命尚未成功，复兴路上神秘莫测的陷阱比比皆是。

但不管怎么说，王小鹏雷厉风行的工作作风还是得到了蒋豪的赞许和首肯，"真乃神人也。如此奇迹般地遣散，其进展速度让我吃惊，确实出类拔萃，前海第一。"

王小鹏听了心潮澎湃：

或开心、或激动、或肃穆，反正什么样感觉当时他都有，蒋豪的夸奖让王小鹏脸上露出了久违的笑容。

"这家伙总算笑了。"蒋豪像发现了新大陆，当时他的心潮似乎也有点澎湃，也有点感慨，似乎也有那么一点激动。

"也真可以说是委屈了这老小子，这把岁数了，原本安安逸逸的生活，忽然间，说坍塌就坍塌了。哎，也是无奈，政府的发展是硬道理。"蒋豪内心深处默默地念叨。

"蒋总，您布置的作业，王某人提前三个月完成。我这不是得意，也不是骄傲，更不是如释重负。其实，应该说我这是被你的人性所打动，不负重托。"

"是您给我面子。"蒋豪当时说得有点谦虚。

王小鹏沉思片刻，说："一个圈子兜下来，接下去，咱们似乎又回到洽谈的死胡同里了。"

这话说的?!

蒋豪对这冷不丁冒出来的莫名其妙的话题，有点摸不着头脑。其人，其话，是什么意思？

他只能无语，含笑等待下文。

王小鹏油亮的脑门上挂了一层细密的汗珠，他举起手，用指甲轻轻梳理着鬓边那些灰白的发丝，说："还是生存问题，我们最终何去何从，总不能让我公司就此关门大吉吧。"

王小鹏说完话，忽然觉得喉咙管子有点哽咽，立马弯下腰去，用手掌弹了弹裤腿根上黏着的些许灰尘来掩饰他的窘相。站起来时，蒋豪看到了泪花从他眼角处渗出来，渐渐形成两颗圆圆的焦黄的泪珠，慢慢地淌过面颊后瞬间滴落在地上。

——寂静。

等了半支烟的工夫，王小鹏一动不动。

蒋豪直起腰，握两空心拳头，无奈地捶打着左右腰眼，说："哎，惭愧惭愧，实在话，我也没辙了。"他沮丧地说："你还有什么高招请拿出来，咱们商榷商榷是否可行。"

王小鹏迟疑片刻，好像不晓得自己的话题应该从哪说起，一滴清水鼻涕从他鼻孔里垂直落下，打在脚背上。他哼了一声，伸出一双鲁莽而灵活的手，使劲揉搓着头颅两边面颊，脸上抖动的表皮像生了绿锈的废铜皮那般发出窸窸窣窣的声音。

蒋豪看到他的腮帮子可怕地抖动着，嘴巴扭得很歪，这让他非常惊愕，愣愣地看着王小鹏。

现在他非常明白王小鹏心里想的是什么。

"别难过了，我看，既然我们给你找的物业你不满意，那还不如你自己去找。天下之大，总能找到你满意的去处。"

"也就剩下这个法子了。我在马尔代夫度假那时揪心焦虑的就是这件事儿，真是愁得毫无一点头绪。时至如今，我傻不愣登地跑哪里去寻觅呢。"王小鹏忧心忡忡地说。

蒋豪微笑着，这微笑中又来带着十二分的同情，"这样吧，我们一起去寻觅，山不转水转，水不转人转。纵有千百般困难，我也会与你一起共渡难关。君不负我，我决不负君。"

蒋豪话说到这份上，王小鹏没有理由再百折不挠地纠缠不休，也没有理由再耿耿于怀地自寻烦恼。

他是个强汉，他不想示弱，更不想流泪。

购置厂区物业并不是一般人想象的那样，只要有钱就可以办好。这活儿，其中的环节如山重水复，简直让人精神处于彻底崩溃状态。当然，劣根性极强的王小鹏也绝不会因艰难险阻而轻言放弃，虽然谁也帮不了他。

他明白，让自己的家园起死回生只能靠自己了。但重置物业确实不是如他当初想象的那么回事，那样的天真，那样的从容不迫而简单。

购置物业是怎么回事？究竟有什么难度？

只有亲身经历过的当事人才知道，没经历过的人，一般都不知道这物业买卖交易程序中那些阴险恶毒以及欺骗、蒙蔽的节点所在。

王小鹏毫不客气地这样说，"一个在钱财以及人格上不守信用，利用他人的需求搞欺骗，搞蒙蔽手段的人，一般来说都是不可救药的浑蛋，不值得信赖，应该让他扛着破大枪去伊拉克打败仗。"

他第一轮购置物业洽谈的主儿是位黑高个子，黢黑面皮，眼不大，嘴门后镶嵌着一颗古旧的泛着鹅黄的金牙。此人好口才，浙江温州一带口音，眼珠绿汪汪的，就像王小鹏家里的宠物"露露"的狗眼。

此人这副脸面造型给王小鹏第一印象不怎么好，甚至可以说是有点欠揍的料子，可这主儿的物业确实让王小鹏喜欢和满意。偌大一栋混凝土框架结构的五层楼厂房，层高四米，坐北朝南，阳光充足，建筑面积达三万平方米。其中工业电梯三台，垂直上下运货。厂区南侧一栋近九米高的彩钢板厂房已经出租，建筑面积近万平方米。厂区北侧，一条具有生命活力的河流昼夜不停地忙碌着，也不知这条小河从哪里来，更不知它将流向何处，而它那潺潺的水纹却始终不停地流动着、奔波着。虽然荒芜的厂区杂草丛生，但是那条河流却拨响了王小鹏心弦里那梦想家园的咏叹。在这阳光明媚的河边，它拉响的是一支迷人的家园梦曲，与王小鹏的心念共舞。这片物业让他欣喜如狂，顿然感觉人生还是美好的，他的复兴事业还算幸运的。

"王大哥你好。"

首次见面，对方就是这样称呼王小鹏为大哥的。

自然，已经年迈的张主任早已先在双方未曾谋面时就做了许多穿针引线工作。

张主任，当初就是他引导王小鹏投资于前海的。随后他与宝强两人的窝里斗，双双判刑入狱，如今一切都已时过境迁。

王小鹏物业被动迁而无着落之处时，张主任虽已释放，然已退休，且不忘初心，热衷于奔波，凭着他过去招商引资时期编织的人脉关系，助王小鹏寻觅新的家园，说来也是难能可贵的热心之人。

"小弟贵姓？"王小鹏也客气地寒暄。

"免贵姓刁，名德铭。"

"哈哈，老刁啊，咋不叫作刁德一呢。"

刁德铭一下子拉长个马面，脸部颧骨皮层内泛出些青紫，眼珠子瞬间转几转，更有寒光冷冷四射。

"呵呵，玩儿吗，我是大嘴巴，平时说笑惯了，脱口而出不中听的话不要在意。"王小鹏说。

"不会的。"刁德铭挂出笑脸说话。

"其实，我对你是没什么恶意的。"王小鹏说话腔调嬉笑怒骂，东拉西扯，故意不奔主题。

他现在所担心和害怕的是让对方看出他迫切需求的心念而坐地起价，他设想先占领高地，夺得气场上的优势。他感到自己好像是在海浪上漂浮，而气势就是托住他的浪花……

"我既然把你当大哥看，你说什么都没关系。"刁德铭举起水杯，说，"我提议，为我们的合作，也为我们的缘分，干杯！"

"干杯！"张主任又惊又喜，眼睛像通了电的灯泡，兀地亮了，一直沉着的脸露出了笑容。

"我这人呐，就是说话态度有点咄咄逼人，你不要因此而感到不舒服。"王小鹏说，"张主任知道我这人实在，没坏心眼儿。"

"不听，不听，你是王婆卖瓜，自卖自夸。认识你以后，也不知你说过多少遍了。"张主任满嘴喷笑地说，"你不是还有什么自我评语，憨厚、老实、玻璃心的奇谈怪论吗？"

"最主要的是王大哥开心就好。"刁德铭说话时面部表情就像三月里扇扇子——满面春风。

王小鹏惊叹地伸伸舌头，说："我说几句话啊，你听好了。我现在可以在洽谈之前预先声明，我用我的生命来担保本次物业买卖交易，坚守诚信，决不采用蒙蔽、欺骗手段。"

"王大哥言重了，有什么话请直说，我非常理解你对风险的控制。你开心、放心就好。"

王小鹏眯缝着眼看着刁德铭，说："我们之间虽未曾直接面聊，但所有解不开的节，都通过张主任与双方之间的沟通后现在都有所了解，这还得谢谢我们共同的朋友张主任。感谢他在前期为我们做了许多耐心、细致的协调工作。"

"没劲，甭说我，你们交易成功，就算我的一份微小功德吧。"张主任假装虎着脸打哈哈。

王小鹏脸色阴沉，额头上显出两道深深的皱纹。

他愣怔了会儿，说："德铭，我没有不开心，我是担心你错过了我这个人。那可真是，放屁崩了脚后跟——倒鞋（邪）霉。其实啊，就目前的局势而言，现在钱袋拥有现金可以购置厂区物业的人并不多……"

"这个我相信。"

"我说话不想骗你，跟你交个底，我现在手头可以支配的也只有五千多万。你看看，我是个实在人吧。"

"实在！"

"钱是没有问题的，张主任交代的价钱我都承诺不变。缺口的钱我想办法给你补上，一旦交易成功，我不会少你一分钱。"

"王大哥花钱速度快，来钱也快。"

"我说，德铭啊，其实你一点不要担心我这边。理由嘛，一、我有一块三亿元的固定资产作担保。二、一旦签订交易合同，我会把全额资金打入托管银行账户，所以说，你的钱是跑不了的。三、我意思明确，给你的钱我必须提供给你一个100%的安全感。四、我们双方对物业买卖交易都不是内行，相互间又不知根知底，所以双方都缺乏信任度来支撑本次交易，这客观存在的疑虑也属于正常。"

"这点我同意，也理解。但是，现在新的方案，王大哥已将风险100%控制了。然后王大哥换位思考，给我这边一个100%的风险控制，就OK了。"刁德铭说话语气铿锵有力。

"我肯定给你100%的安全感。我想说的是，我们定好大的框架，所有细节由双方律师洽谈操作模式。"

"是的，杀猪杀屁股——各有各的办法。专业的事情必须要由专业的人来做，因为他们之间会有沟通语言。至于你弄个什么担保的问题，在我看来也很麻烦。"刁德铭嗫嚅着厚厚的嘴唇说。

"非也，担保是有作用的，一旦签约盖章画押，我用资产担保本次交易正常运作。如此，我是既跑不了也赖不掉的。"

"这个当然，说明了王大哥是绝对有实力，讲信誉的人。那么，请你的律师起草一份合同吧，争取尽快完成交易。具体怎么弄我也不懂，王大哥作主就是了。"

"那好吧，我对我以前同意的价格不变，你有什么变化吗？"

"没有变化，这个价格只针对王大哥。若是给别人的话，我就不止卖这个价格了。"

"呵呵，我应该是你最值得信赖的人。我人品好，守信用，就是说话口气让人感觉不太舒服。"

"有时候我说话也比较冲，但是我心地非常善良，说话不对的地方请王大哥多多包涵。"随后刁德铭从挎包里拿出一份材料，说，"这是我方经过和张主任商榷后提供给你的《上海南洋贸易公司与上海光明置业有限公司房地产买卖操作计划》。你看看，对具体细节还有什么意见。"

王小鹏顺手翻开刁德铭递过来的计划书，粗略看了下，说："这个具体事宜我有点看不明白，也就是弄不太懂的意思。事后，我请汪大律师仔细琢磨，研究一下，尽力达成一致共识。"

"那好，非常好。你们今天就签个意向协议吧，让双方都有个保证，不再扯皮。"张主任跃跃欲试地掏出纸笔，满脸挂笑。

"嗨，嗨！我的意见是不要签什么意向书了，待双方律师达成共识后直接签订合约，至于违约责任在合同中明确规定不就得了。"王小鹏脸上挂着百般疑惑，说，"今天就签意向书，太早了吧？"

"王老板，南洋公司刁老板和我商讨了好长一段时间后才同意以这个价格把厂房卖给你。意向书约定的条款，是你首先除了要支付300万元定金外，其他资金可以待到完成过户手续后支付。其中有两点需要说明，一、要求你私人房产提供担保。二、刁老板的意见是，房产过户中心一旦受理过户，你如果要求贷款利息等到新房产证出来以后银行再划账支付，则需要按实际延期天数计算高额利息。当然你同意受理后便立刻将本金和利息结清，也是可以的，那后面无须再支付高利息。"张主任翻着眼球，絮絮叨叨地说了不少七拐八弯的细节。

最终王小鹏听出来了，如果说是在房产交易中心窗口受理时便付款，一旦遇到麻烦而终止过户，那他所付出去的资金不是打水漂也是麻烦大得去了。

显然这个题目似乎又回到老问题上去了。

南洋公司原本就欠银行贷款3000万元，要办理过户手续，首先要把这3000万元贷款还了。而刁德铭当初一口咬定，买方首先必须要承担解决这

3000万元银行还贷的资金。

王小鹏认为这预先支付银行贷款资金的风险太大了，所以坚决不同意。最后经过张主任从中百般调解，最终达成协议，南洋公司去借高利贷还银行债务，而高利贷利息则由光明公司来承担。如此王小鹏才算迈过了这道诡秘莫测，极具风险的坎。

"首先我要说明的是我怕承担风险，所以我宁可多支付利息。其次，我不计较钱财得失，所以我当时就拒绝股权转让的方案。当然，你们提出的股权转让，我的确可以少支付几千万元的税赋。但股权转让隐患无穷，我承受不了，所以我宁可承担本该由南洋公司支付和承担的所有税赋转嫁于我头上，即土地增值税、企业所得税、营业税等。这样做，我的本意就是花钱消灾买平安。"王小鹏发狠劲似的说。

"这个问题可以采用变通的方式方法来把购置成本降下来，这样王老板承担的税费自然也就相应降下来了。"张主任说，"全额付款到房产证出来银行划款，刁老板也是同意的。刁老板现在说的意思是，当初说的含义是房产中心窗口受理过户后便全额划账，那么高利贷利息也就不存在了。"

"不对，坚决反对！"王小鹏立马翻脸，说，"你们这个计划书应该按照当时说好的付款节点支付。为什么计划书不按当时说定的，等待新的房产证出来时再全额付款呢。"

"啊？那就按你的意思改了吧。"张主任抬头看看王小鹏，耸起双肩，说，"你也没必要大惊小怪，其实一旦房产交易中心窗口受理过户，实质上已经完成了交易手续，拿到房产证也只是时间上的问题而已。"

"这条全额付款时间节点应改作原先谈好的约定，其他也看不出什么问题了。我看，律师可以出合同了。"王小鹏说。

"好的。"刁德铭说，"接下来，请王大哥的律师出合同吧。"

"我对合同的要求是谁违约谁必须付出沉重的财务成本。这样，把风险关在笼子里，让你我双方都不敢违约。"王小鹏说。

"完全同意。"刁德铭欣然接受这个观点。

他忽然眨了眨眼，说："为了降低你愿意承担的税赋，张主任建议购置费用分两部分，一部分为场内购买资金，一部分为我方配合的场外私人奖励资金。这个场外资金，是不是也应该办理银行托管，否则，我们既有风险，也没保障。"

"这么个课题呀，好吧，我来问问银行，看看银行方面有什么办法来解决这个场外资金的托管问题。"

王小鹏说完,即刻拨通农业银行行长叶瑞电话,叽叽咕咕地聊了好一阵子才挂了,转身对刁德铭说,"场外资金银行托管是行不通的,因为这是私人之间的资金来往,但一定要通过银行托管,想点办法或许能行。但以后税务部门根据痕迹查账,会有后遗症的。"

"那怎么办?你有什么良好的措施来规避我方对这一部分场外资金的风险承担。"

"这个场外奖励资金,我想律师们会有一个制约措施。比方说,场外资金3000万元,我违约,你可以追索我加倍付款至6000万元,我同意在合约中明确规定。"王小鹏振振有词地说,"这不是什么大问题,况且张主任对我是知根知底的,他为我们今天的洽谈,前期做了大量的铺垫工作,你还有什么不放心的呢?我看没必要再多此一举了。"

"还是那句话,你们成了,我功德无量,哈哈哈。"张主任口气豪迈,胸脯拍得当当响。

"张主任的确很辛苦。"刁德铭说话时有点窘相。

"那好吧,刁老板请把核税的资料复印件给我,我去税务所沟通一下。主要是土地和厂房建造的合同、发票以及南洋公司的营业执照和法定代表人身份证。"张主任说,"另则,我先要说明的是按计划一月初资料递进交易中心窗口,至领取新房产证估计在二月底,因为这期间有一个春节长假。所以王老板一定要等到领取新证才付银行贷款,那这部分延长期间的高利贷利息则也应由光明公司全额承担了。"

"如此计算,从一月初到二月底,差不多要承担六十天的高利贷,还贷资金3000万元,利率按照每天0.1%计算,那就是每天3万元。目瞪口呆,180万元,为什么要这样做,有意思吗?"王小鹏顿时愣住,"如此说法,是不是全额资金也要计算支付利息。"

"办法总归会有的,通过协调,加快办证时间。"张主任说。

"简直就是,按倒牛头喝水——办不到,我接受不了这么长时间的高利贷利息。当初说好是一星期内完成,现在怎么突然变成六十天了?真是一头雾水、莫名其妙……八百个铜钱穿一串——不成吊(调)。"王小鹏忿忿不平地说,"办证、领证公开明示的应该是多少天?"

"法定时间,受理后二十个工作日。"张主任说。

"我也是听得云里雾里,我想是不是搞错了,领取新证应该一月底以前吧?"刁德铭说。

张主任听了一愣,嘴皮子嘀咕着,扳开手指算了一阵,抬头说:"对,一月底可以领证。不好意思,搞错了。"

"我不喜欢事情变来变去,既然是算错了,情有可原。有一点要明确,本该由南洋公司支付的税费由我来承担,这个以前我是答应过的,所以今天我也认了。但我还是真诚希望在办理过程中能体谅到我方的难处,咱可是,虫蛀过的扁担——受不了两头压,你们能理解吗?"

王小鹏说话时,左腮上的肌肉联动着眼眶的睫毛和眶上的眉毛,微微地抽搐着,透出来一种凄凉古怪的表情。

"其他都不说了,刁老板,尽快把税务核税的资料给我吧。"张主任满脸诚恳地说。

"就是你刚才列举的那些材料吧?"刁德铭问道。

"主要是购置成本。"张主任心拳拳着,他不想再引申出其他什么节外生枝的话题了。

"啊,我想起件事。目前那栋已经租赁出去的彩钢板厂房,当初与他们签订合同时,条款中明确他们具有优先购买权。这会不会影响到我们本次交易?"刁德铭说,"当初我和张主任讨论的是股权转让,所以不需要通过他们确认。而今王大哥宁可多花钱买平安,搞买卖交易,所以我突然想起还有这个问题存在。"

"这不是问题,我先前考察过了,他们好像是国有企业吧,所以也不存在有什么场外私人奖励资金。你就按你现在出的总价给他们,我谅他们也不会买。他们不买,那就请他们签个放弃优先购买权承诺书,问题不就解决了?"王小鹏说,"既然你先前租赁合约条款中确认他们有着优先购买权,做事不能出尔反尔。但是你也必须告知他们,我们之间的交易一旦成立,新业主与他们会继续履行你们之前签订的租赁合同,一切按照原有条款执行。"

"那个租赁厂家必须出具书面承诺放弃优先购买权,这是前提,否则以后麻烦事多了。"张主任说话的口吻有点焦虑。

"我会跟他们说清楚,物业转让后,受让方会继续履行原来的租赁合同,只是业主发生了变更。"刁德铭说,"我的想法是,在与王大哥签了意向合同后再发函通知租赁方。"

"这个不要争论了,你心里就当作已经签了意向合同,不就得了?我们之间想促成本次买卖交易,相互之间需要的是缘分、包容、理解……如此,我想一切问题都会迎刃而解。"

"关于我司还贷银行 3000 万，原本是要光明公司先予以还清后再办理物业过户手续的。然而王大哥怕承担风险，提出宁可支付高额贷款利息也必须要由我们去负责还贷，这个方案我们也接受了。但要确认一下，是你们缴纳税赋在前，还是我们还贷在前，这牵涉到每天的高利息支付。我记得张主任说过，在你们交税之后我们这边才借钱还贷。"

"不对！应该还贷在前，没有还清贷款就不可能有交易。"王小鹏理直气壮地说。

"如果这样，问题又来了，因为要还贷，银行的人还要跑到上海办理抵押注销。如果万一交易没成功，那么我们又要重新贷款，这样子银行的人又要跑到上海办理抵押登记，有可能又要重新授信走流程，到时候不知道要弄出多少时间。王大哥，这个高利贷周期利息你能承受吗？"刁德铭话说得振振有词。

"一旦还贷，立刻办理交易手续，交税同时进行，具体怎么操作还得商榷，这课题很专业。"王小鹏说。

"3000 万的高利贷，每天利息挺吓人的。所以要确认是先还贷，还是先缴税。如果你先交税，那么我们就是一根绳子上的蚂蚱，你比我还会着急。"刁德铭说。

"你的这个说法是建立在假设之上，即万一交易不成功。那么，张主任是不是可以通过人脉关系予以确认，成功交易有没有问题。没问题的话，南洋公司便立刻启动还贷事宜。"王小鹏脸上透出些灰白，拿起水杯喝了一口，说，"张主任这边可以先做好前期准备工作，只是在最后时刻交纳税费。一旦确认可以交易，我们双方的义务和责任同时进行。"

"但前天张主任还说交税在前，还贷在后，我们才同意了这个方案，便有了今天直接会面洽谈。"刁德铭两眼圆睁，突然间射出冰冷的光线，说，"你们交税在前，对我们来说是一个保障。如此安排，我们还贷也没什么压力了。"

"先交税我是做不到的，只有在办理交易手续确保无误后我才会帮你交纳税赋。"王小鹏说话时口吻激动。

"申请办理过户手续程序是：物业评估—签订合同—核税—缴税—交易中心开票—交契税，手续费—过户登记受理—出新产证。整个流程就是这样。但在过户登记前必须撤销抵押，因为房产中心内有抵押登记。"张主任说，"3000 万的还贷时间是在一切手续都完成后在交易递交材料前两天，这样可以减少利息成本。"

"不对，利息多少我不顾忌。"王小鹏说。

"每天 3 万元，王大哥不急是假的。"刁德铭说。

"我的意思，张主任必须拿出一个八九不离十的利息天数期限，尽量通过人脉关系加快办理速度。"

"你们要尽快给我材料，这样核税可以减少时间，其实最难控制的就是核税问题。"张主任说。

"脱离支付高利贷限定日子，那是我不能接受的，当然这不是要求百分之百精确。至于关系户请客送礼既可以由我埋单，也可以由张主任统一包干，这个都好商量。"王小鹏说。

"要合情合理，类比市场较低合同价款纳税，协调是免不了的。当然只要台面上能摊得开，经办人审核能接受，那就有戏唱了。"张主任犹豫着说，"首先你们双方先要谈妥，确定后便立刻启动物业评估程序，出评估报告。"

"好吧。"王小鹏说，"这事情基本上就这么定了。"

摄影　坝上草原尘扬马　王照敏／摄

摄影　马蹄卷起万重天　王照敏 / 摄

黑洞诱惑

正是早春三月时节，出人意料的是气候一反常态，竟然下起了大雪，而且下得很可观。

起初下着雪粒，仿佛是九重天上哪路大神忽起邪心，像顽童似的抓着雪白盐粒，一把一把往下抛撒。不一会儿，雪越下越大，雪粒化成鹅绒羽毛似的，纷纷扬扬，飘飘洒洒地漫天飞舞。随即，雪花在半空中聚拢成片后扑向地面。

到了傍晚时分，小区周边寂然无声，万籁俱寂……王小鹏家院子一片雪白。

大雪给院子里那粗壮的槐树穿上了一件洁白的外衣，但槐树枝条上冒出来的嫩芽儿，却倔头倔脑地学着主人的劣根性，不畏严寒地顶着雪花。但风一吹，雪花便齐刷刷地掉落下来了。

连续阴沉的天气，似乎没有任何迹象放晴。快节奏的都市生活，让人皮肤越来越细腻，而人的感情却越来越粗糙。也真是让人猜不透，摸不着，皇皇天宇中究竟是哪路大神在恶作剧，在捣鬼……

王小鹏精神显然要崩溃了，自从与刁德铭见面洽谈后又经过相互间微信来往衔接，他的脚步便慢下来了。他的脚步慢下来，刁德铭以及张主任的脚步自然而然地也跟着慢了下来。

王小鹏脚步慢下来，并不是他缺钱，也不是他缺乏胆魄或者说是因为有什么心理障碍而改变了主意。

不，他不担心缺钱，他心中也没任何障碍，他购置工业厂房的心思一点没改变。

"我敢担保。因为他是我父亲，所以我了解他。我一看他脸面，甚至一听到他急促的呼吸就知道他在想什么。"王剑曾当着张主任的面如此说，"父亲对光复事业，初心依旧。"

导致王小鹏脚步慢下来的主要原因是刁德铭的言语和行为有点无常，原本洽谈好的由他去借高利贷，王小鹏支付利息。但是过一阵子来电话说，他这样做风险太大，没有保障。

张主任协调认为，首先双方签个意向协议作担保是必须的。王小鹏支付意向履约保证金300万，或者由王小鹏先期支付银行还贷3000万，则无须支付保证金。张主任表示这样做双方都没风险，刁德铭不可能拿300万后开溜。即使他想溜也溜不了，厂房物业摆在那里，谁都搬不动，谁也挪不走。

王小鹏呀，真是心中块垒如冰火，对阵扯皮犹迷魂。

他从下海经商以后，不知道跨过多少坎坷，绕过多少黑洞。但今次绕来绕去就是绕不开这龙门阵，说来说去，他必须要先替刁德铭还贷银行3000万的烂账。

晚餐时分，王剑替他老爸斟满了一大杯茅台酒，说："也甭想那么多了，这推三推四的买卖肯定有着不可琢磨的意图。"

王小鹏心里烦躁得要着火，忍不住吼起来，"我管他呢，出尔反尔，老子真想活劈了他。问题是，这物业确实让我喜欢，好事多磨呀。难不成是我小心过度，难不成我老糊涂了？哎，真是老糊涂遇到鬼打架，邪火中再添幺蛾子！"

他心跳加快，面对非常中意的物业，真如似堂屋里推车——进退两难。

这3000万银行还贷，是不是值得他去拼一次，值得他去赌一把？或者换种做法，如张主任说的那样，自己先期掏出300万给对方作为购置物业的履约保证金。

但这一来，他感觉自己就像天上的风筝——一根线拽在人家手里。

再或者，稳住不动，啥也不干，以静制动。但这样子做似天上的月亮——看着晃眼，想够又够不着。这种做法王小鹏也是不能接受的，他每每做事，要么不做，要做就是志在必得，开弓没有回头箭，这是他一贯的思想理念。

这天晚餐他没喝酒，脾气却上来了，粗声粗气地说："我就是付了他的3000万银行贷款，又能怎么样呢，怕他什么！"

"爸，你多虑了，谁又能把你怎么样呢，不还有我们在吗？上了年纪的人思想保守，小心谨慎也没错的。但你是改革开放的排头兵，这么多年风风雨雨都闯过来了，怕啥，才不怕呢。记得张主任说，即使你付 300 万保证金，可刁德铭那么大块资产摆在那里，怕他个啥。"王剑停顿片刻，明显提高了话语分量，说，"你想得多，看得远，这也没错。再置业，这是大手笔，使不得半点盲目操作。"

"也是，面对这龙门阵，一不小心便会翻船。预付他的 3000 万贷款烂账，退路就被彻底切断。如这一脚踩进粪坑，还想不想恢复家园？我们考虑问题的观点和立场，必须是对决策风险以及预后成果做到胸有成竹。现在不是我当年下海经商时那个经济状态，现在我们已完成了原始积累，所以凡事都要小心谨慎，切切不能掉进黑洞，或者说不能盲目行动，动哪里也不能动根本……"

王剑听了父亲这如似泪雨滂沱之声，明白了父亲焦虑所在，这一场攻防战已然开始。那一瞬间，他似乎也想去劝慰父亲放弃，但他知道半途而废不是他父亲做事的风格，撞了南墙不回头才是父亲的本性。如果他竭力劝阻，观点和父亲发生撞车追尾，那将是他最不愿意在父子间发生的争执，根据过往的经历，他相信父亲是有勇有谋的。

王小鹏闷得眼泪都快流出来了，眼前恍恍惚惚，如梦若幻。沉痛苍凉之际，他感觉到满以为快到手的家园又扯起老皮。假设这次跌入黑洞，且不说晚节不保，他这常胜将军也丢不起这老脸，定当无地自容。

犹疑着来回彷徨……他不敢轻率作出对策。

正当犹豫不决难以决断时，手机突然响了，对方大声大气地问道，"喂，是王小鹏吗？"

王小鹏还没回话，对方又把话狠狠地甩过来，说，"王老板，干脆点，刁德铭物业你还想不想要？你啥意思啊，抓着把钱，眼睛长额角上，尾巴翘天上去了？我提醒你，冷静可以，但脚步不要降速，下手要迅速。据我所知，刁老板正在洽谈一次性把物业转租给二房东。现在他这块物业吃香得很，盯的人多，你再犹豫不决，黄花菜凉了，我还真怕煮熟的鸭子给你弄飞了呢。"

听出来了，是张主任在发声。

王小鹏说，"原本说好的事情，怎么又变卦要我付意向金，不是说好不签意向书了吗？"

"你先付 300 万意向金，我主要考虑是防止你花钱作了评估报告，对方毁约，你损失就大了。所以要用意向金约束一下，如果他没有充分理由变卦不卖，就要承担违约责任。"张主任在电话那头说话语速很快。

"如果我花钱作了评估报告，他玩我，我就敢把他厂房给砸了。封闭他厂区大门，全面占领他所有物业基地，把基地白送给我朋友强盛老板做仓库。有本事让他去跟安徽帮老大强盛去搞。"王小鹏说，"我花个评估报告钱也就几万元，夺得一大片产业，这个买卖我划算，房产证我也不要了，如此这般，我还有什么顾虑的？"

静默了好一阵子，张主任说，"要么，你就拿出 100 万意向金吧。100 万对你王老板来说属于刷刷嘴的事情，随便扔扔的小玩意儿。所以也没必要太在意了，啊，可以吗？"

"好吧，如果说付了 100 万意向金能确保本次交易顺利进行，我委曲求全，也就认了。"王小鹏说。

"那好，既然把事情说定了，我来约时间，你们当面谈妥后就签订意向书，我这边开启交易的前期准备工作。"张主任说。

随后张主任拨通了刁德铭手机，说，"刁老板吗，我这边和王总谈妥了，基本没什么问题，你确定个时间来上海，签订意向保证书，王老板同意先支付 100 万保证金给你。"

"吖，是张主任吗，我们发现还存在一个场外资金的安全问题。因为场外资金不能进银行托管账户，那么这笔钱必须要在房产交易中心受理之前付清。"刁德铭说，"意向金我可以不要。"

"意向金是双方对意向的负责，也表示双方的诚意，否则，意向书只是一张废纸。"张主任说，"场外资金要求进托管账户，这还有点理由。要求在交易中心受理前支付是没道理的。王老板还没有接收你的物业，在没有正式入驻前你让他付清款子，你自己觉得合理吗？除非在交易中心受理后你把房产交给他。但是还没过户，你也不会同意把物业交给他吧。至于签订的买卖合同标准价格，是经过专业机构评估而决定的，你们场外奖励资金是属于私人之间的自愿问题。"

"我说的是万一我方有风险呢。"刁德铭说。

"为什么要这样搞呀，你们双方都在往牛角尖里钻，如此，也只能作罢了。我说的是签了合同以后意向书便销毁，没有万一。"

"没办法呀，我现在是跟着王老板学习他的风险控制。"刁德铭说。

"接下去签订的合同，是正规的买卖合同以及电梯等设备转让合同，私人之间的场外资金奖励，账结清后意向协议便自然失效，也就不再存在场外资金的问题。"张主任说。

"但是，无论如何我坚持场外资金必须要在办理交易过户之前付清，这是个原则问题。"刁德铭说完之后又问道，"交易受理后到产证出来，需要几天时间？"

"上次说了，法定时间是二十个工作日。但受理数量不多，一般都会提前。如果你同意在受理前把厂房交出来，我去劝王老板满足你现在提出的要求付清场外资金。你要懂得，人家王老板款子已经在账上躺着，他所认定的就是交易操作必须安全、没问题、没后遗症。所以他宁可付你高额贷款利息而不搞股权转让，多花钱做买卖交易，甘愿承担多缴几千万的税费，连我们都觉得他糊涂了。但是我也理解，他不想在人生的最后环节给家庭，给孩子留下后遗症，这不难体会他思想中的忧虑。"停顿了会儿，张主任说，"因此，如果合同条款不对你造成风险，也不造成你经营上困难的话，希望你能接受目前已经谈妥的意向框架，不要再节外生枝了。"

"张主任，话不能这样说，交易中心受理后从法律定义上来判定，这物业已经属于他王小鹏的了。所以在受理前必须付清场外资金，除非场外资金也可以进入托管账户。"

"不对的，这期间你哪方面出现问题，如果法院需要还是照样可以查封你的物业。如遇政策变化，政府需要调控，你递交的所有资料也是可以退回而不再办理过户手续。"张主任说，"即使在过户中心受理后你即便交房，也不符合交易常规，其间尚有不确定因素存在。这，可以问下你的律师，他懂的。"

"律师当然知道，所以我们温州这边只要有熟人，当天就可以办理出证。"刁德铭说。

"你们那里能当天出证？这是哪跟哪啊，这题目和刚才讨论的是两码事，如果当天能出证，那以前说的都是废话，我觉得我们不要在无关紧要的内容上费尽口舌。简单明了地说，如果意向书中哪条对自己会造成风险，或者你对哪条有什么担忧，再或者说，你在操作上哪条有难度，都可以提出合理的建议，这样讨论才比较有意义。"张主任说。

"场外资金本来就是黑色收入，我们是为了配合王老板节税，因此才有了场外资金这一项。但是你的操作方式，我们有风险，所以我现在不同意先前讨论决定的场外资金付款方式。"刁德铭说。

"瞧你这话说的！3000万贷款，王老板同意交易中心受理后便支付，难道他这样做就没风险存在？再说了，场外资金也不能单说是为王老板节税，这税原本就是该你交纳的，他退一步，愿意事后补偿你这一笔原来是股权转让而改变为买卖交易的损失，难道他有错吗？"

"不管怎么说，场外资金在交易中心过户受理前他不支付，那么我们就不同意有场外资金这一项。"

"你怕什么，理由何在？怕王老板不付钱？你一有合同约定，另则，房子还在你手里。"

"为什么我们既要替王老板省钱，还要去承担风险。张主任，你觉得这样做合理吗？"

"刁老板，我不理解，你指的风险是什么，保证金也给了你，况且王老板这边交纳的税赋以及评估费等，都是由他来承担的。而你除了贷款归还原本就是你借用的银行贷款，房子依旧还在你手里。然而，同时王老板在什么都没得到的前提下，便付清所有场外资金，换作我也无法接受。难不成经验老道的王老板，他会接受？除非你立刻把房产移交给他。"张主任略做思考后又说，"作为我来讲，要维护双方的利益，在确保双方安全操作的前提下使本次交易顺利进行，尽可能为双方节省交易费用，合情合理地少缴税费，这是我的诚意所在。"

"如果想没有风险，那就按照实际发生的金额交易，这样子大家都没有风险。如果有场外资金，那么我方要求在合同上注明，今后若有税务或相关部门追溯，那么所有税款以及罚金都应该由受让方承担。这个条款你考虑过没有，是不是也应该写进合同？张主任，我可以明明白白地告诉你，在我们温州这边交易，都是先付场外资金的。"

"那你们这边的场外资金也写进合同吗？"

沉默不语了许久，刁德铭这才说道，"这个，倒是没写进合同的。"

张主任接口说，"还有种做法，场外资金交易前付清，场内资金受理后付一半，房产证出来付清。就这个提议，还不知王老板他会不会认可。但前提是，你必须在受理后即刻交房。"

"上海买房子不需要付清款便可以交房的吗？"

"你总不可能让对方先付清全款，且新房产证还没出来，房子却仍在你手里。换位思考，你能接受吗？如果你能说服买家，我是没意见的。我认为，尾款肯定是在交房之时付清的。不管是住宅还是厂房，都没有在没拿到房子的前提下便全额付款，除非买家脑子有问题。你呐，应该提出合理的，双方都能接受的方案，否则无法达成一致意见。"

"房产证出来还需要交房吗？"

"所以，你可以提出交房的时间节点。交房是实物移交，过户是法律上的移交，一个是办婚礼，一个是婚姻登记。"

"交房的具体流程是怎样的？"

"双方到现场，共同看下水电表等数据，结清费用，移交建设图纸，验收资料，租赁关系变更，房屋钥匙移交，门卫交接等，并签订交接认定书。"

张主任像自报家门似的，说话流利，不打嗝楞。

"那交易受理后我们可以马上交房，同样我们也需要交易受理后对方付清所有款项，且场外资金必须在交易受理前付清。"

"建议在交易受理前王老板把资金打入托管账户，交易受理后在付给你托管资金的同时，马上办理交房仪式，同时支付场外资金。或者，交易受理前王老板把资金打入托管账户，交房时支付场外资金。交易受理后银行托管资金便全额支付给你。这样，你总该满意了吧？"

"听不懂。"

"我说的意思，一种是受理前乙方将买卖合同中约定的款子打入托管账户。交易中心受理交易后，银行向甲方支付托管账户的转让款。甲方向乙方移交房子，乙方向甲方支付场外资金。"张主任不厌其烦地继续解释，说，"另一种是，交易中心受理前，乙方将买卖合同约定的款子打入托管账户。甲方向乙方移交房子，乙方向甲方支付场外资金。交易中心受理交易后，银行向甲方支付全额托管账户内的转让款。"

"那好吧，我最后的意见是，一、交房状态就是现在的模样。二、意向保证金不是100万，而是300万。意向金可以当作场外资金。三、交易中心我方签字后，受让方马上全额打款场外资金给我方，我方在收到款子后方能递交办理过户手续资料。四、交易中心受理后，凭受理单，银行托管账户一半资金打入我方指定账户，我方在收到该项资金后当天或者第二天安排交房，交房手续完成后，托管账户余款全额打入我方账户。"

张主任和刁德铭不屈不挠地来回折腾，最后总算与刁德铭达成共识。随后，他又花了好长时间，好一番解说，说得口干舌燥，这才让王小鹏听明白了张主任和刁德铭达成的是什么协议！

"张主任，难不成你是在对牛谈情说爱？他什么都不懂，明摆着是在胡搅蛮缠！"王小鹏听了这番解说，简直是义愤填膺到了极点。

"现在就看他怎么想了。"张主任说。

"他文盲一个，啥都不懂，你咋办？"

"耐心一点啊，我们做政府工作的就是为人释疑解难，要耐心解答人民群众心里的疑问啊。"

一段日子下来，王小鹏似乎增添了许多斑白发丝，但精神矍铄，红润的脸盘依旧不失当年的霸气，其流露出来的自尊使他似乎又年轻了许多，焕发出一种老当益壮的神态。

但也不难看出，这阵子的来回角逐使他苍老了许多，脸色也难看了，眉毛时常拧成疙瘩，额头上时不时沁出显示体质越来越虚弱的汗珠。

这天，他独自一人待在办公室，耷拉着脑袋，眼睛湿漉漉的，眼角上还挂着几滴泪珠。

不一会儿，他仰起头，泪珠形成的泪水顺着他苍老的面颊滚落下来，一滴、两滴……滴在胸前的衣襟上……他的脸色就像大雨前的天空那样乌蒙，而那细小的眼睛却又黑得发亮，使人感到力量，感到蕴藏着一种决胜千里的声势。

此时，他眼光突然闪了一下，像暗灰色的天空闪起一道电光，沮丧的神情转眼间便烟消云散了。他的思想正在快速运转，他谨小慎微地仔细回顾了与刁德铭洽谈的前后过程，根据他人生阅历和商场上积累的经验判定，对方疑点太多，说话颠三倒四。凭他的理性感知，刁德铭所作所为欺骗性很大，他在酝酿思考，是否应该结束本次交易了。

而张主任提出的建议是，"你王老板可能产生出来的是一种误会。当然，心里有顾虑，放弃也是一种解脱。然而，既然付了 300 万定金，你还怕他刁德铭逃了？所以呀，一切顾虑都是多余的。"

王小鹏当时态度异常愤怒，说，"付了 300 万定金，接下去付评估费以及替刁德铭所付的各种税费都是由我在事前支付。"

实质上按照张主任和刁德铭洽谈的计划，在王小鹏还没拿到产权证时，已经将所有交易款子全部付清。届时，房产证、物业以及全额购置款都在他刁德铭手里，万一发生意外，谁来救我？

即使你张主任够朋友，想救我，你有这个心也没这实力呀，哪怕卖了你所有家产也救不了我。

如果我预付了这 300 万定金，接下去行程上的坑子，也只能无可奈何地被人牵着鼻子，一个一个地闭着眼睛去跳，即使感觉不妙也不得不跳，否则就是我违约在先。

"这个刁德铭！"王小鹏恨得咬牙切齿。

"其实，我早就预料到了你的这种想法，也看到了你内心的矛盾所在。"张主任当时这样说。

"我用三亿的资产来画押担保本次交易，他还通不过，这符合常规吗？所有的物业都是不动产，矗在那里，更有法律法规作保障，他有什么值得担忧。

即使交易成功，我想不付款而将物业强占，归我所有，这种企图在法律上我能得逞吗？凡是不符合常规的，凡是用切实可行的方案也解释不通的，那么结论就是对方在下套。显然本次交易是个无底的黑洞，所有你来我往的洽谈，只是一种掩盖黑洞的诱惑。"

对于购置厂房物业，王小鹏并不熟悉其中的要点所在，生意场上原本就是隔行如隔山。当他被迫动迁之后，在不得不进入一个新的商业领域时，他明白自己首先要熟悉陌生领域里的整体概况以及工作模式和各项细节。但无论如何对于他来说，本次洽谈还是有成效的，让他懂得了不少知识，积累了不少经验……

二手厂房物业买卖交易的程序，价格计算的方式方法以及交易模式，等等，这让他大开眼界。

随后他的注意力转而进入一个新的目标，沪太路的一块 58 亩土地上那 30000 万平方米左右的物业项目。根据他目前已取得的经验，不到瓜熟蒂落之时不签字、不盖章。

但是这一次洽谈，对方提出的条件也是股权转让，而转让的模式又翻出了新的花样。

王小鹏先期投入现金 4000 万，对方投入现有地产物业作为合股，随后成立一个新的股份制公司。再随后，王小鹏继续跟进 2000 万收购对方手中的股份，从而完成 100% 的股权转让。

其中的亮点是，对方欠银行贷款 2500 万由对方承担负责前期归还，而股权转让费用双方各自承担 50%。谈判的对手是上海人，接触下来，好像还听得懂人话，且对方物业已经全部出租。王小鹏估算一下，每年租金收入不菲。

根据摸底，王小鹏把这些情况反馈给汪大律师，并咨询大律师有什么方式方法来规避股权转让的风险。

大律师说，"股权转让不可能零风险，如果股东信誉好、资信好、资产多，可以降低风险。但是，之前要做大量的前期工作。"

"关于资信，可以请会计师事务所啊。"王小鹏答复得似乎胸有成竹。

"主要是靠律师的。律师设计方案，通过书面约束，等等。"

王小鹏说，"那我就试探着先谈起来，最终拍板由你来起草合同条款约束，我前期洽谈不做书面签字盖章。如此，任何的承诺都是可以推翻而重新商榷的，这些扯皮拉筋的前期工作你就不要参与了。从根本上来说，前期的洽谈都是扯淡，大律师的时间就是金钱，没必要跟着瞎折腾。还有，如果你手中有适当的卖家出售物业，帮我关注联系一下。另外关于股权转让，我前期应该做些什么具体工作?"

"好。"

随手,汪大律师给出了一长串条款要求清单:

1. 对方的营业执照。

2. 组织机构代码证。

3. 税务登记证。

4. 中国人民银行开户许可证和贷款卡。

5. 公司章程及工商局备案的股东会、董事会决议等。

6. 公司设立的出资协议及股东信息。

7. 公司最近三年的财务报表和最近三个月的月报表。

8. 厂房物业的房产证。

9. 土地出让转让合同及当时挂牌信息和文件。

10. 土地出让金的支付证明和发票。

11. 厂房的建设合同和付费凭证。

12. 厂房目前的租赁合同以及租金收益等。

13. 公司目前尚未履行完毕的经济合同。

14. 公司目前正在进行或可能发生的诉讼和仲裁。

15. 公司全部真实股东对厂房转让过程中的隐性债务、对外担保等。并要求所有股东做出书面承诺。

"呵呵,这么复杂啊,完成这些工作,从中可以得到许多启迪,学到很多东西。我的人生旅途肯定还有许多坎坷,所以做事还是要小心谨慎。仔细研究分析你的这些条款,想想,其中的学问深着呢,对我来说,确实帮助很大。"

"过奖,过奖。谁不知道你王小鹏是王大拿!"汪大律师抬头挺胸,在电话那头嬉笑着打哈哈。

"非也,大律师,我都这把岁数了,经不起再摔跟头,也承担不起任何风险。"

面对汪大律师开出的清单,王小鹏估计自己是解决不了这些问题的。他首先想到的还是请一家做房屋买卖交易的中介公司,听听他们的指导意见,看看他们是怎样来解决安全保障这个问题的。

根据他查看的资料显示,国外股权转让的方式经常是由非常专业的会计师事务所来审计股权、债务、债权，以及相关事宜来为交易保驾护航。如果这个方法可行，那么，即使花再大的价钱，他王小鹏也感到值。

然而汪大律师却说，"你王小鹏也是个明智角色。依我看，这都是形式，走过场而已。不要轻易相信口头上的承诺，一定要看到实实在在、白纸黑字、有签字画押的书面依据和材料。"

思来想去之后，王小鹏真觉得腻烦透了……

这天，呆坐在偌大办公室里的他，眼帘低垂着，微微张开的嘴仿佛在呢喃着下一步的行动计划，他憔悴的脸上显出一片荒芜……

左边是狼，右边是虎，搞得他头痛脑涨。痛定思痛，他意犹未尽地拿起手机，在群里给刁德铭发了一段微信：

"老刁，我满怀真诚地告诉你，您太可爱也太无知了。然而，我不恨你，因为有你，才让我懂得也学会了许多东西。我明人不说暗话，你想把物业以每平方米0.6元整体转租给二房东，那可是只有你才能想象出来的绝妙主意，好像不愚昧也不愚蠢。我宣布，咱俩就此别过，待到哪天你幡然醒悟，想吃回头草时再商榷。最后，我还是觉得你不但可爱，还天真无邪。在你往后无聊的日子里，可以多听听张主任对你弹琴……"

刁德铭保持无声无息，不作任何回复。

张主任却仍热情似火地在群聊里插进来，说："刁总，贵司厂房确定不卖了？"

"没说不卖，价格合理、付款合适，可以卖。"刁德铭说。

"那你可以跟王老板再谈呀。王老板是真心有意收购，最近他考察了好多物业，你的有些观点让王老板产生很多疑虑。本次交易双方都有意向的事情，不要最终把机会失去了呦。你们应该就买卖方式、价格、操作模式进行沟通洽谈，不要谈一些无关的废话。大家都要本着一个真诚的心，本着互赢的结果去思考、洽谈。"

"上个月来我这边洽谈二房东租赁事宜的三个人，是不是和你们一起的？"

"我没有介绍过其他人，"张主任说，"希望近期你有个结论。如果租赁不顺利，我还是希望你把厂房卖给王老板。"

"现在主要是付款问题，付款以及价格让我满意，我们之间的交易可以继续谈下去。"

"价格，你不就是净到手6500万，这个不是已经说定了吗，还有什么可以谈的？"

王小鹏看到这聊天话题，于是忍不住发微信插进去说，"价格是小事，是细节，商人谈判注重的是诚意，说话要有确定性，做事先要做人，谈判首先要交心……钱是身外之物，不要看得太重，我也不是抠门的商人……我不看重钱，我看重的是诚意，诚意重于金钱……当年共产党和国民党为和平谈判，国民党不顾全国解放的大势所趋，提出不切实际的划江而治，分裂国土的方案，导致和平谈判结果是一场空。我们之间的洽谈，首先必定要建立在一方志在必卖，一方志在必买的基础上……"

"刁老板，依我看，既然王老板把话说到这份儿上，现在就在于你到底是卖，还是不卖？"张主任接下去把话题掉过头来说，"王老板，刁老板物业已经有了新的客户目标在洽谈。"

随后，张主任在群里发了一长串他与刁德铭的聊天记录：

张：关于出租给他人做公寓楼，政策上没有可以和不可以，此事处于政策研究阶段，具有不确定性。如果能够获得有关部门批准，就可以改造。如果没有得到批准，就属于非法改造。

刁：这个是当然，在我们温州这里就是要在审批中心走流程，不需要什么特别的条件。

张：希望二房东、承租方事先要征询有关部门意见，否则，肯定会有不可预测的风险。

刁：只要条件符合，就可以进行工业厂房功能的变更，交相应的规划变更费用。

张：上海的情况和浙江的不一样。保险起见，还是事先咨询一下房管局和规土局的意见。

刁：承租方在上海其他区，有做过这种公寓来出租，也是用工业厂房来改造的。

张：既然这样，就让他们做吧，反正后果由承租方担着。

张：刚才，我咨询了一下有关部门，说，目前我们地区也有过这样的案例，做成了。

刁：嗯，只要规划允许，消防可以按照要求整改，这些都是可以完全能做到的。

张：既然承租方有意租赁，那他们肯定也是有把握的。问题是在你这个少有人烟的区域有那么多客户来租房吗，你厂区物业面积好大呀。在我们这片区域中的企业，很多是当地员工，还有较多的是工程师以上的高级人员，这些人基本不会是租房的目标对象。更有成家的男女，也不会属于目标租赁户。

王小鹏仔细看了下，说，"张主任啊，你们之间的聊天围绕在商榷把物业租赁给二房东，承租人将厂房改造后做公寓楼出租。嘿嘿，哈哈，这个方向是多么的阳光……不得不让人心旷神怡地走向死路……而且，我敢肯定，必死无疑！"

"王小鹏，你不要骂我，我对大家负责。"张主任说。

"张主任，你应该坐在敲边鼓席位上，鼓励老刁将物业转租给二房东作公寓楼，我以为这不但是痴心妄想，也是不可能做到的事情。我还认为，你公布这些聊天记录，实质上是在对我施加一种精神压力。"

"这个和张主任没关系，我也不一定非要出租做公寓楼。"

"如果我偏向，也不会把情况如实告诉你，甚至把我和刁老板的聊天记录发出来给你看，真是。"

"我非常气愤！你这是在蛊惑人心，阳关大道不走，偏偏误导他人走向死路。这样做，我对你没一丁点的感恩之情。"

"如果刁老板选择出租作公寓楼，风险我已提示，将来跌入陷阱，跟我有啥关系？你王小鹏也不应该这样对我啊。"

王小鹏说，"你们俩人商量好，到底卖不卖，这是基础，价格是小事情。"

"王老板，你我也是朋友，不要为此伤了和气。"张主任说。

"如果再摇摆不定，我可以选择下家，你们这边，就此打住。"王小鹏说。

"王大哥，我从头至尾没有说过不卖！"

"刁德铭，我认定你和张是一伙的。张是敲边鼓。你们所谓的租给他人做公寓楼的目的，无非是让我糊里糊涂地吞下恶果，我是商人，难不成看不出来你们这点小把戏？"

"王大哥，不要生气，我原本也不认识张主任，只是通过电话，以前也没见过面。"

"张是你的帮手，这点看不出来我还混个屁，我是气愤至极，张就像个特务，怎么伪装得这么成熟。"

"不要生气，王大哥龙体要紧，这年头有点特务行为也正常。"刁德铭说。

"我这人做事喜欢专一，连谈恋爱也专一，谈个女朋友达八年之久，最终瓜熟蒂落而成婚。"王小鹏说，"没有专一的思想基础，所有的唇枪舌剑连个小屁都不如。"

"那是必然的，王大哥是我们的楷模。"

张主任忍不住发火了，"你们有意思吗，吃饱了撑的，买卖一个房产，有必要搞成这样吗？谈得拢，是伙伴。谈不拢，认个朋友。俗话说，买卖不成人情在，都是有身份的人，注意自身形象。"

"搞七搞八的，我容易吗？从动迁开始，先对付动迁组，随后做遣散工作，然后做安置工作，再随后购置物业，等等，就我一人在周旋，换个人早就变神经病了。总而言之，只要你们不违反原先商榷预定好的方案，我收购的态度还是不变。"

"王大哥，你说得对，我同意。"刁德铭说。

"其实，最让我不高兴的就是你老刁不停地变了三次，既然你现在又决定卖给我，其他都不说了。只要你不再变，我坚定不移地和你一家洽谈本次买卖交易，其他项目暂停。"

"谢谢王大哥。"

"我的为人以后会看到的。唯一缺陷就是脾气暴躁，爱骂人，且不顾场合。昨天晚上的饭局中竟然脱口骂了一位领导，让人下不了台。唉，没法子，当时只是想到憋屈、泄愤。但是总体来说，我还是爱党，爱我们这个国家的。否则，凭我的经济实力，我早就可以移民到世界上任何一个国家去了。我在周游了世界上不同制度和体制下的国度后，最终感受还是我们这个具有特色的社会主义国家最优秀，只有共产党才能管理好这么庞大的国家。"

"王大哥，我已经有了美国绿卡，你可不要骂我哦。"

这话说的？！

——王小鹏大吃一惊！

但他毕竟是老江湖了，稳住气氛，显得毫无反应似的说，"每个人有每个人的世界观以及每个人的活法，你对任何国度和体制的选择，只要你认为是好的那就是正确的。只要合理合法行得通，任何人不得干涉，所以你拿了美国绿卡也是无可厚非的。"

"王大哥，本次交易只要大方向没问题了，细节方面需要我们换位思考，尽可能让大家都满意，你赞同吗？"刁德铭说，"我希望在最近时间尽快搞定。"

"我的意思，既然我们大方向定了，细节方面应该由大律师们来谈。"王小鹏说。

"我刚回上海，可以安排时间面谈。"汪大律师突然发出微信，插进群聊里来说话。

"呵，大律师回上海啦，好事儿，强盛老板说要和你打一场麻将，还说要赢你口袋里的美金。你的美金太多，大家分享一点。老刁，你想不想弄点汪大律师的美金玩玩啊。"

"可以呀，前阵子换了些美金，咱们用美元结算？"汪大律师说。

"还是按照汇率1∶6结算啊，你以前输掉的美金我都藏在保险箱里当作纪念品了。"王小鹏说。

"呵呵，OK。"汪大律师说。

"那好吧，我来约强盛老板，他真的也想弄点你的美金作纪念品。"

"我带美元现金，你们呢？"

"我们是人民币，兑换比例照旧，依然是1∶6。"

"瞎说，现在已经是1∶8了。"

"王大哥，还是言归正传吧。既然汪大律师出面了，我希望你们还是抽空来我们这边走一趟，当面详谈。谢谢。"

"不要做无用功，你那边哪里不会有任何风险，关键是我这边如果付款以后会存在什么风险。"

"我这里的律师明确了，一定要面谈。"

"最后由律师面谈细节，那是必须的，现在就让律师出面，双方都很累的。只要你稍动一下脑子就会明白，你那边哪里有什么风险？让你那律师安心睡觉，八字还没一撇呐。你所有担心的问题，不需要大律师出面我便可以一五一十地给你交代清楚，关键是你什么都不懂。"王小鹏说，"你也不想想，首先我必须把你企业和个人的各项税费都给交了，我半途而废地去违约，去终止合同？我神经病啊。"

"3500万合同价款，加上3000万场外资金，这些款我必须先到手，如此我方才会协助你办理过户手续。"刁德铭说，"交易中心受理前必须马上付款，这是底线，没得商量。"

这不是兜了一大圈又回到老路上去了吗？王小鹏愤怒至极，牙齿咬得格嘣格嘣山响。

"我再说一遍，当我的款子已经付了过大半的时候，你个老刁如果搞人间蒸发去美国了，我找谁去算账啊。再说了，本次交易的物业法人是你父亲，你父亲万一不认账，难不成我还到美国去找你打官司？"

"不会这样的，刁老板如果搞人间蒸发，那就是诈骗，是犯法的。"张主任说。

"犯法？他肯定会说允许我到法院去告啊，官司打赢了，执行却更难!"王小鹏说。

"你们双方都有病，神经过敏。"张主任也开始怒不可遏地说话，"如果说风险，也不就是那300万的保证金吗，后续资金都是在转让时发生。看问题要看实质，南洋公司房产物业摆在那里，卖方不会为了这 300 万意向保证金而不顾及几千万的物业。所以说，你们双方如果都有诚意，失去本次交易是可惜的。当然，如果双方对本次交易都没兴趣了，那我也就另当别论了。"

"那么，张主任，你和汪大律师聊聊看，我神经过敏没有？我以为，什么都不要说了，如果刁德铭还想做成这笔买卖交易，唯一的方案就是没方案。在没有确切过户房产证的前提下，我现在连一分钱也不会再付了。至于前期请客吃饭送红包所花费的开销，我看在你张主任面上，算请客了。到目前为止，他刁德铭花了什么钱？连一分钱都没花过！他承担了什么风险？对于这种忘恩负义的小人，只有把资产过户到我公司名下之后，我才能做到全额付款。其间，我还是那句话，用我三亿资产来担保本次交易的信誉度。"

"休息吧！"张主任微信回复，说，"好累！"

对于张主任的态度，王小鹏仍旧不改初心。他以为，在房地产买卖交易中，其实风险就在买家身上，卖家是没有风险的。因为卖家的物业是属于固定在土地上的资产，谁也搬不走，谁也拿不去。如果说买家不付款，在法治严明的上海能行得通吗，违约所造成的后果对谁有利？

孰轻孰重？

明眼人一看就明白。更何况他王小鹏替对方前期预付几千万的税费，而且还用三个亿资产作担保！如此，再不能满足对方胃口，那他也就没什么可以迁就卖方了，明知有风险，何必去踩雷！

让他欣慰的是，当初幸亏没听从张主任孜孜不倦的劝告，预先支付款项给刁德铭。否则如今谈崩了，他说不定还得到美国去讨债呢。但即使他去了美国讨债，那刁德铭躲在异域海边度假，他王小鹏又能到哪里去找他？

人在商场真是害人之心不可有，防人之心不可无。

果不其然，王小鹏瞻前顾后的担忧不久便被权属证明，刁德铭挖出来的深坑：

不是个诡秘的大阴谋，就是个深不见底的烂黑洞。

摄影　天工蓄意伴我行　王照敏 / 摄

摄影　黄石公园大锅烫　王照敏 / 摄

第十章

欲盖弥彰

黄之种整整比王小鹏小三岁，其人是出了名的能说会道，单靠嘴皮子吐沫就能杀人不见血。

不过坦率地说他也是个性情中人，可惜耳朵根子软，个性乐衷于听阳奉阴违的奉承话，就他这德性便时常被人哄骗上当。然其天赋，人与人之间的交往游说本能牛皮，无人能敌。

黄之种是王小鹏当年辞职下海初期的合作伙伴，这一合作，就是十多年有余。

当初黄之种从宁波来上海推销绿化苗木时，就是一个土得不能再土的乡巴佬，同时他也赶上了改革开放初期的好时光。这人虽没什么学历，也没多大学问，但同样也经历了改革思想的解放运动。他富有梦想，敢于行动，在市场经济中展现了强有力的圆滑手腕。他处事手段和行为准则没有条条框框的约束，性格充满随心所欲般的阳光，可以说，正是那个摸着石头过河的年代，塑造了黄之种这种充满梦想的人格秉性。

王小鹏完全能理解他生意场上的那些伎俩以及思想行为和生活方式，这里有一个在那个年代赋予他俩相似的梦幻，即使在他们分道扬镳二十年后，也或许可以说，冥冥之中俩人的心似乎还是相通的。

黄之种离开了王小鹏之后，时而他也感到过内心的孤寂，失去王小鹏的合作支撑，对他来说也确实是很无奈。无奈之下，他再也没找到过类似王小鹏这类怪才来支撑他的梦想事业。

宁波人会做生意大家也许都不陌生。黄之种从一个外来人口，通过自身的努力落脚在上海，从而"五子登科"，票子、娘子、孩子、房子、车子，他创造的"五子登科"，哪样都不缺。

他以宁波普通农民的身份，抓住了改革开放的历史机遇。他的人性善做生意，把敢作、敢当、敢为人先的"宁波商人"秉性演绎得淋漓尽致，仿佛他生下来就是自带经商基因的弄潮儿。

可是，生意、商机、财富，时常相伴着的就是圈套、陷阱、破财。

至于促使俩人分道扬镳的根本因素，王小鹏曾底气十足地说，"当初他来上海，我俩合作谈定的利润是五五分成。如今大家都有钱了，他却提出六四分成，他六我四，我不能同意，这是自身价值观的问题。我什么东西都可谦让，但无论如何，我不能作践个体的才能价值。"

黄之种原本做绿化苗木生意，二十年前，他每年就有十多万收入。在那政策模糊的年代，他从挂羊头卖狗肉的"中美合作之种园艺场"动迁中便得到过千多万的补偿款。那时这偌大一笔款子应该可以说是天文数字，属于巨款了，他将这笔款锁定为苗木基地发展基金。

王小鹏与其分手后，黄之种得到了园艺场动迁补偿款甜头，权衡再三，他决定放弃其他生意，把那些坛坛罐罐盘给了王小鹏。随后他去闵行那里租赁了不少农田土地来种植苗木，把宁波卖命桥红星园艺场的树苗全部移植到上海。

他满怀信心地再次等待被动迁，再次得到补偿款。

黄之种是个实实在在的商人，他认为这动迁套路赚钱来得快，基本上无须花费什么投资，便能得到远远大于投入的补偿。

这是一个颇有年代感的超前规划蓝图，一手苗圃被动迁，一手再建立新苗圃。他走过的路就是王小鹏后来学着走的路，他思路活跃、敏捷，王小鹏没理由不以他为榜样而奋斗。

然而，王小鹏却没有农村苗木后方为本根，所以他要真正学黄之种那一套发展思路是行不通的。正是出于此原因，王小鹏这才选择了转身投入工业地产的开发与发展……

他俩分手以后发展的项目内容不尽相同，但其个性的理财思想还是相差不多，都有着人生相似的那一抹梦幻般的"星星之火"，足以让他们为梦想的燎原之火而热血沸腾。

宁波人黄之种做人做事特有灵感，在绿化项目越来越规范，生意路子越来越狭隘的同时，他开始思绪着战略目标的重新定位。

20 多年前，还是个壮年时期的他，想到的是绿化生意大有发展前途。不久后，他开始独自闯荡的园林绿化并非如他想象那样有着辉煌前程，连续几年萧条，使他把目光投向了王小鹏的发展理念和套路。

历史进程到了 2018 年，黄之种那整个被一湾河流环绕，粉墙黛瓦，好一派风光的"中美合资之种园艺场"，再次遇上了被政府动迁。

他念念不忘的是，王小鹏这家伙的生意，稳稳妥妥的就像个大地主收租，就凭他那么丁点小屁本事，有什么理由过得比我黄之种还舒服？

由此，他毅然放弃了苗圃被动迁后再投资绿化园艺场的思路，脑海中蹦出一个和王小鹏别苗头的思想。

"这次呀，得到的补偿款，咱必须全部投资于开发工业地产，也像王小鹏这老小子那样做地主，看看到底哪个地主派头大。"他想，"生意场上多好汉，一个更比一个强，我必须要做最强的那一个。"

每个时代背景下的商人，皆拥有着这个时代的特征。不难理解，黄之种这样拼着老命，东奔西颠地跑遍上海市郊的大小工业开发区以及偏远地区寻觅猎物，其用心何其良苦。但是几大圈兜下来，偏偏再也难以找到可以出让的工业土地或者说是二手厂房的变卖出售。

置业和创业一样，都充满了个人的执念。

置业者本身就是创业者，然而就当下而言，外表光鲜的黄之种，其实透出来的是一种"过时"的发展思路。投资创业，最难得的是刚刚过去的时代，人们不愿搭理的投资项目还没有足够的岁月来美化滤镜时便已成为历史进程的老黄历了。

人生许多拐点与决断的成功，隔着十年看，是"机遇"，隔着二十年看，是"智慧"，隔着三十年看便是"天才"了。如果时代距离相隔还不到十年，即使幡然醒悟，也不过是被淘汰的"过时"理念。其中的时间差，往往会让当事人本身"过时"，这样的"过时"，他一定会被社会淘汰，也一定会被市场经济所淘汰，从而一蹶不起。

这样的说法，一点没有把王小鹏捧为具有先知先觉的意思，就王小鹏人生旅途所经历的转身、决断、再转身、再决断而言，充其量他的成功有时候也不过是当初的一种无奈选择。在别无他路可走的时候，也着实让他犹豫不决。这，常常使他陷入个人的情感纠结和现实困境的矛盾之中。

但不可否认的是，王小鹏属于幸运的。在他身上发生的许多成功案例，让人感觉值得研究，并能从研究之中得到切实启发。

他的成功不是一蹴而就和自我钦定的，王小鹏是依靠博览群书，以及行走感悟和研究成功人士创造人生的案例中所积累起来的感知。他在许多问题的处理上往往注重于细节，他认为没有细节就凸显不出主题的关键，实际运作也就成了无根之木。所谓理想和梦想，便成了"假大空"模式的好高骛远。

偏偏黄之种就这种缺乏细节注重，待人接物以及谈吐说笑和人脉关系，黄之种一点都不比王小鹏差，甚至于可以说甩过王小鹏十条横马路。但每每结果，从他俩实际运作以及最终的效益和成就中，可以清晰地看到黄之种往往就是败在那"差之一毫，失之千里"的细节麻痹疏忽之中。

就当前棋局而言，一个书生气十足的业主对他急切看中，又迫切希望到手的厂房物业，也提出了相同于王小鹏纠结的难题，并振振有词地说，"我这片物业可以卖给您黄大老板。我的要求很简单：一、办理过户前，贵公司必须先还贷我方借用银行贷款的 2000 万元后方能办理过户手续。二、过户手续材料备齐，在房产交易中心递交办理过户前，付清购置款。同时，黄大老板入驻我方物业，我方即刻办理房产交割手续。届时，物业便归黄大老板所有。"

正当黄之种深思着犹豫间，对方一脸色枯黄的年轻小伙说，"之种大老板，上海滩黑白两道通吃，没有搞不定的事。物业在手，何惧所有？在大老板面前说话办事，不要倔头倔脑，要缴枪，要举手投降，那是必须的。"

黄之种辩解道，"这话从何说起，不是怕你们，就怕你们口是心非，假投降。"

"现在是法治社会，哪里会有人敢弄虚作假，而且这实实在在的物业矗在那里，能假的了吗？"似小狼狗类型的年轻小伙信誓旦旦地拍着胸脯，非常豪气地说。

"要说假，历史上不是没有先例，三国时，姜维搞过假投降，黄盖搞过假投降，还有……"黄之种话还没说完，书生气十足的业主顿时愤怒起来，对着小狼狗骂道，"一边去，哪有你说话的份儿？黄大老板是谁啊，道上一好汉，打死不低头，他怕啥？啥都不怕！他付了钱，厂房物业自然归其所有。他还怕咱们反悔，这不成笑话了，除非咱不想活了。咱想玩，也没胆量玩之种大哥哇。"

黄脸小儿也不示弱，插上说话，"对，太对，谁敢玩之种大哥，嘿嘿，这不笑话大得去了吗。"

就这样一来二去的没几天，也没几回合，黄之种用苗圃的补偿动迁款替对方还贷了银行那 2000 万元烂账。又过了个把月，按照早就商定的合约步骤，在付清全额购置款后，这一大片厂房物业归黄之种所有了。

第一天入驻该物业，黄之种趾高气扬，身披一件呢绒大褂披风。

这天，虽然他心里也有点妖魔鬼怪在作祟似的感觉，但还是异常兴奋，苍天不负有心人，他总算如愿以偿，得到了这一大片工业厂房。于是乎，脚步如腾云驾雾一般走得优哉游哉。

进入厂区时已过了晌午，天气有点肃杀，遍地布满严霜。身披呢绒大褂的黄之种只感觉前胸阴寒，背后温暖。

几条小狗对着这些陌生人"汪汪"地乱叫！

"不许狗叫，再叫，都给我砍了。"黄之种对着手下的跟班们拔出喉咙骂道。

但就这一刻，他手机铃声急速响起来，说话的是那位书生气十足的业主，"之种大哥，大老板，怎么房产交易中心说，房屋买卖还要有当地政府的联席会议审核通过，凭审核单才能办理物业交易新产证。否则，不办理过户手续。"

"什么?!"

黄之种惊恐得差不点没晕过去……忽然间感觉喉咙发热、发烫。他气急败坏地对着书生气十足的卖方说，"那，那你赶快回来，我在你厂区办公室等你。"

对方提高嗓门，说，"你的购置款已经付清，我的厂房现在也归你所有了。至于办理物业过户手续，对你来说，小事一桩。你黄大哥没有搞不定的事。其间，需要的时候叫我一声，我发誓，坚决赶过来配合你。"

接着，好一阵子沉默，像似对方挂了手机……

黄之种接二连三地拨打，再怎么拨也打不通。

无奈之下，他赶紧拨通他那跟着卖方一起去交易中心办理过户手续的财务，财务大吃一惊，非常惊讶地说，"他不是去你那边商量怎么解决办理房产过户的手续事宜了吗。"

天呐——这不是要人命吗！

黄之种顿时感觉天旋地转，身子摇摇欲坠地瘫软下去……

王小鹏颓丧地坐在自家庭院的藤椅里，好久好久没抬起头来，腮上的肉在颤抖，鼻孔在抽动……

猛然间他抬起头打了一个响亮的喷嚏，眼睛露出惊愕的神态，问道，"儿子，无论怎么样，我依旧时常记挂着他呀。后来呢，后来他的情况又咋样了？"

"没有后来。那个物业的法人代表就此消失得无影无踪，手机也停了，没地方能打听到这混蛋的任何消息。"

"不是有身份证件复印件吗，可以去找他呀。"

"移民，搞了个人间蒸发。"

好一阵子的默默无声……

王小鹏从口袋里掏出包软壳中华，曲起兰花指儿在烟盒底部轻弹几下，将跳出来的烟卷抽出一支。无语间点燃，吱溜溜地不停气，猛一下子燃烧了大半截纸烟。

"作孽啊！"王小鹏仰天长叹。

他那嘶哑的喉咙里喷出来的声音撞到他头顶上低垂的槐树叶子，竟然发出一阵索索啦啦的抖音。

王小鹏说，"那他这片物业没得过户咋办，无法经营啊。"

王剑说，"也没啥好办法，什么手续都不能办。如此，黄之种只能把这片物业当作黑屋，超低价出租，但时常遭到当地警方干涉。"

王小鹏问，"他人还好吧？"

王剑说，"活着。"

王小鹏一愣，好奇地睁大眼睛，痴呆着。

不一会儿，他摇摇头，说，"活着？啥意思？"

王剑说，"前两天，他儿子黄勇来我办公室聊天，说他父亲经历了这次磨难后苍老得不堪设想，情绪萎靡不振，精神状态彻底崩溃，整天垂头丧气、默默无语地抽烟。什么事情都不做，除了散步、吃饭，空余时间就是愣愣怔怔地待在家里坐着看电视。谁也不知道他到底看没看进去，事后问他看了点什么，他什么内容都说不出。"

王小鹏躺在藤椅上，脸上印着槐树叶片的暗影，他的面色空前苍白，双眼尚未合拢。

王剑第一次发现，两行泪水从父亲硬核般的脸庞上流下来。脖子上的喉结一上一下地颤着……

看着已经年迈的父亲，他似乎也开始有点伤感。他记得父亲在年轻时，时常牵着他的手，他牵着黄之种儿子黄勇一起登山。

父亲爱旅行，喜欢登山。

每当放暑假或放寒假时，他们两家相约，一起出门游山玩水，上庐山、登泰山……那时光，他和黄勇的儿童时代是欢快的，也是值得他俩留恋和回顾的。

他更记得，父亲最喜欢登上山顶，伫立在悬崖峭壁上，两手撑腰，一站就是许久许久。那时候啊，他总能看到父亲的眼睛常常定在远处那茫茫无际、连绵起伏的山脉……此时此刻的父亲也许老了，精神头儿不及当年少壮时期的二分之一。

王小鹏躺在藤椅上，睁一会儿眼，闭一会儿眼，又睁一会儿眼，又闭一会儿眼。后来，王小鹏弯腰站起来，在庭院里来回走了几步，问道，"他黄之种不想再有所作为了？"

王剑点点头。

"熊样！"王小鹏撇开嘴，狠狠地骂道，"尤其可恶的是像刁德铭这样子的坏蛋！"

"还是老爸明智。"

"这些混蛋！"

"要不是你眼毒，咱也完了。"

"张主任还说我神经过敏！"

"那刁德铭，实际上不是下套也在下套。"

"气死个人！"

"张主任不是故意下套，他也是一片热情似火地为你谋划着想。"王剑说。

"那自然，我没有责怪张主任的意思。关键是在商场上自己必须要留个心眼，要有独立思考的能力。最忌讳的就是你好我好大家好。大家好？这可能吗？有时候，好心不一定有好结果，卿卿我我必定是乐极生悲，最终倒霉的还是自己。没人救你，他人最多也只能是表示同情而已。"

王小鹏说话时，飞起一脚，把身边一盆盛开的兰花踢翻，用大脚在花盆上剁了几下，而后弯腰拽起长长的兰花叶片，使劲向远处摔了出去。只见那兰花儿在空中连续翻滚了三下后"噗"的一声，坠落在对面的草丛里，顿时消失得无影无踪……

现在该回过头来说一说创造人生这个永恒的主题了，究竟是什么原因促使王小鹏甘冒极大的风险去购置物业呢？这在当时确实让人难以理解，更让动迁组组长蒋豪感到匪夷所思。

王小鹏这老小子就是会装，而且装得像真的一样地满世界吼叫着要以物业置换物业，其人实质目的无非就是要挟，最终目的就是想趁动迁补偿机会向国家政府多捞点钱财。他明明知道我们动迁组手里根本没什么物业，可偏偏就是不屈不挠地逮住这个理不放，其居心何其毒也，足以让人一目了然。

"王小鹏就是个人精。现有收入够他几代人生活保障了，光这补偿款利息就够他美得不要不要的，还会去再置业？"蒋豪思想着计算过，"什么都不说，每年利息就好几百万。"

然而像王小鹏这样一个绝不是按别人思路走的男汉，常常会突如其来地做出连他自己都感到吃惊的决断，当然这些决断往往也使他周围的人目瞪口呆。

譬如他在衡量风险得失之后，决定放弃私有企业之间物业买卖交易，但这个放弃，是不是代表他决定放弃购置物业呢？

这个问题当时谁也说不清楚。

根据王小鹏一贯做派和常理分析，光复被捣毁的企业，寻觅物业选址是既定目标，也是安置员工们生存空间的基本保证。对他来说这个既定目标是绝对不能被撼动的，无论站在哪个角度来考虑，复兴企业是如今唯一的活路。

假如这个分析是对的，这就是中国人的传统人性，我想在此不必多做分析和解释了。

反正王小鹏被社会上一种邪恶的私下交易买卖物业的行为彻底改变了原来的置业思路，这是毋庸置疑的。

从前的王小鹏发怒起来是令人望而生畏的，他风流倜傥，论理说道，口若悬河，滔滔不绝，且工于心计，常常会出人意料地想出一些刁钻古怪的主意以及奇出怪样的点子在商场上周旋。

有时候啊，连他的笑容几乎也含带着几分诡秘。

自从他辞去公职下海经商30多年，王小鹏的才干才真正露出了其庐山真面目，尤其是经过与刁德铭交手几个回合后，他似乎变得更为成熟。

如今他那微微斜视的眼睛里消失了以前那种霸气和嘲弄人的意味，连谈吐也雅趣了许多，那种夸张的豪气似乎也降低了一个八度。在放弃私下交易买卖物业的一段时间里，王小鹏闭关自守在他宅子内的影院，安安静静地聆听魅力无穷的音乐。他似乎被神圣拨动着内心的柔情，使他如痴如醉似的眼泪汪汪，如怨如慕。一句话，王小鹏似乎已成了他那大家庭中一位神秘莫测，少言寡语之人。而家人都不知道此时的王小鹏在反思邪恶作祟时，他的灵魂已经在不知不觉中被净化了。关于置业决策发生根本性变化的原因，是在王小鹏翻阅手机屏幕，浏览消遣时，偶然间发现公拍网中展露出来的"司法拍卖"信息。

司法拍卖具有严肃的司法保障，并受法律保护——公开、公平、公正。

司法拍卖的内容一般来说是，因原业主资金周转陷入困境后而与银行或机构也或民间等机构发生债务纠纷，经法院起诉后还未解决，被强制执行拍卖业主名下的资产。

由于拍卖房产起价不仅比市面上交易价格低，还免交中介费，故而一下子抓住了王小鹏眼球。

这是他有生以来第一次接触到这个陌生领域。

但他清晰地感受到这是神在对他召唤。于是乎他开始孜孜不倦地投入全部精力来了解和分析司法拍卖究竟是怎么样的一回事情。

所谓的司法拍卖，实际上是有一个法定的流程以及行为规则。

首先，被拍卖的物业在被查封、扣押、冻结的被执行人的财产进行变现前，法院委托并依法成立具有相应资质的资产评估机构来对其财产进行价格评估。

同时，法院也会及时向当事人送达评估报告。当事人对评估结果如有异议的，可向法院请求复议。

其次，在价格评估完成后，按评估价格被执行人财产抵债给申请执行人。在双方当事人对以物抵债不能达成一致时，物业将被法院委托指定的拍卖行作出强制拍卖被执行人名下物业的决定。

王小鹏觉得，尤其是法院对被查封涉案的物业委托拍卖行进行拍卖的信息尤为重要。

司法拍卖也许就是一条投资置业，并有国家法律保障的最为安全的置业渠道，特别是在不良资产处置领域中有着良好的获利空间。

王小鹏体会到更为重要的是，在遵照司法拍卖公告要求缴纳竞拍保证金之后，以竞价方式拍获法院拍卖的标的物房产，而后取得《竞价成功确认书》，只要在拍卖公告确定的期限内将标的物拍卖剩余价款交付指定账户，即按照中华人民共和国《最高人民法院关于人民法院民事执行中拍卖、变卖财产的规定》第二十六条规定。

王小鹏明白，如果他走司法拍卖的置业渠道，必定会一路顺风地受到法律的保驾护航。

司法拍卖并非儿戏，唯一让他陷入困境的可能只是他自个儿悔拍或者无法交纳竞价的剩余尾款。他非常清楚地明白，悔拍以及无法交纳尾款的代价是巨大的。

根据相关法律规定，一旦竞价成功的买受人的行为构成悔拍或者在规定的期限内不予交纳尾款，便被禁止参加该房产的后续拍卖。不但所交纳的保证金不予退还，依次用于支付拍卖产生的费用损失、弥补重新拍卖成交低于原拍价款的差价，冲抵本案被执行人的债务以及与拍卖财产相关的被执行人的债务。

更为重要的是，第二次重新拍卖的成交价如果低于原成交价，那么，两者之间的差价要由悔拍者也或无法交纳尾款者承担。

简言之，王小鹏清晰地知道，如果他一旦竞拍成功，而后违约，那么他除了被扣除不予退还的保证金之外，还需补齐两次拍卖的差价。

自然，王小鹏谨记的是，只要他不悔拍并按规定的期限内交纳完毕标的物尾款，那么他的置业行为就必定是在公开、公平、公正的状态下进行，任何隐藏着的诡秘以及不可预测的风险均不存在。

时间飞速流逝，不觉已是春去夏过至秋季。

秋风把成熟的气息从旷阔的原野里吹来，王小鹏宅子庭院四周青翠的绿色已经逐渐被苍褐的金色所替代。秋风将庭院左侧那棵近二十年的老槐树上的槐叶"滴零零"地打着旋飘落，在太湖石假山的瀑布中随着波动的池水起伏飘摇。

自从王小鹏决定走司法拍卖购置物业的策划后，他仿佛添了心事，他的血糖指数开始极不稳定，有时甚至处于不可控状态，这造成他竭力控制进食从而导致他的饭量大减。

对于遗传的糖尿病，王小鹏并不怨天尤人，而是无怨无悔地承受了。"天注定，不可违。"王小鹏坦荡地想。

友人与他调侃，"王小鹏，瞧你眼前富得流油，可不是吗，也无奈于有得有失吧。你祖坟好风水，积德让你发了财，可也让你继承了糖尿病基因。"

每每听到这些调侃，王小鹏总是乐哈哈地笑着，无语，脸上浮现出痴迷迷地思念父母的那种神情。

他父母的坟地坐落在群山之中的一座不太高的山腰间。山虽不算高，但也有突兀石骨，特别是满山郁郁葱葱的松柏浓荫下一条条顺坡铺就的看似非常古老的石板台阶，更给扫墓人增添了一种神秘的思念之情。

徒步登上山腰，极目远眺，大地苍黑似铁，庄严肃穆，一湾清澈见底的涓涓河流在山脚下潺潺而过。每当红日初升，雾霭泛起，似乳白色的纱绢便把大地与苍穹间隔起来，只剩下一片巨大的，笔墨清淡、疏密有致的山水画幅。

观之，足以让人心旷神怡！

拍卖会上的竞争、竞标，究竟是什么样子，只有经历过那种生死博弈的人才会知道。没经历过生死博弈的人，一般都比较白，白得比较单纯和理性。

王小鹏毫不客气地这样说，一个人到了近六十岁还想去赚大钱，追求名利以及耍尽心机乘人之危去获取钱币，一般来说这种人阴毒、刻薄、嫉妒、功利性特强，争名夺利如蝇逐臭。

苦海无边，回头是岸的宝强是不是这种人呢？

被提前释放出来的宝强，他和张主任因贪污案而窝里斗被双双判刑入狱，据说他俩在服刑期间都有立功表现而被提前释放。宝强出狱后，体型显得瘦削且成了高挑个子，面皮虽白净，颜色却带点晦涩，可他带来的消息让王小鹏兴奋不已。

"王总，有家蓝旗轮胎集团因拖欠银行的贷款无法还贷而被诉讼上了法院。几番折腾后其物业已被法院查封、冻结，正处于司法拍卖走程序阶段。"宝强抽搐着脸说话，而且话语连接很快。

——王小鹏的心一下激动得发抖。

他大声吼道，"宝强，你听到什么了？"接着又满腹狐疑地问，"你见到什么了？"

宝强说，"你得留点好处费给我，我就全部告诉你。"

王小鹏说，"给你根带肉的骨头，说吧。"

宝强说，"可不带玩坑骗人的。"

王小鹏说，"你这人啊，自己窝里斗的被骗怕了，快说吧。"

宝强说，"是张主任透露出来的信息。"

王小鹏瞅着他，问道，"你俩和好了？"

宝强说，"在社会上混呗，没有永远的敌人，也没有永远的朋友，我提供给你的绝对是最华丽的'子弹'。"

此时的王小鹏似乎不再那么激动。

宝强等了他半天，也没见他有开口的动静，便忍俊不禁地又问道，"不想要优秀的‘子弹’了?”

王小鹏从办公桌上的烟盒中挑出一支中华烟卷，扔给宝强，轻描淡写地问道，“你那里也许不过是颗臭弹吧。”

宝强接过烟卷，愣住，“不是，我是实实在在的知道了这个信息，也知道你猴急着寻觅司法拍卖的猎物，所以第一时间来告知您了。”

从王小鹏身上体现出来的气场，在商场上的角逐中充分发挥了积极作用。

宝强已经把称呼王小鹏的“你”改变为“您”了。

“宝强啊，其实这个企业我早就看过，也和业主谈过几次。其一，因为这业主有一屁股的烂账需要我先还贷，数额还不小哩，好像是三千多万吧。其二，这片工业厂房是彩钢板结构，且多年失修，如今已是摇摇欲坠，所以我早就放弃洽谈了。”

宝强眨巴着眼皮，嘶哑着嗓子眼，说了句莫名其妙的话，“王总，您说，那怎么办?”

王小鹏哈哈大笑着说，“你愿意怎么办就怎么办。”

宝强说，“咱们通过人脉关系再把它搞过来。”

“这话怎么说，让我怎么理解?”王小鹏发问时脸上挂着奸笑。

“你也知道，我当初在政府部门招商引资时的人脉关系是杠杠的。”

王小鹏满满地抽了口烟，感受上似乎有点心旷神怡，“谁愿意走人脉关系谁去走，反正我不走。”

“为什么?”宝强满脸涂着问号。

“我在前期的置业阶段，见过这种人脉关系，也即你说的那种优秀子弹，人工造的，一打就是个臭弹。”

宝强说，“我们做事可以小心谨慎点。”

王小鹏笑问，“怎么个小心法，人工造就的陷阱、臭弹，防不胜防，冷不丁地就给你挖一个坑。”

一听这话，宝强感到王小鹏向自己摊开了他那生满绿毛的手，着实恶心，这使他身上的汗毛都奓皱了起来。起初他是慢慢地站起来，慢慢地后退，待退到门框时，突然转身就走。

这一天，王小鹏的心里响着一种类似钟表跑动的咔嚓声，他内心深处既忐忑不安，又仿佛满怀希望地期盼着什么……

他的脑海对司法拍卖程序已经非常了解，对那些法律条款他几乎滚瓜烂熟于心头。他的置业方针已经明确，按神圣的法律，名正言顺地走程序，既然是公开、公平、公正地走程序，那还需要人脉关系干吗？

他明确知道，一旦把人脉关系再牵扯进来，那么置业的进程反而变得复杂化，明明白白的事情似乎又增添不少人为的不可预测性。

"其实也怨不得你宝强……"王小鹏想。

过去的履历以及经历一幕幕地在他眼前如视频般放映，在他的幻觉中仿佛还冒着几缕青烟，几缕火焰。

办公室内静悄悄的，窗外的树叶沙拉沙拉的响着，传到屋子里似乎变得更为清晰。傍晚时分天色暗了下来，后来亮起了白炽灯，在灯光影里，王小鹏孤零零地独自坐着闷头抽烟，没人和他说话。

王小鹏做人做事讲究原则，但这并不排除他在生意场上时常采用灵活机动的手段。他绝对不会死搬硬套那些墨守成规、循规蹈矩地等待天上掉馅饼的奇迹发生。他知道，天上只会下冷雨，不会掉馅饼来填饱他肚子。明白了这个道理之后，王小鹏更知道，这就需要他在法律规范的框架内适度地采用灵活手段。

王小鹏并不缺乏灵活性，把看似困难重重的事情简单化，把简单的事情搞得复杂化，这是王小鹏最擅长也最得心应手的伎俩。

如果说，将购置物业看作船的话，思路则是帆，而抓住机遇觅取猎物则是风，这就是王小鹏的思路。

在这股风来临前，有时候需要有意识地去安排、去揣摩，有时则是顺势而为。之所以说王小鹏思路敏捷，手法灵活机动，还在于他个人的气场、胆魄以及自身魄力，在于他有能力把陷入困境的局面理智地扳回，并使困窘的事情变得更有价值。

很长一段时间过去后，王小鹏在公拍网上仍无处寻觅到猎物。陷入窘境的王小鹏，并没有因此而退缩脚步，反而是加大力度四处放风说，他就是要走司法拍卖之路来购置物业，这是为什么呢？

原来现在的工业地产开发越来越规范，竞争也越来越激烈，由此造成法人之间私下操作转让股权以及私下买卖交易物业的状况也越来越鱼龙混杂。市面上传出来的信息大多看似高大上，但其实质就是假大空。一时间，沉渣泛起，雾霾弥漫，受骗上当者无限之多。

但大多数受害人只能是打掉牙齿往肚里咽，因为此类的操作难免有猫腻，有偷税漏税，有蒙骗政府机关的破事存在。如此这番，使得受害者有理也无处申诉。更有那些人，哭天抢地到寻死觅活，但是有啥用！

关于宝强事件的发生，事后也确实有那么些人为此愤愤不平，或以为王小鹏得到宝强提供的信息后而不愿支付费用，实属得了便宜又卖乖，虚张声势的目的就是想赖掉宝强的中介费。

其实并非如此，现在的王小鹏并不想让任何人给他提供任何消息，他现在只相信法律，只相信司法的公开、公平、公正。当然，在他确定了这个理念之后，自然而然地也就不需要他人再提供给他任何信息。他现在只相信自己，相信法律，相信公拍网上公开发布的信息。对于宝强急吼吼地给他送来的消息，王小鹏想，其人目的无非就是想做空手道，一毛不拔地凭空弄俩钱。

凭什么呀，这钱哪有这么好弄，宝强，你凭什么？难不成凭你一张指东说西的歪嘴就能弄出钱来，是不是想钱想疯了，哼！

对于这种自以为高明的人物要出来的小伎俩，可以说，久经商海的王小鹏曾见识和经历得多了去了。诸如此类的伎俩，在三十多年前王小鹏辞职下海初期便早已懂得一塌糊涂。如今三十多年过去后的今天，权力被关进了笼子，政府方面的各项制度既透明也规范了，摸着石头过河的年代已经一去不复返了。

宝强这种套路属于老的不能再老的套路，想在老法师面前舞大刀，真是困扁了头。都什么年代了，如今还梦想着拆白党，吃白食，坐了几年牢狱，你宝强咋就不拎拎清楚，吸取点教训呢，是不是你还想再进去把牢底坐穿？

回过头来说，并不是王小鹏抠门，在他心目中，有钱也要用在正道上，该花的钱必须光明正大地掷地有声，不该花的钱，一毛不拔。他的投资理念是，关键时候敢于砸钱，勇于砸钱。不过砸钱也是一门艺术，选择正确才会有丰厚的回报，否则可能让砸下去的巨额资金打水漂。选对投资方向，化投资为财富，这就必须靠你个人的文化底蕴以及你的火眼金睛了，走人脉关系的年代已经一去不复返了。

三十多年过去了，一路走来，王小鹏在投资路上总是能避开雷区，且在大部分项目中都有钱赚。这些成功案例取决于王小鹏对市场经济的敏锐直觉，取决于他辛苦的打拼和对经商成败的感悟，而他从来就不是靠砸钱走人脉关系取胜。更多时候，来自他在旅行途中得到的开眼和启迪，并且这种智慧和才干也得到了越来越多的朋友认可。

甚至连他过去的老搭档黄之种都说，"王小鹏这老小子太聪明了，太能寻找投资机会了。"

每当整体经济环境出现波动时，王小鹏似乎都有先知先觉的感知，稳坐钓鱼台，以静制动，以无为而作有为。正因为他具有市场发展方向的洞察力，所以他往往能做到"春江水暖鸭先知"，从而对市场需求作出准确的判断。

看到王小鹏的经商本领，黄之种往往加以效仿，但最终结果还是走样。归根结底，黄之种缺乏自己的分析和判断能力。他好走捷径，三六九地拉现钞和走人脉关系是他的本性，他根本就不懂得什么叫作走长线理财的思路和出路。

王小鹏对于政府市场导向以及经济走向能判断相对准确，并在机遇相逢瞬间果敢行动，这种敢作敢当的行为往往给公司带来了长治久安的新局面，闪现一片欣欣向荣的天地。

相反，一个错误而鲁莽的判断会让公司损失惨重，甚至一败涂地，从而一蹶不振。

王小鹏敢于投资，善于投资，并总能把握住市场脉搏，踩准市场节拍，这就是他成功驾驭资本的厉害之处……

比如说，本次动迁之后他将得到一大笔动迁补偿款，但他并不甘心于动迁组组长蒋豪那样的想法，存银行赚取利息，他认为这并不是商人理财的明智选择。商场上，资金从来都是生意人的血液，没有资金或者把资金定期存在银行里不动，那么何谈发展？也就是说任何事情都做不成、办不到。

实质上，王小鹏并没有欺骗蒋豪，蒋豪代表的是政府。听党的话，跟政府走，从他内心来说，并不是喊口号，亮格调，而是应该切切实实地贯彻在行动中。

前面说了，王小鹏为投资于工业地产几经折腾后感觉不妙时，他舍得放下，他似乎有先知先觉似的不顾一切，不顾朋友脸面，毅然而然地舍去低价购置物业的诱惑。不可否认的事实证明，他的这个决策是一个英明的决策，并非是鲁莽的决断。

反之，他最终选择了司法拍卖，走法律程序来购置工业地产，更是一种果敢的作为。虽然这个作为同样具有极大的风险以及惊心动魄的博弈加诡秘，但最终他还是走向了光明。

听党话，跟政府走，这口号看似空荡。但王小鹏理念不一样，他认为党和人民政府绝对不会亏待爱党爱国，听政府指挥的商人。出于这种指导思想，所以王小鹏拒绝了宝强说的人脉关系走向。

那天晚上，他几经思虑之后，毅然而然地拨通了蒋豪的手机。

"喂，是王总么，你个夜磨驴哇，啥事？"手机里传出蒋豪似在睡梦里的嘶哑声音。

王小鹏愣愣神，随即嬉笑一阵，说，"跟你说吧，蒋总，不是冤家不碰头，少壮休笑白头翁。"

"好好，得让人处且让人，让人不算痴。半夜三更的，咱就听你再唠叨一阵子吧。"

手机里传来窸窸窣窣的一阵响，王小鹏感觉蒋豪似乎从被窝里坐起，正在那里抖擞精神，准备和他纠缠不清一阵子。

"蒋总，是不是可以麻烦你一下。"王小鹏从办公桌后面站起来，显出点恭敬的姿势。

"王小鹏……"蒋豪的口吻似乎有点惶恐，他最怕王小鹏半夜三更死缠烂打。

他知道这老小子白天瞌睡，晚上精神头十足。

"麻烦我一下，麻烦？这会儿有什么好事情？"他想，"这家伙肯定又是流出什么坏水来了。"

王小鹏顿了顿，用摩擦铁石般的格涩声音说，"我还有一笔老账没跟你算清呐。"

"半夜三更的，你不要张狂。我不是都给你交代清楚了吗，你再提出什么离题太远，违反政策的事情，再怎么跟我磨叽也不管用，我也不会去落实的。"

王小鹏那一双小眼睛呀，顿时憋成绿叶一样的颜色，哼哼了一阵后说，"有账总是要算的。"

随后他伸伸脖子，好像咽了一口血似的，继续说，"我当初是不是一口咬定，动迁可以，但必须要以物业置换物业。"

蒋豪心里冷不丁地格愣一下，心想，"又来了，诈胡啊？"

他脸上的笑意闪电一样消失了，口吻严肃地说，"反复跟你强调了，我们给你选择的物业你不满意，现在放宽政策，让你自己去选，选中了，你满意了，这事情不就得了。"

王小鹏要的就是这句话！

于是他淘气般地笑了，然后宽容大度地说，"我就知道你是个守信人、厚道人，值得我信赖。"

蒋豪愣了神，怔怔地看着手机屏幕。

他现在已经习惯了王小鹏那套指东说西的手腕，于是干脆无语，耐心等待他的下文。

但蒋豪的内心仍在揣摩，"哪怕你王小鹏是钢底铜棍铁栅栏、铁头铜壁钢罗汉，我那以柔克刚策略不变。不管你葫芦里卖的什么药，是驴是马，你总会拉出来给我看吧。"

于是，他翘起下巴，靠着床头，一动不动，无声地笑了。

已经是秋季的深夜时分，窗户外面吹进来的凉风让王小鹏感到有点不适，他的鼻孔里流出几滴葱绿色的鼻涕。

白织灯光忽明忽暗地照在他那因憔悴而显呆板的脸。此时此刻的他，竟像个古稀老人，脑袋像蒸过头的馒头那样爆开了。

"蒋总，一般情况下，我也不会再打扰你。"王小鹏发出的嗓音有点透出低声下气的无奈。

手机那头，蒋豪无语。

王小鹏仇恨地盯了手机一眼，继续说，"据悉，公拍网即将公开公布一家叫作蓝旗轮胎集团被司法查封、冻结而公开拍卖的信息。据此，我想参与其中竞标。但我无从知晓拍卖程序以及内幕如何。你人脉广，有路子，我只是希望你打听和了解一下这方面的实际情况。"

"就这个呀……"蒋豪那头发出一声沉重的叹息声，"唉，我现在发现，你们这些做老板的也真是不容易。"

"最好不过的是，烦请你通过政府之间的互通关系直接联系上拍卖行的操作者，我请他吃顿饭……"王小鹏得寸进尺地说，"这个要求并不过分，也是在你动迁组的工作范围之内，光明正大。因为动迁组原本就该帮我落实物业的置换。"

"王小鹏，你这话就甭提了，我会上心就是了。"蒋豪口吻显得非常轻松地说。

"蒋总，这也是你们动迁组义不容辞的责任和义务，没有什么暗箱操作，更没有什么不正之风。"王小鹏言之凿凿，掷地有声。

"好好，好好，你王小鹏言之有理，墨索里尼，总是有理，我尽力而为就是了。"蒋豪话语间包含了信誓旦旦。

"谢谢，谢谢，我就知道你蒋总是个厚道人。"

王小鹏笑了，笑的那副成了三角形的小眼光芒四射，喉咙管子发出来连续不断的谢谢声，像唱歌那样地悠扬。

摄影　马蹄声声闻阖开　王照敏／摄

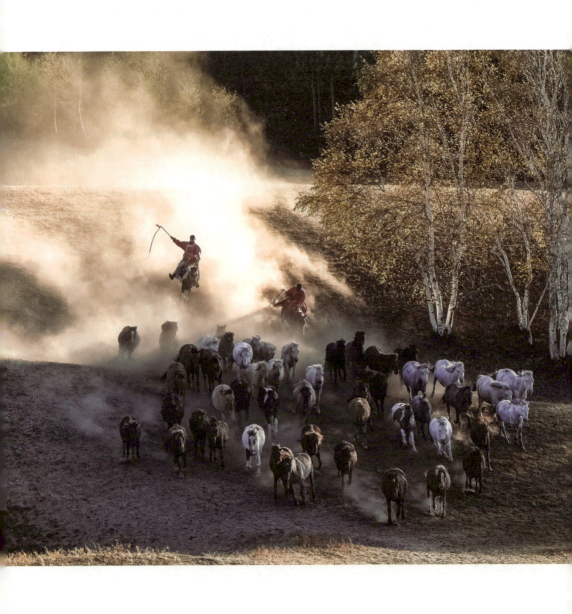

摄影　骏马千蹄擂战鼓　王照敏／摄

第十一章

先则治人

一年四季中末尾的季节是冬季。

冬季预兆着明年的光景和时运，正是初冬时分，没有隆冬的素丽，满目所及只有清冷干燥和不见阳光的沉沉天空。但是在王小鹏眼里，这年的初冬却是那么美丽，充满了他所希望得到的东西。虽然气温偏低了些，但他感觉这天气冷得使他挺有精神，清凉清凉的空气，吸入肺里，似炎热的夏天喝那冰水似的沁入心脾。

这天早晨起床他便来到屋顶的露台，凉爽的空气使他备感轻松。自光明置业公司被动迁以来，处于纠结和烦躁不安的状态的他，已好久没有这种轻松自如的感受了。

远处的楼宇在云雾笼罩下显得比平时更富有朦胧的诗意。

近处的树木林子缠绕着淡淡的雾气，像挂着一片片乳白色的轻纱，枝条上残留的黄叶像一只只蝴蝶在飞舞。确切地说，此时此景对今天的王小鹏来说感觉真舒服。

延伸眺望，远处许多参天大树都落了叶了，只有那苍劲的松树不怕寒冷，仍然披着翠绿的衣衫，英勇无畏地挺立在池塘边上。

王小鹏感觉冬天并不是常人所想象的那样冷酷无情，与其说它不像春天的雷、夏天的雨、秋天的风那样喧嚣，还不如说冬季具有深刻的内涵。他似乎觉得冬天仿佛像一个神色凝重的斗士，果敢、坚毅、从容不迫。虽然他已步入老年人行列，但他仍以为自己是老年行列中最为年轻、最富有活力的一个。尽管他现在已经没了少壮时代那股子好胜的冲动，但在他身上的气势和胆魄仍不缺乏奋斗激情。

王小鹏清醒地认识到，自己正担当着承前启后的使命和责任，有许多事情要他去决断，要他去处理。他感觉当下的自己，一刻都不能懈怠。他爱冬天，爱冬天独特的恬静之美，但他更爱冬天里的那一把火，熊熊火焰燃烧着他的心……

伫立着的王小鹏痴痴地思绪良久，后来，他忽然感觉累了，毕竟已经是上了年纪的老人，于是他干脆拖过把椅子，坐了下来……他笑了，笑得那样轻松，那样天真，那样无邪。

享受着冬日和煦暖阳的王小鹏，从那纹路清晰的眉目间可以看出他胸口里的心脏跳动是快速的。恍惚间，王小鹏就想找个人来抒发一下他的感受。

思绪片刻，随即唤来了他相濡以沫大半辈子的老伴崔晓娣。

这老夫妻两在人生旅途中，无论多么辛苦与艰难，始终并肩携手，未曾分开过。

此时此刻的王小鹏，话语时高时低，时而情绪激荡，时而慢条斯理。在充满激情的回顾中，那些飞逝而去的岁月仿佛又拉了回来，近在咫尺，触手可及。

渐渐的王小鹏声音变小了，变得呢喃了，最后连发音都消失了，取而代之的是他遐思的眼神和恬淡的微笑……

崔晓娣习惯了她男人的秉性，当王小鹏即兴而发，高谈阔论时，她从不插嘴打岔，任凭王小鹏一人自言自语、自说自话。说累了，他便会自然而然地停顿下来，然后就由她抒发自己的意见和感想了。

"今天看你挺兴奋的，啊，是不是感觉黑暗时段即将过去了？"崔晓娣微笑着说道。

"黑暗意味着黎明即起，红太阳将冉冉上升。"王小鹏论理说道的劲头又上来了。

崔晓娣瞄了他一眼，突然发现王小鹏今天耳郭下的耳垂，不但显得有点大而且还露出点透明的光晕。

王小鹏时常夸自己是个福将，他的福气来源全凭他那对厚厚的、软乎乎的耳垂。尤其在饭局上，他时不时地在众人面前拿他的耳垂开涮说事，夸自己耳垂是那么优秀、那么靓丽。随后，他便从耳垂开始引申出许多似黄非黄的故事来闹笑玩儿，这些滑稽的段子常常使得他人被逗得人仰马翻地弯腰捧腹。

"从根本上说，赢得人生是人心所向，遇挫折，被击倒，其实对整个人生来说并非就是最大的失败。"崔晓娣说。

王小鹏睁着两只黑蝌蚪般的小眼凝视着他老婆，目光冷漠，"被击倒后瘫痪在地，放弃爬起，不再爬起，那才叫真正的失败。"

"就你这人性，才不会甘心趴下不起呢。"

这话儿让王小鹏心头涌起一股热潮，站起来踱了几步，将烟屁股摁在烟缸掐灭了，说："跌倒爬起那是必须的，也应该是毫不犹豫的。"

"不把你入他法眼的人，看到你沮丧以及落后比看到你成功更感兴趣呢。"崔晓娣话语是在故意刺激王小鹏神经，"只有前进，才是生活中至高无上的勇者。"

果不其然王小鹏目光像电火那般亮了，鼻孔哼了声，说："我是什么人？我是不缺乏进取精神的人？哪怕自己是一把沙砾，只要铺在光明企业复兴之路上，那也是我晚年辉煌的幸福人生。"

崔晓娣开心地笑了，拿起软中华抽出一支递给他，她看出她男人被她这话刺激得激情四射。

"不抽！"王小鹏果断地摆摆手说。

崔晓娣嘀咕着，"你也太自高自大，每个人都有失败的时候，拿破仑够厉害了吧，但最终还不是大意失荆州，惨遭滑铁卢。"

"哈哈哈，荆州在中国，滑铁卢在比利时，两码事。"王小鹏不无讥讽地大笑着说。

"反正肉都烂在锅里，教训是一致的。拿破仑轻敌了，自高自大，这才惨败于滑铁卢。"崔晓娣强词夺理得有点过分。

王小鹏望着她，说："你辩证地中外结合，以事论事，也对。"随后，他翻翻眼白，说："败在蒋豪手里，虽败犹荣。"

"这才不叫失败呢。"崔晓娣和颜悦色地说。

"你这说法也对，蒋豪代表的是国家和政府，国家的需要就是我们每个公民应尽的义务和责任，必须要服从。"王小鹏语气讪讪地说。

"我们生存在社会主义国家内，始终要明白和记住，我们所有的一切生存空间都来自这个国家。"崔晓娣语气坚定地说。

王小鹏把杯子高高举起，轻轻放下，说："这话也没错。如今的社会主义标上了'中国特色'四字，这才有了今天的幸福人生。"

“就是呀，人要懂得感恩。”崔晓娣噘一下嘴，说，“动迁是服从政府的需要，但这并不意味着我们公司就此彻底完蛋而消失了，我相信你有足够的智慧和能量干他个东山再起。”

王小鹏点点头，眯睎着眼等待她继续往下说。

崔晓娣羞涩地笑笑，说：“所以这才有了你的那种说法，破字当头，立也就在其中了。”

“哪里呀，这说法是伟人的语录。”王小鹏恢复了兴致，“看你这般没文化，真可怕。”

“我才不管谁说的，但我懂得这个辩证法的推论极具有内涵的教导性意义。”

王小鹏用奇异目光看了看崔晓娣，说：“这破字并非是失败，即便算是失败，这个失败也不过是重启复兴路上的绊脚石。跨过去，就是柳暗花明又一村。”

“究其根本也是这个理，人生在世，改变命运，创造人生，失败几次对进步是有益的。生活给予人类最大的礼物是什么？是使人相信成功的力量来自失败，失败是成功之母。”

王小鹏咳嗽一声，说：“成功是全人类共同的精神所向，它本身没有什么好坏之分，也没有阶级性。”

顿了顿，王小鹏继续王婆卖瓜，“其实，说我不入他人法眼，我根本不在乎，我大可不必去看他人眼色行事。我有我的理念以及人生价值观，我有我的朋友圈，我有我的梦，我还有我的十八般绝活和手艺……”

崔晓娣抬起眉目，说：“有梦就会有成功，实现你复兴的梦想，这是你人生最大的乐趣吧。”

王小鹏的口吻里透出一股精神倍增的力量，说：“理直气壮地相信自己，信任自己，我行，我一定能行。”

“这个自然，连自己都不相信自己能行的人，怎么会有胆量放手去做事，一切成功的秘诀首先取决于自我信任。每个人都希望成功，但并不是说每个人都能获取成功。我相信你会成功，不管前面路途有多少艰难困苦，然而出于你的理念和勤奋以及孜孜不倦的精神动力，一定会赢得光明置业公司复兴事业的成功。”崔晓娣说。

“但是，这个复兴之路谈何容易。”王小鹏说。

“你王小鹏是什么人，啊？他人能干成的事，你也干成了，这才叫虽胜无荣呢。"崔晓娣说这话时直想喷笑。

"也是，如想成功，不恤小耻，还得脸皮够厚，求爷爷，告奶奶。哎，都这把年纪了，有时想想也真作孽。"王小鹏语音尾声拖得十分悠长，口吻里含着无限伤感，说，"动迁后的再置业，无论成功与失败，都在于自己的所作所为。"

"蒋豪不也在帮你找人脉，打听拍卖公司情况吗？"

"我看出来了，蒋豪这次是真心诚意帮忙。不过我也跟他说清楚了，咱俩可是相辅相成，他出力协助我购置物业，这也是动迁组义不容辞的义务和工作，我现在已经退一万步了。想当初，我如果一口咬定动迁可以，但必须要以物业置换物业，他到现在还不是没辙。"

"好大的口气，就你这倔头最后不也乖乖地举手投降了吗？"

"哎，没办法，蒋豪这人年纪轻轻，手法高明。"王小鹏无奈地叹了口气，缓缓神，继续说道，"他这人呐，干动迁工作十多年了，不但是个老手，还是把老枪。什么人模狗样，妖魔鬼怪的东西，他见多了。"

"你不是说蒋豪在外的名声和口碑都不错吗？"

"口碑不错是指他人品。"

"那你说他手法高明是什么意思，难不成他竟然对你搞坑蒙拐骗的手段？"

"那倒没有，如果他真耍出坑蒙拐骗的伎俩，我也不是吃素的，咱使出的八卦拳套路，多得去了，一套一套跟他玩，足以够他喝七大壶八大碗了。"王小鹏嬉笑着说。

崔晓娣一愣，心里顿时泛起一阵凉气，呢喃着说，"难不成你要和蒋豪对着干，但蒋豪身后有着强大的政权支撑，他所代表的是国家和人民政府。"

崔晓娣一番话猛烈撞击着王小鹏的心，他的头颅无力地垂下，一直垂到弯曲着支起的两膝盖。

说来也奇怪，就在王小鹏垂头丧气那刻，初冬天气说变就变，说时迟，那时快，不一会儿便连续刮来那冰凉潮湿的风，一阵阵地刺入肌肤。

蒋豪个头虽不高，但意志坚强，性格刚烈，眼睛又圆又大，眼珠乌黑乌黑的，乍一看，好像没什么特别，可是当你静下心来仔细去研究，嘿，他的眼睛会说话哩。

蒋豪做人做事原则性强，但也不缺乏灵活机动的曲线妥协。作为一个代表政府行为的动迁工作组组长，他时刻牢记的是，他的一言一行都代表着政府形象。动迁工作是与各种类型的人打交道，那可不是简单的活儿，那是个漫长的精神博弈过程，需要有耐心和恒心，非一般在普通工作岗位上的人所能胜任。

蒋豪前期对王小鹏的印象，感觉他就是个混蛋，龇牙咧嘴的腔调纯粹无知无识，活生生的现实版暴发户。

王小鹏那种豪气冲天的架势，滔滔不绝的口才以及那过度夸张的言行举止在蒋豪眼里，从头到脚显摆出来的不是俗气就是痞子气，要不是动迁工作需要，他才懒得搭理这种不伦不类的人物。

"就是个不用打底色的杜月笙。"蒋豪初识王小鹏时脑子里突然冒出来的就是这种印象。

蒋豪留给王小鹏的印象是：

他那双会说话的眼睛，乍一看，与普通人没什么不一样"上边毛，下边毛，当中一颗黑葡萄"。

但仔细研究蒋豪这双眼睛，确实与众不同，他黑眼珠子会随着洽谈的节奏以及气氛转换颜色，由黑变黄转蓝的同时还会化作绿色，王小鹏知道这种会变色的眼珠，其为人处世够厉害的。

王小鹏在 20 多年前便学会了翻眼白、转眼珠，但要让眼珠随心所欲地变色那可不是一般的功夫。

当时他内心世界就这种想法，看出对手的强势要比发现其手腕容易得多，因为强势是在明处，也是可以回避的。而手段则藏在深处，并不是任何人都能发现它。

总体来说，王小鹏与蒋豪俩人在洽谈的初期阶段是很不友好的，相互之间是排斥的。从根本上说，这俩人是两条道上跑的车，相互之间绝对不会产生共同语言。

自从蒋豪花了近个把月仔细研读了王小鹏的长篇小说《碎片人生》以后，他的看法开始改变，洽谈语调也开始显出些柔和情调。

"王总，我现在明白你也不容易。可你想想，我也不容易啊，大家都活得不容易，是吧。时至今日，咱们相互间都该宽容相对，相互理解。从客观上讲，我们是毫不相干的两个自然人，但从您的岁数以及辈分上看，我也应该尊敬您。所以，我认为，你我之间没什么不好商量的，只要你的要求不太过分。"蒋豪说。

当时王小鹏愣怔地看着态度有所转变的蒋豪，说，"我知道你学历深厚，但你不可以高高在上看人低，对吧。"

蒋豪说："王总，哪里会呢。说白了，您既然是我们的前辈，您的奋斗精神也就是我们学习的榜样。"

"你向我学习？那是不可能的。你我人生旅途不同，所以走的道也不尽相同，由此形成的志向以及思维方式肯定也不相同。"王小鹏说。

"王总，我把我个人对你的态度明确摆在这里，有事叫我，鼎力相助，你那种物业置换物业的设想，我认为既异想天开，又实事求是，这是你特有的风格，这种风格让我在与您的洽谈中探索到无穷的大智慧。"

王小鹏散漫无神的目光突然愣住，"玩我是不是挺开心的？"

此时他对蒋豪一点恶感都没了，原本心中的仇视被一种似友情的感受偷偷替换。

就这样迎来送去地洽谈，一来二往地沟通，蒋豪把这个倔骨头王小鹏不但搞定，而且搞得彻彻底底。

再后来从王小鹏身上体现出来的实际行动，着实让蒋豪感动到无与伦比……

由此而来，当王小鹏委托他寻找拍卖行里的当事人时，蒋豪毫不犹豫地一口承诺，"义不容辞"。

但承诺归承诺，真正落到实处时蒋豪才感到难度确实存在，自己又不是什么市长或者说市委干部，隔区如隔海，他手再长也无法涉足其他区里的事务。

蒋豪的本职工作是搞动迁，动迁这项工作也不需通过什么人脉关系来运作。王小鹏委托他时，他一点方向没有，即便如此，蒋豪也不好意思断然拒绝他提出来的支援请求。

自从王小鹏把光明公司的物业实实在在提前三个月交给动迁组之后，蒋豪这才真正感觉到王小鹏自始至终都没有欺骗他。

一次，他去王小鹏公司总部洽谈工作，一大车的人坐在车上，蒋豪当众夸赞，"王小鹏是我在动迁工作中所遇到的一位最有趣味的老板，且老板做大了，人性依旧，童心未泯，挺逗人的。"

确切地说，蒋豪正因为对王小鹏有了好感，这才动了恻隐之心。

没几天，他便来电告知王小鹏，拍卖行的当事人找到了，约定在下星期见面洽谈。你有什么需要咨询以及协助的事项，事前准备一下，届时当面提出所需……

一周以后，那是一个星期日的晌午，王小鹏一行三人匆匆赶到一家外观并不豪华的酒店餐厅包房时已经迟到了十五分钟。

进了门，屁股尚未坐稳，蒋豪貌似极为平淡地说，"今天的主角，迟到了啊。"

王小鹏站起来。

"是王总来了？"落座于王小鹏对面的一少壮抬起头哼哈着询问。

王小鹏定睛一瞄，对方似乎有一张圆圆胖胖的脸，嗓音有点沙哑，头发乌黑，发路三七分开，头丝油亮、清晰，眼儿挺大，眼珠发亮，着装大方，衣服整洁，一副很和善的样子。

"天上下雨地上滑，各自跌倒各自爬。"蒋豪的助理小姚说话时眼不离菜单。

蒋豪厉声道，"胡说什么你，菜肴简单点，就点个工作餐。"

一语未了，王小鹏站在那里，笑眯眯地插话进来说，"天上无云不下雨，地上无人事不成。"

"对诗是吧，那我也来一句，天上下雨地上滑，哪儿跌倒哪儿爬。"蒋豪也乐呵呵地开始调侃。

"天塌有高汉，水淹有矮子，再怎么着也伤不到你大老板王总呀。"对面那位少壮笑嘻嘻地穿插着话题调侃。

"天无绝人之路嘛。"蒋豪站起，曲指对着王小鹏，说道，"我来介绍一下，这位是王小鹏老总。"侧身拍拍那位少壮肩背，说，"这位是浦江拍卖行对蓝旗轮胎集团物业被法院委托拍卖的当事负责人，大名刘江涛，人称刘博士。"

"哪里哪里，蒋总过奖，过奖。"刘江涛站起，弯腰致歉。

王小鹏自从在公拍网上看到所期待的蓝旗集团的物业由浦江拍卖行执行拍卖后，他正为找不到关系来了解拍卖事态的实际情况而犯愁，生怕这片物业被一股什么妖风呼地一下刮跑了。

他也琢磨过，拍卖是公开、公平、公正的，确切地说，没什么人可以在其中搞什么暗箱操作。即使有人权力再大，拍卖物一旦进入拍卖场上就是在众目睽睽之下公开竞标运作，所有的人脉关系连个屁都不如。

但是，毕竟王小鹏是一个粗中有细的人物。

一事当前，他首先考虑的是知己知彼方能百战不殆。如果他能交识于拍卖行的当事人，他就有法子把简单的事情搞复杂，把清晰的事情搞浑浊，这样他也好众人皆醉他独醒，浑水摸鱼。

虽然蓝旗轮胎集团这条破鱼充满烂腥味，并非他王小鹏的理想之物，但苦于当前拍卖市场上无鱼可钓，只能将就着食用了。

可是他没有相关熟人，也就无法了解本次拍卖的内幕行情，故而也拿不出什么好点子来进行策划。

于是他找到了蒋豪，把这烂事贴在了蒋豪身上。

蒋豪今天的安排以及说出来的几句话，确实是让他醍醐灌顶，更让他看到了希望。危难之际见真情，他没有理由不感激蒋豪，更没有理由来不巴结刘江涛。

就这样，蒋豪把王小鹏迫切想知道拍卖行内幕的信息，成功地转嫁到刘江涛身上，让刘江涛心甘情愿地为王小鹏提供信息和方便，他蒋豪的任务算是完成了，也算对得起王小鹏。

这样做的效果，果然很好。

一席之间，王小鹏与刘江涛仿佛一见钟情似的称兄道弟。刘江涛没有像王小鹏想象得那样做好保密工作，反而一五一十地把本次参加拍卖的竞标单位数量都告诉了王小鹏。

"刘博士，您看，有没有置我于死地的竞标对手呢？"

王小鹏这话问得让刘江涛有些吃惊，心想，"他来找我有什么事，其深藏不露的目的是什么？"

可转念一想，"既然是朋友介绍，又共聚一席，我也没必要藏着匿着，拍卖物业和物业标的本来就是公开的，在光天化日之下的阳光操作，任何人都无法暗箱捣鬼，所以也不存在什么违法行为。不说点实际情况，他在朋友面上也过不去。"

一想到这些，刘江涛虽然心里梗得不舒服，但脸上还是挂起了笑容，说，"是有一家单位，法院的主审法官也打过招呼，让我们竭力撮合让这家单位成交。"

说着话儿，刘江涛从圆桌对面绕过来，举杯，"来，来，咱今天以茶代酒，祝王总心想事成，一举获胜。"

王小鹏心里咯愣一下，起了一个结，笑容有些别扭，说，"刘博士，我很想知道法院打招呼的竞标对手，是哪一家企业单位，他们具有的综合实力如何。"

王小鹏心里明白，事情明显地摆在那里，并具有非一般的复杂性，他志在必得的信心开始摇摇欲坠。作为靠法院吃饭的拍卖行，怎么可能出手来帮我这个素不相识的人呢？

——我凭什么呀？

王小鹏更明白的是，直来直去的咨询是套不出刘江涛说出什么真实内幕情况。再说，人家私底下或许已经跟法院达成了某种默契操作，而且外界都无从知道。

他朦胧间忽然醒悟，接下去他不必按预先设计的思路走，应该利用这次机会安排一幕让刘江涛能下得了台的戏文。目的就是让他在不知不觉中为我服务，为我工作，替我去办那些我根本无法办到的事情。

刘江涛根本没料到，与客户直面交流拍卖常识本来是一项正常的业务和工作，提供一些拍卖会现场的规矩也是他分内之事。

他十万个没想到的是王小鹏会给他下套。这个下套的人表面上看或许是蒋豪，因为这场聚会蒋豪是召集的人。

但事后刘江涛才彻底明白，自己只不过是一个被操纵着的皮影而已，这个操纵皮影的人，非王小鹏这个大混蛋莫属！

"刘博士，看起来您的气色不错啊。"那一天王小鹏就是这样无话找话地开始给刘江涛挖坑。

"呵呵，哪里，哪里。"刘江涛两眼并不看王小鹏，转过身子绕回到自己的座位上，"嘡"一声，把屁股拍在皮椅凳面上。

然后他抬起头，眯睎着眼正视了下王小鹏左右的一男一女，最后把目光落定在王小鹏身上，漫不经心地说道，"王总都这把年纪了还要操劳事业的发展，也真是，日子不好过哇。呵呵，不会吧。"顿了顿，又问道，"这两位是?"

王小鹏接口令特快，"这是我儿子，王剑，现任公司总经理。这位女性是公司办公室主任，姓李，日常却被人称呼为李经理。"

"哈哈，幸会幸会。"刘江涛用非常派头的姿势举举手中杯子，微微抿了一口茶，说，"有缘相聚，都是缘分。"

"那个竞标对手与法官究竟是什么关系呢?"王小鹏低着头似乎是在自言自语，但目的是引出刘江涛的下文。

"这我不太清楚。"刘江涛知道王小鹏是在套他的话，"拍卖场上竞标公开、公平、公正，这个你不知道吗?"其实，刘江涛知道王小鹏明白，这是故意在问他。

"还没来得及研究。"王小鹏呵呵地笑着，马上转移话题，说，"我看了公拍网上的公告，标的物起拍底价好像是5800万吧。"

"这个嘛，标价似乎高了点，但物以稀为贵，现在拍卖市场上几乎已经没有工业厂房这一块肉了。"刘江涛说。

"蓝旗轮胎集团这个工业厂房我去看过，也洽谈过，那彩钢板厂房常年欠缺整修保养，整体腐烂破落，不堪一击似的。"王小鹏愤愤不平地说，"其实，蓝旗轮胎集团的老总当时开价，净到手3800万，他的物业就可以出让了。"

"哈哈哈，精肉肥肉，能弄到手就不错了，您王总还挑精拣肥，都啥时候啦，等你挑好了，黄花菜都凉了。"蒋豪不失时机地穿插进来说，"你也少折腾了，你的置业搞定，我肩上的担子也卸掉了。不然，老说什么是我蒋豪应尽的义务和责任，真让人受不了。"

王小鹏非常清楚，无论是当官的还是平头百姓，都会有一个自己的圈子，而他王小鹏不属于蒋豪的圈子。

但他更明白的是，他现在必须牢牢抓住蒋豪这圈子的边框，一失手，脱离了这圈子，他就会像飞船那样脱离了环绕地球的轨道，只能盲目地在宇宙中乱飞，乱折腾……

王小鹏心里冷笑一声，点燃一支香烟，抽了几口后很爽快地说，"那就咬定这块臕肉了。"

"就是嘛，过了这个村就没那个店了。"蒋豪助理小姚插话进来说，"王董事长不愧为响当当的企业家，眼光就是跟别人不一样。蒋总说了，我们就是再难也不能把你撂下不管。再说了，人活着也不单单是为了完成任务而工作，还有更重要的东西，那就是良心。你既然在动迁问题上表现得那么优秀，我们也没理由不伸出援助之手帮你重整旗鼓。"

"哎哎，小姚，可别再提什么帮助重整旗鼓的话，否则，王总那一套一套的，又会把你们动迁组应尽的义务和责任拿出来唬人。"蒋豪坦然地说，愉快地笑，感觉非常开心。

他心里暗暗思忖，"从今往后，王小鹏，你这老小子再也没什么理由来纠缠我了吧。"

至于什么"舅舅与外孙"的话题嘛，"哈哈哈哈，"蒋豪一想到他演绎的这个节目就感觉太幽默了。

忍俊不禁的他，突然放声大笑着说，"好玩，太好玩了！"

肃穆无声在做记录的李经理以及王剑被蒋豪的狂笑弄得莫名其妙，七八个人都傻不愣登地默默无语。

就一会儿，王小鹏转过神来，也跟着哈哈一笑，说，"蒋总的笑声很有味道，内含很有智慧。"

"哪里哪里，也只是随便想到一些趣事，笑笑而已。"说着，无趣地站起来，说，"你们先聊，我去洗洗手。"

蒋豪离桌后，王小鹏沉思良久。他有一种预感，觉得眼下的难题是刘江涛不可能主动帮他，拍卖行是绝对不敢得罪法院打了招呼的那一帮竞标对手。

既然如此，怎样让刘江涛为我所用，那就得靠我自己的智慧了。

什么叫智慧？

"智慧就是给刘博士挖个坑，让他往里跳。"王小鹏心里暗想，"再挖一个大大的，神不知鬼不觉的陷阱，让竞标对手一伙人晕头转向，齐刷刷地往陷阱里跳下去，那才叫大智慧哩。"

想到这里，王小鹏也忍俊不禁地哈哈大笑。所有台面上的人，都莫名其妙——蒋豪和王小鹏这两人今天怎么了，像着了魔似的，一个笑完走人，接下去再上一个疯笑的。

究竟是为什么？大家伙似乎都在这么想。

"没为什么，我在想啊，就那一块烂肉，怎么还有人来抢，想想可悲、可笑。我是在笑那个竞标单位，是哪方面大神啊，是不是想吃膘肉想疯了。我可是有头有脑的人，过度竞价的烂事，我才不干呢。"

"王总，您这话没错，过了这个村绝对不会再没那个店。无底线的竞标只是一时冲动，后悔莫及的最终还是自食其果者。"

锣鼓听声，听话听音。

这不，王小鹏摆出一副不屑一顾的姿态，随手耍了一把套子，刘江涛立马进套露馅。

此时他故作矜持地沉思了一下，说，"就这块烂肉，竞标底价已超出我先前与业主洽谈的 2000 万，2000 万那可不是个小数啊。"

"就凭这 2000 万也可以买一家不小的物业了。"王剑似乎也有点愤愤不平，说，"拍卖行底价标得太高了。"

"那你们是什么意思，如果现在放弃竞标，保证金 600 万我们拍卖行会全额返还给你们。"刘江涛说话时愣怔着眼睛盯着王小鹏。

"上钩了？"王小鹏心里又开始哈哈大笑，可他脸上挂出的却是严谨、肃穆的面具，说道，"我有两个设想方案。"

"怎么说？"刘江涛愣怔的眼神转化为疑惑。

"第一个方案，我掏出 200 万现金，补偿给那家竞标单位，退出竞标，只作为陪标而出席拍卖会场。"王小鹏说话时的神态，完全涂上了满满的情真意切。

"这个方案可以，我来协调，应该没什么问题。"刘江涛满脸贴着信誓旦旦的表情，说，"那第二个方案呢？"

"我是不是应该设立一个竞标底线？"王小鹏说话时显出心神不定似的犹豫不决。

"那是必须的，每一个竞标者都会有一个心理价位，超越了心理价位，也就是到了放弃标的物的时辰。这样可以防止一时的冲动和意气用事，这些都是拍卖会上的常识，你应该懂的。"刘江涛说。

"但是，现在这个底价已经超越了我的心理价位，在座的都是自己人，我也就实话实说了吧。咱们公司庙小底子薄，财务账上连 5000 万都凑不齐，真的，我不骗你。"

"我可以适当给你延长一些结清尾款的期限。"刘江涛说。

"那得感谢您了，"王小鹏抬起头，脸朝着天棚，把小黑眼珠子熟练地往左转三圈后再向右滚三滚，说，"其实啊，我还真搞不清楚设立的底线价位究竟应该是多少。"

"你心理价位是多少，那就是多少。"刘江涛说话滴水不漏。

对于刘江涛玩的这种小伎俩，王小鹏心中有谱，成竹在胸。

于是他讪讪地说，"我在设想，竞价在标的物的底线上再追加 500 万，刘博士，您看如何？"

"500 万？王总够派的！"小姚大声尖叫。

"竞价底线追加 500 万，应该差不多了。如果再追加竞标款额度，那标的物就没有实际价值了。"刘江涛迟疑着，又说，"依我看，你的最终心理底线是不是在 500 万之后再加 100 万，逼迫一下对手。再怎么说，你也应该轻易不言放弃。"

"呵呵，给我上眼药？"王小鹏心里无声地暗暗发笑，说，"咱就再给你大博士上点眼药，放颗浓浓的烟雾弹。"

"再加 100 万，就是 600 万了！加上底价 5800 万，那不就是 6400 万了吗，那我不是在作死吗？"王小鹏拔出喉咙尖叫起来。

"王总啊王总，现在聊的只是竞标方案设计，不是实际操作，也说不定对手竞价到 200 万就放弃了呢，那你不就大获全胜了？"刘江涛情真意切地说道。

"您这话没错，没错。现在只是聊聊竞价的心理价位，是不是竞价到 600 万，换句话说也就是竞价到 6400 万时咱就应该彻底放弃？"

王小鹏很少有这样爽快的洽谈，他每一次的商务洽谈中所吐出来的每一句话，似乎都暗含着某种目的性。

"继续，咱得给这位厚道的大博士继续放烟雾弹。"王小鹏当时心里就是这样默默地思忖着。

他现在已经坚决相信自己的每一个方案设计，刘江涛都会曲里拐弯地透露给竞标对手。他必须让刘江涛相信自己现在说的每一句话以及每一个方案不但是真心实意的，而且是准备去彻底落实的。

王小鹏更相信的是，他现在说的这些伪信息，刘江涛必定会传递给法官，再由法官传递给竞标对手。

这样一环连一环，一套接一套的陷进去，绝对会让对手们欣欣鼓舞，因为他们肯定不会怀疑拍卖行所传递过去的信息带有任何的蒙蔽性以及欺骗性质。

理由和事实摆在那里，拍卖行在某种情况下必须依靠法院吃饭，所以法官料定拍卖行也没这胆量来欺骗他。

"哈哈，这计策不但太美妙，而且太曼妙了。"王小鹏想。

他脸皮紧绷着，装出一副欲哭无泪的可怜相，心里却高兴得像是乐开了大红花似的。

"王总，您设计的这两方案，决定了？不再变更？"刘江涛面无表情，语调平和地问道。

"为什么要变，刘博士，您给我找个必须要变的理由？"王小鹏话说得铿锵有力。

刘江涛苦笑着说，"王总老辣，什么东西也瞒不了您的法眼。但是，拍卖场上就是厮杀场所，你追我逐的冲动时有发生，最后自食恶果者痛不欲生。再说了，鱼死网破，对谁都没好处，何况王总您还有我刘某人在，不怕以后没有更好的猎物。"

"刘博士，"王小鹏冷笑着说，"别这么严肃好不好，人想让我死，我王大胆能这么容易死的吗？我神经衰弱啊，原先我跟业主谈妥的是 3800 万，现在害我花 6400 万，再怎么说，我也不是傻子吧。"

"你王总是傻子吗？"刘江涛挺直腰哈哈笑着说，"你图的什么我清楚。我们拍卖行拍出的物品是有法律保障的。其次，你那3800万是卖家净到手，如果计算企业所得税、个人所得税、土地增值税、营业税等，这笔费用是多少你算过没有？话再说回来，那笔3000多万的银行贷款烂账。你胆敢预先替蓝旗还贷？谁都不敢！如果说有人敢预先还贷这烂账，哪里还轮得到你王小鹏今天来竞标。说实话吧，如果敢于预先还贷，这片土地早就属于当地政府了。连政府都不敢做的还贷烂事，你王小鹏敢做？鬼才信！即使你敢于替蓝旗还贷，可你能弄明白这蓝旗集团屁股底下还有没有其他烂账，其实呀，王老板你啊，就是个人精！"

王小鹏一听刘博士这番言论，大吃一惊，他真没料到对方竟然把拍卖物的背景了解得这么清楚：

知根知底，全盘通晓！

于是，他不露声色地说，"哇，刘博士，我可没你想得那么多，你这种看法指向应该对大老板来说或许准确无误。但对我们这类好似满大街捡烟屁股的小混混来说，钱就是爹妈啊，没钱没财就似没爹没妈。我拜托蒋总找路子，上您这庙宇烧高香，我意思明确，就是您无论如何也得帮帮忙，超过6000万已经要我命了，6400万？咱肯定不干，一千一百个不干！"

"此话当真？"刘江涛乜斜着眼说，"谁变谁是小花狗！"

"哈哈哈，我的刘博士哇，哇呀哇，您说话挺逗人的。我是想变啊，但变的前提必须是要有钞票垫底啊。您说的那些话都对，但我没钱，没钱什么事都变不了，什么事也办不成。"

王剑抬头看了他父亲一眼，父亲神情紧张，脸色透出无限苍白，仿佛在大雪覆盖的森林中猎狗追逐野兔的情景。父亲跑得不够快，年迈的老腿妨碍了他奔跑的速度，油然而生的是王剑心中竟然产生了许多对老迈的父亲那一份同情……

"刘博士，我公司的财务状况我最清楚，说实话，账目上的资金5000万都不到，即使银行贷款，时间卜也对接不上付清尾款的期限。再说，我们付出的600万保证金，也不是个小数，难不成我们舍得莫名其妙地不考虑600万被拍卖行没收的恶果？"李经理说话实在，不具有任何的企图和目的性。

刘博士笑了，职场上美女说话不带欺骗性，这点他坚信不疑。可他脑子一转，一句话脱口而出，"你们公司不是被动迁了吗，那就应该还有一大笔动迁补偿款呀。"

"刘博士，这你就不知道啦。"蒋豪助理小姚插话进来说，"王总连动迁补偿款合同都没跟我们签呢，我们是政府机构，怎么可能他缺钱，我们就给他钱？我们付钱出款都必须要走程序的，这个程序的烦琐规矩，难不成刘博士不懂？"

"哈哈，这，我懂我懂，不懂才怪哩。"刘江涛谦虚地微笑。

王小鹏哭丧着脸……

可他心里敏锐地感受到，李经理和小姚的那番确确实实的说辞就像几颗实实在在的炸弹轰过去，一切似乎已经被搞定。

刘江涛必定对他王小鹏施放的烟雾弹，深信不疑。

洽谈结束，散场走出酒店时，王小鹏胸膛仍在忐忑不安。他的脖颈肌肉绷得紧紧的，那红紫色的脖子粗壮而结实，几根弯弯曲曲的细筋凸出肌肤，露出青白色彩。

他那乌蒙脸面就像暴雨前的天空那样可怕。

摄影　夫妻双双把家还　王照敏／摄

摄影　疑似天马越凡尘　王照敏／摄

第十二章

血性绞杀

那是个西北风呼啸的上午，似乎进入了隆冬季节，天寒地冻的气候让人感到瑟瑟发抖，当太阳高高挂在头顶时分，王小鹏这才从朦胧中醒来，起床，早餐。

长期熬夜成了他的生活习惯。

他愣怔着坐在他那一个人独用的早餐厅里，面对丰盛的营养早餐他一点食欲都没有。

他在等人，等待一个特殊人物出现……

这几天，他老是在琢磨着，刘江涛会不会把他虚假信息传递和透露给法官呢，在他看来这是生死攸关的一着棋……一步走错，步步皆错。

老旧的电炉，呼呼地吹出阵阵热风，不时地发出嘶哑而断续的声响，仿佛一个患上气管炎的老人躺在床上反复折腾，那声响挺古怪的，既像咳嗽又像吐痰。

王小鹏这几天连续发了几条微信给刘江涛，并拐弯抹角地试探着询问，他的竞标对手究竟是什么单位，可刘江涛总是支支吾吾地说不知道也不明白是什么单位。

刘江涛能不知道吗？

王小鹏想，既然你是这次拍卖项目的负责人，那么每一个竞标单位首先必须要到你手里缴纳参与拍卖单位相关的书面资料以及竞标的保证金，你有什么理由来说不知道？但转念一想，换位思考，出于职业操守，刘江涛也没错，他不可能违反他的职业道德全盘泄漏内部信息。

透过这些表象看本质，王小鹏知道有一家强有力的单位参与了竞标。其实，这就够了，随后竞标现场的事态发展谁也掌控不了。

他此时应该为自己庆幸，放出去的烟雾弹所包含的伪信息，只有天知地知他自个儿知，任何人都不知道他深藏不露的内心想法，甚至连他儿子王剑以及李经理都毫无察觉。但这并不代表是他不信任他俩，而是怕他们一不小心口误泄漏，那他费尽心机的谋划将变成泡影，鹿死谁手自己就一点把握都没了。

王小鹏明白，拍卖场上的拍卖行情千变万化，这是一场没有彩排的现场直播，演成什么样都是他王小鹏一个人承担。演好了，企业复兴便大有希望。演砸了，苦果只能自个儿吞，责任自己承担。虽然说悲喜成败像路边花草，一闪而过，但实际发生或即将发生之前，主要还是内心感受，这感受在他心里，不在身外。

他焦躁不安，烦躁不已。他明白，他的谋划再美妙，再神秘，也很难让他的心境得到平静。考验他个人的意志，常常不是看他是否敢于面对失败去死，而是看他是否敢于求得生存空间活下去。

活下去，就他个人而言不差钱花，他现在完全有能力不受任何约束地自由自在地消费花钱。虽说算不上富豪，钱也并不太多，但他一直认为自己的钱够花就可以了，超出够花的钱就是纸。

不管出于什么动机，最终由于王小鹏一个平凡普通人的无私行动，导致企业得救了，无论从哪个角度来判定都是利国利民的，英雄行为由此而生。

王小鹏并非如蒋豪所想象的那样私利，他对于国家的需要是绝对服从，毫无怨言是他的根本。他长年累月地走世界，举目开眼，拓展思路，连这点都弄不明白那他就不是个白痴吗？

至于蒋豪所厌弃王小鹏的那种穿着打扮，他的理念更不一样。他以为自己不是体制内人员，且又上了年纪，靓丽的服装能给他带来美好的心态。他这把年纪的人更需要有这种心理上的觉悟，怎么开心怎么来，与任何人没任何关系，这不妨碍他人利益。

人与人的生存环境不同，思想理念以及思维方式自然大不相同。比如说，一个大领导在群众面前微笑着摇摇手，轻轻地鼓鼓掌，众人都会说领导神态矜持，不但有风度，而且有高度。

如让一个平头百姓也去学着模仿领导的这种轻轻鼓掌，挥手致意的腔调，人都会说他装模作样。

所以说人与人之间的身份与所处环境不同，表现和格调都不可能一样，大部分人都不懂得其中的微妙所在的。

人类群居生活必须要有另类，而王小鹏就属于在生活中敢于做另类的那部分人。艰难困苦前面胆量不变，因为有勇气在。天塌地崩而不失威武，因为有豪气在。

通常来说王小鹏的人生理念没大错，给他个三七开并不过分。当然，七是优点，三是缺点。然而王小鹏自个儿思想境界并不太高，他只求自己能做到三是优点，七是缺点便非常欣慰，便阿弥陀佛了。

实际生活中他对于与他相关的任何评论都无所谓，他坚守的信念是，既然自己选择生活在祖国母亲的怀抱里，那就必须要遵守国家制定的规矩，尊重法律，爱党、爱国，听党话、跟党走。

王小鹏这种誓言在他光明公司被政府动迁的表现中演绎得淋漓尽致，彻底优秀。即使把他那些狡诈计谋放到显微镜下，随着显微的倍数增加，整体朦胧的策划消失，宏观化成微观，微观到最后，了不得，显示出来的就是他那一颗爱党、爱国的赤诚之心。

然而通常来说，人们的常识与之相反，坚信着一个实在的我，并由此生出对我的执着。有时候，我们不仅会误解某人某事的所作所为，而且一厢情愿地赋予他种种不符合规范的道德标准。比如说，我们认为天空是蓝的，那只是从表象视觉上的宏观感受，这是我们觉知的天空，实际上并非就是天空的原貌。天空仅仅是一个概念，天空中布满了被散射的蓝紫光，而人眼对紫观不如对蓝光敏感，因此我们看到的天空是蓝的。

同理，王小鹏在动迁工作以及购置物业中的那些所作所为，有些手法看似邪门，但不能笼统地给他套个狡诈的定义。他的人生轨迹以及在人生旅途的实际演绎中，从结果上看，确实存在着一种永恒不变的爱党、爱国、爱社会的人性本根。

这一天，王剑出现在他面前时，他正聚精会神地思绪着，嘴咧开，龇出已经不算太白的牙，用一种非常期待的眼神看着他儿子。

王剑说，"她马上就到。"

王小鹏没发声，目光是冻的，他显老了，脸色焦黄，手臂好像被抽了骨头，看上去像条柔软的面棍，这让王剑感到吃惊。

"她会把一切搞定，从拍卖程序至最终拿到房产证，一揽子包干，开价十万。"

"她凭什么能一揽子搞定。"王小鹏满腹狐疑地问。

"她是我一位大哥的常年法律顾问，大哥评论她能量无限。"王剑说，"你也不要担惊受怕，没什么了不起，专业的事让专业的人去干，咱们委托专业律师，不就什么都摆平了？"

"我都摆不平她能摆平？"王小鹏很是疑惑地呢喃着说，"汪大律师都不敢说这话。"

"我大哥说了，她替他摆平过好多案子。现在不管怎么说，把她请来探讨和商量，总比你一个人苦思冥想好多了吧。再说了，都是朋友，她今天过来又不收费，我只是让她来帮你出出主意，提一些建议，大局把握还是由你自己决定。"

"这我知道，你昨天已经说明白了，我现在就是准备接待她呀。"王小鹏脸上出现了一种善良的表情，但还是底气不足地说，"设想好最坏局面，努力争取得到完美结果，这是商场的基本常识。"

这时崔晓娣走进小餐厅，手里拿着一盒"白色恋人"饼干，说，"我今天上午特地到静安寺中华百联给你买来的，是你稀罕物，吃点吧。"

王小鹏摇摇头，拒绝了。

崔晓娣有点尴尬的样子，说，"人是铁，饭是钢，你总不能老是这种悲悲切切的样子，真让人受不了啊。"

王小鹏眼里滚动着泪花，王剑看了感动万分……

从小到大，在王剑的心目中父亲是霸道的，是铁骨铮铮的，在父亲手里没什么搞不定的事情。即使面对流氓恶霸的欺诈，父亲总是单刀赴会，挡在最前面，用智慧和气势压倒对手，让流氓俯首称臣。这种气派昂然的景象，王剑目睹好几回了。

如今父亲怎么了，多愁善感，弱不禁风。估计老了，人老了或许神经就会脆弱……

但是，后来事态的发展，老父亲在拍卖场上那种果敢的意志，大将的风采，面对血性的绞杀，临危不惧的那种气壮山河的气概，足以令他大跌眼镜，终生难忘！

自然，这是后话。

人生没有假设，王小鹏明白十年后他的幸福人生就在于当下的谋划，当下思路既是今后十年的全部，也或许是他大家庭所有员工的全部。

　　然而很多人都难于明白这个道理，总以为十年路漫漫，靠的是一步一步脚踏实地走出来的。但是当他过了十年以后再回首看走过来的人生轨迹，总感觉命运不济、上帝不公、亏待了他，仿佛他尽努力了，使足吃奶干劲，却没得到公平合理的待遇以及幸福人生。他岂不知，行走在汗水泪水、人海物海之间寻找幸福与尊重，应该多想想自己与成功者有哪些不同之处，自己出错在什么地方。

　　如果你在十年后认为自己十年前的思路是对的，那你就是幸福的，因为你通过十年前的设计实现了你预定的目标，那你就已经获得了你自己需要的幸福生活。

　　但凡只关注眼前利益者，没有深谋远虑，没有对十年以后的自己设计出一套规划，定出一个或大或小的奋斗目标，那么你的人生旅途就会越走越窄，心也越来越枯燥。

　　对于王小鹏来说，他现在费尽心机的谋划，并不是为他个人利益。他对生活方式要求并不太高，除了旅行，几乎再不需要其他开销支出。王小鹏现在的衣食住行已经得到了空前有效的经济保障，他现在考虑的是他的大家园十年以后的规划，也或他内心深处谋划的是二十年、三十年，甚至可以说是更长远的企业规划设计。这些长远的规划设计，对他本人的生命而言或许毫无现实意义。

　　王小鹏是个唯物主义者和现实主义者，所以他非常清楚，也非常明白，眼一闭，烟飞云散，一切归零。至于生命归零之后还有没有灵魂，确切地说他是希望人亡之后灵魂犹存，对于这个问题，他始终抱着宁可信其有，不可信其无的观念。但实质上他是清楚的，人亡之后除了一缕青烟，什么都不是，连放屁的可能性都不存在了。

　　"叔叔，您好。"

　　跟着崔晓娣走进来的是一位算不上很漂亮的女青年，"我姓肖，您可以称我为小肖，也可以称我为肖律。"

　　"爸，这就是我请来出谋划策的肖律师，大名肖静，雅号，孝敬。法学院毕业的高才生"王剑一边笑呵呵地介绍，一边请肖律师落座于父亲对面的圈椅。

　　王小鹏抬头正眼看看肖静。

　　肖静面对王小鹏，一动不动，笔直地挺起胸，带着一种在法庭上开庭时的坐姿。看上去她三十岁都不到，正是大姑娘家鲜花盛开般的年华，虽不是很娇艳却显出端庄、朴实，给人一种温柔、沉静、落落大方的视觉感受。她那双明媚的眼睛乌黑发亮，盖着长长的、微翘的睫毛，抬起来亮晶晶，低下去静幽幽。

"我是应王剑之邀来给您出谋划策的。据说您对拍卖会竞标这方面是初次接触，所以主要还是来向您普及一下拍卖时的技巧以及应该引起注意的事项。"

肖律师说话慢慢的，脸上总是带着善良的微笑。这让王小鹏开了小差，思想着，如果她站在大片荒野的湿地边，戴起红色的盘头丝巾，远远望去就是一株艳花盛开的美人蕉了。

"王叔，您的想法？"肖律师问道。

她看王小鹏愣怔在那里无语，不知道他是什么意思。一个激灵，王小鹏从愣怔中醒来，如今他虽然略显老态，但每逢洽谈对手，面庞上便会散发出壮年岁月的光华，流露出端庄的任性，这使他显得年轻了许多，焕发出那种老游击队员的气势。

揉揉眼睛，王小鹏盯住肖律师淡淡一笑，说，"老革命遇到新问题了，一筹莫展。"

"您具体有些什么疑惑不解的？"肖律师说。

"肖律，你全面给我爸普及一下拍卖时的现场动态以及怎么应对的方式方法。"王剑说。

"王总，我来这里主要任务是什么？"肖律师有点疑惑地问王剑，"全面普及那是不可能的，时间上也不允许。再说了，商场如战场，瞬间之时千变万化，只能靠即兴发挥。现在说得再怎么齐全，实际在拍卖会上一切全靠自己临场发挥。"

王小鹏夸张地张大嘴巴说，"咱虚的就不说了，来点实际的吧。"

"对不起，大叔，其实拍卖场上没有太多的实际。"肖律师说。

"那你想对我说些什么呢？"

"我只是介绍一些可能会发生的意外事件。"肖律师说，"比如说，在拍卖会上真正的勇者是有理智的，是冷静和沉着的。面对竞标的血腥绞杀，要表现得最为镇定自如。"

王小鹏立马来了精神，问道，"意外事件，是什么情况？"

"比如说，大叔您参与了拍卖竞标，由于他人认为标的物底价太高，没人和你竞拍，那就成了流拍。"

"流拍，流拍是啥意思？"

"流拍嘛，就是只有你一个人参加竞拍，不算。"

"不可能不算，没人竞标不要太好啊。"

"什么叫不要太好？"肖律师睁大圆眼，惊诧万分。

"那不就是我一人吃独食了嘛。"王小鹏说。

"一个人吃独食是不允许的。"

"那你给我说说理由，开了店门，进来一顾客，说要买台电视机。营业员说，一个人不卖，必须要等几个人一起来了才可以买。"王小鹏冷笑着说，"走遍全世界，都没听到有这说法。"

"竞标嘛，两个人就可以了，一个人就是流标。"肖律师说话口吻、语调强硬。

"那去商店里买包烟，必须也要有两个人同时买，一个人不卖？你可别忽悠我啊，我的资格老了。"王小鹏嘴角涂满讥讽的色彩说。

肖律师哑口无言，怔怔地看着王小鹏。

王剑插嘴道，"有些规矩我们还没弄懂，所以请肖律师过来普及一下这方面的规矩和知识。"

"你们以前参加过竞拍吗？"肖律师问道。

"没有！"王剑回答很干脆。

"那你们这次究竟还想不想参加竞拍？"肖律师说。

"当然想，做梦都想。"王小鹏抢着回答。

"既然如此，那你们就必须要听我的。"肖律师说。

这话说得让王小鹏感觉不舒服，心里暗想，"不就是个黄毛丫头片子嘛。"可他嘴上却客客气气地说，"法学院出来的律师口气就是豪横，给你点赞。"说着话儿时抬起右手，竖起大拇指摇摇。

"大叔，找着我，你们就算是找对人了。"肖律师说。

话没说完，她从圈椅中站起，弯腰给王小鹏鞠了个躬，说："承蒙大叔看得起，竞拍这事，规矩我懂，您尽管把心放肚子里。"

王小鹏乘势仔细打量了一番她的全貌。

肖律师着装打扮三分像个洋学堂的女生，七分像职场女士。两道漆黑的眉毛下面捂着一对水汪汪的眼睛，脸庞中位挺出一管似大葱那样的鼻子，两片薄薄的嘴唇，挺秀气，但竟然抹着紫色的唇膏。这紫色的唇，让王小鹏一看就觉得其人性格豪横，难不成这也算是法学院高才生的别具一格。可就这别具一格的两片紫唇，嫣然一笑，两颊便显出两个小酒窝。

王小鹏低下头，掏出烟盒，抽出一支，点燃，说，"你就聊聊重点的吧，我们怎么对付流拍的方式方法。"

"流拍的出现有两种情况引发。"肖律师说。

"流拍出现还有两种情况？"王小鹏吃惊不小，"何谓两种？"

"一种是人为的。"

"还有人为的？"王小鹏更吃惊了，他最恨就是有人为的影子。

"对！"肖律师说。

"公开、公平、公正的拍卖，你人为怎么操作？"

"拍卖会上时拍卖标的物必须是公开、公平、公正。这个是有国家的法律来维护和保障的。"肖律师说。

"我就是看中这个由国家法律保障，也正因为如此，所以才参与竞标。"王小鹏说。

"但在法律保障的基础上，由于某种人为的因素存在，没人举牌，这就意味着没人竞标，所以就属于流标。参与竞拍的人可以等待着下一次标的物底价下降后再参加竞拍。如再流拍，再降价，以此类推。"肖律师说话时的语句顺畅极了，"这是一种流拍的形式。"

"那第二种呢？"王剑问道。

"第二种就是刚才说过了，仅一个人举牌，没人竞标，也即为流标。等待第二次降价后再竞拍。"

"这个嘛，即无奈也无法控制啊。"王小鹏说。

"怎么可能会无法控制呢，无法控制，那要我们律师干吗？律师赚钱吃饭，就是靠帮助你们解决无法控制以及无法解决的问题。"肖律师呵呵地笑着说。

"你胆敢暗箱操作。"王小鹏一下子睁大小眼。

"没人敢暗箱操作，作为律师，从来不干超越法律底线的事情。我们律师嘛，就是在合理合法的缝隙中为你们寻找解决实际问题的办法，拿出一套切实可行的具体方案。"

"好个精英律师。"王小鹏听了，异常高兴地甩开两巴掌，"啪啪啪"地使劲鼓起掌来。

"比如说，你们家族不是还有其他企业单位在正常运转吗？"肖律师悄悄问道。

"对啊，这没错。"王剑说。

"这不就得了。"肖律师说。

"怎么就得了。"王小鹏很是疑惑。

"在拍卖场上，拍卖师一旦宣布开始竞拍，当你发现没人举牌竞价，那你的 A 单位便主动举牌竞价，而你王叔的 B 单位跟进举牌。如此，便排除了拍卖场上的流标规则。"

"我派两家单位入场竞标，这是弄虚作假，属不属于违反法律规范要求。"王小鹏法制观念很强，凡是违法的活儿，总没好果子吃。所以违法的事，打死他也坚决不干。

"如果你愿意，你可以派一百个单位参加竞标，有谁知道哪个单位是你的，哪个单位不是你的，即使明确是你的又能咋？当然前提是这些参与竞标的单位都必须是合法经营的，这不能虚假。"肖律师顿了顿，继续把话扯到正题，说，"如果此时没人再举牌，拍卖师会连问三次，如再没人举牌叫价，那么就是'哐当'一声响，什么事都没了。"肖律师说得眉飞色舞。

"好，那我就报进去两个单位。"王小鹏说，"这方面我一点问题都没有，是不是再要交 600 万保证金呢。"

"那是必须的。"肖律师说。

王小鹏很纳闷，也很惊喜，但又很糊涂。

他犹豫不决地问道，"我们报了两家单位，这种情况我们是不是要对拍卖行的朋友交代清楚。"

王剑看见了肖律师满脸的惊讶。

"多此一举，有这必要吗，你报的两家单位都是独立经营的，管他拍卖行什么事。"肖律师笑得有点狡猾。

"这个女人，到底是什么人呀。是妖精还是八卦，鬼点子多如雨点子。"王小鹏心里暗想。

他的眼睛湿漉漉的，眼神诡秘，半张开的嘴像随时都要说话的那种神态。王剑知道，如果父亲再开口说话，说的会是什么，他最了解父亲根本瞧不起小年轻律师的能量。

"爸，肖律师是法学院毕业的高才生。"王剑说。

"重复了，你刚才不是说过了吗？"王小鹏心里还是狐疑不定。

肖律师看出来王小鹏眼神里含的是啥意思，她明白，这是商场上那种老游击队员抠门的表情。

于是，她加重了语气，说，"今天我是免费给你们普及竞标的规则以及法律知识。"

"也重复，这也说过了。"王小鹏呢喃着两片嘴皮子，语调是那样的轻声细语。

"那好，我就讲些没说过的。"肖律师抖抖精神，把眼睫毛往上一扬，口吻严肃，说，"在竞拍会上最关键的是不能一时冲动，要控制自己在竞价时的情绪。"

"重复，这也说过了。"王小鹏说话声音还是轻轻的很温和。

"这，这我可没说过啊。"肖律师眼睛睁大到似两个小灯泡。

"不就是设立一个竞价底线的心理价位嘛。"王小鹏说话时无奈地叹了口气。

肖静愣着眼，惊讶地问，"您学过法律？"

"汪大律师夸我，身上含有半个律师成分。"王小鹏口吻似乎有点炫耀自己的法律意识。

"怪不得哩，王叔做事考虑那么周全，滴钱不漏。"肖律师的笑声显得有点夸张。

"这话，文不对题。"王小鹏有点尴尬，说，"应该是滴水不漏。"

"从法律上来讲这两词语的内涵差不太多。"肖律师扯开话题，说，"我嘛，好人做到底，哪天拍卖会上竞标，您叫我，我就坐在王叔您身边，您就一切行动听我指挥吧，绝对不会吃亏。"

"收费吗？"王小鹏问。

"免费！"肖律师回答干脆利落。

"有这等好事？"王小鹏满腹狐疑地问，"你们出场都不收费，那律师靠什么赚钱吃饭。"

"那当然不是全免费。"肖律师咯咯地笑起来，说，"真因为王叔你滴钱不漏，所以才免收费。"

"天上掉馅饼哇。"王小鹏哈哈大笑。

"那倒不是，我肖静帮你把标的物竞拍下来，接下去再把物业的产权证搞出来，一口价，十万。"

"你能有把握确保把标的物拍下来？"王小鹏问。

"拍不下来，全免单。现在问题是你明确告诉我，您的心理价位是多少？"

肖律师严肃地说，"这非常重要！"

"我爸已经明确了，追加 500 万。"王剑说。

肖律师略做沉思，说，"原本底价已经很高，并不符合市场行情，按理说500 万竞价已经亏了。但我的意见是，500 万是心理价位，但看拍卖竞标时的实际状况以及竞标对手的举牌速度，可以分析出其心理承受能力。所以我认为在心理价位的后面，再画一道红线。"

王小鹏明白这条红线不就是让他再掏银子吗？

——真要他命了！

"竞标场上，不能滴钱不漏的。"肖律师加强了语气说，"我的意见就是预先大家必须统一思想。"

王小鹏很是无奈，把个牙帮骨咬得咯嘣咯嘣山响，眉宇间笼罩着一层愁云，这愁云很快便笼罩在众人心头。

"这是必须要设定的最后一道防线。"肖律师口气非常坚决，"否则我没法操作。"

不知道是肖律师没说完呢，还是王小鹏没听清楚。他只觉得耳朵里一阵嗡嗡声，仿佛一面铜锣在他耳朵里轰鸣。他感到血液在太阳穴里发疯地悸动，脑袋像被什么东西给压着，快要裂开了。

"再加 200 万吧？"当王小鹏在愣怔过后的第一句话就是用这样犹豫不决的口吻说出的。

"土财主！"肖律师心里想，"没看错，就是个滴水不漏的葛朗台。"可她嘴上却说，"红线不代表就去运作付款，这就如斯大林格勒保卫战的最后防线。"

"那你说个数。"王小鹏的神态似乎清醒过来了。

"至少再加 300 万，但不一定用。"肖律师叹了口气，说，"这就如战场上的预备队，再简单明了地说，就是足球赛场边上的预备队员。"

"对于这条红线我会灵活掌握，不帮你拿下标的物，我们律师事务所一分钱不收你。"肖律师信誓旦旦地说。

"好吧，就按你画定的红线，再追加 300 万。"王小鹏说，"你这么厉害呀，汪大律师沙场老将，也不敢说这话。大律师的思路敏捷，套路多，他能让法官即使感觉上不相信，但最终还是不得不认定他把黑的说成白的是事实，以及把白的说成黑的也是事实。而且汪大律师更注重收集证据，形成证据链来证明黑的就是白的，白的就是黑的。"

"汪律师这么厉害啊?"肖律师口吻惊叹到无限。

"我跟汪大律师合作过几次诉讼案子,有被告的,也有原告的。但一贯结果,无往而不胜。"

"哇,天呀!"肖律师满怀憧憬地说,"王叔,几时有机会和汪大律师见见面,您老介绍,都是同行,咱们认识一下。"

"这有点难度,汪大律师属于超级精英律师,和他聊天说事是要按时间收费的,且收费标准……"

"也罢也罢,以后再议。"肖律师嬉笑着打断王小鹏话题,说,"我们法学院教导的都是正义辩护,也就是说维护的是正能量,绝对不能信口雌黄,一切以道德标准为底线,以法律条款为准绳。"

"你们在手段上不玩点技巧,那靠什么吃饭?"王小鹏问。

"靠维护当事人的合法权利不被侵犯。"肖律师说。

一缕阳光穿过窗户,恰巧照在她嘴上,就好像电视剧里的一个特写镜头。肖律师的双唇翻动不止,振振有词,话多得像麻雀。

王小鹏和肖律师的长篇絮语仅仅是一次彩排,等几天后他们终于共同坐在拍卖场上时,真正的血性绞杀才算上演。

起风了,先是一阵阵轻轻的微风,发出一片弱弱的簌簌声。可不一会儿,风大了,马路两边梧桐树上那光秃秃的枝条狂乱地摇摆着,呜呜的西北风,像来了许多大老虎似的吼叫,瞧这阵势,像要把大树连根拔起,要把马路上来回奔跑的车辆掀翻似的。

天空暗了下来,厚厚的乌云打着滚儿绕着楼顶盘旋,虽然没过多久便是春节了,但毕竟还是冷冬季节。天空变得黑压压的,闷得王小鹏喘不过气来,骤然间,倾盆大雨如瀑布般直泻下来,豆大的雨点打在巨大的落地玻璃上哗哗作响。放眼望去,天地间像挂着一幅巨大的珠帘,一片迷茫……狂风乱雨这天,王小鹏一行提前半小时来到靠近黄浦江并不太远的上海公共资源拍卖中心……

肖律师也来了,她愿意替王小鹏主导拍卖行为的操作。

王剑来了,梅财务、李经理也来了,王剑主导 A 单位的举牌行为。王小鹏一进大门,肖律师首先去前台办理了登记手续,领取入场券、拍牌号。

上海蓝旗轮胎集团的拍卖会场被安排在拍卖中心的一号大厅,王小鹏第一次来到这里,中心门口挤满了人,显得凌乱不堪,甚至还有黄牛。黄牛做的内容包含指导拍卖，提供引导，还有乘势捡漏，拍取一些流拍的低价标的物再转卖出去。这些纷杂人物与王小鹏无关，他与肖律师俩人直奔楼上一号大厅。

"上海所有拍卖行的拍卖物是不是统一在这里拍卖?"王小鹏心里一边想一边瞄见王剑他们一伙人，坐在一排椅子上聊天，大厅前没几个人在等待，这里显得宁静多了。这种景象多少给王小鹏心里产生些许安慰，就从这临拍前寥寥无几的人来判断，本次拍卖竞标似乎不会出现太过激烈的竞拍现象。

"王总好，您来啦!"刘江涛挂着满脸笑容，热情洋溢地挥手和王小鹏打招呼。

王小鹏好久未曾与其谋面了，一时兴奋，大步跨前握住刘江涛的手，使劲摇了三摇，说，"刘博士，你今天这模样够酷的。"

刘江涛精神饱满，一双眼睛炯炯有神，要多黑有多黑，要多亮有多亮，锋利的目光仿佛要把王小鹏的内心世界刺穿似的。

"刘博士，有什么意外情况发生吗?"王小鹏发问的神态似乎有点焦急。

"没有啊，事到如今，一切正常。"刘江涛笑嘻嘻地说，"目前，离入场竞标没多少时间了。"

说着话，他撸起袖管，抬手看看腕表，微笑着说，"还有十多分钟便开时进入会场。"

"有多少单位参加竞标?"王小鹏这话问得有点猴急。

"这我可不知道，我不管具体事宜。"

"刘江涛这家伙所说的任何话，那才叫真正的滴水不漏。"王小鹏心想，"他的职业操守把握得真是涓滴不遗。"想来想去，他始终没想明白刘江涛到底是他朋友呢，还是他对手? 关于这个问题，事情过去几年之后，他还是没弄明白这到底是怎么回事。

但他明白的是，刘江涛对他的态度是非常热情和尊重的，这无可指责。但王小鹏再深入细想，刘江涛真正的心里话似乎什么都没对他说过。

临入会场前，刘江涛愣怔着在看手机，忽然抬头对王小鹏说，"到目前为止，场外没人参与竞标，场外投标每次100万，场内就要200万。依我看，你可以试探着先参与场外竞标，投100万。"

王小鹏对钞票的来回算计可属于一流专家，首次竞标肯定不划算，这100万就算白白扔进黄浦江了，连水花都没有。

然而，他心知肚明刘江涛要他在场外参与竞拍，就是怕流拍。一旦流拍

216

他拍卖行损失大了，直接影响到佣金收入，他老板肯定会把他骂得方向都找不到。但他又不能跟刘江涛坦白，自己还有第二梯队悄悄地埋伏着，不会产生流标事件。

王小鹏眉毛紧紧皱起，眉宇间形成一个问号，现在就开始参与场外竞标，原先筹划全打乱。计划被打乱，他心情就会烦躁。他现在感觉自己两眼一抹黑，虽然先前做了许多功课，但是临了还是什么都没弄明白，既不知道该怎么办，也不知道他究竟有没有竞标对手，现在参与场外竞标，有意思吗？

"王总，投注 100 万，看看有没有竞标对手，很有必要。您不要太滴钱不漏了。"边上的肖律师咬着王小鹏耳根说。

"这场外投标 100 万，并不是你预先设计的计划。"

"计划没有变化大，不就 100 万嘛。"肖律师说，"看你心疼得，活脱脱像个葛朗台。"

"什么话，肖律师，你一年收入多少，还真是口气比力气大。"王小鹏用狠狠的语调说话。

"既然你不愿意听我指挥，我在此也不起作用，那咱就拜拜啰。"肖律师气得跳脚，转身走人。

"慢，慢，我就是不明白，事到如今，我们什么情况都不知道就参与竞标，有这必要吗？"王小鹏说。

"有这必要。你也不想想，既然刘博士守口如瓶，那也是无可厚非的，这是他的职业操守。话说回来，具有这种职业道德的人是值得他人尊重的。我作为律师必须向你明确指出，任何的私下约定以及拍卖企业违背委托人的保密要求向竞买人泄漏拍卖标的保留价，以及人为的恶意串通，都属于违法的。"

"哪里违法，我现在什么都不知道，反而是心乱如麻。"王小鹏说。

"你什么都不知道就对了，一切靠自己救自己，没人可以违法帮你。"肖律师始终保持着正牌律师本色，说，"所以啊，我让你先打一枪，不准放空枪，砸 100 万，这是火力侦察，看看有没有其他火力发射点。"肖律师转身面对王小鹏狠狠地说。

王小鹏巡视周边一圈，刘江涛连个影子都没了。

"王小鹏，你记住了，木已成舟。时至今日，没人帮你，只有我可以帮你拿下猎物。你不需要，我立马走人，但事后您可别后悔就是了。"肖律师这一锤子砸下去，王小鹏晕头转向，原先设计好的计划彻底被打乱。

肖律师一走，他的 B 组只剩下他孤军奋战，连个商量的人都没了。于是他赶紧服软，讷讷地说，"好，好，咱就听你大律师的安排吧。"

当王小鹏场外竞标追加 100 万之后，分秒不差地立马有人跟进 100 万。

这样一来，王剑以及李经理、梅会计的 B 组人员全部成了观众。后面出现任何情况与他们一点关系都没有，死活都是王小鹏一人扛，谁也救不了他，连上帝也救不了他。

王小鹏拿着 68 号拍牌，在出示入场券之后进入拍卖会场时，大脑竟然一直在想的是：

世界末日时，他会在干什么？

整个拍卖会场就像一座小型影院，有舞台，有灯光。舞台左侧有一狭窄的讲台，讲台上摆着一黑色话筒。

环顾四周，王剑他们一行默默落座在他右前方，整个会场竞拍人寥寥无几，王小鹏略数了下，偌大的会场稀稀拉拉坐着不超过十五个人。

他看见了，刘江涛站在会场大门入口处右边。

王小鹏选择最后一排，如此他可以观察到前面每一个竞标人的一举一动，由此来判断分析整个会场可能产生的各种态势。不可否认的是，这时的王小鹏明白，这次拍卖会不仅是考验他的智慧，还考验着他的判断能力以及个人意志。

丁零零！拍卖师雄赳赳气昂昂地从舞台左侧走出来，站在讲台的话筒前。所有在座的人停止了窃窃私语，昂首挺胸，等待着拍卖会的开始。

"蓝旗轮胎集团工业厂房司法拍卖会现在正式开始，接下来我宣布本次拍卖会场的规则和注意事项……"年轻拍卖师完全就是帅哥模样，他在宣布规则和注意事项时语速极快，几乎没有任何嗝楞，语调极为流畅，一口气便宣布完毕。王小鹏原本就有点耳背，他只看见拍卖师嘴皮子颤动着发音，实际内容他连半句都没听懂……

"现在我宣布，标的物底价 5800 万。场外竞价每次 100 万，现已竞价两次，目前所公开公布的标的物 6000 万。场内、场外竞标开始，每次加价为 200 万。"

全场鸦雀无声。

"是否都不敢叫价呢，还是都没准备好？"王小鹏非常惊讶地想。

"6000 万一次！"拍卖师停顿了十几秒，环视一下拍卖会场，顿时提高嗓门，响亮地喊道，"6000万，两次！"

"啪"一下，王小鹏顿时高高举起他手中68号拍牌。

年轻的拍卖师顿时兴奋不已，大声疾呼，音调很亮，"68号。6200万一次！6200万……"

"哗啦啦"一阵声响，拍卖会场大门被推开，走进来的是一位年轻貌美的苗条女郎。王小鹏回头看时，仿佛这位靓丽如天女般的美人不是走进来，而是从空中飘落下来。

只见她拉过把折椅，顺势坐在王小鹏后面。也就是说，这美女没有入座会场布置的席位，而是随意拉把椅子选个最佳的角度落座。

这一来，王小鹏所占据的制高点，恰巧在美女的枪口下。

纵观拍卖会场全局最佳位置被那女人夺去了，王小鹏想换位子都来不及，因为又在叫价了。

"33号。6400万一次。"拍卖师吼叫的声音在发颤。

王小鹏回头再瞄一下漂亮美女，她的鼻子和嘴，端庄而小巧，好看得使人惊叹，一双美丽的大眼正眯细着对他微笑。

他立时感觉自己被人羞辱了，干裂的喉咙渴得要命。这让王小鹏内心愤怒，顿时激情荡漾，刹那间举牌。

"68号。6600万一次！"拍卖师不失时机跟进加价。

接下去，硝烟弥漫、子弹横飞，谁也分不清东西南北……

"33号。6800万。"

"68号。7000万。"

肖律师座位挨着王小鹏右手边。

开头她看见他不假思索地举牌加价，就吃了一惊，害怕起来，脸色煞白……接着她的害怕变为愤怒，脸色绯红，一直红到耳根。她两眼盯住这王疯子，说，"怎么这样子没理性！"

王小鹏根本就没理她！

"33号。7200万。"

"68号。7400万。"

拍卖师口齿清晰地报价，舞台上的巨型报价数据屏幕在连续不断的翻滚刷新每一次的竞价纪录。

王小鹏举牌的右手被肖律师使劲拉扯着，她两眼仿佛要冒出火来，"超了，超了，超越物有所值，你不要发疯好吗！"

王小鹏依旧没理她，毫不犹豫地把牌号从右手转到左手，他现在脑子里四大皆空，什么想法，什么意识都没有。他毫不犹豫地认为，现在唯一要做的就是，只要看见拍卖师嘴皮动一下，他就毅然举牌加价。

就这连续不停地举牌加价，即使是拍卖师也跟不上这快速的节奏了，忽然间他省去了牌号数码，直接报价：

"7600万！"

"7800万！"

整个拍卖会场，除了拍卖师洪亮的报价声，只剩下33号和68号两拍牌彼此起伏，一上一下连续不停地挥舞。

从6000万起，叫至7800万，仅两分种……

"8000万！"

"8200万！"

再后来，美女竞标人和王小鹏竟然同时举牌，拍卖师无奈之下报价"8600万！"

就在此时，资深拍卖师把两手抬起，对整个会场摇摇，伸开手掌，手心朝下压压，泰然自若地宣布，"现在，调整举牌竞价限制额度，每次加价100万。"

"33号。8600万，一次。"拍卖师语音沉着冷静。

王小鹏眼睛眨都不眨，挥手举牌。

"68号。8700万。"

"33号。8800万。"美女立马毫不犹豫地跟进。

王小鹏两眼发直，此时对他来说已经不需要思考，也更不需要什么分析，只需机械地举牌就是了。

确切地说，这个世界上已经没有什么人知道他想干什么了。

这一天，宝强以及张主任好奇地看着现场直播的滚动竞价。

这一天，蒋豪以及助理小姚更是兴致勃勃地观看闪烁指数。

这一天，在土小鹏看来，似乎已经到了世界末日。

这一天，蓝旗集团老总死盯着手机屏幕观看拍卖竞价指数。

大家都以为他疯了，尤其是他的财务，她们非常清楚公司账目上连5000万都不到，差价已经3000多万了，你王小鹏老板拿什么去付清竞标尾款数？

然而，现在的王小鹏挺起胸膛，仰起头颅，就像一尊钢铁铸就的雕像，面部冷酷无表情，坐在席位上纹丝不动。

他从起拍至目前加价到 8800 万，根本没去征求他身边肖律师的任何意见，甚至连正眼都没看她一下。此时此刻的他，感觉自己就是横刀立马的猛张飞，任何细微动作都会显示出他脆弱的意志。

绝不能，他绝对不能暴露出一丝一毫的犹豫，他必须要用气盖山河的雄姿来压倒竞标对手的气势！

"33 号。8900 万。"

王小鹏瞬间跟进：

"68 号。9000 万！"

全场鸦雀无声，连针掉地上都能听得清清楚楚。

"9000 万，一次。"拍卖师声音洪亮，"9000 万，两次！"

"怎么了？"王小鹏回首，看见了那美女正拿着手机在打电话。

随后见她抬手举牌。

这让王小鹏看见了她抬手举牌时，手臂软弱无力。

"哼哼，毕竟还嫩，黄毛丫头片子，你们当家的太自大了吧，什么叫滑铁卢？这就是！"

他明显感觉对手气势开始衰弱，必须乘势猛砸！

"9100 万，一次，"

过了几秒，拍卖师又亮起嗓门喊到，"9100 万两次！"

王小鹏回首，那美女仍拿着手机嘀嘀咕咕，随后木呆呆地举牌。

"33 号。9200 万。"

不假思索的王小鹏立马跟进，仰首挥牌。

"68 号，9300 万。"

全场没人再发声……

"9300 万一次，"

顿了顿，拍卖师亮起嗓门，"9300 万两次！"

拍卖会场空气蓦然之间凝固成一团，死一般的寂静。

严阵以待的王小鹏胸有成竹地豁出去了，这是他有生以来最为紧张的一次博弈。他发觉手脚冰凉，脑子一片空白。

拍卖师最后一次隔开几十秒后叫价，"还有没有加价的？"

"9300 万，三次！"话音未落。

"哐当"一声，拍槌砸下，拍卖结果定局。

拍卖师宣布本次蓝旗轮胎集团工业厂房，司法拍卖价格为 9300 万，成交！

突然，坐在王小鹏前面的竞标者猛然站起，指责拍卖师，"这是怎么回事啊，啊！"

"就这么回事！"拍卖师回答干脆利落。

"这么快结束了？"

"那又怎么了？"帅哥拍卖师口吻坚毅。

"只有6多分钟哇。"

"错！5分28秒！"

王小鹏回首，他很想看看那美女现在是什么状态，只见折椅仍在，人影不再。

接下去发生的事情晕晕乎乎的，王小鹏记不太清楚了，好像还有什么公证处出场证明什么的，王小鹏开始迷糊，似乎后来又发生些什么争执他全都不知道……

刘江涛和拍卖师拿着拍卖成交确认单走到他面前，叫了他几声后他才从迷糊中清醒过来。

该怎么来形容王小鹏当时的心情呢？

激动、紧张、幸运、后怕、后悔、慌张，那时他呀，似乎什么心情都有，谁也说不清当时他究竟是一种什么样的心态。额头一股脑儿地往外冒汗，脊梁背上湿漉漉的水直流向下淌。

王小鹏站起来，面对刘江涛，脸上没一丝笑容。板着脸，严肃地整整衣领，拉拉衣襟。

一会儿又整整衣领，拉拉衣襟。

围在他身边的那些人都不知道他想干什么，随后，他在拍卖师递上的一张"上海浦江拍卖有限公司拍卖成交确认书"上签字。

他晕晕乎乎地看见：

竞买牌号：68。

拍卖时间：2016年12月12日。

拍品名称：上海市前海区，平安公路1188号。1~4幢。

佣金收取标准：执行司法。

单价：9300万。

王小鹏木愣愣地知道，总价支付要一亿出头了，他有这个支付能力吗？

回答是肯定的，他没能力来支付这笔巨额尾款。

这个字一签，意味着：买受人确认此确认书等同拍卖笔录并确认竞价过程和结果有效。

他脑海里似乎还记得当拍卖师最后宣布成交之时，肖律师立刻抬起屁股走人。

远远地还听到她那尖叫声，"疯子、神经病！"

王小鹏郁闷极了，抬起头，用幽幽的目光看着刘江涛，问道，"那位竞拍美女，是哪个单位的神圣？"

刘江涛毫不犹豫地回答，"我哪里会知道啊。你要明白我是主管，不去过问这些鸡毛蒜皮的零碎事务。"

摄影　海涛声声清风爽　王照敏 / 摄

摄影 十里盘山万岭低 王照敏／摄

第十三章

费尽心机

　　血性绞杀，藐视对手是一种英雄行为，夺取标的物后比绞杀更可怕的是，没钱支付巨额尾款，这问题不但严峻而且更残酷了。

　　当人活着比死亡更可怕时，敢于面对现实去解决问题而活下去的人，那才叫具有至高无上的勇气。

　　连死都不怕的人，还惧怕什么呢?

　　王小鹏迈腿走下上海公共资源拍卖中心那高高的台阶时，脸上覆盖着凝重的神情，似有几分豪横，又含几分惶恐。刚发生的竞拍场景既像一枕黄粱，更像一个梦幻。尾随的所有人都沉默无语，没人说话。他们对老板太了解了，如果他认为得胜于竞标对手取得完胜，自然会手舞足蹈地高谈阔论。但王小鹏上没一丝表情，只是意味深长地看大伙一眼，然后便钻进车闭上了眼睛。

　　大家明白，老板不是一盏省油的灯，他内心现在想的是什么，大家也清楚，既然他这样干，那肯定有他这样干的理由，他们跟随他几十年，太了解他了。过往的历史证明跟着老板路子走，虽然充满艰难险阻，却无往而不胜，最终结果总是美丽的。

　　王小鹏眼帘安详地合着，额头和眼角的皱纹不再牵坳，却凝结着一股钢铁般的倔强。他那仰面微微张开的嘴，也似乎是在对上帝呢喃着什么，絮叨着什么，一点不像经历过生死博弈而从硝烟弥漫的战场上，扛着满目焦烟的战旗下来的战士。更像一位年迈老人，他累了，他不过是安歇着坦然地睡过去了。

阳光穿过车窗玻璃飘忽闪着，在他脸上变换着灰暗的色彩。心地善良、脾气暴躁的王小鹏就像一个亲切的老爹，他似乎在做一个幸福人生的梦，脸上开始露出更为怡静的神态……

暴风雨过后的街景是迷人的，是那么宁静，那么纯洁，那么美丽。碧蓝如洗的天空展现在车头前方，太阳懒洋洋地躺在远处高楼大厦的顶部，散发着一片柔和的光芒。

繁华闹市的街头，雨彻底停了。很快，人流，车流，开始沸腾起来，涌起一股嘈杂的气浪……

忽然王小鹏在迷茫中喊道，"文斌！"

同车所有人的心，忽一下蹦跳。

王小鹏提起精神说，"让周文斌去办，怎么样？"

大家都没敢吭声。

王小鹏又说，"梅会计，你打电话给周行长试试。"

梅会计小心翼翼地说，"偌大的一笔款子，短期内他不可能贷给我们，其中手续……"

梅会计被王小鹏指名道姓去办理贷款，吓得她一身冷汗，她真不知道该怎么解释，你老板竞价举牌时干吗去了？难不成你就没想到，七天内付不清标的物尾款的严重后果？你这又烂又可怕的摊子，谁都没这能量来帮你收拾残局。

"缴纳尾款差额 5000 多万，你没脑子啊，出错得实在离谱。"梅会计心中忐忑不安地想。

王小鹏急躁地两手一擦脸，突然发现自己满手是汗，紧张得心脏似乎蹦蹦乱跳……他的鼻尖上不断沁出一层细密的汗珠。

梅会计这番话，道理王小鹏不是不懂，他懂，他比梅会计似乎懂得更刻骨铭心，更咬牙切齿。

他清晰记得曾经有那么一年的年关，所有的三角债导致他没钱发放给员工过年回老家的工资。

当时，他去找了农业银行的美女张行长。

张行长满脸堆笑地说，"王总，只要你把前面借贷的 200 万先给还了，我才可以帮你办理后续贷款手续，隔几天便放贷给你 500 万。"

张行长这话说得一点没错，完全符合银行贷款手续的客观规则。王小鹏尊重张行长建议，借了高利贷还清了 200 万还没到期的贷款。

但结果呢，再贷款 500 万的承诺却被否定了。那张行长竟然厚颜无耻地说，"政策变了，上面要求紧缩贷款，年底前只收不贷，额度一毛钱没有。所以你那 500 万贷款啊，总行领导不批，我也无奈……"

王小鹏当场翻脸，指着那女人破口大骂，"你个无耻之徒……呸！"

随手"砰"一声，甩门走人。

那一年年关，正是窝漏偏逢下大雨。最终结果，逼得他低价抛出几栋住宅房产，损失惨重。

每每想起这些往事，总让他老泪纵横，银行绝对不可能雪中送炭，银行做的都是锦上添花。惨痛的教训使王小鹏满目金星在眼前摇晃，直到此时他才感到人生的末日已经到来。

愣了半天，他狠狠地蔑视了一番自己，这是懦夫的表现，事到临头，这样子不镇静，势必会出大乱子。

王小鹏生来胆子大，打小他就喜欢看书，书里面的妖魔鬼怪从来就没吓倒过他。他宁可相信这世界只有灵魂可能存在于人间，而绝对没有什么妖魔鬼怪的缠绕。

虽然安慰自己，没什么可怕的。但他仍痴迷地想象着这一场生死竞拍，那前前后后到底隐藏着什么，埋伏着什么。其实对于这些发生的事情，王小鹏再去研究已经没什么实际意义，木已成舟了。或者说正是因为他不明白对手是谁，所以才敢具有这种志在必得的信念。如果那时想到这，想到那，把事情前因后果都想得彻底明白，他还会有猛张飞的那种毫无顾忌、咄咄逼人的英雄气概吗？

客观地说，王小鹏在竞卖场上举牌叫价，当时真没想过会造成什么样的严重后果。

话说，难不成王小鹏这么个老辣的游击队员，他每一次举牌加价都那样子豪横，那样子底气十足，居然都是盲目的毫无根据的疯狂举动吗？

答案是——非也！

王小鹏心里不是没有底气的，他的底气来之何处？说白了，他是坚决相信党，相信人民政府！

当时王小鹏清晰地明白，也许最可怕的东西就是他试探不到的，藏在黑暗深处那一双双窥视他的眼睛。这些诡秘的眼睛利用黑暗的遮蔽，怀着各自的鬼胎密切地注视着他的一举一动。

事实确如王小鹏所料。

那一天，蓝旗轮胎集团老总，目视着不断刷新的竞价终于停顿在 9300 万时瞬间止住，不再刷新。

他欣喜若狂地看着最后颁布的标的物竞拍价格结果时，兴奋得差点儿就昏厥过去了。原本 3800 万净到手就心满意足地还清所有债务，现在成交价 9300 万，如此他不但可以还清债务，去掉成本后还可以净赚 3000 多万。

"龙抬头，龙抬头！"他惊讶到六神无主，翕动着干瘪的嘴唇讷讷地哼哼着，"往日时运不济，时运不济呀。今天终于时转运来，福星高照，龙抬头，龙抬头。"

他眼睛里溢出了温热的泪水，流过了他干枯的脸颊，流到了那苦涩的心里……

这个一贯不善于经营的头人，人生的创造悲摧到极点，好端端的一片土地在他手里就像是一堆无用的烂泥滩。但也或许转换一个头人来领导、来创造，那谁也说不准会不会展示出另外一番欣欣向荣、蒸蒸日上的景象。是不是还会有人想到，小到一个家庭、一个企业、一个集团，大到一个政权、一个国家，只因为领导人的思路不同、风格不同、人性不同、就会走出另一番不同的路子，发出不一样的光彩呢？

普通老百姓是看不到人与人之间的差别所在的。

作为一个带头人，他的才智越高，就越能体现他的独创性。他的眼光往往是高瞻远瞩以及深谋远虑的，其所展望的未来，往往是明智的，他的智慧往往会及时发挥作用。

当时所有人对王小鹏如此盲目的竞标，最终在天价位上夺得标的物，几乎都嗤之以鼻，认为这就是没文化的暴发户一时失去理智，无法控制自己情绪的鲁莽行为。

但是，能识得庐山真面目的毕竟还是大有人在。

"王小鹏，你不要假惺惺地唉声叹气，你只不过是多付了 100 万吧，仅仅多了 100 万便夺得了标的物。但你的竞标对手呢，只因少掏出那么 100 万却两手空空，什么都没得到。你想过没有，或许原本人家早就安排好的那么一台戏，却被你胡搅蛮缠地在半路上截胡了！王小鹏，什么叫截胡你懂不，你应该庆幸你那一刻坚定不移的截胡行为。"

唯一给予褒奖和肯定的人物是蒋豪，王小鹏内心不得不佩服蒋豪不但眼光毒，而且看问题既深远又深刻……

自然，那是后话。

当时那刻，蒋豪的回复简直就像一把锋利的尖刀直接插入王小鹏的心脏，彻底将他置于死地，"王小鹏啊……王大老板……你不但死得好冤，也死得不明不白。你没钱，你没钱加价竞拍个啥啊。"

接着，蒋豪在电话那头加重了语气，"确切地说，我们在观看竞价计数滚动翻牌时，还真没料到最终夺标的竟然是你这个王小鹏，真是个莽汉，你好大的胆魄哟。"

王小鹏痛苦地眯起眼睛，四肢紧张地抽搐，耳朵里那两只蝉的嗡嗡声仿佛像雷鸣电闪。

他原本就耳鸣、耳背，一紧张，那耳鼓就发出死命暴响。

随后，蒋豪继续说道，"这么个高价位，你口袋里没钱竟然也胆敢拿下，我也算是佩服你了。"

坐在车上的王小鹏，脸色透着尴尬和恐怖，车上众人大眼瞪小眼，一时都没了辙。王小鹏打手机一般都是开着话筒，所以蒋豪每一句话大家都听得清清楚楚。

愣了片刻，痛不欲生的王小鹏，横下心说，"木已成舟，我不付清尾款便是死路一条。"

"刘博士他不是答应暂缓些付清尾款吗？"蒋豪顿了顿，又说，"那天洽谈，你们不是说定了吗？"

"此一时彼一时，其他的我就不说了，我刚才已咨询过他了，他同意给我缓缓，但那也只是几天时间，根本解决不了实际问题。"

"王小鹏，我现在明确告诉你，我们不是个体户，政府部门没一个领导能做主，在没有任何依据的状态下，几天之内帮你筹集这 5000 多万巨额资金缺口，那是绝对不可能办到的事情。"蒋豪说话的语气不但毅然坚定而且极其严肃。

"行了，蒋总，既如此，无话可说。事到如今，木已成舟，那你替我哭哭就行了，大爷我早日入土为安吧……说白了，也没什么大不了，人活着，也只不过是一口气的事情。"

"王小鹏，你这话什么意思？"

"自己去领会……"

"入土为安？"蒋豪顿时愣住。

他从办公椅上猛地站直了腰，转过身，一屁股坐在办公桌台面上，面对手机屏幕，眼睛放着绿光，像一个人独白似的，说，"没门！入土为安？你想威胁政府？没门！"

王小鹏低着头，好久没有吱声。

蒋豪把话说到这种程度，车子里其他人都听得明明白白，但谁也不好插嘴说话。

王小鹏耷拉着脑袋，萎靡不振地说，"蒋总，我知道你是代表政府。你说吧，你想怎么样？"

"什么叫我想怎么样？"蒋豪气势汹汹的声音把手机震得嗡嗡作响，"你的狂妄自大，天地不容。"

王小鹏痛苦地摇摇头，郁闷地说，"蒋总，你现在已经不是什么君子。但君不负我，我不负君，君若负我，我仍不负君。您自己掂量着我这话的分量，看着办吧。"

蒋豪十万个没料到的是，王小鹏这老小子竟然把自己曾经对他说的话，现在反过来扔给自己。

"我坚决相信党，相信人民政府是讲道理的，是体谅被动迁户的艰难困苦的，是为人民当家作主的。所以我明确地说，我就是依靠人民政府！"王小鹏理直气壮地说。

"王总，你不是个孩子，孩子可以信口开河，但你不能乱说，你说的话要负法律责任的。"

"法律责任？"王小鹏脸色铁青，歪扭着嘴，歇斯底里地狂笑着，说，"哈哈，哈哈。逼迫一个爱党、爱政府、爱国家的合理合法的商人致死，要不要负法律责任？"

"你手里有什么证据来证明我们逼迫你了。"手机那头传来蒋豪的声音，语气平静了许多。

王小鹏激动地用手拍拍车头仪表盘上方台面，说，"证据有的是，我会在遗嘱中给你写得清清楚楚。"

"你能不能说得明白点？"蒋豪那头传过来的话语中似乎开始带点柔和的语调。

"如果你是个君子，就不用我把话说得太明白，那样的话，一点意思都没有。"王小鹏说。

"真是天大的笑话！"蒋豪说，"谁都没有负你，政府更不会负你，这一点是毋庸置疑的。"

"我会让媒体报道指出你们值得质疑的焦点。"王小鹏现在说话的语调也开始显出平静的口吻。

随即，他摁住手机屏幕红色图标，掐断了通话。

王小鹏转过头，眼泪汪汪地看着后面的众人，说，"我王小鹏要是还有其他路可走，何必这样对蒋豪说话。你们都是明眼人，你们说，我王小鹏现在除了走这悬崖峭壁，还会有其他出路吗？"

"没有人逼你，老板，"梅会计说，"是你自己糊涂，毫无底线地叫价举牌……真是糊涂。"

"你们还真以为我没底线？"王小鹏举目望着车头前方湛蓝的天空，幽幽地说，"我的底线——相信党，相信政府。"

停顿片刻，王小鹏继续说道，"蒋豪，他是一个君子，他的人品值得我信赖。既然他现在代表的是人民政府，从根本上来说，我就是相信人民政府，也相信蒋豪的人品，他们一定会出手救我。"

"你相信蒋豪肯定会帮你？"正在开车的王剑说话时透过后视镜看了他父亲一眼。

"如果我判断错了，那我也无话可说。我既不怨天尤人，也不自怨自艾。也就是说，我必定会毫不犹豫地执行'不成功，便成仁'的既定方案收尾。"王小鹏口气坚定地说，"我清楚地明白，自己根本承受不了违约的责任和所产生的恶果。"

"你都在胡说八道些什么啊，"李经理突然声音尖锐地喊道，她嘴唇打着哆嗦，指着王小鹏，满脸惊恐地说，"你还是个带头人吗，说出来的话简直是窝囊透了。"

"老板这话说得够勇敢，动不动就是什么不成功便成仁，这算哪门子英雄好汉，我们似乎都高看了你。就你这模样配不上当老板，也配不上做领路人。"梅会计说，"各位嘴巴积点德，少说几句吧。"王剑语调平静地说，"我爸做事向来胸有成竹，你们不要瞎掺和。"

众人目光都集中在王小鹏头颅上，仿佛期待着他脑子里突然间蹦出什么其他新鲜的好点子。

王小鹏一声不响地靠在椅背上，深思着什么，所有人的劝说以及言语，似乎都没对他造成什么影响。

其实，王小鹏根本就不屑与他们较劲。

他原本想亲自打电话给周行长谈贷款事宜。想来想去，梅会计的话不无道理，即便周行长与他私交密切，但他与本次动迁没有根本的利害关系，所以也没有理由伸出援助之手给予他特事特办。银行有银行的规矩，谁也不能违反规矩来替他王小鹏办事。

他现在唯一的宝只能是押在蒋豪身上了。

当初他举牌叫价的时候，其内心深处就是靠这么一点微弱的底气和光芒促使了他那果敢的行为，使他增添了无穷的精神力量。

阴沉沉的天色罩满愁绪，灰蒙蒙的云，层层叠叠，有的像破旧棉絮，有的像崇山峻岭，在空中缓慢地移动。

蒋豪大步来到前海旅游度假开发区总部大楼小会议室，董事长徐杰已经坐在长条会议桌主座位置的边上。

蒋豪跟徐杰打过招呼后便落座在他右侧，急忙从挎包里掏出他的工作记事本查阅着相关资料。不到五分钟所有参加例会的成员都纷纷赶到，只是不见葛副区长的人影。所有人在座位上交头接耳地小声议论着。徐杰看了一眼蒋豪，蒋豪显得异常平静，目光和徐杰一碰后便马上又低头继续研究工作记事本上的材料。

不一会儿，葛副区长急忙赶来，会议室立刻安静下来，所有人的目光都齐刷刷地投向葛副区长，似乎进来的就是他们最高领导。

葛副区长在会议桌主位落座后，徐杰弯下腰，嘴凑在葛副区长耳边低声说，"提前在今天召开例会，主要研究一下当前的任务和方向，其间的议题是蒋豪要谈一下光明置业有限公司目前发生了紧急事态，或有可能产生恶化趋势，如有不妥之处，请您千万不要发火。"

葛副区长不觉怔了一下，"哦"了一声，显得很吃惊的样子，却没说什么话。

但他现在不明白究竟发生了什么情况。

于是无奈地点了点头，只感到一种复杂的情绪压在了他的心头。他明确知道，光明置业有限公司那片土地是市里面的重大项目，现在已经签约动工，千万不能再出乱子，否则牵一丝而动全局，麻烦就大了。他更明白，今天的会议没有市领导参加，他这个副区长只能是责无旁贷地来解决实际问题了。

于是葛副区长开门见山地说，"我们开会吧。"他看了左手边上的徐杰一眼，然后又扫视了一下会议室在座的所有人，说，"今天会议，还是把最后讨论的议题放到前面来叙说一下吧。"

"同志们，既然葛区长要求把光明置业有限公司的问题先进行讨论，那就请蒋豪同志把光明公司目前的事态概况介绍一下。"

蒋豪向徐杰点点头，说，"光明置业有限公司的那个法人代表，他胆大妄为的拍卖情况，我想，在座的许多人似乎都有所耳闻了吧。"

对于今天的例会，蒋豪已经在内心整理好了前后述说的整个思路，此刻，眼睛大略扫视了下工作记事本上的摘要。

他已经一二三四五地重点分列了几条，有条不紊地把整个发言头绪以及重点都排列得清楚明白，生怕有遗漏，又看了徐杰一眼，说，"董事长看，如有遗漏或不妥之处，请您再补充纠正。"

徐杰像是在想心事，听到蒋豪的话后愣了一下，马上说，"你就直说吧，基本情况你昨天对我说过了，我了解，原则上支持你的看法和观点。现在是集体讨论和研究，看看有什么不同观点以及不同意见，最后还得请领导，也即葛区长拍板决定。"

葛副区长是前海区常务副区长，目前主要负责前海旅游度假区的整体开发工作。他工作责任心强，但他的责任心只限于他的工作范围之内，工作范围之外，哪怕是天塌下来都觉得与自己关系不大。

他这人，对职位权力看得很轻。他知道，权力职位有多大，那么责任就有多大，权力和责任是成正比例的。他现在摸不清光明置业有限公司到底发生了什么变故，原本好端端的活儿，而且施工前期工作已经展开，似乎什么问题都解决了。

忽然他想起来了，他似乎还夸过这个光明置业有限公司的董事长，他叫什么名字来着？

"光明置业有限公司董事长，想必在座的几乎少有人不知道这个人物吧。"蒋豪已经在会上发言了。

"对了，蒋豪，你不是也夸过他吗？"葛副区长顿时想起来了，"这个民营企业的董事长，叫王小鹏。"

"对，葛区长说得完全正确。"蒋豪说。

"在本次动迁工作中，蒋豪你不是说他在最后时刻'表现给力，前海第一'吗？"葛副区长满脸涂着疑惑。

蒋豪苦涩地笑笑，说，"事情也没这么简单，他是个有文化的混蛋。遇上这类人物，我们能想到的，他全都会料到。我们没想到的，他就开始给我们挖坑……哎，说起来，一言难尽。"

"怕他啥，光天化日之下，他想闹事，门洞都没。"前海区房屋征收事务所的洛主任插进来说，"我们甚至连'国有土地上房屋征收补偿协议'都没跟他签订，他如果闹事，我有的是一套一套的法子对付他。"

洛主任也是个天不怕地不怕的滚刀肉，眉毛和眼珠漆黑，说话音量超高，高兴时大笑，发火时大吼。他那倔强翘起的大蒜鼻子和向前伸出的门牙，就是他个性的写照。

"你知道个啥，我说话时请你闭嘴，不要打岔，我说完了你再开口。"蒋豪看见了洛主任显出点不服气的样子，露出一副当着领导面似乎不想发怒的那种腔调，便咧嘴一笑，说，"不服气是吧，不服气那你先说，不足之处我再补充。"

房屋征收事务所的洛主任，四肢发达，脑子简单，智商比蒋豪所差距离百米开外。他知道自己哪里是蒋豪对手，便乖乖地闭嘴，闷闷不乐地耷拉着脸坐在那里。忽然他拿起矿泉水，咕咚咕咚地把一瓶子水全灌进他那鼓鼓囊囊的肚皮里。

"首先必须说明，王小鹏给我的第一印象绝对不好。他这人说话简直就是茅坑里的顽石，又臭又硬，显摆出来的模样就是十足没文化的暴发户。"蒋豪板着脸说话。

"初次洽谈，见他那手指骨头上套着大大的钻戒，嘴里歪叼着古巴大雪茄。论语说道，滔滔不绝，说出来的话头头是道，无理变得很有理，你说一，他立马可以变出二、三、四个理由来证明你这一是错误的。而且在他的话里你又找不出有什么漏洞，他这个人似乎对法律知识也颇有了解。通过接触，我感觉他这人就是个不用打底色的杜月笙。"

蒋豪很满意自己说的这番话，他觉得自己对王小鹏第一印象的表述很到位，也很得体。

接下去，他嘿嘿一笑，就在这笑的过程里想到了一个问题，他必须要为王小鹏找个理由，也为葛副区长找一个能够接受的理由。尽管这些理由或许改变不了政府机关内部那些条条框框的限制，但是，有理由总比没理由好，它至少能让王小鹏的诉求上得了台面。

于是蒋豪又说道，"让我对王小鹏改变印象的是，现今这个社会，比王小鹏有钱有势的人多得去了。真如洛主任说的，他想闹事，门洞都没。王小鹏翻不了天，他根本算不了什么，这话没错。但是，你们见过一个民营企业的老板，既能绘画、作诗、写文章，又能公开出版著作一大摞，如此人物，你还能说他没什么了不起吗？要说没什么了不起，请在座的哪一位列举一个私人企业主，让我蒋豪也开开眼。"

在座的所有人都没开口，葛副区长眯着眼正听得入神，见蒋豪停顿下来，便说，"继续，请继续。"

"你说王小鹏没什么了不起吗，我说出来，惊死你！"蒋豪瞪了洛主任一眼，说，"这老小子满嘴都是坚决听党话，跟政府走，政府的需要就是他的义务和责任。这话呛得我尴尬，无法与其对攻。但反过来他又一口咬定，搬迁可以，但必须要给他的公司落实搬迁地址。我哪里有什么搬迁地方给他，所以只能胡乱地找了几个住宅以及外省市的工业厂房给他。因为我当时认为他挟持物业置换物业是假，要挟我们急需拿下该地块落实项目启动是真。挖空心思抓我们软肋，其人无非就是敲诈勒索，企图能多拿些动迁补偿款。"

徐杰插进来说话，"蒋总说得没错，当时我们就是这样认为的。所以这才有了蒋豪设计的那个方案，以柔克刚，最后一举拿下了这王小鹏。"

"这王小鹏吃软不吃硬，你给他来硬的，试试看？他神不知鬼不觉地给你挖了一个又一个坑，隐蔽在那里。他才不怕我们动粗的，他说得明明白白，来查账啊，早几年就给你整好了候着呢。"

"这话不说了，以前都听你介绍过。你就说说目前发生了什么情况。"葛副区长说。

"目前的情况是，王小鹏这老小子一路走来，一路给我们挖坑，一路给我们埋雷。"蒋豪说。

"还有这等趣事？"葛副区长哈哈大笑。

"是的，弄得我们哭笑不得。"徐杰插话说。

"他又怎么了？"葛副区长越听越有趣味。

"没有料到的是我们连动迁补偿合同都没和他签订，他就把这片地块交了出来。这是其一。其二，该地块物业内的所有租赁户，我要求他半年之内清退完毕，可这家伙竟然在半个月内就完成了我布置给他的作业。现在回顾起来，我过去好像对他真有点误解，他说他不需要太多钱，只要能得到的补偿款够他再置业便心满意足了。"

"这很不错呀，值得表彰，可以让电视新闻台采访他一下。"葛副区长非常高兴地说。

"问题就出在这里。"蒋豪说，"我们安排新闻台采访他时，他口口声声说什么爱党、爱国、爱社会……"蒋豪话语苦涩地说。

"这话绝对正确，一点没错，毫无瑕疵。"葛副区长点头首肯。

"他这又是在给我们挖坑，错就错在这里。"蒋豪说。

"王小鹏这话不会有错，问题出在什么地方？"葛副区长话语说得铿锵有力。

"我们没法子给他置业，他便自己去拍卖行，通过司法拍卖取得了一块土地。"蒋豪说。

"这也没错，这不是你那以柔克刚，让他自己去置业而设计的方案吗？"葛副区长开始很欣赏王小鹏的所作所为了。

"这下子，问题就来了。这王大胆呀，竟敢肆无忌惮地举牌，拍下近一亿的标的物。"

"那是他的事情，关你等何事？他这是合理合法的行为。"葛副区长嬉笑着说。

"他现在口袋里只有 5000 万，资金缺口 5000 多万，期限 7 天内付清尾款。"蒋豪说，"他一口咬定，他为党、为政府、为国家尽忠尽德，该做的事他全部做到了，问心无愧。"

葛副区长一下子完全明白了蒋豪诉说的所有一切，他现在已经料到蒋豪接下去会说些什么以及将会产生些什么后果。

"到目前为止，你们为光明置业有限公司做了些什么？"葛副区长脸部表情严肃地问道。

"他从未要求什么，也没要求我们去做什么。但现在提出的混蛋要求是，他已经尽到了所有的义务和责任，报效政府，死而无憾。"蒋豪的话说得很委婉。

"什么叫报效政府，死而无憾？"葛副区长满脸惊诧。

"简单地说，如果我们不替光明置业有限公司的法人代表王小鹏付清标的物的尾款，他便入土为安。"蒋豪慢条斯理地说。

"这是要挟！"那边洛主任第一个开始叫嚣。

"房屋征收补偿合同都没签订便付款，这不符合财务手续。"坐在洛主任身边他的副手跟进说话，"谁也不能破坏这个规章制度。"

葛副区长横眼扫了他俩人一下，默默沉思了片刻，问道，"一、付清尾款的时限还有几天？二、当初承诺他以当年财务报表的收入加奖励资金，合计大约是多少钱？"

"关于补偿款这件事，我们已经核算过了。"徐杰插进来说，"总金额在一亿左右吧。王小鹏这次拍卖竞标，所得标的物，也在一亿左右，基本持平。"

蒋豪似乎读懂了葛副区长询问的内涵，立刻跟进说，"光明置业有限公司付清所拍标的物的尾款期限还有最后 5 天时间。"

葛副区长板着脸，什么话都没说。他默默地从口袋里掏出盒烟，抽出一支，点燃，靠在椅背上连连吸了几口，缓缓吐出。抬手，他想把烟灰弹在桌上的烟缸里。

乍一看，没烟缸，这才意识到会议室是禁烟处。立刻站起，绕过长台会议桌，走出门外⋯⋯

上午九点左右，王小鹏被一阵急促的手机铃声从酣睡中惊醒，刚打开手机"喂"一声，那头传来蒋豪惊讶的声音，"你还没起床?"

王小鹏"啊"了一声，他听出来了，这说话的是蒋豪，顿时有点惊慌失措，一下子清醒过来。

蒋豪嘶哑着嗓音，说，"赶快起床，下午一点我到你办公室，签订一份讨论协议，文本内容我已打印好了，你看一下，如没什么意见，立马给盖上单位公章和你法人代表印章。"

"这干吗，什么意思?"王小鹏问。

"啥意思，你不明白?"蒋豪来了个反问。

王小鹏一听头就大，马上说，"你不要再给我讲什么舅舅和外甥的故事。我现在明白了，你就是个伪君子。"

"你给我闭嘴，你以为我活得很容易是吧。"蒋豪来气了。

"我现在什么都不想听，你们动迁组现在如不给我补齐 5000 万缴纳置业的尾款数，看我怎么给你们挖一个大大的坑。"

"哈哈，不就是挖个'入土为安'坑嘛。"蒋豪似乎在手机那头传来充满蔑视的笑声。

"你既然这样说话，那我王小鹏再无话可说。您走您的阳关道，我走我的独木桥，你好自为之吧。"说完这话准备挂机。

手机那头的蒋豪仿佛感觉到王小鹏准备挂机似的，便立刻说，"王小鹏，你给我听明白了。"

"我难不成还有什么不明白的，我没其他任何要求，唯一的要求就是必须马上给我筹集 5000 万。这不是敲诈，这是无奈之举，付不出尾款，我就死路一条。事情摆在那里，你是聪明人，不是看不懂。"

"你什么屁话都不要说了，看你一把年纪的份儿上，我不跟你计较。这样说吧，不给你筹集到 5000 万，我蒋豪跟你一起入土为安。"

——这话的分量？

顿时赢得王小鹏老泪纵横，血液仿佛一下子涌上心头，他根本没思想准备蒋豪会说出这样豪横的话语。

从蒋豪的口气中可以悟出，他王小鹏终于得救了。

愣了半天，他很是内疚，说，"蒋总，您看这……我不是故意和你为难，我也是在为我的那帮员工们寻求生存空间，他们可是跟了我几十年，如似亲人般的兄弟姐妹。这次我无奈地跟你翻脸，您可不能记恨我啊，否则我真的是死路一条。"

"王老，您也就别假惺惺地谦虚了，你的口头禅，听党话，跟政府走。这种思想理念上级领导很欣赏。既如此，难不成党和人民政府会让你死路一条吗？说实话，你还得感谢我们公司董事长徐杰，他为你这烂屁股的事费尽口舌，做了许多人的思想工作。你应该知道，机关里不干事的人戳轮胎劲头都是十足的。"

"我还真没想到徐杰会如此这般对我呢。"王小鹏说。

"正因为有徐杰鼎力相助作后盾，我心里才没了负担，说话办事理直气壮。其实，我们也活得够累。"

"哎，什么话都不说了，只说两字，感谢。"

"也不要这样说，在解决你提出的诉求问题时，我的确费了不少心思，也有点偏心。我主要看你是个有能力、有文化的人，还会画画。虽然学历不高，但能著书立说，这很难得，且您个人年事已高，才不遗余力地帮你。希望你能理解我们的用心，我们动迁一个单位也不容易，我真不想为了动迁的原因毁了你们公司的生存空间，更不想毁了你王小鹏晚年的幸福人生。"蒋豪情真意切的话语让王小鹏感动到天涯海角。

这天下午，王小鹏和蒋豪签订了《关于前海路 210 号搬迁补偿协议书》讨论稿：

甲方：上海前海旅游城开发建设有限公司

乙方：上海光明置业有限公司

受前海区政府委托，甲方负责旅游度假区（原前海工业区）前期开发工作，乙方系前海路 210 号地块（以下简称"该房地产"）房地产权利人。鉴于该地块规划为旅游区域商务用地，经甲、乙双方协商一致，就乙方搬迁等相关事宜，协商一致，签订本意向书。

一、基本情况

1. 乙方支持和积极配合区政府关于前海地区的转型升级工作，愿意将该房地产交由政府相关部门予以征收。甲方积极落实政府相关部门给予合理的补偿费用。

2. 该房地产基本情况：位于前海路 210 号，土地面积 8616 平方米。有证房屋面积 9826 平方米，房地产权证号（前 2004002××××号），登记权利人：上海光明置业有限公司。

二、补偿办法

1. 经甲、乙双方协商一致，该房地产通过国有土地上房屋征收的方式予以搬迁和补偿，最终协议以政府国有土地上房屋征收部门与乙方签订合同为准。

2. 甲、乙双方协商一致，该房地产的征收补偿方案由以下两部分组成：

补偿费用：7300 万元（柒仟叁佰万元整）（含被征收房屋的市场评估价、设备搬迁和安装费用、无法恢复使用的设备按重置结合成新结算的费用、停产、停业损失补偿、租赁户清退费用等），由乙方一揽子包干使用。

搬迁奖励费用：乙方在本意向书约定的时间内搬迁的甲方落实房屋征收部门给予乙方搬迁奖励费用 3000 万元（叁仟万元整）乙方收到上述补偿款后，不再向甲方或房屋征收部门主张任何其他补偿费用。

搬迁时间：甲、乙双方协商一致、乙方于该地块正式房屋征收协议签订之日起六个月内完成搬迁工作，将上述房地产清空后移交给房屋征收部门。

三、定金条款

1. 为鼓励和支持乙方尽快落实搬迁工作，甲方同意于本意向书签订后五个工作日内向乙方支付定金人民币 5000 万元（伍仟万元整）。待乙方签订正式房屋征收协议并获得第一笔房屋征收补偿款同时，乙方向甲方无息返还上述定金。

2. 本意向书签订后，若甲方违反并拒不履行本意向书的，乙方有权没收上述定金。若乙方违反并拒不履行本意向书的，乙方应向甲方双倍返还上述定金。

四、双方职责

1. 甲方应积极落实相关部门尽快与乙方签订房屋征收协议并向乙方支付

相应补偿款。

2. 甲方应积极落实向乙方支付本意向书约定的定金。

3. 乙方于本意向书签订后，即着手展开该房地产上租赁户清退工作，该房地产正式向房屋征收部门移交前的安全、消防、民事纠纷责任仍由乙方负责。

五、其他条款

1. 本意向书就该房地产征收事宜做了原则性的约束。

2. 未尽事宜由甲、乙双方共同协商。

3. 本意向书一式四份，经双方法人代表或代表人签字盖章后生效。

（以下无正文）

甲方：上海前海旅游城开发建设有限公司

（法定代表人或代表人）（签字盖章）

乙方：上海光明置业有限公司

（法定代表人或代表人）（签字盖章）

年　　　月　　　日

面对这份讨论协议书，王小鹏疯狂的节奏几乎无法控制。

"落井下石，完全是落井下石。"王小鹏说。

人生就是一个不断纠结和磨砺的过程，当你挣脱了一个脚镣的时候又戴上了一副手铐。

"竟然只补偿给我 1.03 亿？我的那块黄金地段每亩土地只值 700 万吗？"王小鹏简直就是在狂啸了。

"这已经是最厚道的价位了。王小鹏你现在完全可以拒绝签订，没人逼迫你签字。现在这个价位比原先给你的评估价 7000 多万高出了 3000 万。这个 3000 万也只能是作为奖励资金给你，否则，这 3000 万是没法支付的。"

"我现在购置的物业土地是前海的边缘了，核算价 500 多万一亩，你们给的 700 万一亩，太不合理了。"

"王小鹏我现在提醒您注意的是，现在这 5000 万是我们公司无息借给你的款子，就凭你拒绝这笔来之不易的 5000 万借款，你想过会产生什么样的后果没有？"

蒋豪的话是非常实际的，事实明摆在那里，王小鹏不是不懂。但懂归懂，事情归事情，这协议讨论稿，他既没讨论资格，也无法违抗，即使再不满意，他也不得不签字。这就是一个悖论，更是政治，有时候不是以个人意志为转移的，即使他心里不平衡，也在所难免，他完全理解其中的道理。

"王小鹏，这是你死而复生的最后一根稻草了。如你不稀罕，我再也无能为力，即使你入土为安，有这份协议讨论稿摆在这里，那你就是自作自受，没任何人为你入土为安承担任何责任。"

摄影　虔诚佛徒拜西藏　王照敏／摄

摄影 凭栏疑似画里看 王照敏 / 摄

人间正道也沧桑

命运时常在给人带来幸运的同时也会带来无尽的纠结和烦恼，但每个人都有主宰自己命运的权利，使它不能阻碍我们前进的步伐。面对困境，我们还是要用乐观的态度看待问题，含笑度日，努力进取，只有愚昧之人才会耿耿于怀，惶惶不可终日。

王小鹏全额交纳了司法拍卖标的物尾款后，那天，他和王剑以及李经理、梅会计在公司总部办公楼会议室，展开了一次对话。

李经理问，"这究竟是怎么一回事情？"

王小鹏在烟灰缸里狠狠地撮灭了燃烧未尽的烟头，说，"怎么可能，这绝对不可能的。"

梅会计说，"我们去拍卖行核查过了，本次拍卖属于司法拍卖，手续齐全，合理合法。"

随后，她递交给王小鹏一份法院委托上海浦江拍卖有限公司的司法拍卖文件。

"有法院文件在此，难不成本次拍卖就不受法律约束和保障？应该说办理产权过户手续不存在任何障碍呀。"王小鹏一会儿气势汹汹地拍桌了说话，一会儿又对着众人沉着脸，默默无语。

"拍卖行在司法拍卖标的物的过程中肯定不存在问题。昨天，我跟刘江涛再次通过电话。"王剑说。

"蓝旗集团董事长那老家伙现在不肯交出物业，那怎么办？"王小鹏气呼呼地说。

"这个，还不是主要问题。"王剑说。

"关键是不动产登记事务中心不给予我公司办理房地产权证转移过户登记手续。"梅会计说。

"——什么？"王小鹏惊得差不点就吐血了。

"还有更什么的事情接着发生，"王剑气愤地继续说，"我们拿了前海区人民法院的执行裁定书去交涉，竟然也不起作用。"

"不动产登记事务中心的接待人员说，就凭你这司法裁定书，也不管用，不能办理。"梅会计说。

"法院执行裁定书以法律形式明确表达的具体内容，"王剑边说边递上司法文件给他父亲，郑重其事地说，"你着重看第二页上，法院司法裁定的那几个条款。"

王小鹏接过文件，翻过第一页，直接看第二页上的法院裁定：

一、解除上海市和平公路 1188 号房地产的所有查封。

二、撤销抵押权人中国工商银行股份有限公司上海市前海支行在上海市前海区和平公路 1188 号房地产上设置的抵押权。

三、上海市前海区和平公路房地产的所有权及相应的其他权利归买受人上海光明置业有限公司所有。上述权利自本裁定送达买受人时起转移。

四、买受人上海光明置业有限公司可持本裁定书到上海市前海区不动产登记事务中心办理相关产权过户登记手续。

本裁定书送达后即发生法律效力。

"这！这司法裁定不是表述得非常明白了吗？"王小鹏简直没一点头绪，感觉莫名其妙。

"法院裁定文件是一回事。但是，到了不动产登记事务中心办理产权过户登记手续，那就是另外一回事。"王剑说。

原本很简单的一件事情，现在从王剑他们口中说出来，就完全不是那么简单的一回事了。

李经理说，"我估摸着这其中是否还有什么黑幕，是不是有人在暗中故意刁难捣鬼。"

前几天她就听过传闻，有领导说，王小鹏就是个暴发户，胡搅蛮缠，歇斯底里似的插一杠子截胡。

王剑不禁"哦"了一声，顺着话说，"还有人说我爸有路子，和拍卖行有着千丝万缕的关系。这次拍卖发生后，听说拍卖行里的头人要问责，刘江涛怕受牵连，落个名声不保，权衡利弊，他选择了辞职。总之，什么样子的传闻都有，有些听起来更离谱。"

这些流言蜚语王小鹏也时有耳闻，但他只是听听，并不相信也不解释或回答任何询问。

这段时间以来，在房产权证办理产权转移的过程中发生了很多事，在王小鹏的心里形成的纠结和烦恼实在是太多了。

现在又是刘江涛的辞职，这些事情凑到一起让他真的感到焦虑万分。但对于刘江涛辞职这一说法，还是让王小鹏心里犯了嘀咕，那就是刘江涛是不是把自己当初竞标的保留价 500 万向他的领导汇报了？而刘江涛的领导为了讨好某些法官能为自己的拍卖行拓展业务，是不是真的按王小鹏所设想预计那样，把保留价通过弯弯曲曲的渠道，暗中悄悄输送给了对方的竞标单位。

如果真是那样子的话，王小鹏也就见怪不怪了，对方肯定是个实力雄厚的大型企业，也或有着政府方面的背景。如果情况果真如此，只要拍卖行的头人守口如瓶，他是很难找到确凿证据的。

王小鹏当机立断，打开手机拨通了刘江涛电话。

开始片刻之间，相互寒暄了几句表面上的客套话，随后王小鹏直奔主题，但也只不过是淡淡地提到了最近听到的一些传闻，以及有些领导为本次拍卖结果很是恼火。

他这些火力侦察是想看看刘江涛会有什么反应。

刘江涛显得有些不高兴，口气既很无奈，却也很无所谓似的说，"他人怎么说，嘴在他们身上，我也没办法。但我做出辞职的决定，是经过深思熟虑的，绝对不是一时的心血来潮。"

"那？那你是真的辞职了？"王小鹏吃惊不小。

"此处不留爷，自有留爷处。"刘江涛在手机那头，既是无奈但又恶狠狠地大声咆哮。

王小鹏有些纳闷，他不经意间的一句话，为什么引起刘江涛这样激动，语调是那样的怒不可遏。如此之大的心理波动，难道他真有什么难言之隐？

于是，王小鹏改用了非常平和的语调问道，"刘博士，你如今是在哪个单位高就啊。"

刘江涛沉默一阵后，说，"我现在已不在浦江拍卖行工作了，我走我的独木桥。"

王小鹏又大吃一惊，两粒小黑眼珠子都给愣得转不起来了。他心里真是酸甜苦辣似的什么味儿都有，似乎还隐约地生出一些对不起刘江涛的内疚感。

停顿了会儿，他不得不惋惜地叹了口气，说，"其实，刘博士你对老板是尽忠尽德的，你不但熟悉业务而且为人也够厚道。"

"不是我没能力，而是对手太狡猾了。"刘江涛无奈地说，"我很欣赏你的智慧，也很佩服你敢闯敢干的魄力。"

刘博士说话很含糊，王小鹏听了也糊涂，无法弄清其内含是啥意思，但总觉得他一定有着不愿让人知道的秘密。沉默了会儿，王小鹏感觉不便刨根究底，去问个：小葱拌豆腐——一清二楚。

于是他似乎只能痛楚地说，"刘博士，你也知道，我对拍卖这行业是初次接触，一点不懂行业规矩，对于各方面可能会发生的事情一窍不通。你是拍卖行业的老人了，业务基础扎实，你这一走，我们企业后面的产权转移过户登记手续办理，那就麻烦了。"

"是不是原企业主不肯退出物业，仍占着不走。你有什么需求，我会继续协助你解决的。"

"也是的，也不是的。"王小鹏说。

这回答让刘博士好生奇怪。但既然已说了，你有什么需求，我会继续协助帮你解决。这话既已出口便如泼出去的水，没有收回的道理。

于是刘江涛也很热情地说，"法院方面对本次拍卖的具体执行法官叫姚琦，有什么问题你也可以找他。"

"浦江拍卖行不管我这边的事情了？"王小鹏说话有些猴急。

"也不是说不管，我原来的职务岗位由浦江拍卖行的黄丽萍负责具体的后续工作，你也可以找她。但总体来说，本次法院委托拍卖行的标的物执行完毕。而且拍卖行的任务也算完成不错，最终成交价格完全出乎当初设想的意料之外。"

刘博士似乎在手机那头停顿了会儿，说，"唉，其实现在想想，这种结果也是在必然之中。"

王小鹏不动声色地说，"拍卖尾款我已全额支付给你们浦江拍卖公司，拍卖行绝对不能在原业主没把产权移交过户到我公司名下，便把我支付的款子付与给原业主，因为许多产权转移登记手续需要原业主配合。"

"你的诉求我可以替你转告给浦江拍卖行领导，这个没什么问题，这也是我应该做到的。但你们也要抓紧时间去不动产登记事务中心，抓紧办理相关产权过户登记手续。"

"我们去了，说是手续不齐全，不给办理产权转移登记。"

"胡说，我不是给你儿子王剑一份法院司法执行裁定书了吗？"

"这不管用！"

"怎么可能，这是具有严肃的司法约束力的有效文件，任何人和任何单位都不得不必须执行。其实，裁定书已经等同于房产证了，司法文件中明确裁定：上海市前海区和平公路 1188 号房地产的所有权及相应的其他权利归买受人上海光明置业有限公司所有。上述权利自本裁定送达买受人时起转移。"

"这裁定书有效吗？"王小鹏问。

"毫无疑问，当然有效！"刘江涛说。

这时的王小鹏，脸上露出了灿烂的笑容，那些笑容竟然把他脸上的那些细微褶子都给抹平了。他眼中似乎闪动着几丝华丽的流光，激动地说，"刘博士，您这话肯定没错？"

"这是不可逆转的司法裁定文件，任何单位和个人都必须无条件服从。否则，法律的严肃性何在？法律的尊严何在？法律的威慑力何在？"

"但是，刘博士啊，您说的这法律威慑力是一回事，但去办理相关过户登记手续，那是另外一回事。"王小鹏把他儿子王剑的套话一下子甩给了刘江涛。

"那不可能，无论在什么情况下必须是同样的一回事。"刘江涛说，"这是法律的尊严。"

听到刘江涛口吻这样子坚定不移、信誓旦旦，王小鹏知道接下去应该对刘江涛说些什么话了。

王小鹏如今再也不好意思给这位大博士刘江涛挖坑了。他想着，如果说再给他埋个地雷，这文化人肯定被炸得无影无踪，那真的就是他王小鹏的罪过了。

其实刘江涛就是个实实在在的老好人。

王小鹏虽然是上了年纪的老人，但其人履历丰富，思路敏捷，不但有心机而且眼光毒，看人准，他的聪明才智表现得无处不在。他这人总是把应该直接说的话或者说把心里想要得到的东西，搞得曲里拐弯的。但是，有些曲里拐弯的事情，他竟然就能用简简单单的几句话儿给你表达得清清楚楚。

"我儿子他们去办理相关产权过户登记手续，都五次了，没辙。"王小鹏发出抖音那般的说话声，并别有用心地在"都"字上不但加重了语音，而且还故意停顿了一下，已经很能说明他对刘江涛的诉求了。

刘博士怒不可遏地说，"产权过户登记手续，这种事我协助处理过太多了，上海每个区的不动产登记事务中心几乎都有我的足迹，还从未碰到过你们这种情况呢。"

"大博士，我记得您在那次拍卖会结束后也说过这样的话。"王小鹏继续放火，说，"你当时说，这产权过户手续不是问题，主要问题就是被执行业主赖着不走，这是最大麻烦。"

"没错，对的，这话我说过。"刘博士是君子，他对自己说过的话从不赖账。

那么通过刘博士的话语来反证一下，是不是可以说王小鹏就不是个君子或者说即使他是君子也不过是个伪君子而已。如这么轻率地下个评判似乎也不够厚道。

王小鹏对自己的人性剖析：

每个人都有自己设计自己生活和理想目标的权利，这个权利在实际操作过程中难免会使出一点小伎俩。只能如此这样，目标也许会在未来某个时候变成现实。

客观上说，刘博士自然比王小鹏更为厚道，他是一位拍卖行业的称职人士，从他身上体现出来的绝对是正能量。上海浦江拍卖有限公司开除了这么一位堂堂正正，对老板忠心耿耿，绝不背叛行业规矩的老手，真是智商匮乏到无言以对……

"刘博士，"王小鹏话语极其诚恳地说，"您的工作作风以及踏实干事的精神和态度，都给我留下了深刻印象。但现在产权登记转移方面出现的瓶颈问题，您看怎么弄？"

刘博士一脸惊愕，愣了半天才说，"那，那就我来办吧。你让王剑和我联系，落实具体时间，带好相关资料。"

王小鹏笑了笑，扔给他儿子王剑一支烟，自己把烟夹在指缝里，也不点燃，继续说道，"呵呵，姜嘛，毕竟还是老的辣，我坚决相信你这位大将出手，瓶颈问题立马解决。"

刘博士愣在那里，这话究竟是在褒奖他刘江涛呢，还是在讥讽他太嫩？

日常人与人之间的交往，绝不要吝惜那一句真诚的也或许并不真诚的赞美，要明白就凭这么一点赞美的小火花或许就会燃起友谊的火焰。在商务洽谈中，赞美的言辞应用得恰到好处，你便会惊奇地发现它会留下多么美丽的痕迹。

讽刺挖苦、讥讽嘲笑的手段，都无法使对方改变对你的仇视，更不会达到鼓舞他人接受你的目的。

首先，我们撇开亡人是否真有灵魂存在于世间的讨论不谈，可以认定的是，人的生命存在于世肯定只有一次。所以人与人之间尽可能和睦相处，即使在利益面前的相互夺取，也要换位思考于能让对方接受的可能性，原则就是和平共处，求大同存小异。

"我所遇到的每一位对手，都可称得上是我的老师。因为我在和对方的交流沟通以及智慧的碰撞，甚至是在激烈争辩时，或多或少我都能学到一些东西和某些觉悟。"王小鹏如是说，"其实任何的争吵不休，即使你完胜也不可取。争吵以后，心里会留下阴影，阴影堆积得多，那你就会郁郁寡欢，久而久之忧郁症状便会在你身边躺下……"

如果说王小鹏面对蓝旗轮胎集团董事长焦达成，慷慨激昂、振振有词地请他立刻离开。然而对方给他来一个漠然处之，无动于衷，那你王小鹏又能奈何与他。对方毕竟也是一把年纪的老人，你敢对他动手动脚？他才巴不得呢，顺势倒下，"晕过去了"。随后，王小鹏只能去医院探望、道歉……这一套，王小鹏不但懂，而且懂得透彻。

他原本就想用这种套路来给蒋豪挖坑，准备把蒋豪埋进去。但蒋豪洞察一切，不但没陷入坑里反而给他来个防守反击，回首便给他下了个"以柔克刚"的套子，让王小鹏猝不及防，一不小心便跌入"舅舅与外甥"的深坑里……

话说，这世界上没有比智慧的对手那种来之不易的友谊更美好、更让人心情舒畅了。谁要是在人生旅途中遇到过一次智慧的对手，体会过肝胆相照的境界，那就是尝到了天上人间的欢乐，而人生的成功往往来之于智慧对手的鼎力相助。

王小鹏喜欢与智慧的对手碰撞、对决，尽管有时失手输局，但他总能把握住某一契机，死而复生。最可贵的是他能从对手闪烁的智慧中吸取养分，从而引发自己的觉悟提升……所以，在往后的日子里王小鹏把蒋豪的那一套路子在实战中演绎得炉火纯青。

"焦大哥，您辛苦了。"当王小鹏面对蓝旗轮胎集团董事长焦达成时，首次洽谈物业清退开场白就是从柔和的话语开始起步。

他如法炮制运作的是蒋豪那套"以柔克刚"的策略，采取的是"大哥与小弟"的套路。他为了使内容表演得比蒋豪更富有人情味，更便于拿下对手，手里竟然还提了两条中华软烟以及两瓶贵州茅台，"大哥，您也不容易，这点小意思，是小弟我孝敬您的。"

王小鹏一面恭恭敬敬地递上见面礼，一面把蒋豪那五星级套路演绎得淋漓尽致，"大哥，您发觉没有，您没发觉，我发觉了，咱俩人就是有缘。就凭这容貌长相，看看，"王小鹏随即掏出手机，打开自己的大头相片，说，"您看，那一双小眼，还有那一管枪筒子般挺拔的鼻梁，咱哥俩就像一只模子里铸就出来的。"

焦达成铁灰着脸，斜眼瞄了一下，"什么玩意儿，似乎没什么地方相似啊。"他心里这么想着，嘴巴歪在那里一声不吭。

"大哥，咱今天可说好了啊。以后咱俩无论在什么情况下，都不带玩大哥对小弟发火的游戏。"

话说到此处，王小鹏肚子里实在是忍不住了，那七拐八弯的肠子"哈哈，哈哈哈"地笑得胡乱颤动。

"蒋总啊蒋总，您那套头，我王小鹏要么不学，要学，就要学得比你那套更逼真，更好玩。"

想到此处，王小鹏竟然在瞬间便挂出一副悲悲切切的脸谱。不一会儿，他眼眶通红，老泪纵横地说，"大哥哇大哥，小弟和您一样，苦不堪言呐……"

人世间，或许只有一种方法能够迫使他人去服从命令做某件事情，那就是用枪顶着他脑袋或用大刀架在他脖子上。

但是这种粗暴的方法很可能导致极其不良的后果。然而最优秀以及最漂亮的手段就是能让他人心甘情愿地主动为你做事，那唯一的方法就是，给他想要得到的东西。

那么问题来了，你怎么能知道一个人的需要呢？又该如何恰到好处地满足他呢？

其实，一个正常人的需求并不是没有底线的。

不可否认的是，人性最关注的就是被人尊敬以及重视的感受，而且人性对于这种需求的渴望程度并不亚于对食物和睡眠的需要。在这种渴望的驱动下，王小鹏正是抓住蓝旗轮胎集团董事长焦达成这种脆弱的心理需求，在给予其人减压的同时尽可能让他得到一种被人尊敬的感受，即使他的企业已经走到了穷途末路。

"焦董事长，我也知道你舍不得放弃这片土地的所有权，换位思考的话，我的心情跟您是一样的。"

说着话时，王小鹏从挎包里拿出那份司法裁定书递给焦达成，说，"从法律概念的裁定上来说，这片土地产权已经转移给我上海光明置业有限公司名下，你必须马上离开这片物业地块。"

焦达成毫不在意地接过司法执行裁定书，眯着眼睛，稍稍瞄了一下，便随手轻描淡写地把它扔在办公桌台面上。随后他身子仰靠着椅背，愣着两眼不说话，等待王小鹏下文。

"我认为，司法裁定是一回事，但是我们怎么和平相处是另外一回事。"王小鹏掏出支烟，自顾点燃，吸了一口，说，"从客观上来说，虽然你的物业产权被司法裁判执行拍卖了，但是除了已归还银行的贷款，你自己个人以及企业至今却还没得到一毛钱，如果我是你，肯定也不服。"

王小鹏这手果然厉害，挠痒痒挠到了焦达成胳肢窝里去了……他原本非常兴奋的拍卖结果，但时间已经快过去三个多月，自己手里确实连一分钱都没拿到，他能不气愤吗？

"我已向拍卖行以及当事执行法官申请给予你大部分放款。"王小鹏在烟雾的笼罩下偷偷窥视着焦达成会有什么样的反应。

果不其然，焦达成猛然站起，向窗户边的阳光处走去。随后他两臂朝天扬起，动作非常缓慢。

王小鹏看着他背影，听着他那似乎无限哀怨的叹息声。

伫立在窗户前的焦达成，运了一回气，猛一回头，他的眼里射出来的墨绿色光芒，正巧撞上王小鹏直视着他的目光。刹那间，光与光的对撞似乎还发出些微弱的窸窣声。过了半晌，焦达成明白了眼前即将会发生什么事，或许也就是他迫切想要得到的东西。

焦达成原本也是个劣根性极强的人物，王小鹏似乎为他开辟了通道，这听起来仿佛就是个非常奇葩的故事。

他一条手臂无力地往下垂着，抽抽搭搭地不断颤动，语气却非常平和，"说吧，你想咋的。"

"我在想，先应该给你布置点作业。"

"我能做什么作业？"焦达成满脸涂着灰白的迷茫色彩。

王小鹏直腰站起，走到窗台边，说，"比如，你目前可以核算一下收到拍卖款之后应该交付的企业所得税和土地增值税，以及其他税费。这些税费该怎么计算，我想，你也是江湖上的老人了，不需我来给你指点。"

焦达成小心翼翼地说，"目前，我还是非常需要你来给我指点迷津。"

"那就把所欠相关部门的水电费以及支付人工工资等费用，合计谋划出一个总数。"

焦达成一下子感觉到仿佛眼前出现的就是黎明前的黑暗，瞬间，他瞪大眼球问道，"你这话什么意思？"

"这就是布置给你的作业呀，请你打个书面申请报告，交付给法院以及拍卖行。"

"没用！我都跟他们联系过好几回了，说什么必须是在产权转移过户之后才能放款。"

"那时是那时，现在是现在。"王小鹏说。

"那产权移交登记还没过户，不都一样吗？"焦达成说。

"那可大不一样，我现在向他们提出了放款诉求，先解决你目前急需要用的资金。比如说，你离开这片物业，还要另外去租房吧，还有这个那个的费用，你自己去想。这些问题的解决都必须是要花钱的，对吧。没钱，你什么事都干不了，这话没错吧。"

焦达成感觉到王小鹏话语似沁人心脾的空气，进入他的鼻孔、肺叶、肠胃，他好久没有享受过这种舒畅的感受了。

顿时他心里对王小鹏的人品产生了好感。

"说白了吧，房产权证过户登记遇到了麻烦，估计会有很长一段时间上的拖延。如我再诉求卡住你的款子不放，这不公平。"王小鹏坦诚地说。

"你需要我帮你做点什么？"焦达成激动地主动提出配合意向。

王小鹏喃喃地说，"我没什么需求，只是想应该把目前的严重事态告诉给你，让你心里也好有个思想准备。"

"过户登记遇到了什么麻烦，你可以让拍卖行去干这件事啊。"焦达成说。

"拍卖行当事人确实也去了两次办理产权过户，但目前仍无法实施，他说以前从未遇到过这种新问题。"

"什么问题，很简单的过户手续，都拖了三个多月了。"焦达成愤愤不平地说。

"问题是还不知道要拖延多少时间呢。"王小鹏说。

"究竟是什么原因。"焦达成满目焦虑。

"现在整个上海，已经有好几个区政府开始执行办理产权转移过户手续，必须要由区政府联席会议一致通过以后才能办理。"

"那就找联席会议负责人啊。"焦达成说。

"联席会议由好多政府相关部门组成，共同参与商量、讨论和研究。"王小鹏说。

"王总，那你麻烦大了，幸亏你还有一份司法裁定书。其实我也明白这份具有法律保障的司法文件，确切地说已经属于产权证了。要不然，当初你我之间如果私下达成物业买卖交易，现在被埋进坑里的就是你。"

焦达成竟然张嘴哈哈地大笑起来，这笑声中似乎还含有某种幸灾乐祸的成分。

"现在的问题是，我不知道应该去找谁。联席会议的组成，有街道和乡镇一级的政府，以及区经委、区规土局、区环保局、区产业促进工作领导小组办公室，等等。必须在这些部门一致同意认可后，才会出具'前海区产业促进工作受理项目审核表'。凭着这份项目审核表才能到前海区产权转移过户中心办理产权过户登记手续。否则，一切都没得商量，不给办理。"王小鹏更是愤愤不平地说。

"那我们之间的问题怎么解决，要等到猴年马月啊。"焦达成喉音发声有点颤。

"是的，要那么多部门轮流着签字盖章，你可以想象一下，那可是万里长征还没起步呀。"王小鹏很无奈地说。

"这，咋弄啊。"焦达成满脸的火急火燎。

"所以，我才申请诉求放款给你，只留下一小部分作为押金，协助我公司办理产权转移过户登记手续。"

"这没问题，我也太感谢您了，绝对积极配合。王老板，来来，抽支烟。"焦达成掏出烟卷，两人开始和谐地洽谈起来，"接下去，你打算怎么办？"

王小鹏说，"你拿到款子之后，把该做的事情先做起来。"

"还是那句话，你需要我做些什么？"焦达成说。

王小鹏举头抬手，从上往下做了个劈的动作，说，"先把你的那些租赁场地的合作单位全部清退出场。"

焦达成点点头说，"这没问题，然后呢？"

"把该清算交付的费用全部清理完毕。当然了，与本次产权转移登记毫无牵连的债务，我不予关心，那是你个人的事，你想怎么玩就怎么去玩，我不感兴趣。"

焦达成连连点头说，"我没其他任何债务，你说的这些，义不容辞应该由我来解决。说实话，我高兴还来不及呢，龙抬头，龙抬头哇，时来运转，天上掉馅饼。就这次司法拍卖，我凭空多得3000多万，我真诚地感谢你这位妖娆的上海大亨。"

王小鹏紧吸了两口，把烟掐灭了，吐了口气，抽抽鼻子，说，"好样的，是块干大事的料，有什么事咱俩一起扛。"

焦达成嘴里蹦出一个冲天嘹亮的大字，"干！"

王小鹏说，"你自己办公所需的房间留出来，无条件继续使用。"

这让焦达成非常感动，说，"我现在只需要办公楼的一个层面，其余物业全归你所有。"

"我一看你就是只模子，够仗义的。"王小鹏不失时机地抓紧夸他。

"这是应该的。但门卫守护人员在我没拿到全额款项之前，必须由我的人员守卫。其实这也不过是象征性地表示我还是这片物业的业主。"

"这要求不过分，我没一点异议。"王小鹏说话的同时，拿起桌面上那份文件，说，"这份司法裁定书你还是保管好，或许以后会有用处。"

"那自然，自然。"焦达成一边把文件放进抽屉，一边含泪感恩，他那鼻子周围的十几颗小黑麻子，刹那间泛出丝丝光亮。

王小鹏坐在那里，冷漠地抽出一支烟点燃，使劲吸了一大截，闷在肺里好一会才吐出来，顿时感觉浑身上下轻松愉快。他眯起一双小眼，背靠布艺沙发，一边吞云吐雾，一边窃窃自喜。心里想，好玩，真好玩，蒋豪那套以柔克刚之功着实厉害。

回过头来再说说什么类型的人物相对来说比较容易对付，答案是肯定的——草根类型。

相对来说像王小鹏与焦达成之类的草根人物，这种人物，虽然没有深厚的学历以及扎实的文化基础，但这些人久经社会的磨砺，可以说，这些人是从社会大学毕业的高才生。他们虽然具有人性的劣根，但也因为履历丰富，经历扎实，所以积累了许多普通人所没有经历过的那种艰难曲折，或者说经历过生死攸关的考验。他们对幸福人生的感受，完全是由人的心里所具有的价值观来决定的，而不是说拥有多少财富。所以这种类型的人，往往心态平衡，稍微满足了他想要的东西，便不会再去纠缠不休。

让我们以焦达成为例。

因为王小鹏放弃原本一口咬定在没有产权移交过户登记手续完成前，绝对不能放款的诉求，如今的焦达成也不可能坐在明航区的一座高楼大厦里那通体透亮的办公室里办公。落座在这阳光灿烂的办公室里，从明亮的落地玻璃内向远处眺望，隐隐约约的陆家嘴现代化建筑组成的天际线，一目了然。现在的焦达成，既无外债也无内债，公司开始稳步运作，对他来说，似乎已经无忧无虑了。但他仍在执行当时与王小鹏洽谈约定的口头承诺，在大部分人员撤出后依旧保留一小部分员工为王小鹏的后续事宜作密切配合。

"凡是王总提出的任何需求，你们必须尽可能地全力落实完成。"焦达成非常认真地吩咐他的留守人员。

人都是相辅相成的，焦达成遵守诺言，王小鹏也遵守诺言。他吩咐手下的工作人员不要干扰蓝旗轮胎集团留守人员的工作，无事不得进入他们的办公区域。

此时冬去春来到了炎热的夏季，时间已经过去了七个月，但产权转移登记过户依旧没任何音信。然而上海光明置业有限公司与蓝旗轮胎集团，始终处于互不干扰的平和过渡状态，其间没发生一起擦枪走火事件。

刘江涛对王小鹏说，"你们两家公司能如此和平地相处这么长时间，这也太奇葩了。"

"这就叫互相谦让，相互理解对方的心情感受。"王小鹏叹了口气，说，"活了大半生，我最大的收获就是从蒋豪那里学到的那套以柔克刚的拳术，着实让我受益匪浅。"

"你说的那人，是不是我们第一次在饭局上见面的那位动迁组负责人，是吧？"刘江涛问。

"是的，虽然我与他之间有过激烈的争辩，但通过与他的接触和洽谈，让我从中学到不少东西，在处理问题上我以前惯用的手段就是以暴制暴。"

"对付焦达成，你改用以柔克刚了。哈哈，哈哈。"刘江涛那时确实笑得也很灿烂，说，"一般情况下，买受人与原业主之间都会产生极大的利益冲突，殴打事件时有发生，闹到不可收拾地步，谁也分不清谁对谁错。就如你光明公司与蓝旗公司的产权过户，时间上拖了那么久，但仍能保持着和睦相处，真是闻所未闻，见所未见。"

"如果我们拥有勇气面对现实，用平静的思想坐在未来的墓地上，悠然地欣赏凡尘世界，那么一切都会被你洞穿，人间百态看得明明白白。"王小鹏说话的语调平静的像个隐士。

接着王小鹏又说道，"不要以为一次博弈的胜利就可以增加你的财富，让你觉得眼前有很多好日子。索求不是那么简单，给你带来平和的心态只能是你自己。"

奇妙的是焦达成在自愿清退了所有租赁户以后，竟没向王小鹏索取任何需求。由此可见所有草根人士基本都通情达理，但前提是，你必须要尊重他们的人性和尊严。所有从社会大学毕业的草根人士，都具有倔强的劣根性，不怕死，是他们的性格特征。坚韧不拔，是他们的人性。跌倒爬起再前进，是他们的精神所在。

王小鹏进驻偌大一片破旧不堪的彩钢板厂房时，他第一决断是，必须投入大量资金来进行彻底维修和改造。

蓝旗轮胎集团由于常年经营不良，负债累累，所以从未投入资金来维护保养物业资产，由此造成安全隐患处处存在。必须要说明的是，当王小鹏决定投入大量资金来维修，改换设备时，不可否认的是王小鹏还是很犹豫不决，虽然他手中的人民法院司法裁定书权且可以作为产权证。

王小鹏曾为这个产权转移问题咨询过汪大律师。

汪大律师说，"如果你急于解决这个问题，那可以启动司法诉讼，或者去信访办，区里不解决，去市信访办。因为名正言顺的道理在你这边，你手里握有司法裁定书，任何人、任何单位不得以任何理由不执行。你现在的物业已经受到法律保护，司法裁定书具有绝对权威性，不是儿戏。"

汪大律师这番话虽然具有法律定义的论理说道，但王小鹏听了总觉得有点站在政府对立面的感觉。

"通过信访办解决问题。"这个建议好多人给他提出过。

然而蒋豪的建议却是，"虽然这是合情合理合法的行为。但你必须还要考虑到你以后还准备在那里做事嘛，如果你不想在那干事了，那我现在可以给你下个定论，就这件产权转移过户登记手续办理，诉讼到中级人民法院，你必胜无疑。"

就为这问题，王小鹏心里老是不踏实，总有大难临头的预感。他甚至想过去找韩勋或者韩勋的领导，那些人可算得上是大干部了。但再回头想想，这事情还没发展到不可逆转的地步，枪没顶在自己脑门，还是忍忍再说吧。他认为，大丈夫能屈能伸，更何况生意人一般情况下都要以善良温和的风格去处理问题，没必要去振振有词地辩个明白。即使给你辩得捅破天，但是最后解决问题还是在下面的基层机关，他们要想给你拖延，变着法儿跟你玩套路，嘿嘿，最后还不是自己玩完。王小鹏每每想到这些没有头绪的事情，总绕不开烦恼和纠结。

为了生意，或者确切地说为了企业的光复，王小鹏敢于担当，敢于拼搏和冒险。但是，他的冒险不是盲目的，而是建立在必胜的信念基础上的。这种信念，集中表现在他"听党话，跟党走"的经营策略上，这是王小鹏一贯的经商理念。

把自己关在家里的书房，闷了几天后，他开门走了出来，精神闪烁，红润的脸庞上散发着光华，流露着庄严和幸福感，使他不但显得年轻了许多，而且成熟得似乎更为老辣了。

王小鹏是属于那种今天想好，明天布置，后天动手，说干就干的人。按他的说法，决定要干的事情，不能患得患失，不要怕失败，只有经历过失败和挫折后，才会越挫越勇，才有可能走向成功。

"做生意要有自己的特色，没有特色怎么能够成功呢？"这是王小鹏挂在口上的座右铭。

刚开始，他手下人都不明白这个理念，后来实践证明，王小鹏这个必须要做到与众不同，具有特色的企业形象是完全正确的，也是无可厚非的。

如果一味地说社会主义好，那么确切地说，如果当年没有邓小平同志在社会主义前面加上"中国特色"四个字，今天的中国能站在世界舞台上发出自己响亮的声音吗？所以王小鹏以为做任何事情，想要成功就必须具有特色。

摄影　俯瞰古城万里青　王照敏／摄

摄影　老当益壮何所惧　王照敏／摄

第十五章

觉悟在珠峰

    杭州西湖国宾馆原本是昔日刘庄，百年来，国宾馆有过辉煌，曾经被我国第一代领导人视为第二故乡。它隶属于西湖区，坐落在杭州西湖的西面，三面临湖、一面靠山。它充分利用了西湖的美丽景色，把秀丽的自然风光与建筑精巧的别墅巧妙衔接，融为一体，所以在国内外名闻遐迩。伫立在西湖国宾馆岸边，抬眼东望，西湖风光、名胜古迹尽收眼底。

    说到杭州西湖国宾馆，王小鹏算是很有发言权了，他前后和不同的朋友以及家人入驻国宾馆达六次之多，宾馆内所有角落几乎都留有他的足迹。

    他最爱入驻的地方就是当年一号楼。

    如今，这气派的整栋别墅除了伟人当年生活和办公区域不接待宾客，其余客房均对外营业。

    王小鹏每一次去都有不同的感受。2018年春天，他再次携手家人一起来到西湖国宾馆度假，此行主要目的是王小鹏会见和招待他儿童时代的女性朋友陈雅丽。

    陈雅丽比王小鹏年长三岁，是王小鹏幼时家门斜对面的邻居，也可以说，陈雅丽是王小鹏在文学创作方面的启蒙老师。从某个角度出发，王小鹏似乎隐约感受到陈雅丽内心深处似乎还有一份对他超出了普通朋友的情谊……这份情谊，王小鹏与陈雅丽两人谁都说不清，谁也道不明究竟是属于哪方面的情感，或深情，或友情，或缘分……

    如今陈雅丽的身份既是浙江省政协委员，又是省作家协会委员兼西湖日报社编辑部主任。

陈雅丽属于美女编辑那类的大人物。

陈雅丽天生丽质，如今上了年纪，依旧风韵犹存……这次他们相约于西湖国宾馆一号楼，虽然俩人之间时常摩擦不断，互相讥讽成了家常便饭，但这次王小鹏是捧着《创造人生》的书稿而来，有目的指向性。

陈雅丽如约而来的这天，国宾馆东方宽阔的湖面上空不但明亮，还挺干净，湛蓝湛蓝的。湖面上方罩着一层薄薄的白色雾气，成横条状从东南伸向西北。不一会儿，渐渐升起的红太阳将乳白色雾气染成淡淡的红色，如同胭脂一样鲜艳。无垠的天空显得朴素而大方，犹如此时王小鹏内心深处那样没一点小家子气。

他现在已经不愿与陈雅丽为《创造人生》书籍里的内容争论不休。这次之前，他已经违背了陈雅丽的指导，由上海文艺出版社出版了《碎片人生》。

就为这本书的出版，俩人曾经闹得不欢而散。

王小鹏清晰记得，那还是在儿童时代发生的故事，他俩相识于泰丰新村西北方向的一条清澈见底的小河边。那时他最热衷于独自一人躺在粗壮高大的梧桐树底下发呆、思考，放飞梦想。

就在这条小河边上，正当王小鹏在水彩写生作画兼顾自娱自乐地钓鱼时，却被小妖精陈雅丽撞上了，初始爆出的火花还是懵懵懂懂的少年时代。后来史无前例的"文化大革命"开始，陈雅丽一家子出逃至崇明，隐名埋姓改作陈芙蓉。再后来"文化大革命"落幕，陈雅丽凭着丰厚的文化底蕴进入大学，毕业后被分配在上海某出版社担任编辑工作。

王小鹏对美女编辑刻骨铭心的仇视就是在上海国际新都大酒店与陈雅丽就著书立说的洽谈开始的。那时候的陈芙蓉已经坐上美女编辑的女皇宝座，一切仿佛阳光明媚，于是她恢复了自己原本的姓名陈雅丽。就那一次洽谈，是他们俩第一次就人生价值观在心灵深处进行碰撞，互不相让。那事件发生在二十多年前了，王小鹏当时的园林绿化工程由于上海园林局的介入，改变了游戏规则，对于上海的整体园林布局以及建设，园林局设置了许多条条框框，这让王小鹏轰轰烈烈的园林事业一下跌入坑里，陷入低迷不振状态。就在那时他想开始著书立说，把他的人生经历以及所见所闻创作成长篇小说故事。

于是他就想起了陈雅丽，希望她能给予指导帮助。让王小鹏耿耿于怀的是，陈雅丽粗略翻阅了一下他的书稿，劈头盖脸把他训斥一顿，"你算哪门派的高手啊，轮得上你这种人来发挥如此这般的地摊文化。我对你胡乱涂鸦的书稿所下的定义就是，粗糙、无聊、低劣、庸俗。"

王小鹏脸面像无数片青瓜皮，被陈雅丽毫不留情地扯下来，甩在地上踩得稀烂，"我看你就是个无知无识的混蛋，一脚把你踹到黄浦江去喂鱼才会让你清醒。你不是块著书立说的料，你天生就是博弈商场的斗士。去吧，去你该去的沙场，不摘掉贫穷落后的帽子，就别再来见我……"

从此两人就此打住，再也未曾谋面。

再后来，陈雅丽嫁给了一个部队复员的大干部，具体负责抓杭州市什么工作他似乎在电话里听陈雅丽提起过，也或没提过，这些都忘了，反正王小鹏也不想了解。就他那劣根，陈雅丽电话里请他去杭州赴婚宴，他回答很干脆，直截了当地说，"没钱，吃啥酒，不见面！"

一转眼，二十多年过去了，俩人再也未曾谋面。只是后来有了手机、微信，这才开始稍有点联络，偶尔免不了的还是相互斗嘴、讥讽、嘲笑。

王小鹏这次杭州之行见陈雅丽是来显摆的，不但显摆他的财富，而且还显摆他是个作家。你不是说我不是块著书立说的料吗，老小子我偏偏给你看看王爷我到底是块什么料。

——人生就是神奇！

上了年纪的老人与长久未曾谋面且相知相识的老友约会、见面、显摆，似乎也有一种冲动和激情，感觉这也是一种幸福人生的享受，因为自己怀里揣着满满的硕果……

王小鹏坐在沙发上正回味着过去那些迷茫的记忆时，房门被"嘚嘚"敲了两下，随后那半掩半开的门被推开了。瞬间出现在眼前的陈雅丽，足以让王小鹏眼睛一亮，她的衣着完全是一副时髦女秘书打扮，紫色的皮鞋，半高跟，黑色紧身裤似乎更能显示出她腿部的妖娆。普蓝色的西服，露出雪白的敞开着的衬衣领子。长长的头发拖至肩部，发丝整理得油光油光的。胸前还别着一枚白色"小蝴蝶"，在蓝色垫底的布料面上一颠一颠的特别显眼。这一处小巧思，似乎也更能聚焦异性的目光……

虽上了年纪，但陈雅丽的手依然像贵妇人或者说像阔太太那样白净柔嫩，富有光泽。

一进客房，她直面凝视着王小鹏，瞪大两眼，一动不动。忽然一阵微风从西湖水面穿越洞开的窗户闯进屋子，猛然掀起，吹得陈雅丽那长发高高地飞扬，仿佛是一面黑色的锦旗。

随后，王小鹏站起，相互之间默默无语。相视好一会儿，俩人竟都保持着沉默。

确切地说，王小鹏紧张了好一会儿，因为长期以来他被陈雅丽讥讽嘲笑都成习惯了，想从美女编辑嘴里吐出几句鼓舞或励志的话几乎比登天还难。在王小鹏眼里，陈雅丽从小起就是个迷人的小妖精。王小鹏蛮横霸道只对男性使用，对女人，尤其是对漂亮的女人他总是竭力想表现得绅士点。

二十多年未曾谋面的陈雅丽，风韵犹存，见王小鹏傻不愣登那样子，便开口不逊起来，说，"咋的，还是像以前那副小屁孩的傻样。看你着装打扮，约我来国宾馆是不是想甩派，现在是大老板啦，钱袋鼓起来了，是吧？否则肯定不会来见我。当年我骂你，是不是让你受刺激了？"

王小鹏无言以对，示意陈雅丽坐下。

他紧张了一会儿，又开始渐渐懈怠，目光一次又一次地被那只不断颠簸的白色蝴蝶所吸引……

陈雅丽环顾四周一圈，这是一间宽敞明亮的商务套房，洞开的窗户直面一大片西湖水面。潺潺水波，朦胧的景色，仿佛就是一幅无比曼妙的丹青泼墨画卷。

王小鹏眼里蒙着模糊的泪花，但不到流出眶外的数量。他就像当年被训斥时那样，感到有一阵扎人的寒意在全身扩散。他慢慢端起注满了红色葡萄酒的酒杯递给陈雅丽。他知道陈雅丽酷爱喝红酒，在她未来之前便已预备好了。

果然，陈雅丽接过酒杯，酒里映着陈雅丽的脸，她突然发问，"哎，王大老板，你的家人呢，咋都不见了？"

"去灵隐寺朝拜了。"王小鹏说。

于是陈雅丽站起来，仰起头，一下子把满杯红酒全注入嘴里。顷刻间，脸色的红润都集中在双腮上，额头和下巴却依旧白润。

随后坐下，也不说声谢谢，只嘀咕了一声，"还记得我这爱好？"

王小鹏捧着酒杯，只是抿了一口。随后，他弯腰再给陈雅丽注酒，那红色液体的葡萄酒像一道微弱的血流似的缓慢地流过瓶颈，倾入透亮的高脚酒杯里。

陈雅丽两只细长的眼睛里对着王小鹏射出灼人的光亮。

王小鹏的心咚咚跳着，于是又端起酒杯抿了一口，心里思忖着，"真是见鬼了，老子天不怕地不怕，咋打小起见了这妖精心里就打鼓。"

骂过之后，也奇怪了，他的痞子气息也开始慢慢提升起来，脸上露出当年的豪横，心想"老子怕她什么，莫名其妙。"

王小鹏用充满傲气的口吻开始调侃，"大美女，咱现在不说钱袋子有没有鼓起来的问题。"

"为什么不说给我听听。"陈雅丽顿时来了兴趣，她是一辈子靠着爬格子吃饭的文人，到了这把年纪却对金钱特感兴趣。

"不谈这个钱的问题，不谈。"王小鹏连连摇手，"我怕说出来，惊死你！"

"我当年说过，你钱袋子没鼓起来，没摘掉贫困帽子就甭来见我。"陈雅丽笑着说。

"那就打个比方说吧，你现在月收入多少？"王小鹏问道。

"一万多吧。"

"那我就说个大概数，翻你一百二十倍好像还绰绰有余吧。"

"什么？你凭什么啊。你不就是初中文化程度吗，这不让我们这类文人大学白上了，书也白读了。太冤屈、太冤屈了。"

"这有什么冤屈，人生道路不同，所到达的目的地自然也不同。我能同马化腾比吗，跟他一比，我连一根鸡毛都不如。"话一出口，他顿时愧疚，连连道歉，说，"失误，失误，用词不当，搞建筑出生的汉子说话粗鲁惯了。"

"哈，哈哈，你以为我还是小姑娘啊，都成老娘了，你习惯怎么说就怎么说，随便。"陈雅丽毫不在意地说。

"咱不说钱袋子事情好吗，我今天来见您，就是想让您这位美女大编辑看看，咱是不是块著书立说的料。"说着话时，随手递上一本厚厚的著作《碎片人生》。陈雅丽一看"上海文艺出版社出版"，一下子愣在那里，两眼瞪着王小鹏，看了许久。

王小鹏随手从挎包里又掏出厚厚一叠书稿，说，"这是第二部著作，《创造人生》交出版社的定稿。"

陈雅丽伸出手去拿这厚厚一叠的《创造人生》稿页。

"你别动它！"王小鹏说。

陈雅丽漆黑的两眼珠子看着王小鹏，惊恐不安地点点头。

王小鹏说，"咱还有第三部著作《无憾人生》正在创作编写。三部著作合起来总计120多万字，叙说的故事情节跨度长达70多年。"

"是吧？这么厉害，没料到，真没料到你这匪气十足的痞子，居然是这块料，也太了不起了。"停顿了一会儿，陈雅丽说，"郁闷死我了。"

"这不是我的主业，仅仅是兴趣爱好，不求名不图利。"王小鹏说。

陈雅丽正低着头翻阅《碎片人生》，嘴里缓缓地说，"就这样子，写得不错，内容情节更不错。人生三部曲，这种题材现在稀罕少见，完成之后拍成电视剧，那就更拽了。"

"你说什么？"其实王小鹏已经听清楚陈雅丽在说什么，但似乎不太相信自己的耳朵。

"人生三部曲拍电视剧，一举成名！"陈雅丽没抬头，加重了语音说话的同时继续快速翻看内页，说，"我帮你包装一下，你可以得到一笔丰厚的稿酬。到时候三部书快递几本给我，我拿给电视编剧看看。"

"还要有伯乐啊……拍这电视剧估计我要投入多少资金？"王小鹏问。

"原著王小鹏，改编某某某，你一分钱不用出。"

"我一分钱不用出？"王小鹏惊得愣是摸不着头脑。

"还要给你著作权署名和稿费，制片人出钱，版权卖给制片人，但会给你稿酬和署名。"

"你这话说得太不可思议了。"王小鹏说。

"作家就是这样赚钱的，我帮你牵线搭桥。"陈雅丽说。

"著书立说，我从来没去想到过要赚钱。"王小鹏说。

"这方面我熟悉的朋友太多了。"陈雅丽说。

"您这个提议我感兴趣，太感兴趣！"王小鹏说。

"因为浙江走在全国电视剧的前列，而且我在省作协工作，所有的领导我都认识。"

陈雅丽微微抿了口红酒，继续说道，"我认识一个朋友，他的一部小说书稿是通过拍卖这条路走的，起拍底价500万，结果竞标达到800万。你这个纸质书稿，现在是没什么人看的，任何人的作品都必须要有包装推销的，一定要有一个伯乐来给你包装，然后拍成电视剧，电视台一播出，那就不得了。"

陈雅丽一边说一边继续翻书页，"到时候我来组织一场王小鹏作品拍卖会，起拍价200万，然后我多叫几家制片公司过来，公平竞争，相互之间在拍卖场上竞拍一下。"

陈雅丽抬起头，面对王小鹏微微笑了一下，说，"浙江省有我一个同事，他每次书稿拍卖底价都是500万，成交价都是翻倍的，他既是我朋友也是我领导。"

"这么厉害啊，我可没去想过这等好事。"王小鹏说。

陈雅丽看着王小鹏说，"你没有做过制片人，更没有制作经验，所以把握不好风险。"停顿之间，她思索了下，继续说道，"最稳妥的办法，就是把著作权卖给制片人，即卖给电视剧制作公司，让他们来组织拍电视剧。"

说到此处，陈雅丽举杯，又喝了一口红酒，说，"三部曲，组合成一个能夺人眼球的剧本名称。《碎片人生》《创造人生》《无憾人生》，这些名称太没吸引力了。"

对于"太没吸引力"的定义是什么，王小鹏懂，但他早有思想准备，不会对此定义加以任何辩驳。

转眼到了 2018 年秋季，王小鹏所有相关事业以及生活状态，都显示出蒸蒸日上的新气象，蓝旗轮胎集团产权已经转移到了光明置业有限公司名下。

长篇小说第二部《创造人生》通过审核，由上海文汇日报出版社正式出版。

当时王小鹏不让陈雅丽翻阅这本书稿，这是他吸取教训，学乖了。这书稿肯定又不入美女编辑的法眼，挑出刺来必定不是一大箩就是一大筐，那不是他王小鹏自讨苦吃吗？

自然王小鹏也有自知之明，他的书稿并不是什么伟大的优秀作品，陈雅丽的话也没错，"自己的儿子再丑也是好看的。"

但是王小鹏的劣根所在就是，我的作品是我亲生的，能出版就出版，不能出版，他也无所谓。自己创作编写的书稿，写得好不好是一回事，但是让美女编辑改来改去，改到最后，谁能说得清楚这到底是不是我王小鹏的作品呢？

正因为如此，王小鹏的书稿除非存在原则性问题，其他段落绝对不允许被他人改动。他认为对于创作编写长篇小说故事的原则，大方向要把握好，宣扬人性的正能量以及爱党、爱政府、爱国家的情感。其次重点体现的是中国特色社会主义制度的优越性，杜绝恶意攻击政府或社会以及真名实姓地中伤单位或个人。

但是写长篇小说故事并不是写报告文学，小说故事素材来源于生活，却必须提升至艺术性的后期制作、移花接木、夸张描绘，等等，那都是要素，也是必须做到的。谁要对号入座，那是人家的事情，他既管不住也控制不了。真不服气的人，法院大门朝南开着，完全可以采用司法诉讼渠道，只要有人愿意告他，他王小鹏绝对乐意奉陪。

总体来说，王小鹏的人生一路走来，到了老年时代，他是幸运的，也是幸福的，他也知足，且知足常乐。

他时常对友人说，"就我这不让人省心的主儿，商海沉浮，博弈 30 多年，至今仍保全须全尾，生龙活虎，老天对我够厚道了。"

2019 年 6 月 27 日。

王小鹏夫妇登上了珠穆朗玛峰海拔 5200 米的大本营，并在营地驻扎一晚，那是他们老年生活中绝对疯狂的创举，无与伦比。

王小鹏热血沸腾地为此创作了纪念油画作品——《觉悟在珠峰》。

珠峰大本营是观赏和拍摄珠穆朗玛峰山巅的最佳位置，然而，就在王小鹏去过之后，当地政府管理部门因游客带来的环境污染严重，从而启动珠峰大本营无限期关闭禁令，中外游客从此再也不得入内观光游览。所以说，王小鹏的人生总是与幸运和幸福相伴。

岁月不饶人，年迈的夫妻两在六十七岁时，冒着生命危险登上海拔高度 5200 米的珠峰大本营，其全部意义在于体验人性的再次觉悟，在于探索和考量自己的胆魄和勇气，更在于追逐儿童时代的理想而孜孜不倦地勇往直前，去改变命运，去创造人生的梦想。

就上海光明置业有限公司被动迁拆除以后的置业而言，由于王小鹏投入了大量资金进行了装饰、改造、更换设备等，采取与前任业主不同的方式方法进行管理。不久以后便引进了大批租赁客户，厂区面貌焕然一新，广场上停满了各种各样的轿车，呈现出一片欣欣向荣的景象。

这一切真如王小鹏当时所预言的，"必将会失去的东西难以割舍，那必定会失去得更多。"

如果他当时与蒋豪死缠烂打，互不相让，他或许会得到更多的动迁补偿款。但是他肯定也不会有光明置业有限公司复兴的这一番蒸蒸日上的景象。每个人，在他人生旅途中都必定会经历过动荡不安或者说是无可奈何的不幸。有些人总是耿耿于怀在不幸之中纠缠不休，总是在悲观失望中发出绝望的吼声。但有些人，似王小鹏之类人物，在明知难以避免的不幸事件必将发生，他首先想到的是面对现实的退路，怎样去争取以最小的成本转化为今后长久的收益。面对发生的不幸，视为毕生最大祸害的人不可能果敢。当发生不幸时，承受不幸确切地说这是一种痛苦。但从理性的角度来说，遇到不幸事件发生，不应该影响你对自己人生的总体设计规划，作为一个理性的决策者，应该考虑将来要面对的是什么以及发生的成本和收益。

所以说，王小鹏不但是智慧的，而且也是幸运的，他的光明置业有限公司在必定要被动迁拆除时，他决不耿耿于怀，死缠烂打，而是见好就收，成本损失差不太大就行了。

随后他转过身来赶紧做后续的各项光复工作，最终的结果是，他把那动迁补偿款一亿出头点的纸币化作了实体经济，取得了蓝旗轮胎集团这块宝地，如今每个月的收益，可以继续保障他的员工和家庭成员的生活质量不被减低，他非常满足了。

总体来说，王小鹏到了老年时代，基本上属于那种无理想、无境界、无需求的人生状态。

有时候他只是偶尔去公司转转，拍拍他的酷照，显摆一下他还年轻有为，挂在朋友圈，让他的那些亲朋好友都留下他王小鹏同志在革命路上不回头，生命不息、奋斗不止的印象就可以了。

其实啊，王小鹏到了老年时代不但像个老顽童，而且挺和善，挺好玩，谁都弄不清楚他王小鹏到底属于哪一类人物。

但与王小鹏年龄相仿，其作为却大大相反的人也不少。他的一位友人，也被蒋豪动迁后拿了几千万补偿款，忍不住贪婪的人性，到澳门赌场去博弈，想快速翻倍致富。

结果呢，血本无归！

王小鹏有一天无意中遇见他，忍不住问，"你究竟是为什么要去赌场那样子干？"

友人回答，"唉，以前偶去赌赌，都是翻倍赢钱，没料到偏偏就这次运气不佳。"

王小鹏关切地问，"会不会是有人给你下套？"

友人说，"下不下套，天知地知我不知，我只知道愿赌服输。"

王小鹏又问，"这一大笔补偿款全扔了，没留点后路？"

"没办法，厂房给拆了，动迁组又不给置换物业，我总不能抓在手里一把死钱等贬值吧。你也是商人，你应该懂的。"

王小鹏回答干脆利落，"你这种路子，我不懂。"

其实有许多动迁户在得到动迁补偿款以后出现这种情况。一个商人在做决策的时候，不能精确计算出投入的成本与将来收益的比对风险时，结果往往都是惨不忍睹。甚至还有不少人将整个人生成本投入一次性的博弈中，导致沉没所有成本而跌进泥潭不能自拔。

生活中我们应该看到和承认，凡事，把已经无法改变的事实视为昨天经营人生的坏账损失，集聚手中的成本，以全新的面貌面对明天，奋发图强，这才是人间正道。

靠人性的智慧走正道致富，顺潮流而上，做对自己、对社会、对政府都有利的事情，这才是一种健康的、快乐的、向前看的人生态度。以这样的态度创造人生，才能集聚各方面的力量，重整旗鼓，轻装上阵，笑傲自己的幸福人生。

大气的商人没必要去和他人争那一分一毫的利益，把每一分钱都与客户算得清清楚楚，那样不但赚不了大钱，还耽误了自己整体生意上的拓展。商业行为中，王小鹏并不以生意大小来计较利益得失，凡是他接手的活儿便会踏踏实实地认真去干，干好了，即使不赚钱，他认为也是赚了个人气和口碑。

其实，做生意就是做口碑。

凡大生意都是从小生意开始做起，千万不要妄想一夜暴富。作为一个商人，要将自己手中所有的成本都规划好，计算好，看准了，就毫不犹豫地砸下去。所谓的商机往往就是在一瞬间消失，犹豫不决、瞻前顾后的商人，就是对砸钱没有理性概念的人。

在很多人看来，像王小鹏这样的亿万富翁，在拍卖场上那种疯狂砸钱的举动，对钱是没有根本概念的。他似乎可以肆意挥霍他的钱财，享受自己的劳动成果。

其实不然，王小鹏在每一次计算投入的时候，他必定在事前先做大量功课，把投入的每一分钱都计算清楚。

他甚至能做到几亿元的项目投入，把自己关闭在书房里，一笔一笔地亲自计算，而他的计算结果最终与实际的投入必定相差无几。在他的计算过程中，每一分钱对他来说都是来之不易的。

其实从表象上看，大家似乎都以为王小鹏是个非常粗糙的商人，那就大错特错了。

王小鹏是属于那种很细心的商人，他从来不会因为对于成本的投入规划设计而变得心烦意乱。每当他认定要干一件事或者说是做一桩生意时，他便会在夜深人静时进行精细的运算，完全做到胸有成竹，其后在运作期间表现出来的执着气场，让人望而生畏。

生意场上的博弈理念，王小鹏首先认定的就是必须先计算好是否能稳赚，所谓的这个稳赚概念并不是眼前利益，眼前利益得失，每个人都能看出来。当大家都看明白稳赚钱的事情，他王小鹏基本上就不去干了。

王小鹏的理念是，作为一个商人，他的眼光必须具有前瞻性，按照自己的思路来确切判别实际成果。决定干，打死不回头，这便是王小鹏作为商人的狠劲。

他不在乎起步时的损失，更不在乎生意场上的坎坷，即使遭到山重水复疑无路时他也相信必定会有柳暗花明又一村的出现。或者也可以说他吃不准的，犹犹豫豫的事情，他就会舍下，干脆不干，以静制动。

从客观存在的事态发展中来看，一个从宁波郊区的小裁缝，外来盲流到上海滩的后代，也即中华人民共和国成立以后的上海第一代小市民，他能摆脱贫穷落后的凄惨命运，从身无分文的穷小子起步，靠智慧、靠勤劳、靠果敢以及靠奋发努力的精神和勇气，用劳动人民的两只手把自己经营成拥有亿万财产的富翁，这才是叫人值得尊敬的。

很显然——王小鹏具有这样的人生价值观。

无锡，华东疗养院坐落在著名的太湖风景区内的大箕山上。

大箕山绿树成荫，山水相融，这里也是国家重点风景名胜区，属于北亚热带季风气候区。

这一片广阔区域内的气候温和湿润，雨量充沛，四季分明，春夏秋冬的导致各有特色。在疗养院周边走走，停停，看看，帆影点点的山水景色，富含水墨丹青的雅致。其间，农舍炊烟袅袅，自然与野趣吻合，花草与古木对接，葳蕤衬托着凡夫俗子……宛如世外桃源，呈现出一幅祥和、安逸的田园风光图。

华东疗养院是上海市局处级干部疗养和保健的康复胜地。

韩勋站在山坡上一条石台阶上，沐着西斜的阳光，此时此刻的他仿佛遍体生出光亮。

他的头发现如今彻底花白，一场意外的、莫名其妙的昏厥夺走了他原本健朗的军人体格，在完全失去个人意识和知觉的三个月以后，老天爷终于把他从鬼门关里捞回了人间。

他的体质能量恢复很快、很好，现在他不但生活起居能够自理，而且登山爬坡不用他人搀扶。六十五岁的老干部韩勋，经历了一场大病的折磨之后，人体显出许多苍老的表象。在料峭的冷风中，他显得异常憔悴，深陷的眼窝周边蒙着一圈黑晕。但他的眼珠却灼灼明亮，冷风中，他伫立在山坡的模样更像是一座铜雕。

"韩部长，冷吗?" 王小鹏叫了一声。

韩勋的头，扭过来看了他一眼，没有回答。

他皱着眉头想了想，忽然发问，"你现在经营些什么?"

王小鹏抬头望了望远处一片朦胧的山水，说，"除了工业地产，在旅行的天地间经营我的思想理念，走出不一样的幸福人生。"

韩勋一听，却意味深长地叹了一声。

王小鹏莫名其妙地看着韩勋，急着问，"怎么说?"

韩勋看着他乐了，笑着说，"我找到根源了。"

"韩部长，说说看，什么根源?" 王小鹏问。

韩勋说，"你是个聪明人，天地间经营的智慧不但运作到了生意场上，而且如今还经营到著书立说的领域。"

王小鹏一听，有道理啊。难怪我每一次旅行都有心灵的觉悟，且在旅途中产生出不少思路灵感。

王小鹏在韩勋对面一块山石上坐下来，像发现新大陆那样，激动地对韩勋说，"你这一提醒，我倒是想起来了，有些问题的处理以及人生过往的经历，我都是在旅行途中用手提电脑构思和创作出来的。"

顿了顿，他继续说道，"日常在上海，我是天天跑工地，到现场，每天忙得像陀螺一样，哪里还会有什么灵感。"

韩勋习惯性地抬起右手，一边有力地比画着，一边激动地说，"这段时间，我是天天在看你的《创造人生》，尤其是'流氓律师'这段子，看得我废寝忘食，一夜未眠。"

思索了一下，韩勋又接着说，"这本《创造人生》的小说故事写得很给力，我看了都没停过。总在想，你王小鹏现在很了不得呀。" 韩勋点点头，又摇摇头，叹了口气，说，"不过，那本影集《行走·感悟》的短文虽然配得不错，景色描写也挺好，但是，图像清晰度太差了。"

王小鹏说，"愿听指教。"

韩勋问，"是不是用手机拍摄的?"

王小鹏说，"是的，您怎么知道?"

韩勋说，"图像不清晰，像素太差。你以后如果想搞摄影的话，必须采用相机拍摄，而且相机的广角以及长焦镜头都必须配齐，档次要高，不能买便宜的，便宜没好货。"

王小鹏听了哈哈大乐，"谢谢领导，这真是个不错的主意。"

韩勋看见了王小鹏笑起来就像个无忧无虑的老顽童那样，这让他不禁想起了二十多年前，在上海新都大酒店搞绿化施工时的王小鹏，那时候王小鹏就是个草莽英雄。

由此引发他想起这二十多年来，俩人相互之间的相知相识以及友谊。韩勋当时怎么也没料想到，王小鹏现在不但成了一个作家，而且继长篇小说《碎片人生》出版之后，现在又出版了第二部《创造人生》以及诗集《夜行者》和摄影作品《行走·感悟》。

"王小鹏，看你现在也算是个人物了。说实话，这虽然是出乎我意料，但也是我意料之中。"韩勋说，"有时候，我真不敢相信，难不成这些书稿都是你王小鹏亲自编写创作的？"

"坚决保证，这肯定不会有假。"王小鹏嘹亮的口吻很是自豪。

"据我所知，许多做老板的，致富以后都想出书，但基本上都是口述，具体操刀还是请那些有点知名度的大文豪代笔。"韩勋说话时的口吻似乎带着点疑惑。

"如果请人代笔，文学内涵在自我心灵的感受肯定是不一样的。"王小鹏说。

"是不是就没有成就感了？"韩勋问道。

"也不是这样说法。自己操刀，夜深人静时的那种甜甜的语言，淡淡的哀愁，浅浅的哲学，在文字篇章中渐渐浸透出来。这种感受，特醉人。"王小鹏若有所思地回答。

韩勋笑了起来，说，"没想到你的情感还挺丰富的。"

王小鹏说，"咱不求名利，也不求闻达，只求在那文学大殿上图个心灵的放飞和痛快。"

编写创作人生三部曲，对于王小鹏来说，即便没有读者，这个活儿也是他自个儿乐意做的，心甘情愿地受累。回忆过往经历中的有些人和事，对于小鹏来说触动很大，尤其是在夜深人静之时更让他嘘唏不已。因为王小鹏看问题角度不同，所以人生的幸福指数也与他人不尽相同。他一生爱文学，在很大程度上，王小鹏认为文学和人的生活是连接非常紧密的一门人文科学。每门科学其实都在讲道理，但文学讲的道理是人生旅途中的大尺度，是关于人生理念最大的道理。

"文学在人的心理治疗以及提升方面是可以有所作为的。"王小鹏非常认真地说。

"是的,现在的人心浮躁,心理疾病患者比例不断上升。"韩勋补充说道。

王小鹏用三句话强调了他对文学艺术的精辟领会,"第一,文学让人不陷入绝境,文学艺术修养好的人,少有愚昧的。第二,文学让人理清自己的思路。第三,文学让人好好说话,懂的人与人之间换位思考的哲学辩证法产生出来的理念。"

韩勋点点头,说,"其实这三句话本质上都是心理学的问题,对抗颓废情绪能起到积极作用,实际上文学也可以说是一门心理治疗的学科。"

王小鹏为人处事虽然具有粗犷的耿直,但他更有一副潇洒倜傥的风流品行。每当他兴奋不已时神采很是飞扬,极像李白那种充满激情的浪漫主义诗人。

面对韩勋,他说,"人分为两种,一种是情感比较粗糙的脆弱者,他不需要文学只需要服从于跟着走。另一种是思想比较强大者,他要自己去承担、去掌控、去深思、去推理以及去辩证、去把握自己将来的人,那他就需要文学。"

韩勋对于王小鹏的这段言论予以肯定,说,"文学底蕴越浓厚的人,事业成功的概率就越高。"

此时此刻,远处清澈的太湖水面就像蔚蓝色的毛玻璃那样反射着金色的阳光,近处那一览无余的湿地中的芦苇,在微风吹拂中翩翩飞舞,姿态妙不可言。

对于韩部长,王小鹏是敬畏的。

韩勋也爱旅行,更爱挎着相机在旅行途中拍大片。他的摄影功底扎实深厚,画面别具一格,曾多次获得摄影协会大奖。

其中有一幅金奖:

晚霞四射的太阳置于整个画面中心,在浩瀚的苍穹里折射出一圈硕大无比的光环,一架航空飞机恰巧在穿越透亮的红太阳中心时被韩勋抓拍到了。这幅大片画面不但气势磅礴而且色彩斑斓,让许多摄影者啧啧称奇,也让王小鹏不得不折服,韩部长着实是个多才多艺、为人厚道、德高望重的大领导。

无锡太湖饭店坐落在锦园路 1 号,依山傍水、花竹森然,这是一座真正的五星级酒店。

这座酒店地处著名的太湖风景区，为湖光山色和园林春光所簇拥，有赏不尽的绿岛风光和看不完的四季美景。整个酒店区域内风景优雅，只是可惜不临太湖水岸。但酒店地理位置优越，离周边景区也不太远，出门从右边绕过去便是太湖，拐个弯就是华东疗养院。

太湖饭店，富丽堂皇。

王小鹏去华东疗养院探望韩勋时就住宿在太湖饭店，这天的晚宴便在酒店的月湖包房大厅内举行。徐杰和他那一伙人也来了，其中有王小鹏认识的，也有不认识的。

徐杰二十年前是韩勋的驾驶员，几年之后便做了韩勋的助理。而如今的徐杰从前海旅游度假区董事长位置上又提升到区府工作，不知是个部长还是位副区长，这王小鹏不太清楚，反正徐杰现在更有头有脸了。

韩勋和夫人岚岚应王小鹏之邀，一起出席了晚宴，大厅圆桌落座的似乎都是领导干部，有退休的也有在职的。

"咋看起来，似乎就我一个是民营企业主。"王小鹏环视一圈后心里独自暗暗思忖。

"我说，今晚大家伙都是来探望韩部长的，故而首先我们共祝韩部长身体健康，长命百岁。"王小鹏用似乎散漫的语调一本正经地说着。

所有在座的人，齐刷刷站起，恭恭敬敬地为韩勋祝酒。

"咱们今天不谈政治上的大是大非，今天的嘴，喝酒吃饭侃大山。至于在座的朋友都是有缘相聚，珍惜当下。尽管咱们之间的关系今后如同天上的风雨一样说不定，有时合合分分，有时分分合合，用商场上的话来说，没有永远的朋友，也没有永远的敌人。如果说人人都能具有这样的处世品质也很好啊，是不是？"

"好个什么，什么叫分分合合、合合分分，朋友就是朋友。韩部长就是我大哥，我这一辈子就认定这大哥，赤胆忠心。"徐杰说。

"既然认定是朋友，即便朋友干错了什么事，那咱也必须认定是没什么大错，该帮的还是要帮。"徐杰座位右边上的一个脸面精瘦的朋友插话说。

王小鹏大笑起来，说，"哈哈，这真要问问神了，扶扶乩。"

徐杰说，"我不大相信这个。"

"徐总，你胡说，神你也敢不信？"王小鹏说，"今晚聚餐，莫让这唯物主义者坏了情绪啊，扰了给韩部长祝福的气氛。"

"你说什么屁话？"徐杰摆出些不开心的样子，拉着脸说。

但如今上了年纪的王小鹏，再不是以前的那个王小鹏了。他现在有他的实力做后盾，告别了点头哈腰看人脸色的年代。

"那你说说，韩部长昏迷不醒三个月，竟然能恢复到今天这般体质，连国外专家都说他那时必将是个永久性的植物人。你说，不是靠神的力量，那是靠哪方面的力量？"王小鹏直愣愣地对着徐杰说话。

"他不信，我信，神力无边。"徐杰朋友精瘦脸说。

"青青山河，洁身自好，渺渺人生，无非般若。一切众生，同人者形，出人者智。"韩勋抬手挥了挥，缓缓地说话。

他这番经典论语，极易让人进入境界，将烦恼忘却殆尽。这话说完，众人皆觉有趣。

韩勋又说，"姑且不谈这世界上有没有神或鬼，所谓的神，其实也是一种信仰，无可厚非。我听东斌医师说，类似我这种病症状态的人是再也不可能返回到人世间的。"

"是的，这是奇迹！"苏东斌医师说。

"就他几十年经营医学的专家都这样评定，那我现在也相信，人在做，天在看。为人要慈善，做人要厚道。"韩勋口吻淡定地说。

"我当初就认定你难以苏醒过来，足足三个多月的昏迷呀。现在可以这样说，这是奇迹啊。"坐在王小鹏右手边的苏东斌医师抿了口酒，继续说，"我不但相信人间有神的力量，也更相信人亡之后还有灵魂存在于世的说法。"

这一论点，引起众人一片哗然。

"你有没有论据？"王小鹏一下子来了兴趣。

"这我见多了，对于临床那些即将死亡的人来说，虽然肉体存在，但他的灵魂已经出窍，所说的话都是他和已故的那些亡灵在对话。灵魂与灵魂可以交谈，灵魂也可以看得见活人，但活人是看不到灵魂的。"苏东斌信誓旦旦地说。

徐杰立马进行唯物主义的辩驳，"那就不对了，既然即将死亡的人已经灵魂出窍，是灵魂与灵魂在对话，那怎么可能让你这位大活人听见灵魂的话语？"

苏东斌忽然举杯灌了一大口酒，继续发表他的论据，"对于临床必将死亡的人，由于他的肉体依然存在着生命体征，没有彻底灭失，所以就在那一刻间，他说的话不但我们活人可以微弱地听见，而他的那些故友亡人的灵魂也能听见，那时的对话就是他的灵魂与其他灵魂在对话。"

"东斌啊，你的这番论据是不是想证明你的论点，这人世间有灵魂存在。如此也便叫作"人在做，天在看"是吧？"大病之后的韩勋，一改大领导原本始终保持矜持的那种姿态，说话不但毫无顾忌，说着，说着，便随心所欲地哈哈大笑。

苏东斌说，"可不就是嘛。所以我们平时在日常生活中做人做事要以慈悲为怀。"

苏东斌主任医师，是上海滩很有名气的外科手术一把刀，他那灰色的头发下面是宽大的额头，气质挺帅。由于他是靠手艺活儿吃饭，所以人性耿直，说话毫无顾忌。出于其人的职业习惯以及工作时的严谨性质，严肃成了他的人性，由此促使他眼角包括额头都出现了极深的皱纹。

但他的眼睛是黑白分明的，正是这一对黑白分明的眼睛和略略翘起的嘴角，使得这张严峻的脸面流露出和蔼以及慈祥。

苏东斌医师既是韩勋的朋友也是王小鹏晚年忠实的朋友，每一年度的体检以及清洗血管壁，都是由他提供帮助的。对于王小鹏来说，苏东斌的医嘱就是圣旨，不爱听也得听。然而苏东斌医师发现他血管内壁形成微弱斑块后劝阻他必须戒烟，王小鹏试了几次，实在难以忍受。尤其是著书立说写文章，或者说是在挥毫作诗画油画，不抽烟就没灵感，就享受不到那种心情舒畅的感受。所以他私下里还是偷偷地瞒着东斌医师继续抽，只是控制些抽烟数量而已。

苏东斌说出的这一番话既痛快干脆，又无所畏惧，让众人只能是直愣愣地看着他，谁也不敢提出反驳意见。因为东斌不但是医学界的权威人士，而且他的论点还有临床的论据来支撑着。

有个人却持怀疑态度，说，"这个世界真有鬼神存在？"

韩勋夫人岚岚插进来说，"有，肯定有神灵！老韩昏迷的三个月里，我是天天烧香拜菩萨，恳求菩萨保佑。果然，心诚则灵，老韩现在恢复得多快多好啊。我没功劳也有苦劳，是这样吧，王小鹏？"

"绝对是的，我是看着你那阶段提心吊胆地过日子，烧香拜菩萨。但是神和菩萨是两码事呀。"王小鹏说。

"不对不对，那可是一样一样的。神和菩萨虽然道不尽相同，但在理念上都是劝人为善，为人厚道。"苏东斌医师对王小鹏的理念观点予以扶正后再添加了一句，"你还别不信，不信？你可以扶扶乩呀。"

　　韩勋听了苏东斌这话，顿时竖起大拇指哈哈大笑，说，"东斌医师，你这话有艺术，太有艺术。"

　　这一晚上，大家心情愉悦，王小鹏不但开心快乐，更感觉他的人生充满幸福。

摄影　庭院姹紫嫣红炫　王照敏 / 摄

摄影　宜欢宜乐也宜颂　王照敏／摄

第
十
六
章

⋮

迫在眉睫

　　时间到了 2018 年初冬季节，一场冷酷无情的暴风骤雨给王小鹏企业造成了惨烈的损失。这种猛力的狂风连带着强降雨像皮鞭一样地抽打着光明置业公司的彩钢板厂房，像雄狮般朝着钢结构建筑物怒吼，无止无休地，呼——呼——呼，犹如滔滔黄河在翻腾着咆哮。

　　暴风骤雨已经嚣张两天了。

　　狂风吹倒了厂区的树木，撕碎了厂房天棚的透光板，揭开修补拼接着的彩钢板墙面。它那排山倒海的气势，遮蔽了太阳，叫着、吼着、回荡着。忽然直驶，像疯狂的大精灵，扯天扯地般疾走。忽而四面八方地乱卷，像横冲直撞的恶魔袭击着地上的一切。扭曲了厂房天棚的横梁，连带着隔断了电线，它用自己独特的方式，考验着王小鹏原本已铸就且租金收入相当稳定的光明公司的基业……

　　狂风怒吼，乌云滚滚。它不但使懦弱的人望而生畏，更是把王小鹏安享晚年幸福人生的美梦砸个稀巴烂。

　　上海光明置业有限公司的彩钢板厂房被这场极端气候下的暴风雨摧残得面目全非、摇摇欲坠……

　　"现在唯一的策略是，想方设法要避免安全生产隐患事故的发生，在避免中寻找出路和希望。"王小鹏想，"挽回败笔的可能性不是说一点没有，能救自己的也只能靠再次投入资金来进行大幅度维修。"

　　但是回过头来仔细想想，他能再指望靠第二次维修便完美解决问题吗？

而后他头摇得像拨浪鼓似的，嘴里还一个劲地呻吟着，"不行，不行，那是不可能的。"

每每想到再次投入大量资金进行维修这个策划时，他心里就生出无限感慨。

企业备用资金可以说是他精神上的支柱，是他一点一点地积累起来的，那是他用血和汗换来的呀，每一分钱都来之不易。下海经商三十多年了，他自始至终都不敢胡乱投资，乱花钱财。一旦再次投入资金维修，结果仍导致竹篮打水一场空，那他的幸福人生就晚节不保了。

有时候王小鹏会想，这破旧的彩钢板厂房究竟值不值得再次维修？说来说去，还是不怕一万，就怕万一。万一出了人命关天的事故，他作为企业法人代表肯定吃不了兜着走。

王小鹏想，都这把年纪了，出了安全生产重大事故，自己免不了还得去坐牢。别看他日常那副天不怕地不怕的样子，但是让他糊里糊涂地去坐牢，那他也是不愿的。难不成他这一生博弈，就是为了晚年坐牢吗？

不！这是他绝对不愿看到的人生句号。

这一场歇斯底里的狂风骤雨让他彻底明白，虽然自己有能力再次投入资金维修，但接下去也必定是无止无尽地不断投入资金进行维修。

想起初始阶段，他入驻以后盲目地投入巨资进行大幅度维修改建，现在全成泡影。这当然是他策划上的失误，也是目光短浅所造成的极大恶果。仅仅靠维修只是解决眼前问题，从长远看，这是一大败笔。

王小鹏在这一切都想明白之后，得出一个结论，人是不能只图眼前利益的。现实存在的危险因素，绝对不能采取想当然不会出事故的麻痹大意思想。面对安全生产事故隐患的存在，人是不能退却的，在关键问题上一步都不能退。

就在他面对如何处置这片危房的时间段里，王小鹏把自己人生的价值观重新过滤了一遍。他搜索了自己的每一个决策，首先把自己烫了烫，他一次又一次地剔除了精神上那些弱智的东西，包括资金的运作。他现在对于资金的运作，甚至重新有了认识和理解。

王小鹏觉得，这个世界上纯粹的赚钱是不可能的，钱与钱相互之间的循环对接和吸引，那是包含着一定的财力投入做铺垫的。从某种意义上说，不动产是财富，纸币也是一种财富的象征，纸币是很刺激人的，但纸币花错了地方那就是笨蛋。在这方面自己就是一个很好的例证，他已经做了一回笨蛋。

蒋豪曾经对于那场拍卖场竞标的事后评语，"王小鹏最大的优点也是其人最大的缺点，就是太精明，反应也快，下手够狠，有些动机和策划竟然把我也给瞒了。"

当时王小鹏还不以为然呢。

现在看来，蒋豪的批评是对的，在置业后的改造问题上如果自己不是太精明，不是为了省钱，就不会有今天的结局。

接受教训吧。

王小鹏在想是不是又到了该换法人代表的时候了，再换就是第四拨……

——沉默。

到了这时候，王小鹏做好了最坏打算，大不了彻底抛弃这片破烂不堪，无法维修成完美的物业。他一定要保护好自己，一定要保护自己晚年的幸福人生，保护自己就是保护自己的家人，以及保护他人的生命安全，他不能去冒这个明显存在安全隐患的风险。

什么叫幸福人生，幸福是什么？

幸福是平安，是树根，是来源，是基础，也是当年的初心。他这个年龄已是不容自己再选择冒险进行博弈了，前边不管是坑是陷阱，他如果义无反顾地跳下去，说明他活够了。虽然他曾经努力不懈地爱过、恨过，但幸福人生还是不完整的。如果真到了安全生产出现危及生命的事故这种地步，自己既不能回头，也无法回头。

光明置业有限公司的"光明"，不过是一厢情愿的"光明"，再次决策失误，是自己把"光明"踹进深渊。他绞尽脑汁在"光明"里编织了全部的爱以及竭尽全力精耕细作好这一亩三分田，安享晚年幸福人生，这过分吗？

"不过分！"张主任对王小鹏的想法就是这样说的。

"……"王小鹏当时没吭声。

"往下说，咋办？"张主任问道。

"首先，我打算主动清退所有租赁户。"王小鹏说。

"哈哈，你不会想再搞一次动迁清退吧？"张主任说。

"这是无奈之举。安全隐患不能存在，万一出了大事故，那什么光明都会变得一片漆黑。"

"可这次清退租赁户，动迁组蒋豪不可能再给你一分钱的补偿款。"张主任说。

"那当然，他现在不再理睬我也是名正言顺，更何谈什么补偿款，这想都甭去想。我想的是，能不能请当地政府有关部门出面检测，鉴定这是不是属于危险房屋，如果一旦鉴定为危房，那我就有执行全面清退租赁户的理由和依据。"

"这个你要依靠前海区或前海镇的当地政府。"张主任说。

"所以呀，我就上你这座庙来烧高香了。"王小鹏说。

"不那么利落吧，往下说，清退以后咋办？"

"清退以后我就委托拍卖行进行再次拍卖。"王小鹏说。

"哈哈，王小鹏，你是中国社会最勇敢的一个，没有之一。"

"我是不能拿着幸福人生当赌注的一个。"

"你是属于在折腾中不怕纸币被烧尽的一个。"张主任说。

"你，胡扯！"王小鹏恶狠狠地说道。

张主任说，"可以这样认为，没有比你更利落的人了，折腾到身无分文，赤条条地行走，这才满意。"

王小鹏无言以对。

停顿好一阵子，张主任说，"事情既然如此，这样吧。"

"咋样！"

"我在前海镇招商引资时还真有不少人脉关系。至今也相当熟悉，你那地块就靠在前海镇边沿，远离上海国际旅游度假区所动迁范围。如你真想出手，我来搞定。这片地块，刨去你现在所有投入的成本之后再追加给你3500万。"

"你说什么？"

"再追加给你3500万！王小鹏，你应该感谢老天对你是多么的厚爱。"张主任说。

瞬间，王小鹏脑海里突然冒出来的就是竞拍场上的对手，那位文质彬彬的苗条美女以及她在即将败北的局势前，给幕后老大通电话期间的那副充满焦虑的苦瓜脸。

"对方的企业性质？"王小鹏问。

"这，无可奉告！"张主任回答很干脆。

王小鹏皱起眉头沉沉地深思着，那淡淡的眉毛下面一双神秘的小眼珠子转来转去，额头上开始微微显出些长长短短的皱纹，就在这些浅浅皱纹的褶子里似乎隐藏着他的智慧，刻记着他辞去公职三十多年以来下海经商的千辛万苦。

但是不管怎么说，王小鹏面对现实敢于担当责任的精神始终存在。即使面对危机时刻，他仍能保持精神抖擞，呈现出来的精神状态，似乎时刻准备着冲刺和绞杀。

王小鹏是个勤劳、果敢、认真干事且又不缺乏智慧的商人，或者也可以用不缺乏狡诈的商人来形容他。

每每在饭局酒杯中，他却又是一个能给他人带来欢笑的人物，在朋友圈，他更凸显出一个老顽童的英雄本色。

他自己对自己的评语，发朋友圈，"我是不认真的"。但对于每次的商务活动，他说，"洽谈我是认真的"。

"你自己计算一下，当初你拍卖得到的标的物大约一亿不到，对吧，现在仅仅一年多点，你一转手，到手一亿三千五百万！你也不想想，现在有哪桩生意赚钱来得这么快？"张主任说。

张主任睁大眼睛望着他，久久之后，说，"想明白了没，如果你愿意出手，我现在就联系对方派经纪人过来跟你签协议。"

王小鹏心里始终藏着一种不安，他说不清这种不安是什么，可他就是不安。当他想出手抛出这片物业的时候，他又清醒地知道如果有人愿意接手这摊烂盘子而且还愿意追加3500万，他们又不是傻子，这表明这地块不是烂盘子而是一块风水宝地。

他的大脑始终是现实的，他心里自始至终都存在着这样一个念头，这烫手山芋，靠维修不但解决不了安全隐患问题，而且随时随地有可能发生安全生产大事故。一旦出了耸人听闻的人命关天的事故，他王小鹏晚年人生的牢狱之灾肯定是逃不了。

"我要你说实话，是想出手，还是不想。"张主任说。

王小鹏一下子站起来，说，"再加一亿，我也不干！"

"你这里还有什么其他好点子？"王小鹏问道。

"你现在是不是在想，要加一亿才愿意出手？"张主任满脸涂着无奈的神情。

王小鹏心里一烫。

他从来没敢去想过再加一亿，但如今对于这片土地还真有人敢甩大牌，那是谁啊。但谁也不肯告诉他对方是谁，是什么单位。这似乎就是一个秘密，一个永久的秘密。

这就是说……他王小鹏无形之中拿到的确实是一块风水宝地，那不是太有运气了吗？后来，当两人坐下来时，王小鹏一边抽烟喷雾，一边喃喃地说，

"张主任啊，目前你还是帮我落实一下前海镇你比较熟悉的领导，先把危房的事给鉴定了，愿不愿意出手抛售，那是下一步的工作。清退事宜必须在前，同时也要有个理由，所以当地政府出一个文件，这才能让被迁移户信服。"

张主任嘴唇嚅动了一下，可他什么也没说……

宋潜是在一场寒冷的冬雨之后来到上海光明置业有限公司的。这一段时间，王小鹏老是盯着张主任解决鉴定危房的性质，最初他和张主任谈这问题时，话语在产权是否再次抛售转移的问题上搁住了。

王小鹏认为目前迫在眉睫的主要还是如何解决安全生产的隐患问题，这是人命关天的大事。

当宋潜在王小鹏办公室门口出现时，他随即看见的是张主任的身影。心想，这么突然，是不是张主任把事情给办妥了？

王小鹏敏锐地感觉到他们在雨后的今天造访，肯定是想对危房的情况做一个实地探察。他想，这危房的事情一定要做扎实，万一出了什么人命关天的事故，至少可以说他已经向政府相关部门汇报过了，已经预先提出了警示，而且自己也把预后可能产生安全隐患的危险性质摆明。如此一来，至少说可以保证自己不被承担事故的全责。

为此，他每天焦躁得就像热锅上的蚂蚁，在这段日子里，他纠结得夜不能寐，独怕再生出点什么幺蛾子来，他几乎每天给张主任打电话，说咋就还没落实呢。

可张主任一点也不着急，说，"你慌什么，沉住气。"

然而当他听了王小鹏的解释说，电箱电柜浸水后漏电现象严重危及安全生产时，张主任也出了身冷汗。

他心里想，夸大其词，危言耸听，高手，这才是高手！

张主任暗自揣摩，得给这老小子搞个突然袭击的检查，把其人编织的谎言给彻底揭穿，然后让他死心塌地走转移产权过户这唯一的活路。当然，这产权转移的事情搞定后，自己免不了也可名正言顺地到手一笔经纪人权益的可观佣金，这让他兴奋不已。

那天在办公室的开场白，张主任对王小鹏说，"小鹏，咱哥俩相知相识多少年了？"

王小鹏说，"估摸着，差不多有十五年了吧。"

张主任说，"咱俩是老伙计了吧。"

王小鹏说，"也是，算老伙计了。"

张主任说，"事不实则废呀。"

王小鹏说，"这我非常清楚，也特明白。"

张主任说，"咱今天要把你这是否属于危房性质的问题做实。对于政府相关责任部门，你来不得半点虚假，谎报危情。"

王小鹏说，"那是，那是。"

最后张主任抬起眼皮，说，"这是前海镇国际汽车零部件配套基地的宋总，大名宋潜。"

王小鹏怔了怔，激动得似乎有点张口结舌，"啊，是组织！组织总算找到了我。我，我就叫王小鹏，也是这块地的法人代表。请宋总，宋总多多关照。"

于是，王小鹏努力睁开两小眼，像红外线扫描仪那样疾速地对着宋潜上上下下扫描了一遍。

社会上有各种各样的领导，善良的、凶狠的、矜持的、爱摆架子的、有和蔼可亲的……宋潜属于另类，豪放的。

他虽说长得并非是个美男子，但却有几分帅气。身材高高瘦瘦，浓浓的眉毛下嵌着的那双疲惫的眼睛，却闪烁着智慧和机敏的光芒，有时还使人感到几分诙谐和幽默。他梳着一头光滑乌黑的亮发，最明显的是那黝黑的皮肤，透出来的全部是中国北方汉子的豪爽气概。看上去他 40 岁出头点的年纪，举手投足间却尽显老辣和干练。

宋潜的工作特点就是认真负责，无论在什么情况下，他虽不求完美，但求尽心尽职，不负党性。

这时候，王小鹏挺起胸膛，深深地吸了口气，稳定一下激动的情绪，心里说，别慌！

而后，他快步走上去，伸出两手握住宋潜右手，很大气地说，"宋总，您来得真是时候，及时雨啊，及时雨宋江。"

"哈哈，王总唱的哪出戏呀？急火火把我'点'来，有何吩咐？"宋潜哈哈笑了笑，并没显出过分热情。

随后，宋潜点点头，说，"张主任，要不，我们还是抓紧时间到现场看看实际情况，你说呢。"

倒是张主任显出点热情似火的腔调，打着哈哈，说，"宋总，路上没堵车吧，要不，咱是不是先坐会儿？"

"我们宋总在前海镇担任着几个部门的负责人，过会儿有个重要会议需要他参加主持。"说话的是宋总左手边一小伙。

"呵呵，我来介绍下，这是我的副手，叫黄群，以后就由他来具体负责这片地块的联络工作。"宋潜说。

黄群，四十岁不到的年纪，脑门显得特别光亮和宽阔，他是一位复员军人，干起工作浑身来劲。

事后，王小鹏对其人的评论是：

我最尊敬、佩服的是黄群那刻苦、勤奋的工作精神。不管遇到什么大事、小事，只要是在他的职权范围内，便会尽心尽力地帮助企业协调、解决实际困难。最可贵的是任劳任怨而无所求的工作态度，他将为下属企业做好协调服务工作，视为自己不可推卸的义务和责任。

正说话间，外面又开始下起了大雨。

黄群满脸挂着严肃的表情，说，"现在真是时候，咱们还是抓紧时间去现场看看吧。"

王小鹏满脸忧虑地说，"下这么大雨，能不能改天去呢？"

张主任却不以为然地来劲了，心想，露馅了吧？可他嘴上却非常关切地说，"正因为要确保安全生产无事故隐患存在，所以才选中这下雨天过来检查的嘛。"

王小鹏笑了，"好事好事，积德行善，防患于未然。为官一任，造福一方。到时候，我王小鹏率领光明置业全体员工给您立个碑……"

"不敢不敢，"张主任笑着说，"积德算不上，老朋友的事嘛，该帮忙时我还是要帮的。我这人口碑一向就好，立碑就免了。"

宋潜说，"上边千条线，下头一根针，所有的线都要穿过这根针的针眼，然这针眼，就是安全和维稳。"

说着话儿时分，一伙人已穿越办公楼来到了彩钢板厂房生产区。

"呦，人走在这地坪上咋就会感觉晃动呢。"首先尖叫起来的是黄群，"这样子的地坪迟早会出坍塌事故。"

好像变戏法似的，王剑迅速打开手中原厂房设计图纸，说，"结构基础采用的是混凝土浇灌。柱、大梁、小梁是钢结构。钢铁由于长年失去维护保养，所以在对接处锈迹斑斑，有些地方锈蚀接近断裂，我们已尽最大努力进行了加固，目前看来，还是没达到理想效果。"

宋潜弯腰细看结构图纸，满脸严肃，问道，"目前为止，还没出什么安全事故吧？"

"都出好几起了。关键是那电箱、电柜漏电、导电，致使钢结构以及彩钢板墙面带电。"王小鹏说，"这很吓人的，咱们黄厂长曾经两次被漏电击至手脚发麻，现在下雨天他们都不敢接近这些电箱、电柜了。"

黄厂长在王剑身边说，"这是绝对的安全生产事故隐患。"

说着话儿，黄厂长随手用木棍挑开身边一电柜，只见配电板面上水迹斑斑，电柜的底部竟然还有积水。

张主任满脸惊诧，尖叫起来，"这么大的安全隐患，咋不维修？都不想活了？出了问题都给去坐牢！"

王剑笑嘻嘻地说，"您是老领导了，也搞过基本建设，明摆着的事情，还不清楚？"

"我不明白！"张主任说，突然话锋一转，把脸扭向王小鹏，说，"王总，你说吧，怎么回事？"

王小鹏说，"其实很简单的事情，彩钢板墙面以及支撑的钢结构一旦被腐蚀，无法再像打补丁一样修补。我们试过了，没用。雨水顺着补丁缝隙依然会渗透进来。"

王小鹏急于想知道的是，宋潜今天来此地的目的和底牌，可张主任偏用钝刀子锯他，他心里有些火，可一直暗暗忍着。

宋潜脸色有些苍白，看了王小鹏一眼，说，"你继续说吧。"

王小鹏弯着腰，两只眼皮耷拉着，慢吞吞地说，"张主任，今天把你们请来这个，这个啊……不是来追究是谁的责任。有些事情嘛，当然了，我们正在极力关注……一就是一，二就是二，做个鉴定。啊，这个，如果这个鉴定是危房，那我们就立刻停业整顿。"

"我们已经两次接到前海区消防支队谈话通知了……不被允许再继续生产。"王剑说。

王小鹏仍耷拉着眼皮说，"这个嘛，我们就不必多反映了。现在政府方面呢，由于张主任的引荐，宋总百忙之中抽空来了。我想，既然来了，有些事情，早说总比晚说好……"

听了王小鹏如此一番指名道姓的话语，宋潜顿时一愣。

他想了想，气呼呼地说，"是不是想推卸责任？我这个人是不怕惹事的，有什么话，好好说。"

王小鹏沉默了一会儿，慢吞吞地说，"宋总啊，您要相信我，如果没有一定安全隐患的话……我们也不会通过张主任把你请来。这个，这个，啊，人

嘛，上了年纪就怕出大事故，咱整天纠结啊，提心吊胆地过日子。宋总，是
不是这个理。我没想推卸责任，只是想尽快解决问题。您想想，好好想想，
难不成我还会有什么其他意图？"

宋潜忽地挺直腰杆，说，"我没什么可想的，也没什么可说的。今天我也
算开眼了，你胆敢把这类危房租赁给用户，我也算服了你。我的观点明确，
如果你想彻底解决安全隐患，保护自己的唯一办法，就是把这片危险厂房一
脚端了……其他，我不会给你承担任何责任，这你放心。"

顿时，洽谈的氛围紧张起来……张主任看了宋潜一眼，一句话没说，把
眼睛闭上了。

此刻，王小鹏突然开心地笑了，说，"宋总，您可别上火，咱就是个粗
人，说话直来直去不懂拐弯儿。但咱人虽粗，却懂理啊，您说是不是这
个理。"

宋潜看着王小鹏，那目光像刀刃一样锋利。

"王总，你的意思不就是我已经来看过这片危房，一旦出了安全生产事
故，是不是我们政府方面也有责任？"宋潜气呼呼地说。

"向毛主席保证，我王小鹏绝对没这意思。"

"那你是什么意思？"宋潜问道。

"我的意思和你的意思是一个意思。"

"你和咱宋总绕什么口令啊，"黄群也开始来气了，他怒不可遏地说，"你
这不是明摆着，一旦出了事故，我们也要替你承担危房的责任吗？"

他顿了顿，接着说，"现在明确告诉你，宋总表态了，让你一脚把你这破
厂房给端了，没人帮你承担任何责任，就这意思！"

"我的意思和你们的意思就是一个意思呀。"王小鹏话语反应很强烈，说，
"一脚端了！"

"什么？王小鹏，你不是说打算转移产权，卖了这地块吗，怎么又突然变
卦了。"张主任惊呆了。

王小鹏脸一沉，说，"张主任，你不要管我的事，今天要确定的是这片危
房是不是存在极大的安全事故隐患的问题。"

"耳闻目睹之后，这不是明摆着的事情嘛。"黄群说。

"王总，你到底是打算卖了完事呢，还是想推卸责任？"张主任说。

王小鹏像猫逗老鼠一样看着他，说，"要是不卖呢？"

"你说话怎么能不算数？"张主任说。

"我签订了协议没有？"王小鹏说，"没有签订协议的事情，绝对不能算数。"

宋潜意味深长地看了张主任一眼，说，"好，王总，我再问你一遍，一脚端了的话，你要想清楚，这不是砸几千万便能解决的问题。"

"我算计过，大约再投一亿。"王小鹏说道。

"好大的口气。"张主任说。

"我当初也没料到会是这样的结果。"王小鹏说，"不然，当初我也不会投入大量资金进行改造以及购买设备进行更换。"

"如今，前期的资金投入全成了泡影。"王剑说。

"王小鹏同志，你要想清楚。现在，我再重复一次，我们是代表政府责任部门跟你谈话的，你要慎重考虑。"宋潜板着脸，说话的语调十分严肃。

王小鹏沉默了大约有一分钟，而后咬着牙齿说，"一脚端了，重新建造厂房。"

宋潜微微点了点头，又无奈地摇摇头。

刹那间，张主任眼里一片模糊，他的心脏似爬了很多蚂蚁……过片刻，他扭过身来，看了看宋潜，说，"那，那也就只能这样了。"

宋潜回过身来，看了看王小鹏，友好地摆摆手，说，"这件事我回去向前海镇领导汇报，看领导什么态度。今天洽谈到此为止，我们走了。但有句话我要警告你，我的态度明确，从现在起，你必须开始清退所有的租赁户。否则，所产生的一切安全事故责任，由你法人代表一人承担，没任何人会替你分担责任。"

王小鹏突然睁大眼睛对着宋潜，问道，"宋总，能不能给我公司出一份危房鉴定报告？"

宋潜耸耸肩膀，两臂膀向前伸直，两手朝天摊开，说，"这个嘛，可以给你出一个立刻停止所有生产行为的告知函。黄群，明天你抓紧把这事给我办了。"

"好的，宋总。"黄群说。

王小鹏说，"那我真心诚意地谢谢你们，并顺便把我公司的这份申请报告就此递交给领导，请领导提供帮助。"

宋潜接过报告，注目一看抬头，赫然在目的是：

《关于消除安全隐患，拆除危房予以重建的申请报告》

"啊，原来这混蛋早有准备啊。"宋潜心里暗想，"这老家伙，把什么招数都设计好，预谋好……明摆着等我给他出力。"

他由此揣摩，乍一看，王小鹏就是个十足的粗人，但透过现象看本质，其人绝对是个鬼精灵。现在他递交给了我一份书面报告，其实质就是想做实了他事前已向政府方面提出危房险情。如果我不给他出一份书面文件，任由其人随便作为，一旦出了安全事故，他必定一口咬定已经向政府责任部门汇报过，且有白纸黑字为凭证。那我如果不声不响不作为，不给予书面回复，一不小心出了安全事故，咱岂不活生生地掉进这小沟渠里？如此姑且先不说败坏我个人前程，其实质是败坏了我泱泱前海镇政府的名声！

——是可忍，孰不可忍！

"歪点子，够阴毒！"宋潜肚子里来回哼了几声，骂道，"给我下套？想都甭想！"

然而，张主任在心里恨死了这妖魔鬼怪似的王小鹏，总感觉像是掉进了他设下的套儿，又被这老小子忽悠了。

王小鹏却笑嘻嘻地面对张主任，说，"咱得谢谢您了，你所干的一切，对我们实体企业来说，都是大好事。"

"我没工夫跟你胡扯，你有种继续往前走！"说着，"呸！"往地上吐了一口，扬长而去。

宋潜是一个负责任的政府官员，办事效率高，且言而有信。当黄群把政府方面出具的清退租赁户，停止生产的书面文件批复递交给王小鹏之后，他的心情是愉悦的。在往后短短的日期内，王小鹏便把彩钢板危房内的所有租赁户都给清退得差不多了。最后剩下的两三家租赁户，仍倔头倔脑地赖着不走。

王小鹏也不过多与其纠缠不休，只是大笔一挥：后果自负！

随后把四个大字贴在政府责任部门发出的停止生产告知函旁边。如此一来，王小鹏纠结不安的心，终于放下了……他长久以来压抑的内心，得到了释放……

虽然这次资金运作损失惨重，王小鹏估摸了一下，合着今后两年未收取的房租收入一并计算，损失也有3000多万了。但他认为这个损失代价虽大，但值得！如一旦真出了楼面坍塌事故，那巨大的祸害就无法估量其产生的后果会严重到什么程度了。

这个社会凡是出了大事故的，或个人，或企业，之前谁都不愿意以后会发生事故。但凡出事故者，大部分人属于那种拍脑袋，想当然。

电话——天呐！

宋潜对王小鹏说，前海镇领导非常关注光明置业有限公司提交给政府的《关于消除安全隐患，拆除危房予以重建的申请报告》。

宋潜说，让他准备点资料，下星期一上午九点，在镇政府二号接待厅，有关负责同志与他进行洽谈。

届时，党委书记如有空，也会一同出席会议。

王小鹏非常清楚，这是一次决定光明公司是否还能继续光明的洽谈，在洽谈的过程中，自己不能说一句假话，只要一句有假，就肯定得不到对方的信任。这样的话，自己的思维就没有逻辑了，往下，就再也无法取得政府方面的支撑。

失去了政府的信任，就是失去了光明置业有限公司的前程。说了假话，无论是多么机敏的人，都无法把假话圆成真话，其结果便是圆到最后把自己给套进假话里去了。

沉思中，王小鹏竟然有了些顿悟。

他开始分析自己，心里想，这次洽谈必须有备而去，要说有问题，也就是这个危房改扩建的问题了。这危房如不彻底改造，那就是他一生中最大的失误和败笔，如一旦出了安全生产事故，那必然是致命的。

但综合起来看，这危房拆除的最终结果也或是他人生最为闪烁的一大亮点，现在就看当地政府方面是什么态度了。不错，王小鹏就是要把这件事情摊开来，摆在明处，晒晒太阳。他可不愿意把这么件大事，偷偷摸摸地去搞什么人脉关系。靠关系搞出来的东西，总不是长久之计，它经不起历史的考验，一旦时过境迁，有谁能证明他王小鹏是实实在在走正道的商人呢。

然而，就目前情况来看，宋潜以及政府方面对他是够厚爱的，否则也不会请他去洽谈具体事宜。

我所有的目的就是针对危房，消除安全生产隐患。至于清退租赁户以后所遭受的巨大损失，我绝不会向任何人提出任何要求。要是我隐忍这些危险因素存在而不向政府报告，那才是下下策，一旦有事，我王小鹏不但会把牢底坐穿，说不准一下子掉脑袋也不是说没这可能。

——这是他最担心的！

如今，危房的问题基本已经解决。

事情的经过就是这样，原本让王小鹏感觉复杂到无可奈何的烂事，一旦有了政府方面的支撑，顿时变得简单起来。

千想万想，王小鹏怎么也没想到，危房拆除，后续改扩建的跟进工作是那样的简单，简单得让他无话可说。

前海镇政府的二号洽谈接待厅，当他给夏副镇长递上报告时，夏副镇长竟然会耐心地仔细看了半分多钟：

情况说明报告

事由：关于坐落在和平公路的上海光明置业有限公司目前经营状况。

一、上海光明置业有限公司于 2017 年 3 月 3 日从上海拍卖中心竞拍得到：由上海浦江拍卖行受法院委托拍卖所得标的物：前海区和平公路 1188 号的工业地产。（以下简称：该地产）

二、1. 该地产第一轮产权业主：锦绣（中国）轮胎销售公司。

2. 该地产第二轮产权业主：上海蓝旗轮胎集团有限公司。

3. 该地产第三轮产权业主：上海光明置业有限公司。

三、该地产建造历史年代久远，产权几经转移业主、法人代表。且前两轮业主由于经营不善，钢结构物业从无维修保养，故而导致彩钢板产房严重腐烂，混凝土基础开裂，暴雨天气漏电、导电现象时有发生。如今，已经造成几起不良事故发生，严重危及安全生产，被前海区消防支队几次约谈，必须停业整顿。

四、综上所述：我公司董事会集体研究讨论决定，推倒危房，重建新厂房。

此致：上海市前海镇人民政府。并谢谢！

情况说明单位：上海市光明置业有限公司

2019 年 6 月 6 日

当王小鹏听到夏副镇长抬起头来说了声，"推倒危房，重建新厂房这个设想很不错。"

王小鹏吃了一惊，"腾"地站起来。他站在那里，嘴唇嚅动着，看上去十分激动……夏副镇长向他摆了摆手，那意思说，你坐下吧。

可王小鹏并没有坐下，他站在那儿，站得很直。他内心深处的直觉告诉他，政府部门直接抓工业生产一条线上的顶级上司，自己必须表示对他的尊重和敬畏。

王剑看见了他父亲这般模样，有点于心不忍，心想，老爸都这把年纪了……哎。于是，他走过去，把父亲按在了座位上。

在余下的时间里，夏副镇长一直用审视的目光望着王小鹏。

应该说，王小鹏经过宋潜的介绍，夏副镇长已经对其人有所了解。可没想到王小鹏做事这么心细，一落座便递上了他的长篇著作《碎片人生》《创造人生》和《夜行者》诗集。并说，"书记没来，我也给备了一份，请领导转交我对书记的一份敬意。"

就凭这一手，着实让夏副镇长吃惊不小。做大老板的，搞那些乌七八糟、奇出怪样的见面礼他见多了。夏副镇长为人的工作作风，对于礼物一概而论，坚决不收！

但是这个亿万富翁王小鹏却与众不同，他以文化开道，以自己的艺术作品为礼物，还敢请他这堂堂正正的副镇长把礼物转交给他的领导党委书记。如果他拒绝，显然有点说不过去。如果收下，在感情上似乎会接近于王小鹏。但夏镇长毕竟足智多谋，他给王小鹏来了个含糊其词的表态，"呵呵，王总还是个文化人，敬佩，敬佩，来来，黄群你代收一下。"

黄群立马站起，走到王小鹏身边，客客气气地说，"王总，那我就先代收了，谢谢王总。"

"什么话，不用客气，你代收了，我不但领情，还表述了这是我对政府部门的一点诚意。"王小鹏说。

夏副镇长笑起来了，说，"你表述的是哪门子诚意？"

"听党话，跟政府走。今天夏副镇长代表的是当地镇政府，我在此明确表态，一旦危房改建项目完成，物业资源归政府按产业导向招商引资，我无偿进行物业管理。因此，您怎么说，我就怎么做，绝对不讨价还价。"王小鹏说。

"呵呵，你投资，资源归政府按产业导向招商引资，你会心甘情愿舍得吗？"夏副镇长转头扭向宋潜，说，"这王老板，他的思路新颖，点子挺有格调。"

此时此刻，应该说，夏副镇长开始有点喜欢王小鹏身上那股子精明劲儿，喜欢他那一点就透的悟性。

可直觉告诉他，人太精、太透也不太好，这就不能不遭人嫉。看着王小鹏毕恭毕敬地坐在那里，他知道，那其实也是一种表示，这不仅仅是对他夏副镇长的尊敬，也是对人民政府的敬畏。

"这小子他就这么灵性？"夏副镇长心想。

"说吧，你有什么想法和需求直接对夏镇长说吧。"宋潜心想，看看王小鹏接下去说的是什么篇章。

"好吧，首先，我必须声明，我现在说的每一句话都不要去揣摩我有什么真实意图隐瞒在其后，因为这根本没有必要。"

王小鹏一边说，一边环视了周围一圈：

政府方面出席的有夏副镇长、宋潜、黄群。自己这边除了王剑还有李经理，她正在埋头做记录。更有坐在中席位置的张主任，正默默无语地在看手机。

这次洽谈会议也真奇怪，谁也没有去介绍谁是谁，所以王小鹏也根本不知道张主任是属于哪一方面的代表。既然吃不准张主任是什么路子，于是他也就不去乱猜测，其实猜测也没意思。

"关于改建以后物业资源归政府按产业导向招商引资，我不但与宋总有过口头承诺，而且订立了具有法律效力的文本。"王小鹏说。

"是的，这没错。"宋潜说。

"说实在话，这不是我什么高风亮节，而是我的双赢思路指引我这么干，因为任何事情以及任何商业行为，只有在双赢的条件下才能推动双方的积极性，这是我的一种能动力的设想。"王小鹏说。

"你啊，好一个冠冕堂皇的运作思路。"夏副镇长笑了，而且笑得很是开心。

王小鹏有些紧张，扭了下脖子，咽了口唾沫，说，"我想，政府招商引资，目前土地和物业资源并不一定十分充沛。而我呢，改造危房之后所担忧存在的安全生产事故隐患彻底解除，这对我来说已经是极大的福分了。那我还有什么理由不报答当地政府对我们企业的关怀和支撑呢？所以说，我把改扩建以后漂漂亮亮的物业资源交给政府按产业导向来招商引资，税收入地，这是我王某人对党、对政府应尽的本分，没什么值得炫耀的。"

夏副镇长表情严肃地点点头，显出赞许的态度。

"再次，按照《2017年度前海区产业促进工作受理项目审核表》，关于司法转让中规土局对该地块的批文，容积率为1.0的规范要求，改扩建新厂房，应该也没什么问题。"王小鹏说。

"这么说，是不是什么问题都没了。"夏副镇长呵呵笑起来，说，"那你今天来干吗，玩心眼来表功啊。"

王小鹏此时此刻才算认真地凝目注视着夏副镇长，他那一管秀气的鼻梁上，架一副金边眼镜，更显文质彬彬、英俊潇洒。清秀的眉毛下面是一双充满文化的大眼睛，眼角虽然隐约爬上几丝鱼尾纹，但眼睛里仍透露出一股灵秀的神采，令人感到亲切和温暖。

夏副镇长有一张长方脸，白里透红，文化气息浓烈。个儿中等，身板结实，一看就是浑身充满精力的少壮派政府官员。

王小鹏眉梢动了下，忽然笑了，那笑仿佛是从心里透出来的。笑意似乎成了"说明书"，仿佛在说，领导啊，都什么时候了，我哪敢跟您玩什么心眼呀。

一会儿，王小鹏脸上没了任何表情，他的眉头纹丝不动，目光渐渐聚焦，那目光一旦聚焦，吐出来的话语就像是响剑那般发出"嗖、嗖"的哨音，"我有个新的思路和设想。"

王小鹏瞄见了张主任惊讶的目光，顿了顿，他继续说道，"现在规土局有个新的规划方案，工业土地允许容积率扩展为 2.0。试想一下，现在工业土地稀缺，咱们无论如何也不能浪费土地资源啊。我想说的是，我如果浪费土地资源，其实这种行为既是对社会的犯罪，也是对当地政府的不负责任。"

"你很会摆套头的，王总，你不如直说，你的策划就是想按容积率 2.0 建造，不就完事了？"夏副镇长面带微笑，话语却说得那样铿锵有力。

"简言之，我的意思明确，我们合作目标，我投入资金改扩建，政府方面跟进办理相关手续。光明公司新物业建造完成，资源归政府按产业导向招商引资，税收落地。"

"那你们企业能得到什么好处呢，你是个商人，商人吗，无利不起早。"夏副镇长说。

"我们没有什么不利，我们投入所有资金，回报只是收取租金，而且确保的是，一流的管理、一流的服务、一流的环境、一流的低于市场价格收取房租。"王小鹏说。

"哈哈，你少说了某个一流。"夏副镇长显得很高兴。

王小鹏不明白他说的是什么意思，便惊诧地问道，"少了什么？"

"你还是个一流的大嘴！"夏副镇长豪气地说。

"哈哈哈哈"，这绝对风趣逗人的话语赢得众人捧腹大笑，王小鹏有些发窘，窘得面红耳赤。

摄影 尊老爱幼乐无穷 王照敏 / 摄

摄影 幸福人生在其中 王照敏 / 摄

第十七章

向生命致敬

人生在世什么东西最为宝贵，那就是生命。

生命在无涯的时间里，没有早一天也没晚一天，刚巧赶上千万人之中遇见你想遇见的人，这就是生命与生命的灵性，也即人与人之间缘分在无意之间的必然之中对接。

就像木棉与橡树，比肩而立，仿佛永远分离，却又终身相依。彼此独立和自尊，人格平等，心灵互通，这是一种美好的相遇。人世间在一般常态下，木棉与橡树的形象含义是表达爱情故事。但王小鹏却认为，用此来描述对手与对手的灵性对接则更贴切到实处。

智慧对手的灵性，可以唇枪舌剑，也可以相坐无语。这是坦然对坦然的欣赏，这是把生命的负数变为正数的默契交流，更是把生命的艰辛打磨成人间至味的简单诠译。

其实，判断一个对手是否具有智慧的特征，看他为人处世的方式方法就可以知道其人的人性了。

王小鹏那次在前海镇政府二号接待厅从夏副镇长的言谈举止中就明显感觉，对方是一位稳重、成熟、内心强大，有坚定信仰，从不索求的正能量人物。

所以"推倒危房，重建新厂房"，这原本看起来挺复杂的一件事，经夏副镇长认可后顿时变得明朗和清晰化了。自然，这也不能排除王小鹏为人处世的一贯作风"换位思考"。如果他一味强调自己的利益得失，一事当前，只考虑个人利益，不设身处地为对方着想，不拿出"我来投资，资源归当地政府按产业导向引进企业"的预设方案，也或夏副镇长根本不会如此善待于他。

这就是王小鹏在商务交往中悟出来的"以诚相待，换位思考"的商人理念。再往前推进一下，这种理念与我们老祖宗留下来的"吃亏是福"如出一辙。

一次，王小鹏在自己家里设宴款待小蒲和他父亲蒲先生，顺便聊起了关于这种很多人都不理解"吃亏是福"的话题。

"吃亏怎么会是福呢？"小蒲惊诧地问。

"其实，这个问题需要逆向思维，而不能只看到鼻尖下的一点利益。"王小鹏说，"如果当初我不提出推倒危房，重建新厂房，说不定在哪一天发生了安全生产事故，那祸就闯大了。推倒已经租金收入不菲的厂房，眼前看是吃大亏了，对吧？但实质是彻底避免了大祸害产生的可能。如果一旦发生坍塌事故，其严重的后果是不堪设想的，你说这是不是福？"

"这样说也有道理，吃亏是福。看似简简单单四个字，却富有深奥的哲学辩证法，充满玄机。"小蒲说。

"有些事情，表面上看似乎很吃亏，但实质却未必。"王小鹏说。

"这话怎么理解？"小蒲说。

"如果我当时不向当地政府部门提出我投全额资金建造，建设完成后资源由政府调配，税收入地。那我根本拿不到建筑容积率2.0的指标。那是什么概念呢，那就是翻一倍的建筑物体量。"王小鹏说。

"这么厉害啊！"小蒲满脸挂着无数个惊叹号。

"但有人不理解，说我是冲头，弄得我也很尴尬。其实，这就是双赢的战略思想。"王小鹏说。

"即便吃亏，那又怎么样，没有人会一辈子永远吃亏，总有时来运转的时候。"蒲先生说。

"安全和稳定是企业的生命，作为一个领导务必充分注意，万万不可粗心大意。但有些人就是不懂这个道理，为眼前的利益而不计后果，甘冒大不韪。"王小鹏说，"结果呢，可想而知，这种悲惨的案例太多了。"

小蒲是王小鹏多年的老朋友，他常年居住在迪拜或斯里兰卡，他父亲蒲先生是东南亚一带闻名遐迩的风水先生。

王小鹏属于草根商人，类似这种商人，在现实世界中解释不通或者说无法自拔时，往往会把精神寄托在八卦风水上，他这种行为可以诠译为苦熬的生命需要一种精神层面上的歇息平台。

虽然在商务活动运作中，实际状况把王小鹏逼成了一个面对现实的唯物主义者，但其骨髓里实质上还是渗着一种迷信的思维。他对于光明置业有限公司费尽心机，破费大量资金改造后仍导致今天的安全危机，内心深处总希望有一位高人给他指点迷津。

风水先生老蒲，就是王小鹏通过他朋友小蒲把他父亲请过来看看光明公司基地的风水，究竟是咋回事。

坦率地说，王小鹏认为这个世界上有许多东西在个人意识中是说不通的。比如他接手的这片物业怎么当初就没想过，推倒危房，重建新厂房，而是鬼迷心窍地竟然投入大量资金来进行维修，结果造成他史无前例的人生败笔。

这种情况在他身上从未曾有过发生。王小鹏百思不解其中有什么诡秘，也毫无理论依据来破解莫测的玄机，所以他请来了风水大师蒲先生。

最让他想不通的是，蒲先生测定风水的八卦磁盘，在自己家里以及在其他的工业基地都运转得好好的。但是到了光明置业有限公司，磁盘指针竟然抖动着，就是不再运转。

"真是奇了怪了！"蒲先生说，"邪门了！"

王小鹏瞪眼看着磁盘指针抖动着不转，眼神充满迷茫，只感觉自己的身子似乎有点飘忽起来。

"王先生，这块地的主人不止你一个，曾经有过落荒而逃的主人，也就是说这里曾经有过不止一个单位。"蒲先生一边说一边摇摆着磁盘。

"真是神了！"王小鹏肚子里无奈地哀叹。

蒲先生长年累月居住在迪拜，他第一次来中国上海，怎么能毫无依据地说出这些真相呢，凭什么啊。这绝对是个蛊惑人心的恐怖事件，让王小鹏实在无法用唯物主义辩证法的思维方式来琢磨透彻。

虽然蒲先生后来用缓缓的口吻表述了一些方式方法来破解这股暗中诡秘的邪气，但王小鹏觉得有些解释不通的东西，干脆甭去破解，他毕竟是个很现实也很讲究实在的商人。

当时王小鹏只是点了支烟，用尼古丁压压心绪的不宁，说，"神和菩萨会保佑我的。"

"你信神还是信菩萨？"蒲先生大为惊诧。

"我都信。"

"那是两个不同的门派！"

"蒲大师啊，你也不想想，人多力量大呀。"

"什么意思？"

"就这个意思！"

"不明白。"

"蒲先生，你仔细想想，是不是信仰的门派越多，被保佑的概率也就越高。"

"哈哈哈哈，王先生，您的糨糊够浓烈。"老蒲先生大笑起来。

"无论怎么浓烈，我王小鹏认定的是任何宗教信仰皆是劝导与人为善，积善行德，慈悲为怀。博大中国，人世百态，信则有，不信则无。"

"这话儿有点意思。"小蒲插进来说话。

"生命中有了这种富含哲学辩证法的理念，那才不会怕什么妖魔鬼怪的邪气呢。"王小鹏两手撑在腰部，仿佛说活的口气比力气还大。

"王先生，既然如此，那你还请我来测什么风水？"

"哈，蒲先生，您所有的测算，凡对我有利的，那你的话作数，您也就是个神算子。凡对我不利的，基本就是说说、闹闹，我王先生陪您蒲先生一起玩玩而已。"

"歪理，彻底的歪理！"小蒲的语调带有点愤怒。

"小蒲，您还真甭说咱这是歪理。我这是海派文化的哲学辩证法理，如果信仰我的这种理念，那么人生旅途才会越走越宽，才会赢得自身晚年的幸福人生。"

"想想也是。"蒲老先生开始按着王小鹏的思路来考虑问题了。

"生命的一切只不过是一个旅程而已，有些话说出来还不如做出来更让他人信服。"王小鹏说。

"王总，你是不是喜欢一个人静静地坐着，泡一壶茶，包容百味，吐故纳新，悟一个淡字。"小蒲的话语间不无带有点讥讽的味道。

"淡中识得生命的内涵。"王小鹏说。

"静中品出岁月的短暂。"小蒲像是和王小鹏较上了。

他扫了一眼王小鹏，继续夸夸其谈，说，"淡是一种静美，一种超越凡夫俗子的生命境界。王总，我发觉你似乎更喜欢在深夜里，独自一人处在书房的那种幽静，独享一个人的清醒时光。随后生命醒悟，咬文嚼字，发朋友圈乱来的。"

"哈哈，哈哈，"王小鹏大笑不已，说，"时光安怡，心安然向暖。"

就如此番的对话，王小鹏也感觉非常有趣，相互之间似乎成了忘年交那样的知音，其间也增添了更多的友情和乐趣。

所谓的知音，也或就是一种默契，一种心照不宣的感应。相互之间无须过多的言语，点一个赞，发一个微信祝贺，就够了。丝丝缕缕的生命灵性，脉脉流淌在彼此间那清澈见底的心溪里。那种感觉如一缕柔风，若一杯淡茶，把美好的生命绣刻在清风朗月的岁月里，却也多了一份互尊互敬的君子情。

当王小鹏芳华远去，青春容颜不再的时候，他已经无心与方方面面的人物应酬交谈。他唯独喜欢在自己的书房里码字，著书立说，回味过往的人生旅途。有些人，有些事，哪怕是有些对手以及分道扬镳的合伙人，那时的情，那时的景，依然是温存在心里的美好。

> 生命如水，潺潺流逝
> 时光如梭，不忘初梦
>
> 因为懂得，所以怡静
> 沉时坦然，浮时淡然

这首打油诗，是王小鹏在 2019 年春节，携手一大家子人去德国、瑞士、法国以及卢森堡的旅行途中写的。

其实，在那段时间里，王小鹏过得是很纠结的，他没有找到组织，组织也没有找到他。然而那个危房却摆在那里，生产仍在继续，这能不让他走投无路吗？

所以无论从哪个角度来看，没有张主任的引荐，他遇不到宋潜。没有宋潜，他根本靠不上夏副镇长。没有夏副镇长对"推倒危房，重建新厂房"的方案的首肯，那他就难免于继续纠结……

其实到了王小鹏这么个年龄段，应该是与赚钱挥手告别，安享晚年的幸福人生了。

但是王小鹏这个人呀，就是操不完的心，累不完的筋。

日子很碎呀，不是吗？

生命就是这样子一天一天走过来的，虽说王小鹏创造人生不是很辉煌，但也费了他三十三年的心血。他创立了他和他员工们的生存空间，一个足以保证经济来源，从而确保他一大伙人生活所需的财富基地。

——他值呀！

可他的思绪却时常恐惧不安，有时候，他会蓦地睁开眼睛，眼里透出一丝惊觉，像突然坠入深壑……然后摇摇头，又点点头，似乎明白了什么，又慢慢闭上眼睛，重新回到平静中去……

是呀，有些在精神层面上的东西是难以言说的，还有些事情是不能说的以及他不想说的。那些东西都装在他脑海里，闲暇时候，它们突然之间会悄悄溜出来……他也时常忆起在泰丰新村铁道边的那一条清澈见底的小河，以及童年时期的一些往事。那些往事是碎片的，一片一片的，或许上了年纪的老人都这样，安静下来时，就陡然蹦出一片来……

每当想起童年里的那些碎片往事，他便会拍拍额头，默然地笑了。这时的王小鹏，笑容里显出了少有的祥和，脸上的褶子也像油光一样舒展开。而后他便会学着童年时代的那副样子，来回蹦跳几下，虽然现在他已不再能激烈蹦跶了……

在过往的三十三年中，王小鹏先后有过三次华丽的转身，创造升级，但这三次升级创造始终与全国性的三大危机相伴在一起。

记得第一次危机是在 2002 年 11 月—2003 年 3 月，他从建筑业转身改行创立自家独立的上海光明置业有限公司。那时候突然袭击似的暴发了"非典"，疫情大范围流行，向全国扩散，造成商业领域一片萧条，从而导致王小鹏所投入的资金无法按计划回笼……

第二次危机正是王小鹏建立他公司的总部基地。他砸锅卖铁、倾家荡产地投入所有能聚集的资金，搞总部基地开发，当他把建设全面完成后，突然间爆发了金融危机。

这场金融危机爆发在 2008 年 9 月 15 日。

全球金融危机又称世界金融危机、次贷危机、信用危机，更是指全球金融政策或金融市场的危机……

萎靡不振的市场经济导致王小鹏一大家子人，连个住宿的棚屋都丧失殆尽。那三年多来，他一家子人只能寄人篱下……

这两次创造事业上的升级，皆伴着市场经济的萎靡所给他造成的个人危机，都让他绞尽脑汁，可他最终还是走过来了。

第三次危机是在上海光明置业有限公司"推倒危房，重建新厂房"计划将在实施时又猛烈暴发了新型冠状病毒感染疫情，因为这疫情，2020 春节这个大年过得非同一般。

就在这场没有硝烟的战争爆发之际，为了有效预防和控制新型冠状病毒感染，切断新型冠状病毒传播的途径，党和人民政府出重拳，许多城市启动了一级响应。

由此而来，王小鹏的这个春节的安排全部被打乱。他主动退掉本在农历正月初二，携手一大家子人去大连的机票、酒店预订。并询问了上海国安旅行社，他与友人去伊朗的行程是否有变化。

起始的回复没有变化。

当央视新闻发布了全国旅行社团队游全部暂停的消息后，王小鹏再次询问怎么个说法。

旅行社回复，先不要着急，这个新闻才出，我们还没收到具体的落实方案。目前还没通知取消，具体的信息我们会及时跟进。

旅行社是负责任的，不久便有回复过来，我们非常遗憾您的此次伊朗之行未能如期而行。但我们坚信，唯有凝聚社会共识，人人肩负起公民责任，团结一致，众志成城，方能有效帮助阻止疫情的扩散。非常感谢您的理解和付出。祝新年快乐、阖家安康！

王小鹏收到这份通知，也无奈，心想，这大年过得快乐是不可能了，郁闷是必定的。

随后他把这消息告知了他的友人苏东斌主任医师，说，"你怎么个想法？"

东斌医师说，"我一直在关注这次新型冠状病毒感染流行趋势，形势越来越严峻，旅行不了是意料之中的事情……已经上升到国家层面，并已影响到了国外。最佳的应对策略就是待在家里，哪里都不去。目前，医学上确实还没有好办法……防不胜防！"

停顿片刻，东斌继续说道，"医院也发了紧急通知，目前还在上海的，原有计划离沪的职工，一律不允许离开上海！如私自离沪，后果自负。所有医务人员上岗待命……感觉比 SARS 要重视和严格。"

王小鹏拿着手机，颤着音调说，"我已经封门，蜗居三天了。"

"可怜咯……"东斌说，"最好的防护办法，就是在家待上两周……这是目前最权威的 CDC 专家的建议，但我却还是在医院临床一线。"

"大过年的，您这个权威专家、大主任医师竟然还在上班？"王小鹏用极为夸张的语调惊呼。

"是的……待岗……随时准备顶替。"苏东斌说。

"你们医院现在病人多吗？"王小鹏问。

"一例确诊为新型冠状病毒感染。疑似九例。"

"啊！你也得小心点。"王小鹏再次惊叹。

"浑身上下防护装备，全副武装。"东斌说。

"哎，原本应该是去伊朗的呀，拍摄战地摄影大片，那多带劲呀。"王小鹏说。

"是呀……可真是遗憾。"东斌说，"然，我现在与病毒战斗，更难。"

"如果旅行社决定可以延期本次伊朗之行，你打算还去吗？"王小鹏问。

"届时，要看医务界防控工作的情况再议吧。"东斌说。

"够敬业的，王小鹏代表全上海人民群众向春节期间战斗在第一线的白衣战士致敬！"王小鹏放大嗓门吼了一声。

"与天斗其乐无穷，与人斗其乐无穷，与冠状病毒斗，更加其乐无穷！"苏东斌吼出来的嗓门比王小鹏亮好几倍。

王小鹏缓缓气，问，"最近，你们一直不休假了？"

"新型冠状病毒不消灭，我辈绝不罢休、绝不停息……中国医生伟大！"歇口气后，东斌继续说道，"虽然社会上没有真正认可我们，不时会发生伤医……可悲可叹啊。"

"关键时刻，我们的党和人民政府是依靠和信任你们的。"王小鹏尊敬地说。

"我们只能自我安慰、自我欣赏、自得其乐了……"东斌说。

"正因为有了你们这样敬业的白衣战士，党和政府以及全国人民才坚定不移地相信病毒一定能够控制，一切噩梦都会过去，离开春天花朵绽放的日子不会太远了……"王小鹏说。

"只有大疫、大灾才是白衣天使，我老早看穿了社会上有些人对我们医生抱有那种抵触情绪……"苏东斌语调露出些抱怨的味道。

"哈哈，这就是社会，人世百态，没有什么可抱怨的。"王小鹏说，"随遇而安。"

"精辟总结论述。"苏东斌也跟着哈哈地笑。

"有些事情我们如果没有能力去改变它，那就学会去适应它……这样自己心情会好很多。"王小鹏说。

"言之有理，我赞成！"苏东斌说。

"唉，老了，老了，经常会想到没有多少时间可以乐了。"王小鹏说。

"承认实际年龄，但可以不服老。其实，我还是很欣赏你的生活状态的。"苏东斌说，"人生苦短，我们这类医务界人士的生存空间，还是要提高自己的专业水平，靠专业吃饭！"

"专业+圆滑＝菩萨。"王小鹏呵呵笑着说。

"哈哈哈哈！"苏东斌只是笑，不做评论。

他是个严谨的医务界学者，不喜欢拿菩萨来说事。王小鹏是个粗人，他才不管那么多呢！"

连绵不断的阴雨已下了五天。

到了正月初三还在下个不停，那"沙沙"的雨声细而轻，有时几乎不仔细听还听不出来。

到了晚上，王小鹏又进入了他独享的私人领地：书房。

透过窗帘的缝隙，他看到的雨并不是一滴滴的，而是如银针一般，又细又长，直到落地才变成了圆溜溜的一滴。听着雨声，他慢慢生出了《无憾人生》最后一章第十七章"向生命致敬"的创作灵感。

王小鹏顿时觉悟：

老天也来助阵了！原来这就是上天的旨意，雨丝中渗着无私，湿润中含着热情，温馨中透着细腻，细腻中透着光曼。雨意仿佛在告示着人们，预防冠状病毒感染的最好方法，窝家玩儿，不要出门，不要访友。保护自己就是保护他人。你为人人，人人为你。

就在这入夜时分，安逸宁静的书房孤灯幻影中，王小鹏领略到了一种烟雾般的渺茫，一种水晶般的清爽。他似乎看到了一条条清亮的小溪滋润着大地，滋润着人们焦躁不安的胸膛。他仿佛找回了自己应有的真、善、美、纯洁、互敬、互爱……

2020 年 1 月 27 日，国务院下达通知，受新型冠状病毒影响，2020 年春节假期延长至 2 月 2 日。

2020 年 1 月 27 日，上海市人民政府召开新闻发布会，规定本市区域内各类企业不早于 2 月 9 日 24 时前复工（涉及重要国计民生的相关企业除外）。各类学校以及幼儿园、托儿所等，2 月 17 日前不开学。

蜗居家中的人们，达到五天以上了……但现在的人们因为有了互联网，即使闭门不出，也可知天下大局以及当下疫情发展态势。

一时间，帖子四飞。有正面的，有负面的，有调侃的，反正什么样子的言论都有。

足不出户的人们把无聊的时间打发在朋友圈里：

——老实待在家，就是对社会的最大贡献！

——我们老家，昨天排队买口罩 38 元一个。

——那么贵？举报他，不可以哄抬物价的。

——38 元算便宜的！深圳还有更贵的，120 元一个。对，没看错，就是 120 元一个！

——昨天，湖北 62 岁的医生被感染，过世了。

——今天通知，凡是酒店、饭店、公共场所全部关门，不允许办婚宴酒席，只允许家人在自己窝里办理一桌！

——史无前例，上海世界级大都市，而且是中华民族最隆重的传统佳节——春节，在最繁华的南京东路空无一人，只留铜像母女在南京路上留影，这是今后再也拍摄不到的景象。上海人素质真高，为响应号召抗击新型冠状病毒的市民点赞！

——非常时期，少出门，不串门，拒访客。这是中华民族在战时的凝聚力，也是配合人民政府一级响应措施的落实，杜绝一切人与人之间新型冠状病毒传播的可能。

——敢问哪个国家有这种执行力？一纸命令，封城！一声喊，几百医生除夕奔赴灾区！一个号召，全民春节不出门！一声动员，数百挖机几天建成一所医院！你们向往的美国、日本、欧洲谁能？同是金砖国家的印度、巴西试试看，老百姓只有烧香拜佛，自生自灭了！唯有咱大中国，上下齐心、众志成城、科学施策，抵御一切艰难困苦！

——虽然疫情顶峰期未至，但局势将成，大局将定，大吉大利。佩戴口罩是必须的，少出门也是正确的。依像而言，佩戴口罩就是少说话，少造口业，少出门就是少造身业，这样福报才回累积。因此我们不能谣传、谣造言。要听党的话，跟着党走。大家伙儿不能引起恐慌，因为心神不定，百毒才会乘虚而入。

就这个妖孽的新型冠状病毒，高峰时竟然在全国扩散感染了如此多人。

人世间的奇迹有很多，但中国共产党和人民政府创造出来的才是最伟大的奇迹，中华大地，全民出击，全面围堵，重拳打压。

到了二月下旬，疫情终于出现拐点，随后孽势慢慢衰退，工厂、企事业单位这才慢慢地按政府批准的顺序开始逐步复工。由于疫情长时间的肆虐，造成许多复工企业元气大伤，生产能量大幅度下降，行业萧条，市场开始走向萎靡不振……

中国共产党是一个伟大的执政党，它具有人类不可思议的力量。它不但在短时间内便能聚集极大的能量来消灭疫情，同时也在老百姓最需要的时候提供关怀。

当政府迅速控制病毒传播后，随即派出得力干部奔赴一线指引和帮助企业在复工中解决所遇到的实际问题，在危机时刻伸出援助之手，为企业排忧解难，促进市场经济的恢复。

然而疫情虽然衰退却仍存在，但春天还是悄悄地来了，玉兰花儿朵朵绽放，垂柳树上萌发了嫩嫩的芽苞，草芽发了绿。几场如烟如雾的春雨过后，在光明置业公司的土地上，日夜骚动着万物生长发动的声响。

温暖的东南风吹了一夜，第二天贾部长来了……

那天上午，阳光空前明媚，天上一片蔚蓝，没有一片云朵，风中洋溢着迷人的芳香。这是春天的味道，这是泥土的味道，仔细闻闻，光明置业公司的泥土也有这股香味，静下心来，用心感受，泥土夹着春天的雨露，被风吹过，发出一阵阵的清香，沁人心脾。

这让王小鹏不禁感叹，"啊，土地，真是个好东西，一方水土养一方人，让人感觉真舒服。"

2020 年 3 月 9 日，这是个让他难以忘怀的日子。

贾部长一见王小鹏，便递上一句彻底暖到心窝里的安慰话，"是我们工作不到位，让您一直担心。"

顿时一股灼热的气流冲到王小鹏的咽喉，他咳了一下喉，激动地说，"感谢……领导……送温暖到心坎。"

"您别客气。"贾部长说。

宋潜心平气和地说，"先到你办公室坐会，领导是来解决你公司实际存在的困难，想听听你有什么打算和设想。"

王小鹏说，"好，我……认真、诚恳地……向领导汇报。"他原本清澈如水的小眼睛里蒙着一片蓝色的雾，只感觉到他的脚心里和手心里流出了汗水。

贾部长默然一笑，亲切和蔼地对王小鹏说，"你别紧张呀，有什么难处尽管说，今天我就是来帮你解决实际困难的。"

"哎，话儿提起来，一言难尽啊，欲哭无泪。"王小鹏趁着大伙儿落座时，一边说话一边才打量着贾部长。

贾部长身材似蒋豪般敦实，却略比蒋豪个子高点，两道浓眉下一双特别圆的眼睛炯炯有神，闪烁着豪气的光芒，每当他说话时他的两眼还使人感到特别的温馨。

正当壮年的贾部长，看似四十岁左右吧，乌黑的头发并不刻意休整，显得很随意，他那随意头发恰当地说更似蒋豪那般随性的发型。

王小鹏看出来了，贾部长就是蒋豪那类的政府工作者，不但具有人性的厚道，而且还具有灵活的策略来解决实际问题。

他心里"嘎嘎嘎"地笑了。

苍天有眼，老天厚道，每当他在疑无路时，政府方面总有那么一位性情中人突然闪现……随而提纲挈领……纲举目张……韩勋、葛副区长、徐杰、蒋豪、夏副镇长、宋潜、黄群……

当下瞬间，上苍降下个天兵天将：贾部长！

他怔住了，顿时觉得双颊像是有两把火在熊熊燃烧，一种感动，一种尊敬，一种责任感和使命感从心底滋生而起。

他清楚地知道，他与蒋豪的相知相识是以激烈的对撞产生出智慧的火花无缝对接时生成的友谊。但他俩人毕竟因道不相同而少有谋面机会，每每想起蒋豪的支撑以及与他的友情，便唏嘘不已。

为此，王小鹏还特地挥毫作诗一首，以作留念：

思君情

凝目别
长相思念君之情
君之情
留晖明月
几度沉浮

云雾袅袅红泪咽
肝胆相照结情牵
结情牵
君情留梦

梦绕魂牵

王小鹏在动迁洽谈过程中遇见了蒋豪，他俩人在初期激烈的碰撞中所产生出来的智慧，融合成你中有我、我中有你的一团火花，最终成为朋友。这是他的一次机会，他用妥协的方式方法把机会转变成机遇，从而导致蒋豪引申出灵活手段，使他得到了前海镇和平公路 1188 号这块光明公司求得生存的空间。

聪明的人造就机遇会多于碰到机遇。

王小鹏敏锐的感觉，今天有幸遇上贾部长或许这就是光明公司复兴的一次机会，利用这次机会来制造机遇，也许是他王小鹏真正的目的。如果说这次相见贾部长不存在机会，那他今天也必须想方设法地努力把这次见面打造成一个契机，从而造就成一次幸运的机遇。

对于那些不利用机会的人来说，机会意味着什么呢？它只不过是被肥皂水吹出来的彩色泡泡而已。没有人没碰到过好机会，只是被忽视了或者说是没眼光去抓住它。

人的一生成功或失败，往往取决于当机会出现时，你能不能把握机会，让机会变成机遇。人与人之间的巨大差异是机会和机遇造成的，机会能改变现状，机遇则能促使成功。

王小鹏特别重视与贾部长的洽谈，与贾部长洽谈的开端要比与蒋豪第一次见面时气氛温馨多了。贾部长是在疫情期间带着扶持和帮助他重新光复企业使命而来。但是，蒋豪当初则是带着榔头、铁锤来砸他一亩三分田里的庙宇。

所以说，这次能有机会相见贾部长，创造机遇的前提条件要比相知相识于蒋豪优越多了。

"光明公司的基本概况，宋总已向我介绍过，我是带着两个课题来的。一、实地鉴定一下危房究竟存在多大的安全隐患，在我确认后给予安全消防承诺书盖章。二、镇产促办同意批复给你容积率为 2.0，但因政策方面的限制，导致你现在只能按容积率 1.0，申报办理。今天我就是来协助帮你解决这个问题，力争达到容积率 2.0。"

"贾部长，听了您这话，我太激动了。"王小鹏慌忙弯腰站起，双手作揖，连连不断地说，"万幸，万幸，苍天有眼，老天厚道。"

贾部长摇摇头，叹息道，"坐下说吧，到底存在什么问题？"

"说起来话长了，"王小鹏的精神头儿明显地提高了。

他的目光像跳龙门的鲤鱼眼睛，在众人脸上游走着。宋潜知道，他很快就要高谈阔论了。

"王总，过去的事就不要说了，我们向贾部长汇报过了，消防方面可有什么新情况？"黄群哑着嗓子问。

"这也是个莫名其妙的问题，原本我们就是独立的法人企业，在消防责任承诺书盖章后就已经具有法律效力了。但是消防处看了我们与世茂的合作协议，竟然提出要镇政府盖章见证，我们强力辩驳，而后同意由镇产促办盖章。然而，我们认为这也绝对没有理由和依据，要见证也不过是世茂公司盖章。几经周折、交涉，最后才同意世茂实业有限公司盖章即可。还有就是那个交警部门……"

"这些都不要说了，我看都不是什么大问题，如再有问题，我来协调解决。"贾部长胸有成竹地说，"你现在主要谈谈改扩建的容积率问题，咱们商量着共同解决这个实际问题。"

王小鹏暗自思忖，"贾部长豪爽，真乃性情中人也！"

他脸上不由地苦笑起来。笑罢，低了头，吱溜吱溜地猛抽几口烟，办公室里鸦雀无声，只等待着他的下文。

"贾部长……提起这容积率问题……哎，也是无奈到莫名其妙。"王小鹏抬起头说。

随即就有汹涌的烈火烧热了他周身的血液，众人看到他的下巴可怕地扭动着，脸上的平安祥和之气展翅飞走，他显出了异常激动，说，"首先，区规土局要我们提供镇一级产促办联席会议审核单，这个单子通过宋总以及葛副镇长的协助和支撑，给了我们批复容积率为 2.0，但到了区规土局，说我们可以要 2.0，但要有符合产业导向的项目装进去才给予批 2.0。否则，只能按十多年前原来的批复，容积率 1.0，予以改扩建，镇里批复 2.0 不作数！"

贾部长真是个讲道理，豪横到极致的人。

他板着脸，严肃地说，"王小鹏，你慢点操作，给我两个星期，我去协调。"

"贾部长啊，这一手我早就留着了。我用我的人格保证，我现在说的都是实在话，因为一直以来我冥冥之中感觉总会有贵人相助，所以当时我就做了两手准备。首先要解决迫在眉睫的危房问题，这个问题让我日夜睡不着觉，揪心地痛。所以我决定先推倒危房，在此基础上按容积率 1.0，建造一号楼。随后我想，漫漫人生总有机会，当机会来了，机遇展现时，我们便建造容积率同样为 1.0 的二号楼。这个设计方案已差不多快通过了条条框框。唉，为这危房浑事，破财咱就甭提了。拜天拜地拜菩萨，求爷爷，告奶奶，都这把年纪的我，弄得人不人鬼不鬼的人格分裂。贾部长，您如能争取为我公司复兴事业鼎力相助，促使容积率达到 2.0，我王某人真乃为三生有幸，机遇难得呀。"

王小鹏说话时眼窝子发热，鼻子发酸，一股悲壮的情绪油然地生出来。他义正词严，句句不但是实在话而且都占着道理，宋总可以作证，黄群也可以作证。

想到这里，他转头对着宋潜说，"我与宋总相知相识一年多了，宋总还是比较了解我的，我说的是不是大实话，宋总。"

"王小鹏，你当初提出容积率 2.0 的要求，我一直在寻找突破口。对于你的难处，我肯定理解，我也绝对相信你的人品。"宋潜口吻挺认真地说。

贾部长挺起腰，站起来，说，"也罢，王小鹏同志，情况我已经基本清楚，就按你的策划先把危房推倒，按容积率 1.0，建造一号楼。至于二号楼，我们尽力帮你拿下。说白了，这原本就是利国利民利前海镇政府的大好事吗，我贾军会鼎力相助。现在，咱们实地去看看那彩钢板危房到底是咋回事吧。"

众人七八个，随着王小鹏指引从一层楼面查看到三层，黑咕隆咚的只有一两家企业仍赖在那里继续生产经营。

"安全隐患确实存在，宋总，你把那个见证章给光明公司盖了吧。拆除危房事不宜迟，抓紧办理。"贾部长说。

当领导们进入商务车，王小鹏满脸挂着笑容对贾部长告别时，真想来上一句，"今日离别后，何日君再来？"

但是他不敢放肆，毕竟对方不但是位疫情期间空降到基层的领导大干部，而且与他平头百姓王小鹏还是第一次见面。

然而让他千千万万个没想到的是，贾部长在挥手告别的同时，突然送给他一句临别赠言：

待到事业成功时，我们举杯共欢庆！

2020 年 4 月 24 日完稿